A BIBLIOTECA SECRETA DE LONDRES

KATE THOMPSON

A BIBLIOTECA SECRETA DE LONDRES

Tradução
Juliana Romeiro

1ª edição

EDITORA RECORD
RIO DE JANEIRO • SÃO PAULO
2023

CIP-BRASIL. CATALOGAÇÃO NA PUBLICAÇÃO
SINDICATO NACIONAL DOS EDITORES DE LIVROS, RJ

T39b   Thompson, Kate
        A biblioteca secreta de Londres / Kate Thompson ; tradução Juliana Romeiro. - 1. ed. - Rio de Janeiro : Record, 2023.

        Tradução de: The little wartime library
        ISBN 978-65-5587-672-7

        1. Segunda Guerra Mundial, 1939-1945 - Ficção. 2. Ficção histórica inglesa. I. Romeiro, Juliana. II. Título.

23-82395   CDD: 823
                        CDU: 82-3(410)

Gabriela Faray Ferreira Lopes - Bibliotecária - CRB-7/6643

Título original:
The Little Wartime Library

Copyright © Kate Thompson 2022

Texto revisado segundo o Acordo Ortográfico da Língua Portuguesa de 1990.

Todos os direitos reservados. Proibida a reprodução, no todo ou em parte, através de quaisquer meios. Os direitos morais da autora foram assegurados.

Direitos exclusivos de publicação em língua portuguesa somente para o Brasil adquiridos pela
EDITORA RECORD LTDA.
Rua Argentina, 171 – Rio de Janeiro, RJ – 20921-380 – Tel.: (21) 2585-2000, que se reserva a propriedade literária desta tradução.

Impresso no Brasil

ISBN 978-65-5587-672-7

Seja um leitor preferencial Record.
Cadastre-se no site www.record.com.br e receba informações sobre nossos lançamentos e nossas promoções.

Atendimento e venda direta ao leitor:
sac@record.com.br

EDITORA AFILIADA

Aos amigos já falecidos do East End.
Raios de sol na escuridão.
Trish. Minksy. Dot. Jessie. Ann.

Muito obrigada a todos os bibliotecários, de ontem e de hoje,
com quem conversei por tantas horas edificantes.
Amantes não só de livros, mas de pessoas também.

E, por fim, às amigas do meu próprio clube de leitura,
que transformaram o ano de 2020. Beijos.

Vamos precisar de uma grande quantidade de livros de ficção barata. Os soldados vão levar um livro na mochila; os civis vão ler perto da lareira. Somos uma nação de leitores, e a guerra só vai aumentar a demanda por livros.

Frederick J. Cowles, bibliotecário-chefe da
Biblioteca Pública de Swinton e Pendlebury.

Prólogo

7 de setembro de 2020

As pessoas vêm à biblioteca para entender o mundo.

Carol Stump, presidente da Libraries Connected e
bibliotecária-chefe do distrito de Kirklees

Uma senhora idosa anda pela plataforma oeste da estação de metrô de Bethnal Green, movendo-se com tremenda dificuldade por causa da artrite.

— Mãe, vamos embora? — chama Miranda, a filha mais velha, tentando esconder a irritação. Precisa receber uma entrega do supermercado ainda hoje e está doida por um café. — A gente não devia estar no metrô, não no meio de uma pandemia.

— Tsc. — A mãe desdenha o comentário acenando para a filha com a bengala. — Pode ir embora se quiser, mas não arredo o pé daqui.

Miranda se vira para a irmã mais nova, Rosemary, e revira os olhos. Deus do céu, que pessoa difícil era a mãe delas. "Muito estourada", segundo o ex-marido, numa descrição memorável.

— Pelo menos cobre o nariz com a máscara, mãe — ordena Rosemary. Mas a senhora ignora as duas, seguindo com a determinação de um jabuti.

Elas chegam ao fim da plataforma e param, fitando a boca escancarada e escura do túnel do metrô.

— A rede de transporte público é higienizada regularmente com desinfetante antiviral — murmura a senhora, lendo em voz alta um cartaz colado na parede do túnel. — Até aí, nenhuma novidade. Eles faziam isso toda noite na época da guerra.

— A senhora vinha para cá na guerra? — pergunta Miranda, esquecendo depressa a vontade de tomar um latte.

— A gente morava aqui. — A mãe sorri, o rosto meio retorcido desde o derrame. — Sua tia Marie fez até aula de sapateado aqui embaixo.

Miranda pressiona os lábios, preocupada.

— Acho que a senhora está se confundindo, mãe. As pessoas só dormiam aqui na época da Blitz.

— A minha cabeça pode estar toda branca, mas ainda tenho os miolos no lugar! — exclama a senhora numa voz afiada. Ela ama as filhas de paixão, mas preferia que não fizessem esse tipo de coisa, sempre em cima dela, procurando o tempo todo por sinais de senilidade.

Ela fecha os olhos. Imagens intrometidas marcham por seu cérebro feito uma banda militar. *Calor. Sangue. Fumaça.*

Lembranças que havia enterrado bem fundo e que julgava esquecidas, apenas para ressurgirem, intensas e sorrateiras o bastante para se insinuarem de novo. Ela tropeça, e a bengala bate no chão com um barulhão. Algumas das pessoas que esperam o metrô levantam o olhar, assustadas, então retornam como lemingues aos celulares.

— Senta um pouco, mãe. — Rosemary se apressa até ela e a conduz a um banco sob o letreiro da estação de Bethnal Green. — A gente precisa levar a senhora para casa.

— Não! — retruca ela. — Não até a gente achar a biblioteca.

Ela percebe o olhar que as filhas trocam por sobre as máscaras.

— Mãe — diz Rosemary, apontando para cima devagar. — A biblioteca fica lá na rua, e a gente está no metrô, lembra?

— Tecnicamente, nem uma biblioteca é mais agora — continua Miranda. — É um centro de testagem de covid. Vi no caminho.

Chega o metrô da linha Central trazendo uma lufada de ar quente. Seu cérebro está cansado, os pensamentos lentos e embaralhados. Como assim é um centro de testagem e não uma biblioteca? Ela não entende mais este mundo.

— Sra. Rodinski?

Dois homens de colete fluorescente do metrô e rosto coberto por um protetor facial de plástico brilhante vão até elas.

— Sou eu.

— Meu nome é Peter Mayhew, da assessoria de imprensa, e esse aqui é Grant Marshall, gerente da estação. Obrigado por entrar em contato.

— Obrigada, meu jovem, por concordar em devolver os meus pertences. Valem muito para mim.

— Imagino — responde o assessor de imprensa, detectando um bom ângulo publicitário.

— Quantos anos a senhora tem, Sra. Rodinski? — pergunta o chefe da estação. — Se não se incomoda com a pergunta.

— Nem um pouco. Oitenta e oito. Passei a maior parte da infância dentro deste túnel.

— Minha nossa, a senhora está bem inteira — responde ele com uma risadinha.

— Você queria que eu estivesse como, meu filho? Em pedaços? Agora, cadê as minhas cartas?

— Mãe, o que está acontecendo? — pergunta Rosemary, mas a mãe não lhe dá ouvidos, pois o assessor de imprensa ergueu um maço de cartas num saco plástico selado e o oferece a ela.

— Achamos durante uma reforma, há pouco tempo, atrás dos ladrilhos do túnel, dentro de um livro, numa espécie de nicho na parede.

Ela faz que sim com a cabeça.

— Eram os fundos da biblioteca.

Suas mãos tremem de leve ao tirar do saco plástico as cartas atadas por uma fita bege e levá-las ao nariz.

— Ainda têm o cheiro da biblioteca.

— Seria maravilhoso se a senhora pudesse dar uma entrevista para a BBC sobre a recuperação das suas cartas da época da guerra.

— Tudo bem, mas, se não se importa, preciso conversar em particular com as minhas filhas primeiro.

— É claro, venha falar comigo antes de ir embora.

Os dois se retiram, e a senhora se vira para as filhas, perplexas.

— É por causa destas cartas — começa, erguendo o maço na mão — que estamos aqui. Achei que nunca mais veria isso.

Cheiro é uma coisa que guarda lembranças, e o aroma de papel velho e meio mofado abre os meandros da mente dela, que é invadida pelas memórias. Ela ouve a risada das crianças correndo pelos túneis. O som de páginas sendo viradas. *Bum*. Um punho de metal carimbando um livro da biblioteca. O rangido das rodas de um carrinho de livros. Sente o aroma de sabonete carbólico, o álcool em gel do século XX. São os cheiros da sua história pessoal.

Mas, lá no fundo, mais fundo até que esses túneis, escondem-se as *outras* memórias. Um pensamento ressoa insistente: e se esse vírus a pegar? Às vezes, parece que não é nem uma questão de *se*, mas de *quando*. Se morrer sem contar a verdade às filhas, então sua história vai acabar consigo, e, sem dúvida, isso seria uma traição ainda maior do que os segredos que guarda, não? O que foi que Clara falou?

Nós morremos duas vezes. A primeira, quando o coração para de bater, e, depois, quando o nosso nome é dito pela última vez.

Está na hora de tirar a poeira dos segredos da guerra.

— Fui covarde de não contar toda a verdade para vocês — admite sussurrando, então baixa a máscara. — Vou contar tudo. Vamos começar pela biblioteca.

1

Clara

3 de março de 1944

Sempre achei que bibliotecários tinham de estimular a leitura, e não julgar as pessoas. A ideia é oferecer a elas uma experiência maravilhosa. Quem é você para julgar que experiência é essa?

Alison Wheeler, MBE. Ex-diretora-geral das Bibliotecas Públicas de Suffolk, ativista defensora das bibliotecas e membro do conselho diretor da CILIP, Associação de Bibliotecas e Informação

— Pode chorar na biblioteca?
— Que susto! De onde você apareceu? — Clara piscou para conter as lágrimas. — Achei que tinha trancado a porta!
Não era lá muito adequado uma bibliotecária ser vista chorando de olhos vermelhos e nariz escorrendo ao lado do carrinho de devoluções.
Clara olhou por cima do balcão. Sob a franja comprida, um rosto miúdo a encarava.
— Desculpa, querida, vamos tentar de novo? Meu nome é Clara Button, sou a bibliotecária daqui.
— Oi. O meu nome é Marie. — A menina soprou, e a franja se abriu, revelando olhos castanhos curiosos.
— Aceita uma bala, Marie?
— Bala pode?
— Tenho um estoque secreto de balas de limão. — Ela deu uma piscadela. — Para emergências.

A menina arregalou os olhos.

— Sua preferida, eu sabia!

Marie esticou a mão para pegar uma bala e a enfiou na boca.

— Como você sabe?

— Sei a preferência de todo mundo.

— Aposto que não sabe o meu livro preferido.

— Aposto que sei! Deixa eu ver... Quantos anos você tem?

Ela colocou oito dedos perto do rosto de Clara.

— Oito, que idade maravilhosa!

Clara foi até a seção infantil e correu os dedos pelas prateleiras feito uma aranha. A menina sorriu, achando graça no gesto.

Seu dedo parou em *Beleza negra* — triste demais —, então seguiu até *Cinderela* — cor-de-rosa demais —, antes de parar lentamente em *O vento nos salgueiros*.

— Acertei?

Marie fez que sim com a cabeça.

— O sapo é o meu preferido. — Marie correu os olhos com avidez pelos livros cuidadosamente escolhidos da biblioteca de Clara. — Esse lugar parece a caverna do Aladim.

Clara sentiu uma pontada de orgulho. Foram quase três anos até conseguir um acervo tão variado depois do bombardeio.

— Posso pegar emprestado? Tive que deixar o meu para trás.

— Você é refugiada?

Marie fez que sim.

— O meu pai ficou em Jersey.

— Sinto muito. Aposto que você sente saudade dele.

Marie fez que sim e torceu entre os dedos a manga da blusa suja de meleca.

— A minha irmã diz que não é para eu falar disso. Posso fazer carteirinha?

— Claro que pode — respondeu Clara. — Pede para a sua mãe passar aqui para falar comigo e preencher um formulário. Só preciso ver a carteirinha com o número do beliche dela.

— Ela não pode vir, a minha irmã diz que é para eu dizer que está muito ocupada com trabalho de guerra.

— Ah, tá certo. Então talvez a sua irmã pudesse dar um pulinho aqui.

— Por que você estava chorando? — murmurou Marie, passando a bala de limão para o outro lado da boca, estufando a bochecha feito um hamster.

— Porque eu estava triste.

— Por quê?

— Porque sinto saudade de uma pessoa especial, quer dizer, de três pessoas, na verdade.

— Eu também. Sinto saudade do meu pai... Posso contar um segredo? — Seus olhos brilhantes se arregalaram ainda mais. Talvez tenha sido a bala que soltou sua língua, ou a promessa de pegar emprestado *O vento nos salgueiros*, mas Clara sentiu que a menina precisava desesperadamente de um confidente.

— Juro de pés juntos — prometeu, lambendo o dedo. — Bibliotecários são ótimos para guardar segredos.

— Minha m...

— Marie Rose Kolsky! — interrompeu uma voz estridente da porta. — O que você está fazendo aqui?!

Clara avaliou instintivamente a menina na porta, notando o rosto pálido e sério.

— Desculpa, moça, a minha irmã não tinha nada que estar aqui perturbando você. Eu falei para ela me encontrar no nosso beliche.

— Eu vim ouvir a história de dormir — protestou Marie.

— Deixa de ser boba, Marie, eles já fecharam.

— Ah, não — interrompeu Clara, sentindo-se impelida a defender a menina. — Sua irmã está certa. Toda noite, temos uma sessão de histórias de dormir na biblioteca, às seis. Só tive que cancelar hoje por causa de um evento. Mas pode vir amanhã.

— Quem sabe? Anda, Marie.

Ela segurou a irmã pelo braço e a puxou para a porta.

— *N'en soûffl'ye un mot.* — Clara não falava francês, mas estava na cara que Marie estava levando uma boa bronca.

— Volte sim, vou guardar o livro para você.

Mas elas já tinham saído, seus passos ecoando na plataforma oeste do metrô.

Clara foi até a porta e ficou olhando para as duas, intrigada, enquanto passavam pelo teatro do abrigo. De meias descasadas e sapato de pano, Marie saltitava, meio que arrastada pela outra. A irmã mais velha era tensa e reservada. Muito diferente da maioria das adolescentes barulhentas que dormiam no abrigo do metrô de Bethnal Green. As Minksy Agombars e as Pat Spicers desse mundo só sabiam falar e se exibir. Toda noite, enquanto trancava a biblioteca antes de ir embora, ela as via reunidas junto dos beliches de metal, fofocando ou furando as orelhas uma da outra com a agulha de costura da mãe. Mas não essa. Ainda assim, ela via de tudo em sua pequena biblioteca subterrânea. As irmãs sumiram na escuridão árida do metrô.

No café do saguão da bilheteria, lá em cima, Dot e Alice fritavam peixe para os moradores judeus do abrigo, preparando o sabá, e o cheiro descia e se insinuava em meio ao do sabonete carbólico. Ali, naqueles túneis, podia-se cortar os cheiros com uma faca.

Com um suspiro pesado, Clara percebeu que tinha ainda menos tempo para ajeitar o rosto e pintar um novo, antes da encenação penosa que tinha pela frente.

Seu olhar se voltou pesaroso para a edição vespertina do *Daily Express*, aberta no balcão da biblioteca.

BLITZ PROVOCA DEMANDA POR LIVROS, clamava a manchete da capa sobre uma foto horrorosa dela, seguida pela legenda: *Beldade bibliotecária se muda para subterrâneo.*

Beldade bibliotecária?

E o artigo não parava por aí.

A jovem viúva sem filhos Clara Button está fazendo sua contribuição para o esforço de guerra, coordenando a única biblioteca num abrigo subterrâneo do Reino Unido, nos trilhos do sentido oeste da estação de Bethnal Green. Quando a Biblioteca Central de Bethnal Green foi bombardeada, na primeira semana da Blitz, resultando na trágica morte do bibliotecário local Peter Hinton, a Sra. Button, da Biblioteca Infantil, viu-se promovida ao cargo sênior. Na ausência de colegas homens, assumiu o comando e organizou a transferência de 4 mil títulos para os túneis subterrâneos, onde coordenou a construção de uma biblioteca temporária a 23 metros de profundidade.

Nossos bárbaros inimigos podem estar empenhados em queimar e destruir Londres, mas, sob o chão da cidade, a Sra. Button segue carimbando livros tranquilamente e certificando-se de que todos tenham um bom exemplar para se distrair dos bombardeios.

Foi a parte da "viúva sem filhos" que provocou as lágrimas. Tudo bem, era verdade, mas precisavam mesmo anunciar assim sem rodeios a situação dos outros para o país inteiro?

Clara pensou em Duncan de novo, e a dor foi como uma pontada quente e profunda no coração. Bastava isso. Pensar no rosto dele, de pé junto à porta de casa, quando partiu para a guerra, as botas lustradas e brilhando, animado feito uma criança num parque de diversões. As perguntas invadiram sua mente como ervas daninhas.

No que ele estava pensando pouco antes de morrer? Ela devia ter parado de trabalhar na biblioteca? Por quanto tempo mais as mentiras se sustentariam?

— Não! — repreendeu a si mesma, apertando os olhos com os punhos fechados. — Nada disso. Hoje, não. — Um bom choro por dia, e nunca na biblioteca. Essas eram suas regras, e já havia quebrado uma. Além do mais, quem em Bethnal Green não estava carregando um fardo de tristeza digno de Atlas? As pessoas precisavam de uma bibliotecária feliz e animada, e não daquilo.

Um barulho na porta fez Clara se desviar dos pensamentos agitados.

— Nossa mãe, já é março, mas lá fora está mais frio que pinto de urso-polar...

Uma bandeja enorme de sanduíches e enroladinhos de salsicha foi depositada no balcão.

— Presunto fatiado, manteiga de verdade... Um negócio e tanto. Fiz um trato com Dot, lá do café... Prometi a ela o dobro dos bilhetes na semana que vem. Espera aí, você nem está pronta ainda! O fotógrafo do *Picture Post* já está estacionando. — Ela esticou a mão esguia para pegar a edição do *Daily Express* que Clara estava lendo. — Demais, né? Mas não pegaram o seu melhor ângulo, não acha? Saiu toda esquisita na foto — comenta, com uma honestidade avassaladora. — Melhor a gente dar um trato em você para sair melhor nas próximas.

— Obrigada, Rubes! — agradeceu Clara, rindo.

Ruby Munroe era sua melhor amiga e, recentemente, sua assistente. "Não qualificada, diferente da nossa querida Clara", como costumava dizer a todo mundo, quer perguntassem ou não. "Burra feito uma porta." Só que não era. Era mais corajosa e esperta que a maioria dos homens que Clara conhecia. Sua melhor amiga desde o primário encarava a vida com descontração, de forma leve, e com mais audácia que o típico morador de Bethnal Green. Nada era impossível no mundo de Ruby, não havia acordo que não pudesse ser fechado ou negociado.

Verdade seja dita, era Clara quem escolhia os livros, supervisionava a catalogação e o sistema Browne, atendia os pedidos mais complexos e fazia pesquisas bibliográficas. Mas era Ruby quem tinha a inteligência social para lidar com o vasto espectro de vida que encontravam na biblioteca.

— Ah, lindinha, você andou chorando. — Ruby desatou o nó do lenço na cabeça e fez cara triste. — Pensando nele?

Clara fez que sim com um aceno de cabeça.

— No Duncan ou no Peter?

— Nos dois, na verdade. É esse prêmio, me fez pensar em como eles teriam adorado estar aqui.

Ruby meneou a cabeça.

— Hoje, a noite é sua, Clara Button. Vamos dar um trago rápido aqui, e sim, eu sei que é proibido fumar na biblioteca, mas a noite pede uma exceção. E aí, enquanto você veste isso... — ela vasculhou a bolsa de pano e tirou uma peça vermelho-bombeiro absolutamente imprópria —, vou preparar um belo de um drinque.

Clara sentiu o estômago ficar embrulhado.

— Acho que não vou conseguir.

— Nada que duas aspirinas e uma dose de gim não resolvam, Cla! — Ruby sorriu, acendendo um cigarro preto Sobranie e servindo uma dose generosa de um líquido transparente de um cantil em dois copos de geleia. — Você colocou metade do East End para ler pela vitória. Eles só querem agradecer. Tempos ruins são bons para os livros — continuou ela, virando o copo de uma só vez e estremecendo. — Ui, esse negócio é forte pra danar. Você é uma peça-chave da engrenagem de guerra, amiga, aproveite o seu momento.

— Mas, Rubes, você não acha que esse prêmio, agora, logo hoje, não é meio fora de hora?

— Claro. — Ruby deu de ombros. — Isso se chama enterrar as notícias ruins. Ressaltar as coisas positivas do abrigo para esconder o passado dele. Está mais do que claro que é isso.

— Mas não incomoda você? — insistiu Clara. — Depois de tudo que você e a sua mãe passaram. Sem falar de metade das pessoas desse abrigo. Não tem uma pessoa aqui que não tenha sido afetada por aquela noite.

Ruby deu um sorriso contido, retocando o batom vermelho.

— Aconteceu. Quem nesse abrigo não perdeu alguém? Agora, vamos, sua molenga, vai trocar de roupa.

— Estava pensando em ir assim mesmo — respondeu Clara, olhando para a blusa de sempre enfiada dentro da calça.

— Amanhã, você vai estar na capa de todos os jornais, então nada de aparecer feito uma bibliotecária solteirona.

— Não estaria muito longe da realidade — comentou ela, rindo.

Ruby arqueou a sobrancelha desenhada.

— Comporte-se. Você só tem 25 anos.

— Tudo bem, mas isso aqui é o meu limite! — Clara fez cara feia ao pegar o vestido vermelho.

— Quando eu fechar o zíper para você, a gente vê. — Ruby deu uma piscadela, segurando o cigarro entre os dentes.

Meia hora depois, dentro do vestido e calçando um par de sapatos vertiginosamente altos de Ruby, Clara jamais tinha visto a pequena biblioteca tão cheia: funcionários do Ministério da Informação conversavam com jornalistas e com frequentadores da biblioteca. A acústica do teto curvo do túnel do metrô produzia um ruído que parecia alcançar um crescendo em sua cabeça. Logo ao lado, no teatro do abrigo, um cantor de ópera russo se aquecia para a apresentação daquela noite, e a voz aveludada se lançava pelo túnel como um trem da linha Central.

A vice-administradora do abrigo, a autoritária Sra. Chumbley, fazia o possível para dar conta do mar de crianças curiosas, todas implorando para entrar na biblioteca para surrupiar um enroladinho de salsicha.

Clara viu Maggie May e sua melhor amiga, Molly, junto com Sparrow, Ronnie, Tubby e os outros Ratos do Metrô, como eles mesmos se chamavam, engatinhando.

Deu uma piscadela para eles. Preferia estar sentada de pernas cruzadas e sem sapatos, lendo para as crianças, a estar presa ali, feito um pônei de exposição. Estavam na metade de *The Family from One End Street*, de Eve Garnett, e, lá pelo segundo capítulo, as travessuras da família Ruggles já estavam se provando irresistíveis.

— Fora! — exclamou a Sra. Chumbley, assim que notou o grupo, agarrando Sparrow pela nuca.

Clara sentiu um tapinha gentil no ombro e, ao se virar, deparou-se com um dos frequentadores da biblioteca, o Sr. Pepper, um cavalheiro idoso, com a esposa, moradores do abrigo desde que tiveram a casa bombardeada, dois anos antes.

— Não vou tomar muito do seu tempo, minha cara — disse ele. — O barulho está um pouco alto para a minha esposa, então vamos voltar para o beliche, mas queria dar meus parabéns pelo prêmio. Essa biblioteca é a melhor coisa que já aconteceu ao abrigo. — Ele sorriu, exibindo uma malha de rugas ao redor dos olhos.

— Obrigada, Sr. Pepper. O senhor é um dos meus leitores mais vorazes. — Ela então se voltou para a esposa. — Poucas pessoas podem se gabar de terem lido *Guerra e paz* em duas semanas.

— Antes do bombardeio, ele lia tanto os nossos livros que quase gastou a tinta — comentou a senhora numa voz tão baixa que Clara teve de se aproximar para ouvi-la. Ela cheirava a loção de lavanda da Yardley, e sua pele parecia tão macia. — Perder a biblioteca inteira dele foi um baque e tanto, mas encontrar a sua biblioteca nesse tempo de guerra, querida, tem sido um bálsamo.

O Sr. Pepper fitou a esposa com ternura.

— Infelizmente, minha visão me impede de ler como na juventude, mas, admito, sua biblioteca tem sido um prazer e uma fuga nesses últimos anos. Não sou capaz de colocar em palavras o que a senhora fez por mim, Sra. Button.

— Ora, vamos, Sr. Pepper — brincou ela —, o senhor já me conhece há três anos, pode me chamar de Clara.

— Ele sempre prezou a formalidade. É nisso que dá trabalhar tanto tempo como diretor de escola — comentou a Sra. Pepper com um sorriso. — Agora já é tarde para mudar isso, minha cara. Mas, antes de ir, preciso falar com a senhora. Tenho uma prima em Pinner que está doando uns livros para a reciclagem do esforço de guerra, mas a convenci a doar para nós, para darmos para a sua biblioteca.

— Ah, que maravilha!

— Ela é uma leitora voraz, principalmente de suspense e mistério. Tem uma coleção e tanto de Agatha Christie, Dorothy L. Sayers e Margery Allingham. Interessa?

— Mas é óbvio! Suspenses, junto de romances históricos, são os livros que mais saem na biblioteca; mal param na estante.

— Imaginava que a violência do mundo real já seria o suficiente — comentou o Sr. Pepper.

— É a intriga, o "quem é o culpado". Antídoto perfeito para a guerra — ponderou Clara.

— Estranhíssimo!

A figura da Sra. Chumbley surgiu, imponente. Mesmo de salto, Clara tinha de virar o pescoço para cima para olhar para ela. Pobre Sra. Chumbley. Nunca se casou. Era chamada de "senhora" apenas por educação. Exibia sempre a mesma expressão no rosto: reprovação.

— A senhora prefere os romances da Mills and Boon? — perguntou o Sr. Pepper com um sorriso.

— Mas que absurdo.

— O que gosta de ler então, Sra. Chumbley? — perguntou educadamente a Sra. Pepper.

— Ler? — devolveu ela com desdém. — E onde vou arrumar tempo para ler?! Manter este abrigo em ordem toma todo o meu tempo. Tubby Amos, guarde este livro agora mesmo!

— Não me importo que eles pe... — começou Clara.

— Eu sei qual é o seu beliche e vou ter uma conversinha com a sua mãe! Onde estava? Ah, sim, quando conseguirmos dizimar o hitlerismo da face da terra, vou ter tempo para ler.

— Ora, vamos, Sra. Chumbley, ler não é sinal de complacência — comentou o Sr. Pepper. — A Sra. Button aqui poderia recomendar o livro ideal para a senhora. Ela parece ter o dom de achar o título perfeito para todo mundo.

A Sra. Chumbley suavizou o tom ao se virar para o Sr. Pepper. O senhor idoso era tido em alta conta por todos no abrigo, e nem mesmo ela era imune ao seu carisma.

— Quem sabe — murmurou. — Mas só se for algo educativo. Há pouco tempo li um livro técnico chamado *Fraturas e feridas de guerra: o guia definitivo*. Excelente!

— Parece mesmo fascinante. Acho bom Georgette Heyer ficar de olho aberto — comentou Ruby com ironia, aproximando-se do grupo de braços dados não com um, mas com dois homens. — Clara, querida, desculpe interromper, mas preciso apresentá-la a duas pessoas. Esse é o ministro Rupert Montague, diretor de Propaganda Interna no Ministério da Informação. Faz meia hora que está tentando falar com você — anunciou, voltando-se para o homem mais baixo.

Do alto dos seus saltos, Clara se viu na desagradável posição de estar cinco centímetros acima dele.

— E esse é o Sr. Pink-Smythe.

— Pinkerton-Smythe — corrigiu ele, tirando um lenço do bolso para limpar a cabeça, o que só fez os últimos fios de cabelo que ainda tinha saltarem feito uma antena.

— Ele é presidente do Comitê de Bibliotecas. O que faz dele nosso novo chefe — concluiu Ruby.

— É um prazer conhecê-lo — disse Clara. — Estou ansiosa para trabalhar com o senhor. — Então se voltou para o sujeito do ministério, desejando que Ruby não a tivesse convencido a colocar aquele vestido. — E bem-vindo à nossa biblioteca subterrânea, ministro.

— Então *a senhora* é a bibliotecária de que todo mundo está falando? — perguntou ele com um sorriso radiante e apertando sua mão com entusiasmo. — Este lugar é um achado. Nunca achei que veria o dia em que viria ao metrô e encontraria livros em vez de trens. Estamos o quê? A uns dezoito, vinte metros de profundidade?

— Vinte e três, o único lugar em Bethnal Green onde não dá para ouvir as bombas — respondeu Clara, orgulhosa.

— E, perdoe a ignorância, o que aconteceu com os trens?

— A estação de Bethnal Green ainda estava em construção, no trecho da linha Central que vai de Mile End até a estação da Liverpool Street — explicou ela. — Quando a guerra estourou, as obras foram interrompidas. Eles fecharam a estação e a abandonaram aos ratos, até começarem os bombardeios.

— E quando foi que abriram de novo e virou esta... — ele abriu os braços, admirado — ... cidade subterrânea? Com o perdão da expressão.

— Imagina. Nós que moramos e trabalhamos aqui, nessa segunda Londres, nos consideramos moradores de uma cidade secreta. — Os olhos de Clara brilharam quando ela contemplou os arredores. — Temos muito orgulho da nossa comunidade subterrânea. Não são muitas as estações de metrô que têm o luxo de oferecer beliches triplos para cinco mil pessoas, uma biblioteca, um teatro para peças, espetáculos e aulas de dança...

— Com um piano de cauda, diga-se de passagem — interrompeu Ruby.

— Pois é. Sem falar da creche, do café, do posto de primeiros-socorros, com acomodação para enfermeiras e médicos, tudo subterrâneo — continuou Clara.

— Temos até a nossa própria cabeleireira subterrânea. — Ruby deu uma piscadinha, afofando a parte detrás do penteado.

— Está ouvindo o cantor de ópera aquecendo a voz no teatro aqui do lado? Hoje tem apresentação. E, na semana que vem, o Sadler's Wells vai trazer uma companhia de balé.

— Minha nossa. Cultura, livros e uma comunidade coesa. Acho que vou ter que me mudar para cá, se é isso que a vida subterrânea tem a oferecer.

Clara se sentiu mais tranquila. Se havia uma coisa de que gostava de falar era da vida no abrigo e das pessoas que moravam ali. Era de fato uma comunidade, ainda que inusitada, morando na linha Central, mas a caminho de lugar nenhum. Para Clara, tinha uma audiência cativa. Sua pequena biblioteca ficava no coração daquele bairro subterrâneo, o equivalente cultural da bomba de água de uma aldeia.

— É impressionante o que pode estar sob os nossos pés sem nos darmos conta — admirou-se o ministro. — Como começou?

— Foram as pessoas que abriram a estação — disse Clara, empolgada. — Todo mundo é um pouco orgulhoso, e os abrigos das ruas não prestavam nem para receber um cachorro. Foi o pai da pequena Phoebe que "conseguiu" — disse ela, desenhando aspas no ar — as chaves na primeira semana da Blitz. E aí as famílias vieram, aos milhares, em busca de um lugar seguro.

Ruby riu.

— O velho Harry é louco por uma aposta, seria capaz de apostar em duas moscas subindo pela parede, mas não estava disposto a arriscar a vida da família.

— Imagino que o ministro não esteja interessado nas atividades ilegais dos elementos subversivos de Bethnal Green — acrescentou depressa o Sr. Pinkerton-Smythe.

— Pelo contrário — interveio ele. — Acho intrigante. Sei que, no governo, havia um medo da mentalidade de abrigo profundo, que as pessoas desceriam para nunca mais voltar, mas claramente esse não é o caso aqui.

— Quem me dera — zombou Ruby. — De dia, as pessoas têm que sair para trabalhar. Somos trabalhadores, não toupeiras!

O ministro deu uma gargalhada retumbante, obviamente cativado por Ruby.

— Vocês têm lâmpada de radiação solar — continuou ele — para compensar a falta de sol?

— Não, senhor — respondeu Clara. — Acho que estamos acostumados a trabalhar debaixo da terra. Mas sofremos com catarro, e o cheiro nos túneis é às vezes... como posso explicar... intenso.

— Mas a fumigação matinal em geral resolve isso — acrescentou Ruby.

— E onde ficam as latrinas? — perguntou ele.

— Latrinas! — exclamou Ruby, e Clara respirou fundo. — Quando chegamos aqui, tínhamos que dar um jeito com um balde. Agora pelo menos temos banheiros químicos. A vida está melhorando, hein, Cla! — comemorou ela. Ruby tinha uma gargalhada voluptuosa, que a tornou famosa em Bethnal Green.

— No começo, dormíamos nos túneis do sentido oeste — explicou Clara. — Mas, três meses depois de os bombardeios começarem, a prefeitura alugou oficialmente a estação da Secretaria de Transporte Público.

— Foi aí que eu cheguei — interrompeu a Sra. Chumbley. — Lavamos os túneis, pintamos as paredes e criamos um comitê do abrigo. Para as coisas acontecerem, é preciso ter um comitê, não acham?

— E quem é a senhora? — perguntou ele.

— Sra. Chumbley, vice-administradora do abrigo, respondo ao Sr. Miller. Além de nós, temos doze supervisores trabalhando em tempo integral, mais os funcionários da creche, do teatro e da biblioteca.

— Mas me explique uma coisa: por que as pessoas continuam aqui?

— Falta de moradia — explicou Clara. — Não há casas habitáveis para todo mundo. Além do mais, as pessoas se acostumaram e gostam daqui. Para algumas crianças, é a única casa segura que conhecem.

Ela hesitou.

— O que não significa que não tivemos nossas próprias tragédias. O senhor ouviu...

— Vamos dar prosseguimento? — perguntou o Sr. Pinkerton-Smythe, interrompendo Clara.

— Boa ideia — concordou o ministro, pigarreando e convidando todos a ficarem em silêncio. — E agora, sem mais delongas, gostaria de agraciá-la, Sra. Button, com o certificado oficial de excelência Leitura pela Vitória.

Clara reprimiu a raiva. Por que eles nunca podiam tocar nesse assunto? Por que a dor sempre tinha de ser sacrificada em prol do moral?

A visão perturbadora do rosto da sogra lhe veio à mente. O velório apressado. As palavras do médico. *Recomponha-se.*

— Clara... — sussurrou Ruby, cutucando-a com o cotovelo. — Tudo bem?

— Desculpa — murmurou ela, expirando lentamente e tocando de leve o pescoço.

Seu novo chefe, o Sr. Pinkerton-Smythe, encarava-a, curioso.

O ministro havia trazido o fotógrafo do *Picture Post* para o balcão da biblioteca.

— Ei, Bert, tire uma foto minha com Clara Button, bibliotecária da única biblioteca numa estação de metrô da Inglaterra! Ela vai ser a nova garota-propaganda da campanha Leitura pela Vitória.

— Eu? — perguntou Clara, piscando para o flash da câmera.

— A senhora, claro. Só se fala nesta biblioteca. Até lá em Whitehall... — Ele baixou a voz. — O próprio Churchill já sabe deste lugar. Uma propaganda e tanto.

E então, para as pessoas reunidas:

— Obrigado a todos pela presença aqui debaixo da terra. — Por fim, a biblioteca ficou em silêncio. Clara viu o Sr. Pepper e a esposa saindo pela porta e desejou poder se juntar a eles. — O inimigo está tentando contaminar nossas mentes com a podridão da dúvida e da aflição, na esperança de destruir nosso moral. Precisamos continuar nos informando sobre as questões que fundamentam o conflito e sobre o que está em jogo. Para isso, livros são indispensáveis. Ao oferecer material e método para a atividade da leitura, a Biblioteca do Abrigo Subterrâneo de Bethnal Green está trabalhando em prol da Causa Nacional.

Todos os olhos se voltaram para Clara, e sua vontade era de se enfiar num dos livros na estante.

— Quando a biblioteca foi bombardeada e o bibliotecário-chefe faleceu, não imagino que muitas moças teriam tido a coragem de assumir a posição. Com a queda na venda de livros em função do racionamento de papel e por causa da escassez de livros novos, o compromisso da biblioteca pública ganhou grande importância.

Mais flashes, os repórteres rabiscavam em seus bloquinhos, e Clara rezava para que o discurso terminasse logo. Mas o ministro estava apenas se aquecendo para uma conclusão digna de Churchill.

— As bibliotecas são o motor da nossa educação e nossa rota de fuga, elas jamais foram tão importantes para transformar nossas vidas. Por favor, aceite este certificado com a gratidão de todos nós em Whitehall.

Clara pegou o papel emoldurado, sabendo que tinha de dizer alguma coisa.

— Fomos instados a lutar pela vitória, a cavar pela vitória e a economizar pela vitória. Não deve haver mal algum em sugerir que devemos ler pela vitória — concluiu com um sorriso.

A biblioteca irrompeu em aplausos, e Clara riu ao ver Ruby levar os dedos aos lábios e soltar um assovio capaz de encobrir o cantor de ópera no teatro ao lado. Lá fora, os Ratos do Metrô gritaram e comemoraram batendo os pés no chão. A Sra. Chumbley abriu caminho pela multidão na direção deles.

— Minha nossa — disse o ministro. — Achei que bibliotecas fossem lugares silenciosos.

— Não essa — devolveu Ruby, colocando um copo nas mãos de Clara. — É sempre assim. Principalmente na hora da leitura das crianças.

— Maravilha. Conquiste-os na infância e você ganha um leitor para a vida toda.

Clara acenou que sim com fervor.

— Exatamente, mas não trabalhamos só para o público jovem. Toda sexta à tarde, organizamos uma biblioteca móvel para as garotas que trabalham nas fábricas. Se as pessoas não podem vir até nós...

— Você vai até elas — concluiu ele. — E para isso vocês usam a...

— Biblioteca volante.

Clara tinha muito orgulho do velho Morris 25 HP, de 1935, doado pela Kearley & Tonge, a fábrica de bolos e biscoitos, na Bethnal Green Road. O serviço "Uma Biblioteca na sua Porta" se provou um grande sucesso, sobretudo com as operárias das fábricas do bairro, que adoravam receber o suprimento semanal de romances.

— Acho maravilhoso como você está em sintonia com a ideologia de Whitehall. Bibliotecários precisam ser dinâmicos para encorajar o hábito da leitura pela vitória.

O ministro estava se animando agora que se engajava no tema.

— Vou arrumar uma entrevista com a senhora para o *Times*. Eles estão investigando o trabalho das bibliotecas públicas em áreas carentes.

— Ah, bom. Não sei se posso — hesitou Clara.

— Deixe de ser tímida, minha cara — devolveu ele.

Sua intuição feminina detectou ondas de ressentimento irradiando do Sr. Pinkerton-Smythe ao seu lado.

— Nosso objetivo, ministro, deveria ser elevar o padrão de leitura no distrito — interveio ele com um sorriso contido. — Temos um dever moral, não é mesmo, Sra. Button?, de educar. Existe disponível, hoje em dia, uma quantidade tremenda de... — continuou, correndo os olhos pelas estantes de Clara — ... sedativos mentais. Trivialidades. Curiosidades. Romances terrivelmente entediantes. Livros escritos por uma gente semieducada para um povo ignorante.

Clara sentiu uma onda de calor no peito.

— Com todo o respeito, senhor, tenho de discordar. Peter... meu colega, acreditava que o prazer pela leitura é a verdadeira função dos livros.

Ela pensou com carinho no homem que nutriu seu amor pela leitura, que encorajou seus pais a deixarem que fizesse a prova de admissão para a Central Foundation Girls' Grammar School, a escola pública secundarista feminina, em Spitalfields, e que a impeliu a estudar para a especialização em biblioteconomia.

— Quem somos nós para dizer o que as pessoas devem ou não ler? — insistiu ela.

— Não deixa de ser verdade, não acha? — concordou o ministro, voltando-se para o Sr. Pinkerton-Smythe. — A guerra abriu as portas da biblioteca pública para muitas pessoas que antes só usavam bibliotecas com preços populares. Seria uma pena perder esses leitores.

— Escute aqui — ordenou o Sr. Pinkerton-Smythe. — Admiro sua energia e sua vivacidade, Sra. Button, mas me deixe lembrá-la de que, como bibliotecários, é nosso dever *não* aceitar com submissão a falta de gosto nem a suprir, mas corrigir essa tão triste condição com o máximo de urgência e educar nossos usuários.

Algo dentro dela explodiu.

— Não! — Clara pousou com força o copo no balcão da biblioteca. — O senhor está enganado! As mulheres no abrigo precisam de uma válvula de escape, não de educação.

— Se elas não têm energia o bastante para não ler nada além de lixo, estaríamos prestando um verdadeiro serviço se pudéssemos impedi-las de ler por completo — disparou ele em resposta.

— Impedi-las de ler! — exclamou Clara. — O que o senhor quer que eu faça? Que monte uma pilha de romances na plataforma de trem e taque fogo? É esse tipo de coisa que acaba criando um Hitler!

Ruby e o ministro assistiam à discussão acalorada cada vez mais incrédulos.

— Ora, ora, ora — gracejou o ministro. — Como pode ver, Sr. Pinkerton-Smythe, não há nada de submisso na sua jovem bibliotecária. O fogo corre nas veias dela.

Um silêncio desconfortável se instaurou entre eles. O ministro conferiu o relógio no pulso.

— Por mais que aprecie um bom debate, está na minha hora. O motorista está me esperando.

Ele trocou um aperto de mãos com todos.

— Sra. Button, mais uma vez, foi um prazer conhecê-la. Sr. Pinkerton-Smythe, cuidado. O senhor tem um rojão nas mãos, hein! Minha equipe vai entrar em contato para falar da entrevista com o *Times*.

— Também preciso ir — murmurou o Sr. Pinkerton-Smythe. — Outro dia eu volto, e continuamos essa conversa. — Parecia pingar veneno de sua voz enquanto ele saía da biblioteca de Clara com passos pesados.

— Pode beber — sussurrou Ruby, enchendo o copo da amiga. — Vai precisar quando vir quem acabou de entrar.

Clara se virou, e seu copo parou a meio caminho dos lábios.

— Mãe. Você veio.

Os lábios da mãe pareciam finos como um corte de papel.

— Por favor, me diga que não tiraram uma foto sua usando isso! Parece uma sirigaita! Sua sogra ainda está de luto, sabia?

— A senhora não pode ficar feliz por mim, mãe...? — Sua voz sumiu ao notar as lágrimas nos olhos da mãe. Como ela fazia aquilo? Chorar quando bem entendia.

— Graças a Deus seu pai não está aqui para ver isso — choramingou, tirando um lenço do bolso.

Clara engoliu em seco, a mente fervilhando de imagens dos pais chorando diante da sepultura de Duncan. Ninguém a culpou diretamente pelo ocorrido, mas o olhar de recriminação era muito mal disfarçado.

Quantas vezes os tinha visto desde então? Três, quem sabe quatro vezes em quatro anos? Além da farsa do Natal passado.

— Só queria que você viesse à biblioteca ver o que tenho feito. Achei que iria ajudar a entender por que continuei trabalhando.

— Ora, eu não entendo. Foi um erro vir aqui. Achei que, a essa altura, você já teria caído em si e dado um fim a isso.

Clara baixou a voz ao notar que as pessoas ao redor estavam olhando.

— Mãe, eu preciso trabalhar. Duncan se foi, e não posso trazê-lo de volta, mas aqui na biblioteca pelo menos posso ajudar as pessoas. — Ela tentou tocar a mão da mãe. — Além do mais, faço parte do esforço de guerra agora. Não poderia parar de trabalhar, nem se quisesse.

A mãe afastou a mão.

— Você é muito teimosa, não é, mocinha. Sempre foi assim, desde criança. — Ela se afastou, dirigindo-se à porta.

— Mãe, por favor, fique... — implorou Clara.

— Sinto muito, filha, mas não. Você fez as suas escolhas. E agora viva com elas. Lavo as minhas mãos.

Ela apertou o lenço no pescoço e saiu, deixando um rastro de reprovação no ar.

Clara ficou olhando para ela, atordoada, então baixou o rosto para o certificado de Leitura pela Vitória. Será que tinha acabado de sacrificar a família em nome da biblioteca?

2

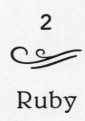

Ruby

Quando choviam bombas sobre o Reino Unido, tudo o que as pessoas queriam era se esconder do horror e fugir para um mundo novo que oferecesse empolgação e fantasia. Esse mundo novo podia ser encontrado nas páginas de uma obra de ficção.

Dr. Robert James, professor titular de história da
Universidade de Portsmouth

Ruby chutou o pé da última mesa dobrável e a carregou até a sala de leitura adjacente. Tirando o batom vermelho do decote, usou a lâmina de uma faca como espelho para passar mais uma boa camada da sua cor preferida, Vermelho Paixão.

— Acho que dá para dizer que foi um sucesso — comentou, usando a faca para confirmar se não tinha manchado os dentes.

— Dá? — murmurou Clara. — Fui renegada pela minha própria mãe, e o meu chefe novo me odeia.

— Ai, Cla. Você e a sua mãe. Vocês são tão diferentes. Ela vai dar o braço a torcer.

Clara fez que não com a cabeça.

— Dessa vez, não. Acho que agora foi sério.

Ruby olhou para a amiga, linda, tão inteligente e generosa, e se perguntou como uma pessoa tão humana podia ter saído da barriga de Henrietta Buckley.

— E por que eu fui chamar o nosso novo chefe de projeto de Hitler? — suspirou ela.

Ruby levantou a garrafa de gim e ficou espantada ao notar que estava vazia.

— Porque ele é. Imagina só, querer impedir mulheres de ler! Que imbecil metido a besta!

— Verdade, mas não quero fazer dele um inimigo.

Ruby olhou para o relógio e engoliu em seco. Estava na hora. Como faria isso? Não tinha bebido o suficiente, nem de longe.

Acendeu outro cigarro, a mão tremendo um pouco.

— Melhor ir andando, não acha, Rubes? — chamou Clara, baixinho. — Já são oito e quinze. Vão começar a qualquer momento.

— Eu... acho que não vou conseguir, Cla. Acho que vou esperar aqui embaixo.

Clara apertou a mão da amiga.

— Prometo que não vou deixar você sozinha. Vamos. Por Bella.

Bella. Ruby não pronunciava esse nome desde a morte dela, um ano atrás, naquela mesma data, mas não havia um momento sequer em que a irmã mais velha não estivesse em seus pensamentos. Em que Ruby não se torturava, pensando que tudo podia ter sido diferente.

Clara trancou a biblioteca e, juntas, foram andando pela plataforma, os saltos batendo no piso de concreto, e subiram as escadas rolantes desligadas, que não rolavam mais.

No saguão da bilheteria, dois homens vindo do sentido contrário admiraram suas curvas, e Ruby lhes dispensou um olhar de desdém, antes de se dar conta, com espanto, de que tinha ido para a cama com um deles havia pouco mais de um mês, numa noite nebulosa e regada a gim.

— Os sanduíches estavam bons? — perguntou uma moça baixinha de avental, servindo chá, atrás do balcão do café.

— Perfeitos, Dot — respondeu Ruby.

— Não tem de quê, querida, você merece. Clara, separa uma coisa boa para mim. Vou dar um pulo na biblioteca amanhã, lindinha.

— E o que você quer?

— Errol Flynn e um bom gim — exclamou com uma gargalhada. — Mas, na falta disso, um livro resolve.

— Algum em particular?

Ela sorriu por trás do vapor da chaleira imensa.

— Se tiver a palavra "paixão" ou "anseio", para mim serve.

— Acho que você vai gostar de *Gypsy Lover*, da Denise Robins... — sugeriu Clara.

— Pode escolher, lindinha, até hoje você nunca me decepcionou.

— Separa esse da Denise — provocou Ruby. — Que mulher diria não a um amante cigano numa tarde chuvosa?

Dot deu uma gargalhada, e Ruby percebeu que, com suas piadas sujas e sua falta de juízo, estava virando uma caricatura. A loura peituda de Bethnal Green... a piranha de bom coração... só um rostinho bonito! Engraçado como não faltavam ditados para mulheres que não seguiam as regras. Até seu apelido, Lábios Vermelhos, fazia com que soasse mais como uma personagem devassa de uma tirinha de um tabloide barato do que como uma mulher.

Mas qual era a alternativa? Envelhecer da noite para o dia e se matar de trabalhar feito a mãe? Não, obrigada. Aceitaria toda a liberdade sexual que a guerra havia lhe proporcionado, porque, verdade seja dita, isso não ia durar muito depois que o conflito acabasse.

— Sua atrevida! — brincou Dot. — Tchauzinho, meninas. Boa sorte. Vejo vocês amanhã, se Deus quiser.

— Se Deus quiser — repetiu Ruby, e elas pararam ao pé da famosa escadaria.

Clara segurou sua mão para lhe dar apoio.

— Pode contar comigo — murmurou.

Ruby sentiu que estava ficando ofegante. *Agora não, por favor.* Aquela não era hora para mais uma crise.

Fechou bem os olhos e andou lentamente sobre o túmulo da irmã. O rosto bonito de Bella surgiu em sua mente como a lâmina de uma faca. Na escuridão súbita, não podia fugir das imagens que a assombravam, levando-a de volta para aquela noite chuvosa de quarta-feira.

Gritos. Baques. Grunhidos. Por que jogaram centenas de casacos molhados na escada? Então entendeu. Os casacos continham corpos. Centenas de corpos se debatendo e ofegando numa pilha aflita. Os membros emara-

nhados em posições impossíveis, os rostos indo do rosa ao roxo. Uma vala de corpos de uma complexidade tão terrível que era impossível entender onde um corpo começava e o outro terminava.

Lá estava a Sra. Chumbley, abaixada no alto da pilha, arrancando desesperadamente crianças daquela confusão com tanta força que seus sapatos ficavam para trás.

— Bella!... Bella! — gritou Ruby, puxando mãos e pernas, numa tentativa frenética de salvar as pessoas, de encontrar a irmã.

Mas não a encontrou. Não ali. Passaram-se cinco dias até que a irmã aparecesse no necrotério, com o rosto coberto de marcas de botas, o lindo cabelo ruivo espalhado feito chamas.

Ruby se viu do alto, segurando o corpo da irmã, tentando infundir vida a suas mãos frias. Chorando. Pedindo desculpa.

— Rubes...? — A voz preocupada de Clara a trouxe de volta ao presente.

Lágrimas escorriam pelo seu rosto enquanto ela se apoiava na parede da escadaria e assentia com a cabeça, sem palavras de tanta exaustão e dor. Seu medo subia e descia, em grandes ondas.

— Aconteceu de novo?

Ela fez que sim.

— Sei o que você vai falar, Cla — disse ela por fim. — Mas, por favor, não fale nada.

— Por quanto tempo você vai continuar se culpando? — sussurrou Clara.

— Até eu morrer, acho. — Ruby soltou um enorme suspiro, mas era como se jamais fosse capaz de encher o pulmão o suficiente. Será que foi assim que Bella se sentiu, pouco antes de morrer?

Ruby olhou para o degrau de concreto sujo sob os pés. Que lugar para uma vida acabar. Com que velocidade as autoridades lavaram aqueles degraus depois que os corpos foram retirados. A raiva deveria ter eviscerado a culpa, mas não foi o que aconteceu. Só pareceu torná-la ainda mais forte.

Um pequeno caule verde havia brotado por entre as frestas e se insinuava em direção à luz. Ela se perguntou como era possível crescer algo onde tanto horror ainda reverberava.

— Rubes, olha para mim — implorou Clara. — Mesmo que você tivesse chegado imediatamente, ela provavelmente teria sido esmagada do mesmo jeito.

— Está aí uma coisa que a gente nunca vai saber, não é? Anda. — Ruby inspirou depressa e tentou se controlar. — Vamos dar o fora daqui.

Emergiram piscando os olhos sob a luz azulada de um fim de tarde calmo de março. Não havia um sopro de vento no ar.

Havia um silêncio estranho sobre a entrada da estação, até os pássaros estavam quietos, como se simplesmente tivessem caído do céu. Levou um tempo para os olhos de Ruby se acostumarem, como sempre acontecia quando ela deixava o mundo subterrâneo. No crepúsculo, percebeu que devia haver uma centena ou mais de pessoas reunidas diante da estação.

Homens de chapéu, mulheres de lenço preto. Até militares tinham vindo, homens da ARP e das equipes de resgate, de cabeça baixa em sinal de respeito. Surpresa, Ruby percebeu que os paramédicos, com seus capacetes brancos, tinham vindo em peso. Todos estiveram ali naquela noite, claro, e testemunharam cenas que assombrariam seus sonhos por muitos anos.

Bethnal Green era o lugar mais barulhento do mundo, então vê-lo assim, tão soturno e silencioso, era desconcertante.

Procurou a mãe na multidão. Tantos rostos marcados pela dor. Lá estava Maud, cujas filhas, Ellen e Ivy, desceram aquelas escadas para nunca mais voltar. Maud sobreviveu, mas parecia determinada a se matar lentamente, bebendo até cair toda noite. Quase todo bar de Bethnal Green proibia sua entrada. E lá estava Sarah, de pé nos degraus da igreja feito um espectro pálido. Diziam as más-línguas que foi Sarah quem fez as pessoas se pisotearem quando tropeçou e caiu ao pé da escada, com o bebê no colo. O bebê morreu. Sarah sobreviveu. Ficou grisalha da noite para o dia, condenada a um inferno na terra, e, ultimamente, mal saía da Igreja de St. John.

Chorando baixinho ao seu lado estava Flo. A irmã mais nova foi pisoteada no metrô; a mais velha, decapitada por um caminhão durante um blecaute. Uma irmã do meio sem ninguém em lado nenhum. Em Bethnal Green, só de esticar um braço você tocava alguém sentado num barril de pólvora.

Mas, para Ruby, um ano depois da morte de Bella, a dor não era mais tão pungente. Nas semanas seguintes, sentiu-se como um saco de papel amassado. Um ano depois, desdobrou-se pouco a pouco, mas agora estava cheia de vincos.

— Minha mãe ali — sussurrou, enfim avistando Netty, diante da biblioteca bombardeada em frente à estação.

Ruby notou o batom e o chapéu amarrotado. Sentiu uma pontada no peito.

— Está bonita, mãe — disse ao se aproximar.

— Fiz um esforço, pela nossa Bella.

Ruby se abaixou e lhe deu um beijo carinhoso na bochecha, perguntando-se quando foi que a mãe havia emagrecido tanto.

— O que está acontecendo? — perguntou.

— O pastor apareceu e fez uma oração. Agora as pessoas estão deixando bilhetes, flores e outras lembranças. Eu deixei aquilo ali. — Ela apontou para um pote de geleia cheio de margaridas bonitas no degrau mais alto da entrada do abrigo. — Tão pouco para uma vida, né?

Ruby não era capaz de dizer quanto tempo elas passaram de pé ali, lado a lado, perdidas nos próprios pensamentos, mas unidas na dor. No entanto, era tempo o bastante para lembrar.

Não foi culpa sua. Quantas vezes Clara lhe disse isso?

Mas de quem foi a culpa de a sua irmã e mais cento e setenta e duas pessoas terem mergulhado num poço do inferno naquela noite, tropeçando e caindo umas sobre as outras, até todo o ar lhes fugir dos pulmões? De Sarah é que não foi, isso é certo. Segundo boatos, a prefeitura havia mandado um pedido de verba ao governo central para tornar a entrada da estação mais segura, instalar um corrimão no meio da escada e nivelar os degraus irregulares. O pedido tinha sido negado. A investigação ainda estava em andamento. Talvez fosse mais fácil culpar as pessoas do que tentar descobrir a verdade.

Ruby já achava havia muito tempo que, no que dizia respeito à guerra, as classes trabalhadoras eram bucha de canhão. O que não tinha percebido até o ano anterior era que o sacrifício não se limitava à frente de batalha, mas se estendia a quem tinha ficado em casa também. Havia tempo demais que apanhavam dos representantes da riqueza e dos privilégios. Só tinham a segurança relativa do abrigo do metrô porque tomaram as rédeas da situação. Ela respirou fundo, tentando se acalmar.

— Presta atenção para onde está indo, cara.

Ruby se virou e viu um grandalhão num casaco de lã de operário abrindo caminho por entre a multidão silenciosa na direção delas.

— Ai, era só o que faltava — suspirou. — Ele não ia sair com os amigos hoje?

Netty se encolheu.

— Ia na inauguração de alguma estátua lá nas docas, algum comerciante que inventou que é parente dele.

O homem se aproximou delas e parou ao lado de Netty com um grunhido marcando território.

— Oi, amor — disse Netty, esforçando-se para dar um sorriso. — Achei que ia sair hoje.

— Tô vendo. É só eu dar as costas que essa coisa vem se exibir na rua.

Coisa?

— Não tem ninguém se exibindo, Victor — retrucou Ruby. — Estamos fazendo uma homenagem.

— E para que se embonecar toda assim? — perguntou ele, dando um peteleco no chapéu da esposa. — Não dá para tirar leite de pedra, sabia? — Ele riu da própria piada.

— Você está bêbado — disse Ruby.

— Tem algum dinheiro? — perguntou ele, ignorando a enteada. Victor Walsh era o segundo marido da mãe, que se casou com o sujeito logo depois da morte do pai de Ruby. Era um mistério por que a doce Netty havia se juntado com alguém como ele.

— Desculpa, meu bem, não tenho nada.

38

— Mas você recebeu hoje — insistiu ele, levantando a voz no meio da multidão silenciosa.

— Desculpa, amor — repetiu ela, parecendo envergonhada.

— Você não paga pelo serviço dela? — exigiu saber ele, virando-se para Clara. Netty limpava a biblioteca uma vez por semana, além de trabalhar como faxineira no centro da cidade e por meio período cerzindo colarinho de camisas.

— Por favor, querido, não faça cena. Claro que ela me pagou, mas foi tudo para aluguel, comida e vendedor.

Sem dizer uma palavra, Victor agarrou a bolsa dela, tirou a carteira e começou a vasculhar.

— Deixa ela em paz — ordenou Ruby, arrancando a carteira das mãos dele. — Até parece que, se ela tivesse algum dinheiro, ia dar para você, seu imprestável.

— Tudo bem por aqui, Netty? — A Sra. Chumbley surgiu diante deles. Victor podia até ser um cafajeste, mas, ainda que relutante, tinha algum respeito pela vice-administradora do abrigo.

— Tudo bem, né, amor?

Netty ofereceu um sorriso contido.

— Ã-hã, ã-hã, problema nenhum por aqui, Sra. Chumbley.

— Estamos indo para casa — disse Victor, apertando os ombros de Netty com um braço.

— Juro para você, qualquer dia desses... — murmurou Ruby, enquanto observava os dois. — Melhor eu ajudar a minha mãe. Ela vai precisar quando chegar em casa.

Ruby deu um beijo no rosto de Clara.

— Você arrasou hoje, amiga. Fiquei tão orgulhosa.

Clara fez um carinho em seu rosto.

— Obrigada, Rubes. E não esqueça: não foi culpa sua!

Ruby alcançou a mãe e Victor, e, no caminho até o prédio onde moravam, percebeu que o padrasto estava se preparando para uma boa briga.

Dito e feito, foi só entrarem no apartamento que ele começou a provocar Netty.

— Cadê a janta?

— Estou fazendo tudo que posso — respondeu ela, descascando batatas freneticamente. Ruby pegou outro descascador.

— Pode deixar que eu ajudo, mãe.

— Obrigada, querida. — Netty ofereceu um sorriso agradecido. Victor se sentou com o jornal.

— Se não tivesse saído para se exibir, eu não tinha que ficar esperando — reclamou, sacudindo o jornal. — Que isso não se repita.

— Claro que não, amor. Só queria fazer a minha homenagem a Bella.

Ele resmungou.

Porco ignorante.

Ruby manteve o pensamento para si mesma. Precisavam de paz, sobretudo aquela noite.

Logo, Netty havia preparado três pratos de presunto, ovos e batata frita.

— Ninguém faz batata frita igual a você, mãe — elogiou Ruby, salpicando uma boa dose de vinagre em sua porção. — Você não acha, Victor?

— Dá pro gasto — respondeu ele, enfiando uma garfada cheia na boca, enquanto continuava lendo o jornal. — Olha, estão falando daquele comerciante, parente meu.

— Que parente? — perguntou Ruby.

— Conde Walsh.

— Ah, a sua família é do cu do conde? — devolveu ela com um sorriso zombeteiro.

Netty deixou escapar uma gargalhada antes de conseguir se conter.

— Ah, achou graça, foi? — perguntou Victor, erguendo a cabeça. Netty ficou pálida.

— Não, amor, eu não estava rindo de você, só de Ruby... — Victor arrastou a cadeira para trás e se levantou, então Netty começou a tremer. — Sabe como é, ela pensa tão rápido, só isso.

— Vamos ver se você acha graça disso então — ameaçou ele baixinho, parando de pé atrás dela.

O coração de Ruby disparou, e ela conseguia sentir as batidas nos ouvidos.

— Victor, deixa disso — implorou ela. — Foi só uma piada.

— E isso, é engraçado?

Dito isso, ele agarrou a parte detrás da cabeça de Netty e a baixou lentamente em seu prato.

Sem desviar os olhos de Ruby, esfregou o rosto dela primeiro num sentido, depois no outro. Netty arregalou os olhos, assustada, enquanto começava a pingar gema do queixo.

— Desculpa — arfou.

— Para, Victor, pelo amor de Deus, ela não está conseguindo respirar! — gritou Ruby.

Victor levantou de volta a cabeça de Netty e virou o restante do prato em cima dela, espalhando batata e pedaços de ovo frito pelo chão.

— Cuidado com a boca. Vocês duas. Vou dar um pulo lá no Camel.

Pegando jornal e casaco, ele saiu, furioso, da cozinha. A porta da frente bateu, sacudindo as janelas.

Houve um instante de silêncio estupefato, até que Netty foi atrás de um pano de prato.

— Por favor, querida... — pediu, tremendo e erguendo a palma da mão. — Não quero uma palavra. Ele é meu marido, e é assim que as coisas são.

— Mãe, por favor... você tem que largar esse cara.

— Só ferve uma água, por favor, querida, que eu vou preparar um chá para a gente — murmurou ela, esfregando o piso. — Mas acabou o leite. Pode dar um pulo na Sra. Smart e perguntar se ela empresta um pouco?

Ruby queria gritar: *Não quero porcaria de chá nenhum! Quero tirar você daqui, para ficar bem longe daquele animal!* Desesperada, ela passou as mãos pelos cabelos. Era por causa disso... disso... que estava presa a Bethnal Green. Por isso tentava fugir numa garrafa ou na cama de um estranho. Às vezes, pensava, se não fosse por Clara e a biblioteca, perguntava-se se sequer estaria viva ainda.

Pegou o casaco, e a mãe a segurou pelo braço.

— Você não vai me abandonar, vai, querida?

— Claro que não, mãe.

— É só que, depois da Bella, não suportaria perder você também. — Ela lhe ofereceu um sorriso fraco. — Somos só nós duas agora, não é?

— Ai, mãe. — Ruby a abraçou tão apertado quanto ousava, sentindo a raiva se espalhar pela sua barriga.

Por quanto tempo mais seria capaz de fazer promessas vazias? Quanto tempo mais até alguma coisa dentro dela arrebentar? O amor que sentia pela mãe parecia um rio sem pontes. Algo que não conseguia atravessar. Cada tapa, soco e palavra cruel só enterravam cada vez mais a mãe no solo encharcado.

Aquele homem estava destruindo a humanidade de Netty, pouco a pouco, até que, um dia, o que iria sobrar dela? Que "A beleza é o seu dever" que nada. "Cala a boca e engole o choro" seria um slogan de guerra muito mais realista, pelo menos entre os seus.

— Não vou a lugar nenhum — prometeu Ruby, beijando o alto da cabeça da mãe. — Prometo. Somos nós duas contra o mundo. — Ela se afastou e deu um sorriso para tranquilizar a mãe. — Vou buscar o leite, tá bom? E a gente vai tomar uma boa caneca de chá.

Ruby passou por cima do ovo já endurecido no chão e saiu do apartamento abafado; seu sorriso se desfez assim que saiu do campo de visão da mãe.

3

Clara

Bibliotecários precisam de paciência e educação infinitas diante das adversidades. O amor às pessoas é tão ou mais importante que o amor aos livros.

Charlotte Clark, diretora da Biblioteca Pública de
Southwold

Depois que Ruby foi embora, Clara passou um bom tempo sozinha, sentada no Barmy Park, até a escuridão se instalar e ela ver morcegos voando do telhado da antiga biblioteca bombardeada.

Depois da cerimônia na entrada do metrô, não estava com a menor vontade de voltar para as quatro paredes do seu apartamento minúsculo na Sugar Loaf Walk. Em seu quarto, sem o status de bibliotecária, era apenas a velha Clara de sempre, a viúva.

Por muito tempo depois da morte de Duncan, ela dormiu na biblioteca, sendo acolhida pela simpatia da imensa comunidade subterrânea. Aquela pequena biblioteca de guerra, construída como que por milagre com cinquenta xelins, salvou sua vida. E muito provavelmente sua sanidade também. A carga horária era puxada, todo dia, das oito da manhã às nove da noite, quando as luzes do abrigo eram reduzidas, e meio período de folga só às quartas e aos domingos. Mas o trabalho a impediu de se entregar à dor. Depois do que testemunhou aquela noite, tantos usuários da biblioteca em meio à multidão, de cabeça baixa, sabia que a biblioteca era para eles uma fonte de auxílio tanto quanto para ela.

E era por isso que, não importava o quão dolorosa fosse a rejeição da mãe, não podia abandonar a biblioteca... nem Ruby. Elas se agarravam uma à outra, duas almas perdidas, lutando contra o passado.

Um cachorro latiu por perto, e ela se virou depressa, mas a lua havia se escondido atrás de uma nuvem, e Clara se viu diante de uma cortina de escuridão. Seu estômago deu um nó de enjoo. Ninguém queria ser pego na rua depois do apagar das luzes. O Estripador do Blecaute, como o assassino e estuprador do Soho foi apelidado, estava preso havia muito tempo, mas serviu de alerta para todas as mulheres que andavam sozinhas depois de anoitecer.

Clara apertou o casaco com força e voltou para os portões do parque, tateando seu caminho nas grades. Na Sugar Loaf Walk, esgueirou-se pelas sombras da viela. As residências ali eram um emaranhado de cômodos. Casas úmidas com vazamento, construídas no século anterior, subdivididas e alugadas para o máximo de moradores que era possível empilhar lá dentro. Mas ali fora estava sozinha.

Parou diante do que esperava ser a porta de casa e vasculhou a bolsa em busca da chave.

— Anda, cadê essa chave? — murmurou. O que acontecia com a lua cheia de bombardeio na hora em que precisava dela?

Outro latido de cachorro, e ela parou. Sentiu um frio na espinha e, naquele momento, teve certeza de que não estava sozinha.

— Quem está aí? — gritou para o beco escuro. Silêncio. O breu avassalador fez seus ouvidos zumbirem.

Por fim, sentiu o metal frio da chave de casa e, aliviada, levou-a em direção à fechadura, mas, em vez de uma porta, sentiu um corpo.

Tentou gritar, mas sua boca foi coberta pela mão de alguém. Lutou contra ele em pânico, tentando se libertar, mas a figura era forte demais e começou a arrastá-la pela viela. Sentiu os botões do casaco dele apertando suas costas e a respiração quente e pesada no ouvido.

Ouviu um grito, e o corpo dele deu um encontrão nela. De repente, a mão soltou sua boca.

— SOCORRO! — gritou Clara, ofegante. Na escuridão, só conseguia discernir um capacete branco e dois corpos agarrados.

Um baque seco, um gemido e então o som de pés correndo.

— Está tudo bem — anunciou uma voz masculina ofegante. — Ele já foi.

— Ai, meu Deus — disse ela, começando a chorar.

— Você está bem... Está tudo bem, eu trabalho na ambulância. — A voz tentava acalmá-la. Seu salvador acendeu uma lanterna, e um feixe fino de luz iluminou o espaço entre os dois. — Ele machucou você?

— Não... Não, eu estou bem — respondeu ela, embora não se sentisse nada bem.

Na luz fraca, reconheceu o homem da cerimônia daquela noite, na entrada do metrô.

— Você está machucado — exclamou ela, encarando o lábio inchado e sujo de sangue.

— Não, não é nada de mais. Ele me acertou na boca quando o puxei de cima de você, só isso.

— Graças a Deus, você apareceu bem na hora. Nem sei o que poderia ter acontecido...

— Você viu o rosto dele ou reconheceu quem era?

Ela fez que não com a cabeça.

— Não. Foi rápido demais.

— Vem — chamou ele. — Acho melhor voltar para o abrigo do metrô, prestar queixa e arrumar alguma coisa para ajudar com o choque.

— Estou bem. Ele devia estar só atrás da minha bolsa; não quero causar estardalhaço.

— É melhor eu dar uma olhada em você direito.

Algo molhado fungou na sua mão, e ela deu um pulo.

— Desculpa, é a minha vira-lata — explicou ele. — Calma, mocinha.

— Ah, era ela latindo no parque?

— Era. Vi quando você saiu do parque e foi seguida pelo homem, então achei melhor ver se estava tudo bem. — Ela sentiu os olhos dele avaliando-a. — Olha só, sei que você está se sentindo bem agora, mas choque é uma coisa estranha. Tem alguém em casa para ficar com você?

Ela sentiu um nó na garganta.

— Não — admitiu. — Moro sozinha.

— Vamos. Meia hora não vai fazer mal. — Algo na serenidade da sua voz a fez ceder.

No metrô, Clara abriu a biblioteca, e o homem entrou depois dela.

— Deixa eu passar alguma coisa nesse lábio — insistiu ela. — Está pingando sangue no chão.

— Mil perdões!

Ela riu, meio trêmula, sentindo o alívio tomar conta do seu corpo, à medida que a adrenalina passava.

— Depois do que você acabou de fazer, acho que não precisa pedir desculpa. Senta aqui — ordenou ela, pegando uma cadeira dobrável da sala de leitura.

Clara pegou o kit de primeiros socorros atrás do balcão e pressionou uma gaze pequena com antisséptico no lábio do estranho.

— Tem certeza de que você está bem? — perguntou ele, preocupado, enquanto ela estava diante do seu rosto. — Eu que sou o paramédico aqui; eu que deveria estar examinando você.

— Estou bem, de verdade. Foi muito rápido. Já passei coisa pior na Blitz; além do mais, tenho certeza de que ele só queria a minha bolsa.

Por que estava fazendo pouco-caso daquilo? Será que odiava pensar em outro motivo para o homem tê-la seguido?

Enquanto limpava o rosto dele, Clara aproveitou para o avaliar. Era alto. Magrelo. Tinha o cabelo louro quase branco e um rosto absolutamente comum, não fosse pelos olhos mais azuis que jamais tinha visto.

Ele a encarou também, curioso.

— Você é muito diferente do que eu imaginava.

Ela se afastou, ainda segurando a gaze suja de sangue.

— Eu te conheço?

Entendeu na mesma hora o constrangimento dele, enquanto tentava encontrar uma resposta. Ele cravou os olhos no *Daily Express*, que Ruby fez questão de pregar no quadro de cortiça, ao lado das regras da biblioteca, para suplício dela.

— Eu... li sobre você no *Daily Express*. Você é muito diferente na vida real.

— Graças a Deus.

Ela passou um pouco mais de antisséptico no lábio dele, e ele continuou a observá-la.

— Tem certeza de que a gente não se conhece? — insistiu ela.

— Você já deve ter me visto por aqui. Trabalho na Somerford Street.

A cachorra latiu e se esfregou na canela de Clara.

— Isso é uma honra, significa que ela gosta de você.

— Prontinho — anunciou Clara, guardando o kit de primeiros socorros e abaixando-se para afagar a terrier. — E qual é o nome dela?

— Ela se chama Bela.

Clara olhou para ele e arqueou uma sobrancelha.

— É sério?

Ele se agachou e cobriu as orelhas da cadela.

— Não dê atenção a ela — disse, rindo.

Bela tinha pernas curtinhas, dentes tortos e uma barba espessa.

— Ela é linda. — Clara sorriu, acariciando-a atrás da orelha. Na mesma hora, a cadela se virou de barriga para cima e ergueu as quatro patas no ar.

— É uma sem-vergonha quando o assunto é cócegas na barriga — comentou ele, rindo. — Encontrei quando a gente foi chamado para um incidente na Shipton Street. A família toda foi dizimada por uma bomba de paraquedas, a madame aqui foi a única sobrevivente.

— Que triste — murmurou Clara.

— É, foi triste, mas ela provou seu valor desde então. É muito boa para farejar corpos.

— E qual é o seu nome? Fera?

— Haha! Não. É Billy. Billy Clark — apresentou-se ele e, com um sorriso, ficou de pé e cambaleou de leve.

— Opa, está tudo bem?

— Desculpa, estou bem. Acho que ele deve ter me acertado com mais força do que eu imaginava.

— Aqui, senta de novo. Vou buscar um conhaque. Deve ser uma concussão.

Ela foi até a estante de não ficção e pegou um exemplar de *A arte da administração doméstica*. Atrás dele havia uma seleção de garrafas escondidas. Ela pegou a de conhaque e serviu uma boa dose numa caneca de metal esmaltada.

Billy bebeu e então esfregou o rosto cansado.

— Você sempre esconde álcool atrás de livros sobre como cuidar do lar?

— É o livro com menos saída, então imaginei que o estoque secreto estaria seguro ali. Difícil ter vontade de ler sobre como emoldurar flores prensadas quando talvez não se tenha uma parede para pendurá-las.

Ela encarou o livro antes de guardá-lo de volta.

— O mais engraçado é que foi um presente da minha sogra, quando me casei com o filho dela.

— Sutil.

— Sutileza não é o forte dela. — Clara fez cara feia, lembrando-se de como Maureen apertou o livro nas suas mãos, com um aviso. *Este é o único livro que você deveria ler, querida, agora que está casada. Mas cuidado para não ler quando meu filho estiver presente, senão ele vai pensar que você não o está ouvindo.*

— Imagino que ela não aprove o fato de você trabalhar aqui...

— Pode-se dizer que não. Nada com que eu não esteja acostumada.

— Como assim?

— As pessoas não gostam de mulheres que gostam de ler — refletiu ela, decidindo acompanhá-lo no conhaque. Seus olhos claros a avaliaram com curiosidade, enquanto Clara dava um pequeno gole e estremecia. — Quando era criança, aprendi a conviver com a ideia de que não é normal uma menina ler muito, é meio subversivo, até.

— Sério?

— Sério. Até a minha professora brigava comigo na escola, porque eu estava sempre com a cara enfiada num livro.

Não é saudável, vai acabar com a vista acabou virando *Não é feminino, nunca vai arrumar um marido.* Aos 13 anos, preferia pegar pneumonia a arrumar um marido, mas a mensagem era sempre a mesma, como se, para uma menina de origem humilde como ela, o simples ato de ler fosse uma ousadia.

— Você tem uma seleção e tanto aqui — comentou Billy, correndo os olhos ao redor. — O que as pessoas daqui de baixo gostam de ler?

— Romance histórico, suspense e livros de não ficção sobre triunfos militares britânicos nunca param na estante...

Ele pareceu confuso.

— Sabe como é, sobre como enfrentamos uma força de combate superior, como a Armada Espanhola, e triunfamos, mesmo parecendo que não tínhamos a menor chance.

— Ah, entendi. Já ganhamos de um ditador europeu baixinho e desequilibrado antes, então podemos fazer de novo, é isso?

— Exatamente. As pessoas se voltam para o passado em busca de esperança e tranquilidade. História, com um viés adicional de prazer, e não dor.

Ele riu, esticando-se para servir uma segunda dose para os dois.

— Dá para ver que você adora trabalhar aqui, cercada por todos esses livros.

— Ah, e como — respondeu ela, sentindo-se de repente meio tonta. — Parece estranho, mas trabalhar na biblioteca não tem a ver só com livros. São as pessoas que tornam o trabalho especial; nunca se sabe quem vai aparecer e qual vai ser a sua história.

Ele abriu um sorriso largo, que transformou seu rosto por completo.

— Histórias movem a vida.

— Agora deixa eu adivinhar o seu livro preferido — pediu ela. — Não sou de contar vantagem, mas é um talento que eu tenho.

— Vá em frente.

— Você gosta dos ianques. Adora esses autores americanos novos. Seu livro preferido é *As vinhas da ira*, de John Steinbeck.

Ela tomou um gole da bebida e deu um sorriso triunfal.

— Excelente chute, e gosto muito dele, e de Hemingway também, mas tenta de novo.

— J. B. Priestley. Você sente que vocês têm muito em comum. Aposto que adorou *Blackout in Gretley*.

— Adorei mesmo, mas não é o meu livro preferido.

Que irritante. Ela em geral era capaz de descobrir em duas ou três tentativas.

Billy se levantou e andou pela biblioteca, parando vez ou outra para pegar um livro. Ao longe, eles ouviam o som baixo dos trens, ziguezagueando pelas entranhas de Londres.

— Impressionante, construir uma biblioteca bem em cima dos trilhos — maravilhou-se ele.

— Não olhe muito de perto. É basicamente gesso, reforçado com ripas de madeira.

— Sem contenção de gastos!

— Haha! Até parece. Pedimos cem libras, mas as Autoridades Responsáveis não concordaram, então montamos tudo com cinquenta xelins e muito trabalho braçal. — Ela sorriu. — Vir para baixo da terra, fazer parte dessa comunidade, foi o que definiu a biblioteca. Agora está todo mundo engajado nela, as pessoas sentem que a biblioteca é *delas*.

— Talvez o engajamento seja por você, Clara — sugeriu ele, lentamente.

Ela corou.

— Não sei nada disso.

— Você tem algum clube de leitura? — perguntou ele, de repente.

— Não.

— Por que não?

— Parece meio nariz empinado, não? Imagino algo assim em Hampstead, mas não vejo uma coisa dessas fazendo muito sucesso em Bethnal Green.

— Qual o problema de empinar um pouco o nariz? — perguntou ele com um sorriso, empinando o seu. — Liberte-se dos estereótipos, Clara. Transforme os clubes de leitura em um lugar para compartilhar o amor pela leitura, e não pela educação. Clubes de leitura não deveriam ser exclusividade da elite.

— Tem razão. Quer se inscrever? Adoraria vê-lo de novo.

— Acho que não tenho tempo, desculpa. Meus turnos são imensos.

— Claro. — Ela baixou a cabeça, envergonhada. Tinha sido ousada demais. Era o alívio de estar a salvo, ou o conhaque.

O clima da conversa mudou como se alguém tivesse virado uma chave.

— É melhor eu ir — anunciou Billy, baixando a caneca e olhando para a porta.

— É, pois é. Já tomei muito do seu tempo.

— Não, não, claro que não. Adorei a companhia, e... eu... — Ele interrompeu o que dizia, e Clara podia notar que estava na dúvida sobre o que pretendia dizer.

O silêncio se prolongou entre eles.

— Eu... Ah, deixa pra lá. — Ele pegou Bela no colo. — Deixa eu acompanhar você até a sua casa.

— Ah, não se preocupe. Vou dormir aqui hoje. Vou me sentir mais segura. Tenho uma cama dobrável atrás do balcão.

Os dois fizeram menção de recolher as canecas ao mesmo tempo, e suas mãos se tocaram. Billy afastou a sua depressa.

— Desculpa — murmurou ela, confusa pela mudança súbita nele. Será que o havia ofendido?

Fora da biblioteca, na plataforma da estação, Billy sacudiu a cabeça, atordoado. As paredes curvas estavam cobertas de ordens. *Regras do abrigo público. Esteja sempre com sua máscara de gás. Por favor, recolham-se aos beliches até as 23h, horário em que ocorre a fumigação.* Eram tantas ordens, na verdade, que ninguém lhes dava mais muita atenção.

— Que estranho. Dentro da biblioteca, a gente esquece que está numa estação de metrô, aí, quando sai, fica tão desnorteado — comentou ele. — Não sei se eu devia estar renovando o empréstimo de um livro ou correndo para pegar o próximo trem.

— É melhor se apressar, antes que seja fumigado — respondeu Clara com um sorriso.

— Ah, olha, tem até um aviso com a previsão do tempo — disse ele, notando a plaquinha de madeira na parede do túnel que a Sra. Chumbley costumava trocar, dependendo do tempo lá fora. — Deve ser útil.

— Era — respondeu ela. — Até um engraçadinho colar permanentemente a placa que diz "nublado" no meio da Blitz e apagar o "blado".

Uma tosse os assustou.

— Gostei da cachorra, senhor.

Nas sombras, espiando da passagem que dava para os beliches e para os túneis que seguiam para o leste, viu dois enormes olhos castanhos.

— Marie!

Era a menina refugiada, que tinha aparecido na biblioteca mais cedo.

Ela levou o indicador aos lábios.

— Xiu, não conta pra minha irmã. Ela tá dormindo no beliche. Gosto de desafiar a mim mesma e ver quão longe consigo ir.

Ela se enfiou no buraco. Era a única parte do trilho que não havia sido coberta por tábuas de madeira e levava direto ao túnel que seguia para o oeste.

— Um dia, chego na Tottenham Court Road.

— Não faça isso — implorou Clara. — Esse trilho uma hora se junta aos trilhos em uso.

— Pode deixar. — Marie deu uma piscadela. — O final da linha tá fechado.

E então sumiu, correndo para a escuridão, a voz ecoando atrás dela.

— Não esquece, bibliotecários são ótimos para guardar segredos!

— Ora, sua levada...

— E guarda aquele livro pra mim — continuou a voz, agora mais distante, à medida que ela desaparecia nas profundezas escuras de Londres.

— Mais um rato do metrô — comentou Billy, sorrindo. — Esse lugar está infestado. Eu teria sido um deles se tivesse a mesma idade.

Então ofereceu a mão com formalidade.

— Bom, boa noite.

— Boa noite — respondeu ela com um aperto de mãos. — Não sei como vou poder lhe agradecer pelo que fez por mim hoje.

— Você está em segurança, Clara — disse ele. — É isso que importa.

Billy ofereceu um sorriso contido, cortando qualquer possibilidade de alongarem a conversa.

— Tchau.

— Tchau. — Clara ficou olhando Billy andar pela plataforma, sussurrando alguma coisa na orelha da cadela.

Na biblioteca, ela notou o capacete branco no balcão. Pegou e saiu correndo pela plataforma, mas ele já havia saído, desaparecendo da sua vida com a mesma velocidade com que entrou.

Clara se perguntou como seria beijar o paramédico alto. Não porque fosse um pão, como Ruby talvez o descrevesse, mas porque havia algo curiosamente reconfortante a respeito dele.

— Não seja ridícula — murmurou consigo mesma, sentindo-se imediatamente culpada. Meu Deus, se sua mãe e a mãe de Duncan já estavam tão escandalizadas por ela continuar trabalhando na biblioteca depois da morte do marido, imagine o que diriam sobre sair com outro homem!

Seus pais achavam que ser bibliotecária especializada em literatura infantil era uma profissão respeitável, mas só até botar uma aliança no dedo para então cumprir sua função primária como mulher. Como se, de alguma forma, ter filhos pudesse afastá-la dos livros e torná-la o tipo de mulher que lava as aspidistras do jardim. Eles achavam que sua educação era só uma fase, algo que um bom marido poderia curar.

Clara se formou como bibliotecária um ano antes do casamento com Duncan e da deflagração da guerra, o que de uma hora para a outra anulou o regulamento das mulheres casadas, permitindo que continuassem trabalhando. Um fato que horrorizava sua mãe e sua sogra, mas que, ainda que nunca tivesse ousado admitir em voz alta, a agradava.

Ela fechou a porta da biblioteca e, por instinto, trancou-a. Enquanto enrolava para começar a arrumar o lugar, perguntou-se por que culpa e dor eram sentimentos tão entranhados um no outro. Quanto seria o tempo "respeitável" para a pessoa poder alimentar a ideia de amar de novo?

Não que fizesse alguma diferença. Billy obviamente não estava nem um pouco interessado nela. Além disso, apaixonar-se por seu salvador seria clichê demais.

— Você nunca mais vai vê-lo — disse a si mesma, abrindo a cama dobrável e enfiando-se nela. Ainda assim, deitada ali, cercada por livros, debaixo da terra, em sua pequena biblioteca de guerra, sua mente continuava voltando para ele. Seus olhos azuis foram a última coisa que viu quando enfim pegou no sono.

4

Ruby

Quando se fecha uma biblioteca, coisas ruins começam a acontecer no bairro onde ela ficava. A biblioteca é o que dá liga à comunidade, e só se sente falta dela quando não está mais lá.

John Pateman, bibliotecário-chefe em Thunder Bay, Canadá

— Oiê... sou eu. — A Sra. Smart, do andar de baixo, enfiou a cabeça pelo vão da porta. — O velho saiu?

— O que você acha? — respondeu Ruby.

— Imaginei que tinha saído, achei que o teto ia cair na minha cabeça.

Ruby repassou mais uma vez os eventos da noite anterior. O padrasto voltou do bar num humor terrível, pior, se é que era possível, do que quando saiu, incitado por bebida contrabandeada e amargura. Desta vez, ele quebrou os dentes falsos de Netty e três pratos.

Ruby olhou para a mãe, encolhida numa cadeira perto da janela, pálida e fragilizada. Com o queixo apoiado nos joelhos, simplesmente fitava os calos das juntas artríticas nas mãos, as vértebras visíveis através do avental. Tudo nela estava machucado. O rosto, as costas.. a alma.

— Não quero sair de casa — sussurrou Ruby para a Sra. Smart.

— Ela não falou uma palavra sequer a manhã inteira.

Uma buzina alta soou lá fora, e Ruby olhou por entre as frestas da fita antiexplosão na janela. Havia um Morris parado junto ao meio-fio.

— É a minha carona para o trabalho.

— Pode ir, querida — ordenou a Sra. Smart. — Ela vai ficar em boas mãos comigo. Vou fazer um chá e alguma coisa para ela comer. Logo, logo, vai estar boa.

— Obrigada, Sra. S — agradeceu Ruby, apertando o ombro dela. A Sra. Smart era a matriarca do prédio, sempre a postos para lidar com qualquer problema que pudesse surgir: emprestar dinheiro, fazer partos, velar os mortos e, frequentemente, cuidar das mulheres. Sem a Sra. Smart, o prédio teria desmoronado havia muito tempo.

Ruby pegou um batom vermelho na gaveta da cozinha e passou sua armadura.

— É assim que eu gosto, filha — declarou a Sra. Smart, já assumindo o controle da situação e colocando colheradas de folhas de chá no bule. — Passe o seu batom, mostre para eles quem é que manda.

Ruby olhou para a mãe de relance.

— Tchau, mãe — despediu-se baixinho, fechando o pó compacto. Netty ergueu o rosto e lhe ofereceu um sorriso tímido, de lábios fechados.

Ruby deu meia-volta. Ao descer a escada do prédio, amarrou um lenço de seda com estampa de Spitfires desbotados sobre os cachos louros e atravessou o pátio.

Ergueu o queixo com raiva. Ele estava matando sua mãe. Aquilo era assassinato em câmera lenta, e, pior, Ruby se sentia completamente impotente.

— Ei, Jean Harlow! — gritou uma voz masculina. — Vamos ao cinema hoje?

Stanley Spratt, do 42, estava de pé perto do portão do prédio. Stan era um malandro de marca maior e tinha um dedo em todo tipo de negócio ilegal rolando.

— Nossos filhos seriam lindos, Lábios Vermelhos.

— Vai te catar, Stan — devolveu ela com um sorriso gentil, abrindo a porta do carro e fechando na cara dele.

— Vou entender isso como um talvez — disse ele rindo e correndo atrás do carro, enquanto Clara errava na hora de passar a marcha e o carro dava um solavanco, deixando um rastro de fumaça preta.

— Namorado novo? — perguntou Clara, rindo.

— Stan? Nem brinca. Aquele ali é só gogó. Só papo furado.

Clara riu, olhando para a amiga de lado.

— Como você consegue?

— O quê?

— Estar sempre assim, como se devesse estar na capa da *Vogue*. Eu pareço ter acabado de sair da cova.

Clara estava de volta às roupas de sempre, uma blusa de algodão simples por dentro da calça social de cintura alta e sandálias de salto baixo. Era magra feito um palito, e ficaria bem até num saco de estopa.

Ruby pensou em contar a Clara o que havia acontecido, mas achou melhor deixar de lado. Ao compartimentalizar a dor, ao menos lhe sobravam alguns lugares na vida onde era capaz de respirar.

— Pintura de guerra, querida — respondeu em vez disso, dando um sorriso feliz. — Por que a biblioteca volante? Hoje é sábado.

— Pensei em passar nas fábricas hoje, já que não deu para ir ontem, por causa do evento — explicou Clara.

O carro foi sacudindo pela Bethnal Green Road e passou pelas barracas da feira de sábado de manhã, com os ambulantes anunciando os preços.

— O que você acha de criar um clube de leitura? — perguntou Clara, fazendo o motor ranger tanto ao passar a marcha que metade da feira parou para olhar. Ruby sorriu. A melhor amiga era uma das mulheres mais inteligentes que conhecia, formada e tudo mais, mas era péssima motorista.

— Acho uma boa — respondeu Ruby, agarrando-se ao banco quando Clara contornou um vendedor de bagels numa bicicleta, fazendo-o se desequilibrar em direção à sarjeta.

— É só que Billy comentou...

— Espera aí! Billy?! Que Billy?

Clara suspirou.

— Não tem um jeito fácil de explicar isso. Ontem à noite, um homem me seguiu e me atacou na porta de casa.

— O quê?! — exclamou Ruby. — Encosta o carro agora.

— Calma, está tudo bem. Ele estava só atrás da minha bolsa, acho. Enfim, Billy, um paramédico, notou que ele estava me seguindo e veio me salvar.

— Meu Deus, Clara, tem certeza de que era um assalto? Porque acho pouco provável por essas bandas.

— Vai saber... Graças a Billy, não precisei descobrir.

— Preciso conhecer esse Billy para agradecer.

— Para ser sincera, acho que nunca mais vou vê-lo de novo. — Clara deu um sorriso triste. — Mas era um sujeito simpático. Gentil, com os olhos mais azuis que já vi na vida.

— Você gosta dele! — berrou Ruby.

— Para. Fiquei muito grata que ele me salvou, é só isso.

Ao se aproximarem da fábrica, Ruby instintivamente se preparou para o que estava por vir. Só havia uma coisa que Clara fazia pior que dirigir: estacionar.

Ela acertou o meio-fio, o escapamento estourou, e o carro parou. Ruby fechou os olhos.

— Eu é que estou precisando de alguém para me salvar.

— Atrevida! — comentou Clara, rindo e saltando diante da fábrica de roupas Rego. — Vamos lá. Chega de atrasar o livro das garotas.

Gemendo sob o peso de duas caixas cheias de livros, elas subiram os três lances de escada, e Ruby abriu a porta com o quadril.

Pat Doggan, a operária mais velha do andar, ergueu os olhos da pilha cáqui que costurava com seu sorriso faltando um dente.

— Ei, meninas, as fadas madrinhas dos livros chegaram. Ou devo dizer beldades bibliotecárias?

Todas as operárias começaram a assoviar.

— Ah, então vocês viram o jornal — resmungou Clara.

— Claro que vimos, e ficamos orgulhosas. O abrigo aparecendo no jornal daquele jeito, achei maravilhoso. — Ela ergueu a voz: — Chefe, as moças da biblioteca chegaram. Permissão para parar?

O Sr. Rosenberg, chefe do setor, saiu da sala de cara amarrada.

— Faz dois minutos que desliguei as máquinas para vocês comprarem bagel de carne-seca. Estão achando que isso aqui é uma fábrica ou uma colônia de férias?

— Ah, deixa disso. — Ruby sorriu, passando o braço por ele e beijando sua careca, deixando uma marca vermelha de batom. — Do que a Sra. Rosenberg gosta?

— De coisas água com açúcar — resmungou ele, limpando a cabeça com um lenço. — Daquelas coisas da Mills and Swoon.

— Mills and Boon — corrigiu Clara. — Estamos sem, mas tenho uns da Georgette Heyer. Fala para ela experimentar esse aqui, *The Spanish Bride*. Uma ótima distração.

Enquanto o homem vasculhava o bolso em busca da carteirinha, as moças da fábrica se jogavam sobre as caixas de livros feito cegos que acabaram de receber o dom da visão. Era lindo ver o prazer contagiante que sentiam pela leitura. Para elas, os livros representavam uma fuga para um mundo menos punitivo. Seus olhos corriam gananciosos pelas lombadas ao pegar os exemplares, algumas pulavam direto para a última página, outras liam as primeiras. Era como assistir ao desabrochar de cem sonhos diferentes.

Pat Doggan pegou um livro e enterrou o rosto nele.

— Hum, adoro cheiro de livro, e vocês?

— O que você quer, Pat? — perguntou Ruby.

— Uma boa saga.

— Que tal *E o vento levou*? — sugeriu Clara.

Pat folheou as páginas e botou de volta.

— Não posso me comprometer com novecentas páginas, lindinha. Tenho nove filhos, você sabe.

— Se tivesse se comprometido a ler novecentas páginas, talvez não tivesse tanto filho — provocou uma mulher na fila, logo atrás.

— Olha só quem fala. Cala essa matraca, Irene — devolveu Pat, rindo. — Por falar em criança, tudo bem mandar o menino para aquela coisa de leitura?

— Lógico, pode levar todos os seus filhos — respondeu Clara.

— Você devia pedir para examinarem a sua cabeça — comentou ela, pegando *Vein of Iron*, de Ellen Glasgow. — Ambientado na Virgínia, um romance sobre quatro gerações de mulheres fortes — disse, lendo a quarta capa em voz alta — Esse tem mais a minha cara, vou levar.

Ruby carimbou a data com um *clec-clec* gostoso de ouvir, e a moça seguinte na fila deu um passo à frente. Já a havia visto antes no abrigo do metrô e às vezes se perguntava como dava conta. O marido estava lotado em algum lugar no Extremo Oriente. Tinha doze filhos, três empregos e uma paciência infinita.

— Você tem aquele *Não enviem orquídeas para Miss Blandish*?

Clara arregalou os olhos, e Ruby teve de se segurar para não rir.

— Esse é meio picante, Irene — explicou Clara. — O *Bookseller* descreveu como uma leitura bêbada e desnorteada.

— Mais motivo ainda para ler.

— Desculpa — respondeu Clara. — Não tenho esse.

Irene pareceu decepcionada e escolheu, sem o menor sinal de ironia aparente, um romance histórico de Margaret Irwin chamado *Fire Down Below*.

Clara e Ruby às vezes comentavam sobre como as mulheres gostavam de livros com um quê de lascívia, e Ruby notou que, à medida que a guerra se arrastava, o apetite delas por algo mais indecoroso aumentava. Em 1944, com tantos maridos e namorados distantes por tantos anos, ler era o único jeito de explorar alguns dos sentimentos de solidão.

— Qualquer dia desses, vou escrever um romance erótico, cheio de cenas de sexo — comentou Ruby com uma piscadela maliciosa.

— Pois escreva, querida, que eu vou ler — disse Irene, baixando o livro para ganhar o carimbo.

— Odeio sexo — comentou a mulher seguinte na fila, com um lenço na cabeça cobrindo uma imensa quantidade de bobes no cabelo. — É uma sujeirada. Faz tempo que desisti. — Queenie Jenkins falava depressa e sempre tinha muito a dizer.

— Eu entendo você, Queenie — respondeu Ruby. — E o que Brian acha disso?

— Quem se importa?! Só durmo no abrigo para ele não encostar aquelas mãos sujas em mim.

Queenie saiu satisfeita com um exemplar de *Strong Poison*, de Dorothy Sayers, e Ruby quase sentiu pena de Brian.

Ela ergueu o rosto, preparando-se para a próxima tagarela, e se deparou com uma leitora nova.

— Oi, querida, o que gostaria de ler?

— Você tem *Rebecca*, de Daphne du Maurier?

Ruby não conseguiu identificar o sotaque.

— Você é nova aqui, lindinha?

— Sou de Jersey.

— Nossa, bem longe.

— Oi, de novo — cumprimentou Clara com um sorriso. — Você é a irmã da Marie. Nos conhecemos ontem, quando a sua irmã passou na biblioteca.

— Desculpe o incômodo.

— Por nada, ela é uma graça. Ficaria muito feliz se ela fosse na sessão de leitura de hoje.

— Quem sabe?

— Ela não é incômodo nenhum, e faria muitos amigos.

— Hum, pode ser.

Ruby ficou observando o diálogo unilateral, intrigada.

— Desculpa perguntar, mas que língua vocês estavam falando quando foram embora ontem? Francês? — perguntou Clara.

— Jersês. É um dialeto francês da Normandia. A gente usa em Jersey quando não quer que gente de fora entenda.

— Ah — respondeu Clara, surpresa. — Bom, é lindo.

Houve um momento desconfortável de silêncio, enquanto a moça avaliava a seleção de livros até escolher uma obra de não ficção, *Os sete pilares da sabedoria*, um relato autobiográfico de T. E. Lawrence.

— Tem certeza de que não prefere uma coisa mais leve? — sugeriu Clara.

— Não sou criança — devolveu ela. — Já tenho 16 anos, sabia? Idade suficiente para receber o meu próprio salário.

— Sinto muito. Não queria ofender. Olha, a gente não começou bem. Você e Marie podem ir à biblioteca ler *qualquer* livro que vocês quiserem, a *qualquer* hora.

— Achei que você tinha dito que a nossa mãe tinha que fazer a nossa carteirinha.

— Normalmente é preciso ser maior de 16 anos para fazer o cadastro na biblioteca, mas, como a sua mãe está ocupada, vou abrir uma exceção. Leve a sua irmã na sessão de leitura das seis, com a carteirinha do abrigo, que eu faço o cadastro de vocês.

— Obrigada — disse ela baixinho. — O meu nome é Beatty.

— Chega de papo! — gritou o Sr. Rosenberg, e Beatty tomou um susto. — Não está na hora do cafezinho. Alguma chance de a gente terminar alguma farda do Exército britânico ainda nesse século?

— Pode ficar calminho aí! — gritou Pat Doggan, acomodando o corpanzil atrás da máquina de costura.

— Só mais uma coisa, Sr. Rosenberg, antes de ligar as máquinas de novo — pediu Clara. — Ruby e eu estamos pensando em começar um clube de leitura daqui a algumas semanas, as Traças de Livros de Bethnal Green, nas noites de sexta, na biblioteca. Quem quer participar?

Um mar de olhares vazios a encarou em resposta.

— Os drinques com gim são por minha conta — acrescentou Ruby.

— Por que não falou logo?

— A que horas é para chegar?

A aprovação veio em coro.

— Qual vai ser o primeiro livro? — perguntou Pat.

— Hum... — Clara obviamente não tinha pensado nisso ainda.

— Escolhe um de que todo mundo gosta — sussurrou Ruby.

— *E o vento levou* — respondeu Clara, meio sem pensar, assim que os seus olhos pousaram no primeiro livro da pilha.

Elas carregaram os livros de volta para a biblioteca volante, então, com as mãos na cintura, Clara se virou para Ruby.

— E onde é que você vai arrumar gim o suficiente para toda aquela turma?

— Deixa comigo, Cla.

— Rubes! É uma biblioteca, não um bar!

— Livros e gim, o que tem de errado nisso? Além do mais, no fundo, você me adora. — Ela deu uma piscadela, fechando o porta-malas do carro com tanta força que todos os braceletes no seu pulso chacoalharam.

— Você às vezes é um fardo difícil de carregar, Ruby Munroe — disse Clara, rindo. — Mas sim, eu te adoro.

— Quem era aquela menina? — perguntou Ruby assim que entraram no carro. — Toda cheia de si.

— Eu meio que gosto dela — comentou Clara, dando a partida. Elas entraram no trânsito com um solavanco. — É uma pessoa intrigante.

— Até você vai penar com aquela lá — observou Ruby, acendendo um cigarro e soltando lentamente três anéis perfeitos de fumaça. — Ouviu o jeito como ela chamou você de "gente de fora"? Aquela lá está escondendo alguma coisa.

No saguão da bilheteria, Dot as chamou com um assovio e deu a elas chá e bolo, por conta da casa.

— Melhor abrir aquela biblioteca logo, meninas. Parece que a reportagem rendeu frutos. Daqui a pouco eles derrubam a porta.

Ao pé da escada rolante, o administrador do abrigo estava esperando com um rapaz.

— Ah, Sra. Button. Aí está a senhora. Esse é o detetive Devonshire, da delegacia de Bethnal Green. A Sra. Chumbley me falou que a senhora teve de dormir na biblioteca, na noite passada, porque foi atacada na porta de casa.

Ruby notou o desconforto no rosto da amiga.

— Acho que "atacada" é um pouco forte. Ele só queria a minha bolsa.

O detetive respondeu em voz baixa:

— Acho que pode ter sido mais que isso, infelizmente. Na semana passada, uma jovem foi assediada em Shoreditch, e estamos investigando uma série de tentativas de estupro e sequestro na região.

— Meu Deus — soltou Clara.

— Vou precisar que a senhora venha à delegacia prestar depoimento.

— Claro — concordou ela, empalidecendo. — Vou depois do trabalho, se não for um problema.

Os dois foram embora, e a pobre Clara parecia absolutamente petrificada. Ruby sentiu uma fúria irracional. Não bastava estarem em guerra, tinha que ter um doido perseguindo mulheres no blecaute?

— Ainda bem que Billy estava lá — comentou Ruby, abraçando Clara com força.

— Ei, vocês vão abrir a biblioteca ou não? — chamou uma voz. — Só tenho mais dez minutos da minha hora de almoço.

— Minha nossa — murmurou Ruby, afastando-se de Clara e encarando a fila comprida ao longo da plataforma. — Dot não estava de brincadeira.

— Anda, ao trabalho — chamou Clara.

Ruby estava quase na biblioteca quando um homem recostado na parede curva do túnel deu um passo e parou diante dela.

— Ei, Ruby Munroe, e aí, gracinha?

Um soldado americano fitou, esperançoso. Ali no subsolo, quase ninguém exibia tanta saúde. Alto daquele jeito, com dentes saudáveis e boa aparência, ele parecia quase de outra espécie.

— Então é aqui que você trabalha? — perguntou, olhando com curiosidade para a pequena porta da biblioteca. — Que bibliotecazinha simpática.

Ele desatou o lenço do pescoço, emitindo um aroma de Lucky Strike e perfume caro de cheiro amadeirado.

— Eu conheço você?

Ele riu.

— Nossa. Você sabe mesmo destruir o ego de um homem.

Ele tirou o quepe e passou os dedos pelos cabelos louros.

— Eddie O'Riley. Do bar Dirty Dick. Outubro do ano passado. Você ganhou de mim numa competição de bebida, aí a gente foi dançar, e aí... — Ele deixou a frase no ar e arqueou uma sobrancelha.

— Nossa senhora, que noite!

Uma memória veio à tona. *Deus do céu, é claro.* Era aniversário de Bella, e Ruby estava tão decidida a esquecer a data que acabou no bar mais famoso da zona leste de Londres. Tinha uma vaga lembrança de um americano, muita dança, camisas sendo trocadas, depois as coisas ficavam meio enevoadas.

— Ah, bem, muito bom rever você e tudo mais, mas tenho mais o que fazer. — Ela se virou para a biblioteca.

— Ei, não tão rápido, Lábios Vermelhos — disse ele, segurando-a pelo braço.

Do nada, lágrimas vieram à tona. Pensamentos desconexos invadiram sua mente. *Dentes falsos deslizando pelo piso. A mãe de joelhos com as mãos unidas, implorando. Dezenove passos.*

— Tira a mão de mim — exigiu ela com frieza.

— Desculpa... Desculpa. — Ele ergueu as mãos espalmadas. — Não quis assustar você. Só achei que ia ser uma surpresa boa. Estava em treinamento no País de Gales, e é a minha primeira folga em cinco meses.

Ela o encarou com desconfiança no olhar.

— Sinto muito mesmo — continuou ele. — Nossa, não foi assim que eu imaginei que seria.

Ele parecia tão arrependido que Ruby quase sentiu pena.

— Você me contou que trabalhava numa biblioteca na zona leste de Londres, lembra?

Ela não lembrava.

— Disse que eu procurasse você quando voltasse a Londres. — Ele franziu a testa. — Eu não tinha ideia do tamanho desse lugar. Nem de quantas bibliotecas tinham aqui. Pode acreditar, conheci um monte de bibliotecárias recentemente, mas enfim encontrei você.

— Bem, sinto muito que tenha perdido a viagem, parceiro, mas tenho que trabalhar. — Pelo canto do olho, podia ver Clara chamando-a.

— Tem alguma coisa que eu possa dizer ou fazer para convencer você a sair comigo de novo? — perguntou ele, esperançoso. — É que você causou uma impressão e tanto em mim.

Ruby ofereceu um sorriso triste e fez que não com a cabeça.

— Até mais, Eddie. — Ela se virou e estava prestes a entrar na biblioteca quando, de repente, pensou uma coisa. — Quer dizer, eu saio com você de novo. Com uma condição.

— Qualquer coisa! — Ele sorriu, recuperando a compostura.

— Me arrume dez exemplares de *E o vento levou*.

— Dez!

Ela fez que sim com um aceno de cabeça.

— Preciso para o clube de leitura.

— Onde eu vou arrumar dez exemplares?

Ruby deu de ombros.

— Tem um monte de livrarias por Londres. Aposto que um homem capaz como você não vai ter dificuldade. — Então deu uma piscadela e entrou na biblioteca.

— Quem era? — perguntou Clara, arqueando a sobrancelha e levantando a porta do balcão.

— Ele? Ah, ninguém. Duvido que a gente se encontre de novo. — Ruby enfiou uma mecha de cabelo de volta para dentro do lenço e se forçou a dar um sorrisinho. — Agora, vamos lá. Esses livros não vão se emprestar sozinhos!

5

Clara

Sou uma guardiã do passado, compartilhando meu conhecimento a respeito da riqueza dos nossos livros com os outros. Sou uma facilitadora da alegria.

Mareike Doleschal, bibliotecária do Shakespeare
Birthplace Trust, em Stratford-upon-Avon

Às seis, Clara mal havia tido tempo de respirar. Foi o sábado mais movimentado da biblioteca. Trabalharam a tarde inteirinha, recomendando e emprestando livros, guardando os que eram devolvidos, sobrevivendo à base de uma caneca de chá e uma fatia de bolo Battenberg.

Uma grasnada repentina na porta chamou sua atenção.

— Ai, não... — disse Clara, afastando-se de uma prateleira. — Hoje, não, Rita, estamos muito ocupadas... Eu...

Rita Rawlins, sempre desgrenhada, que trabalhava em algum lugar "lá na zona oeste", costumava deixar o papagaio de estimação na biblioteca todo sábado, quando saía para pegar o turno da noite.

— Obrigada, Cla, te devo uma. Meu vizinho de beliche reclamou do Petey com a Sra. Chumbley, e ela está no meu pé. Parece que, se eu não me livrar dele, ela mesma vai empalhar.

Ela apontou um dedo que mais parecia uma garra para o pássaro sarnento.

— Pobrezinho do Petey.

— Sério, Rita... Eu não devia...

— A boca dele é suja demais. Aprendeu comigo. Se ele começar, é só jogar uma toalha por cima da gaiola. Prontinho. — Ela sacudiu no ar os dedos com as unhas pintadas de vermelho.

— Rita... A gente não pode...

Clara se viu falando com as paredes. Rita já tinha ido embora.

— Isso é uma biblioteca, Clara, querida, e não um zoológico — brincou Ruby, caindo na gargalhada.

— E aí, você também quer fazer a carteirinha da biblioteca? — perguntou Clara, com um suspiro, erguendo a gaiola com um papagaio verde mal-encarado.

— Fedelho atrevido! — gritou o papagaio.

Clara olhou para Ruby, e as duas desataram a rir.

— Ai, isso é incrível! — gritou Ruby. — Ah, Sr. Pepper, a pessoa certa. O senhor sabe ensinar um papagaio a falar?

O Sr. Pepper parou, hesitante, junto à porta, segurando uma sacola cheia de livros.

— Sr. Pepper — disse ela —, está tudo bem?

— Não exatamente, minha cara — ofegou ele, pegando um lenço para limpar o rosto com a mão trêmula. — Sinto muito não ter trazido isso antes... É que a prima de minha esposa mora longe, em Pinner. Tem uma seleção fantástica de livros de suspense. — Ele começou a tirar os livros e derrubou a pilha. — Ai, raios.

— Sr. Pepper. Tem certeza de que está tudo bem? Quer que eu busque a Sra. Pepper?

— Ela... Ela morreu.

— O quê?! Como? Quando? — gaguejou Clara. — Mas o senhor esteve aqui com ela ontem!

— Nós saímos do abrigo hoje cedo para buscar os livros e fomos pegos por um bombardeio na volta para casa.

Clara e Ruby se encararam, sem acreditar.

— Foi tudo tão rápido. Num minuto, estávamos na Liverpool Street, esperando um ônibus para voltar para Bethnal Green, e, no outro...

Ele fitou as duas, completamente confuso.

— Estou me sentindo meio... estranho.

— Rubes, peça à Dot ou à Alice que faça um chá bem forte para o Sr. Pepper, com todo açúcar que puderem usar.

— É pra já — respondeu ela, apertando o ombro do Sr. Pepper ao passar por ele.

Ele se virou para Clara com os olhos azuis marejados e confusos.

— Eu... não sei o que fazer, Sra. Button. Tirando a Guerra dos Bôeres, não passamos um dia longe um do outro. Por favor, me perdoe por aparecer aqui e por todo esse incômodo, é que eu não sabia aonde ir.

— Ai, Sr. Pepper. Nem sei o que dizer... Sinto muito pela sua perda. O senhor tem alguém com quem ficar? — perguntou ela.

— A prima de minha esposa se ofereceu para me receber, mas não gosto de ser um estorvo. Além do mais, me sinto mais seguro aqui, nos túneis.

Clara entendia o sentimento.

Ele começou a chorar, e Clara abraçou o senhor frágil.

— Sinto muitíssimo, Sr. Pepper. Ela era uma mulher maravilhosa.

— O que eu farei sem ela?

Clara não sabia como responder a isso. Entendia que o luto era intenso e imprevisível. Perder Duncan havia sido a coisa mais apavorante que já experimentara. A sensação de perda se alastrou para os seus ossos, e ela a sentia a cada passo que dava.

— O senhor não vai ficar sozinho, Sr. Pepper — disse com firmeza. — Não vou deixar. Durma no beliche de sempre, mas, de dia, venha para cá.

— A senho... A senhora é tão gentil — agradeceu ele, chorando.

O som de risadas de crianças ecoou pelos túneis.

— Infelizmente, Sr. Pepper, a biblioteca vai ficar bem barulhenta agora. Mas logo Ruby volta com o seu chá, então não vá a lugar nenhum. E depois, quando fecharmos a biblioteca, eu acompanho o senhor até o seu beliche.

— Obrigado, minha cara. Sinto muito pelo incômodo.

— Ai, Sr. Pepper — respondeu ela, abraçando-o. — O senhor não poderia me incomodar nem que quisesse.

As sessões de leitura para as crianças no metrô de Bethnal Green eram um meio-termo entre uma rebelião e um grupo de leitura.

Ruby voltou com o chá do Sr. Pepper pouco antes de o enxame de crianças invadir a biblioteca. O barulho aumentou como uma enorme onda à medida que as crianças entravam. As altas, as baixas, as de nariz sujo, as desastradas, as risonhas e as tagarelas. Apesar da tristeza, Clara sentiu uma injeção de pura alegria. Os Ratos do Metrô, como as crianças da estação de Bethnal Green se autodenominavam, sempre conseguiam animá-la.

— Entrem — convidou ela, sorrindo —, direto para a sala de leitura. Opa, cuidado — advertiu uma garotinha que tropeçou na bengala do Sr. Pepper e caiu esparramada no chão.

— Desculpe, senhor — disse ela na mesma hora. Então pegou do chão os óculos quebrados, as hastes remendadas com arame.

— Não, não, minha cara, a culpa é minha — desculpou-se ele, ajudando-a a se levantar.

— Perdoe o barulho — disse Clara.

— Por favor, não precisa se desculpar — respondeu o Sr. Pepper, um pouco trêmulo. — Por que elas não deveriam conversar como bem entendem?

Clara mal teve tempo de afastar as mesas dobráveis e esticar um lençol no chão, com algumas almofadas. Maggie May (neta da Sra. Smart) e Molly (filha de Dot, do café) foram as primeiras a sentar, já de camisola e carregando um pilha de bichinhos de pelúcia.

— Beatty! — exclamou Clara ao erguer o rosto. — Você veio. — Beatty estava de pé perto da porta. Marie não parecia tão hesitante quanto a irmã.

— Clara! — gritou ela, jogando-se nos seus braços com força e passando os dedinhos grudentos pelo seu pescoço. — Você é a minha melhor amiga.

— Porque eu dei uma bala de limão para você ontem?

— Não — sussurrou Marie, com o rosto colado ao de Clara. Ela tinha cheiro de geleia e aparas de lápis recém-apontado. — Porque você não me dedurou.

Clara deu uma piscadinha e a colocou no lençol.

— Ruby, se importa de fazer o cadastro de Beatty? E, Molly, pode abrir um espacinho para Marie?

— Claro — disse Molly, chegando para o lado. — Sente com a gente. Somos muito molecas.

— Eu também — disse Marie com o espanto de alguém que acabou de conhecer irmãs há muito perdidas.

Clara riu da facilidade com que a menina intrépida se encaixou no grupo.

Beatty não saiu de perto da porta.

— É melhor eu ir — murmurou. — Mais tarde eu busco a minha irmã.

— Fique, por favor, Beatty. Você é muito bem-vinda aqui.

Ela a fitou por um tempo, os olhos escuros intrigados.

— Mesmo depois de ter sido grossa com você hoje na fábrica?

Clara franziu a testa.

— Você não foi grossa.

— Fui, sim, e sinto muito. Você não vai contar para o administrador do abrigo, vai?

— Não tem nada para contar. Além do mais, aqui sou eu que mando, e adoraria que você ficasse.

Beatty pareceu relaxar, e Clara se sentiu mais segura.

— Você está muito longe de casa, e imagino que esteja precisando de uma amiga.

— Os livros são os meus amigos — disse ela baixinho.

— Eu também gostaria de ser — respondeu Clara. — Se você deixar.

Queria passar mais tempo com Beatty, mas Pat Doggan apareceu, com crianças penduradas em todos os braços e pernas.

— Andem, seus parasitas, todo mundo para dentro — ordenou ela, soltando-os de si e fingindo chutar a bunda das crianças. — Precisa de ajuda, Cla?

— Não, pode ir, Pat. Você vai ter uma hora de paz e sossego no seu beliche.

— Sparrow — disse ela para o filho mais velho —, fica de olho nesses moleques e traz todo mundo de volta para o beliche depois!

Sparrow Doggan, de 11 anos, e seu melhor amigo, Ronnie Richards, eram os mais velhos do grupo, e em geral achavam estar além de algo tão "infantil" quanto hora da leitura. Clara e Ruby os viam sempre em Bethnal Green. Eles se autodenominavam Alunos Jardineiros da Russia Lane e vinham transformando áreas bombardeadas em lotes para cultivo de legumes e verduras. Quando não estavam cavando, estavam andando de bicicleta em meio aos escombros ou brincando de pega-pega nos túneis.

— Para a senhora — disse Ronnie, pousando um nabo sujo de terra e um empadão de legumes no balcão da biblioteca. — A torta foi a minha vó que mandou, o nabo é meu. Ah, e a minha mãe quer um assassinato.

Beatty ficou observando o movimento, e Clara se sentiu satisfeita de ver um sorriso divertido surgir no canto dos seus lábios.

— Obrigada, Ronnie. Mas infelizmente ela vai ter que vir aqui amanhã escolher.

Conforme a sala enchia, um terceiro membro do grupo se juntou a Ronnie e Sparrow: Tubby Amos nunca conseguia se esgueirar furtivamente pelos túneis, porque usava uma espécie de prótese que ajudava a firmar a perna por ter tido poliomielite na primeira infância. A tal prótese, no entanto, não parecia o atrapalhar muito.

— Desculpa o atraso — disse ele, animado, esfregando a lateral da cabeça. — Levei um cascudo da Sra. Chumbley por correr dentro da estação.

— Tudo bem, Tubby — respondeu Clara com um sorriso. — Ainda não começamos.

— Trouxe de volta *The Family from One End Street* — disse ele, entregando o livro. O marcador de livros de Tubby era um barbante amarrado a um pedaço de abacaxi comido pela metade e coberto de fiapos de tecido. — Opa, desculpa, senhora. Adorei o livro.

— Fico muito feliz, Tubby — respondeu ela, tirando o barbante pegajoso do livro. Aquilo poderia constar do capítulo que ela planejava incluir nas suas memórias: coisas estranhas usadas como marcadores, junto de fatias de bacon e meias-calças. — Você devorou esse.

Tubby era o leitor mais voraz, bebia as palavras e engolia os livros. Quem dera Sparrow tivesse o mesmo apetite pela leitura.

Ronnie e Tubby se sentaram, e Sparrow se acomodou, relutante, no fundo da sala, a uma das mesas, de braços cruzados, joelhos ralados e um ar de desafio. Trazia um estilingue num bolso e um manual de "Cave pela vitória" no outro.

— Quer sentar mais perto para poder ouvir melhor, Sparrow?

— Não... Não ligo para livros. Só estou aqui para levar os meus irmãos de volta para casa.

— Fedelho atrevido! — berrou uma voz, e Clara suspirou.

Ficou estampado no rosto de todas as crianças a noção de que alguém ou alguma coisa tinha dito um palavrão na biblioteca.

— Rubes — chamou Clara —, pode botar um pano de prato em cima da gaiola de Petey, por favor?

— Vaca sem-vergonha! — disse o papagaio, pulando de um lado para o outro. — Vaca sem-vergonha!

Foi o suficiente. As crianças caíram na gargalhada. O ar calculado de indiferença de Sparrow se foi, e seu rosto se contorceu de prazer. Até Beatty estava rindo agora.

— Sei que estamos lendo *The Family from One End Street* — comentou Clara —, mas, como o Petey está aqui com a gente hoje, quem gostaria de ler *A ilha do tesouro?*

— Eu! — veio a resposta em coro.

De tempos em tempos, Petey interrompia a leitura, e as crianças obviamente achavam aquilo a melhor coisa do mundo, depois de abacaxi em calda. Daria para ouvir um alfinete caindo no chão de tão silenciosa que ficou a sala para ouvi-la contar a história dos piratas e do tesouro escondido. Mas foram os rostos de Sparrow e Beatty que a hipnotizaram.

A história de Jim Hawkins fisgou os dois desde as primeiras cenas emocionantes, na hospedaria Almirante Benbow. Os olhos de Sparrow brilhavam. Um homem de olhar malicioso, uma perna só, chapéu tricorne, casaco vermelho e um papagaio estridente no ombro fez dele prisioneiro. Clara ergueu o olhar e viu dois homens de pé na porta da sala de leitura, feito dois aparadores de livro. Eles haviam entrado em silêncio, quando ela estava a bordo do *Hispaniola*. De um lado estava Billy; do outro, o Sr. Pinkerton-Smythe, com uma expressão tão terrível quanto um corsário. Seu coração se encheu e se esvaziou ao mesmo tempo.

Clara voltou ao livro, mas agora se sentia exposta.

Fechou o livro e abriu um sorriso largo.

— Por hoje é isso. Mas me digam, crianças, o que vocês acham que é o tesouro de verdade no livro? — perguntou ela.

— Bem, é a clássica história da passagem da infância para a vida adulta, né? — comentou Tubby sabiamente. — O tesouro de verdade não são as moedas, mas Jim descobrir a própria bravura.

— Acho que também tem outro ensinamento aí — acrescentou Sparrow.

— Ah, é?

— Nunca fale com velhos marinheiros no bar.

— Olá, marinheiro! — interrompeu Petey.

Todo mundo riu. Marie gargalhou tanto que soltou um pum, o que só fez as outras crianças rirem ainda mais. Molly rolou no chão de tanto rir e teve que enfiar o bichinho de pelúcia na boca.

— Sra. Button, estamos perturbando o silêncio do abrigo — criticou o Sr. Pinkerton-Smythe com rispidez. — Quanta algazarra! Achei que essa sessão de leitura fosse para encorajar os jovens leitores da biblioteca a alcançarem um estado de sonolência. Parece que está fazendo o exato oposto disso.

— Sinto muito. Vamos, crianças, acalmem-se. Hora de voltar para a cama. E não se esqueçam: amanhã começa o desafio de leitura primavera-verão. Qualquer um que ler dez livros antes do fim do verão ganha um donut grátis.

O feitiço se desfez e, na mesma hora, a sala se encheu de barulho novamente à medida que as crianças se levantavam.

— Sparrow — chamou ela enquanto ele reunia os irmãos mais novos. — Uma palavrinha antes de você ir embora. Foi muito bom ver você aproveitando tanto a leitura.

— É, bem, esse aí foi bom. Não foi escrito para neném, né?

— Tive uma ideia. O que acha de você, Tubby e Ronnie serem ajudantes oficiais da biblioteca? Infelizmente não vou poder pagar, mas tem os donuts grátis...

— Sra. Button. Uma palavra, por favor — interrompeu o Sr. Pinkerton-Smythe, estalando os dedos.

— Ã-hã, ã-hã, já vou. Só um segundo... Seria ótimo se você pudesse vir ler para as crianças mais novas. Ser um companheiro de leitura.

Ele deu de ombros.

— Ronnie e Tubby podem vir. Mas eu não, senhora.

— Que pena, Sparrow. Pode me dizer por quê?

— Não sei ler.

— Ah, entendi. — Clara se repreendeu em silêncio. — Bem, talvez...

— Não estou com tempo sobrando, Sra. Button...

— Não vou demorar, só queria conversar com esse rapaz... — Mas, quando Clara se virou, Sparrow já havia saído e estava apressando os irmãos mais novos pela porta da biblioteca.

Droga.

— Sim, Sr. Pinkerton-Smythe. Sou toda ouvidos — disse, incapaz de esconder a irritação da voz.

— Enquanto a senhora conduzia a sessão de leitura com os jovens, dei uma boa olhada na biblioteca e tomei nota de algumas coisas que estão erradas.

— Erradas, senhor?

Ele tirou um bloquinho da maleta.

— Em primeiro lugar, ler toda noite para as crianças me parece exagero. Uma vez por semana basta.

— Uma vez por semana?

— Isso. Na verdade, acho que deveríamos desencorajar algumas dessas crianças a sequer colocarem o pé na biblioteca. Algumas delas pareciam cheias de vermes.

Ele fungou com desdém.

— A pedagogia froebeliana pode funcionar em algumas bibliotecas, Sra. Button, mas ter crianças dando cambalhotas por todo canto simplesmente não funciona numa biblioteca subterrânea. Este lugar precisa de regras mais estritas.

Clara não teve tempo de expressar sua indignação, porque ele prosseguiu:

— Posso perguntar por que a senhora dedicou tanto espaço para livros que foram adaptados para o cinema?

— Não podemos ignorar a influência de Hollywood — protestou Clara. — Na minha experiência, sempre que um romance vira filme, há uma demanda imensa por ele na biblioteca.

— Mas são o *tipo* de leitores que queremos em nossa biblioteca, Sra. Button? Era o que estava tentando explicar ontem. O que a senhora precisa entender, minha cara, é que muitas dessas mulheres vêm de um extrato mental inferior, e o uso da palavra escrita por essas pessoas precisa de mais encorajamento e direção. Precisamos elevar o padrão delas, guiá-las para coisas mais edificantes.

Clara não conseguia falar.

— Olhe só para isto — continuou o Sr. Pinkerton-Smythe, indicando uma estante cheia de livros escritos por mulheres. — Ficção leve de autoras como Ethel M. Dell e Denise Robins representam um grave perigo para a literatura. Permitir que as mulheres leiam isso é fazer o mínimo do mínimo para elevar o padrão intelectual.

— *Permitir* que elas leiam isso? — exclamou Clara. — O senhor fala como se as pessoas que frequentam a minha biblioteca não pudessem pensar por conta própria.

Sentia o coração batendo rápido, mas a total reprovação por parte dele era como levar um soco.

— Ora, acalme-se, minha cara. A senhora está se exaltando de novo. — Seu sorriso era frio e de desprezo. — Agora, preciso ir. Depois continuamos essa conversa. Mas uma última coisa: seus dedos do pé.

— Meus dedos do pé?

Ela baixou os olhos para as unhas pintadas sob a perna da calça.

— Estão à mostra.

— Sim, estão, mas a última meia-calça que eu tinha furou.

— Seja como for, biblioteca não é lugar para dedos do pé de fora. Fiquei sabendo do que aconteceu com a senhora ontem à noite. Como posso dizer isso com delicadeza, minha cara... Não queremos passar ideias erradas aos homens, não é? Vou levantar a questão na próxima reunião do comitê da biblioteca, mas, por enquanto, por favor, use sapatos que cubram os dedos.

Por um instante, a raiva deteve sua voz. Quem era ele para insinuar que o que aconteceu foi culpa dela?!

— Sim, senhor — acatou, trêmula. Naquele instante, Clara se viu pelo olhar crítico do Sr. Pinkerton-Smythe e teve certeza de que ele não só desgostava dela, ele a odiava.

O Sr. Pinkerton-Smythe se abaixou para pegar a maleta.

— Ah, Sra. Button? Por favor, limpe esta biblioteca, coloque as crianças para fora e se livre desse papagaio.

Ela não o viu ir embora; em vez disso, virou-se para a prateleira e enfiou o punho na boca.

— Se serve de consolo, não vejo problema nenhum nos seus dedos do pé. Na verdade, são muito bonitos.

— Billy.

Clara se virou e o viu olhando para ela com um sorriso divertido no rosto.

— Quanto você ouviu da conversa?

— Mais do que gostaria. Quem é o sujeitinho engraçado?

— Meu novo chefe.

— Olá, você deve ser o misterioso Billy — cumprimentou Ruby, juntando-se a eles com um sorriso malicioso. — Nem sei como agradecer por ter impedido aquele homem ontem à noite.

Ele corou de leve.

— Não fiz nada de mais. Eu só estava no lugar certo, na hora certa. — Então se virou para Clara. — Deixei o meu capacete aqui ontem à noite?

— Ah, sim, já vou pegar.

Quando voltou, Clara notou que Ruby estava toda soltinha e que Billy parecia apreensivo.

O melhor jeito de descrever o "visual" normal de Ruby era sensual. Ninguém poderia acusá-la de ignorar o apelo de que "A beleza é o seu dever", e raros eram os dias em que seus lábios não estavam mais vermelhos que uma caixa de correio. Até as pernas torneadas exibiam sempre uma camada generosa de creme Cyclax. Clara sabia que a versão de si que a amiga apresentava ao mundo era pura bravata, tão falsa quanto a pinta que ela desenhava no rosto. A verdadeira Ruby tinha suas nuances e mais camadas que uma cebola, mas não estavam todos se escondendo atrás de um personagem?

— Como está o lábio? — perguntou Clara a Billy.

— Vou sobreviver. Me sinto muito melhor agora depois de ouvir *A ilha do tesouro*. Era um dos meus livros preferidos quando era criança.

— Mas não é o seu preferido hoje?

— Não. — Ele sorriu com um brilho de provocação no olhar.

Clara lhe entregou o capacete.

— Você soube que teve uma série de ataques na região?

Billy deixou o capacete cair.

— Não! — Ele parecia horrorizado.

— É, parece que teve. Um detetive veio me ver hoje mais cedo. Provavelmente vai pedir que você preste depoimento essa semana.

— Clara, que horror — disse ele, abaixando-se para pegar o capacete. — Você não deve sair por aí sozinha. Nem você, Ruby. Nunca.

— Não se preocupe. Não vou sair sozinha.

Ele franziu a testa.

— Posso passar aqui e levar você em casa depois do trabalho, se encaixar com o meu turno.

— Billy, não precisa — respondeu ela. — Você já fez mais que o suficiente.

— Mas claro que precisa. Eu... Não consigo nem imaginar. Você não está segura sozinha por aí.

Ela o fitou, curiosa.

— Mas eu não estou sozinha. Tenho a Ruby. Além do mais, estamos perfeitamente seguras aqui na biblioteca.

Ele girou o capacete nos dedos, então tamborilou, nervoso, obviamente refletindo.

— Por favor, não se arrisque, Clara. — E a encarou intensamente, antes de baixar o olhar para o relógio de pulso. — Droga, tenho que ir. Você tem que me prometer que vai tomar cuidado, Clara.

Ela fez que sim.

— Prometo.

As duas ficaram observando-o enquanto ele baixava a cabeça para passar sob a porta baixa e saía para a plataforma da estação.

— Ele gosta de você — concluiu Ruby, estalando a língua no céu da boca.

— Deixa de ser besta, sua boba.

Ruby arqueou uma sobrancelha perfeitamente desenhada.

— Vai por mim, ele gosta de você.

— Rubes. Eu sou casada... Era.

— Eu sei, querida, e não quero desrespeitar a memória de Duncan, mas já faz quase quatro anos agora. Você tem o direito de se apaixonar.

Clara fitou a porta, intrigada, confusa e, talvez, um tanto esperançosa. *Era isso que estava acontecendo?*

Afastou o pensamento absurdo. A atração parecia uma traição à memória de Duncan. Além do mais, não sabia quase nada a respeito de Billy Clark, tirando o fato de que ele tinha o estranho dom de estar no lugar certo, trabalhar muito e ter uma cadela ridiculamente fofa. Não conhecia nem o autor preferido dele!

Àquela altura, as únicas pessoas ainda na biblioteca eram Marie, Beatty e o Sr. Pepper. Clara decidiu fechar mais cedo e acompanhar os três até o beliche deles.

Juntos, foram pela plataforma, seguindo o pequeno corredor escuro que ligava o túnel do sentido oeste aos dormitórios nos túneis interditados do sentido leste.

Eram quinze para as oito, e os ocupantes do abrigo estavam se preparando para a noite. Beliches de três andares feitos de metal (menos propícios a piolhos) foram montados pelos escoteiros ao longo de quase um quilômetro e meio de túnel.

Clara ficava impressionada toda vez. Parecia o interior de um trem noturno gigante. Os setores de A a D comportavam cinco mil pessoas, embora oito mil tenham se espremido ali numa noite particularmente intensa durante a Blitz em 1940.

— Qual é o seu beliche, Sr. Pepper? — perguntou Clara, pegando os sais de cheiro e inspirando discretamente. Os túneis salvavam vidas, mas o ar fétido de tantos corpos sem banho grudados uns nos outros, noite após noite, era algo que só sentindo para acreditar.

— No final do setor D, infelizmente.

— E vocês, meninas?

— Número dois mil e vinte e três, no B — respondeu Beatty.

Marie foi de mãos dadas com Clara, saltitando e dando tchau para as amigas.

— Adoro dormir no metrô — comentou. — Um dia, Bea disse que posso dormir na cama de cima.

— *N'oublyie pon chein qué j'té dis* — murmurou Beatty.

Marie ficou em silêncio na hora.

— Nosso beliche é aqui — anunciou Beatty, desconfortável.

— Cadê a sua mãe, querida? — perguntou Ruby.

— Ela trabalha à noite — respondeu Beatty —, na fábrica de aviões da Plessey, em Ilford.

— E que horas ela volta? — perguntou Clara.

— Não sei, às vezes ela emenda jornada dupla.

— Então quem cuida de Marie? — perguntou Ruby.

— Eu — respondeu Beatty na defensiva. — Já tenho idade para isso. Deixo ela na creche, antes de bater o ponto na Rego.

— Você pode ler pra mim, Clara? — pediu Marie, aninhando-se debaixo do cobertor esfarrapado. — Por favor!

— Não, ela não pode — disse Beatty. — Ela está ocupada.

— Outro dia, prometo — disse Clara. — Mas não deixe de ir à biblioteca amanhã à noite.

— Mas aquele homem falou pra só fazer sessão de leitura uma vez por semana.

— Você ouviu aquilo, é? Não se preocupe, vou ler toda noite, lindinha. Boa noite, não deixe os percevejos te morderem.

— Boa noite, Sra. Button — respondeu Beatty.

— Me chame de Clara, por favor. Somos amigas agora, lembra? Ela deu um sorriso tímido.

— Obrigada, Clara.

Beatty pegou a lanterna na cama e subiu no beliche com seus livros, como Clara fazia quando era mais nova.

— Uma irresponsabilidade, se quer saber o que eu acho — murmurou Ruby, uma vez que estavam longe o bastante para não serem ouvidas. — Beatty tem só 16 anos; a mãe dela não devia deixá-la cuidando de uma criança de 8 anos a noite toda.

— O que ela pode fazer? — respondeu Clara.

— Mesmo assim. Meninas dessa idade precisam da mãe. Vou dizer umas boas verdades quando a encontrar.

Depois de deixar o Sr. Pepper em seu beliche, elas seguiram em meio aos ecos do túnel até a escada rolante e a saída do metrô.

— Eu falei. — Ruby cutucou Clara com o cotovelo. — É o Billy dos olhos azuis em pessoa.

— Billy! — exclamou ela. Ele estava de pé junto do corrimão ao lado da saída do metrô.

— Já está com saudade? — provocou Ruby.

— Consegui trocar o turno de hoje. Só queria levar vocês em casa em segurança — explicou ele, e uma mecha loura caiu sobre seu rosto.

Clara sentiu uma onda de calor na barriga. Era inegável a atração que sentia pelo homem gentil e cuidadoso.

Ele lhe ofereceu o braço, e ela aceitou.

Ruby insistiu para que passassem pelo prédio dela primeiro e lançou uma piscadela nada sutil para a amiga ao se despedir. Cinco minutos depois, estavam de volta à Sugar Loaf Walk.

Pararam diante da porta de Clara, e Billy parecia relutante em se despedir.

— Foi muito bom ter alguém com quem andar até em casa — disse ela. — Me acostumei a viver por conta própria e ser independente.

— Li que você é viúva — disse ele baixinho. — Meus pêsames.

— Obrigada. Meu marido... bem, ele morreu em combate na França. Minhas perdas não são piores que as de ninguém, é o que tenho que me lembrar... Desculpa, estou falando demais.

— Nem um pouco!

— E você? — perguntou ela. — Deve ver coisas terríveis no trabalho.

— É, mas tenho estômago de ferro. Além do mais, eu amo o meu trabalho.

— Você não teve que se alistar? — perguntou ela, dobrando-se à curiosidade.

— Sou um objetor de consciência.

— Ah, entendi. Deve ter precisado de coragem.

— Você é uma das poucas pessoas a pensar assim, Clara, acredite em mim.

— Por quê?

— Acho que pelo mesmo motivo pelo qual as pessoas não gostam de ver meninas lendo sem parar. Não é certo... Além do mais, não é muito heroico, não é? Ser um objetor de consciência.

— Mas você está fazendo o seu papel em casa, não está? Não imagino que seja fácil trabalhar numa ambulância.

Ele soltou um suspiro profundo.

— Não, não é mesmo. Trabalhei setenta e cinco horas na semana passada, mas as pessoas pensam o que querem, não é? Ah, sei lá. Se elas vissem o que eu vi em Dunquerque, carregando macas...

Um longo silêncio se instalou entre eles. *Dunquerque.* A garganta dela se fechou.

— Eu o convidaria a entrar, mas, sabe como é, as pessoas comentam.

— Ah, por favor, eu entendo. É melhor eu ir.

— Obrigada de novo, Billy — disse ela, enfiando a chave na porta.

— Só cumprindo o meu dever de bom cidadão. — Ele sorriu e deu um passo atrás abruptamente.

Naquele instante, ela sentiu o desejo intenso de ir até ele e beijá-lo, de ser envolvida por aqueles braços, de sentir o calor de um corpo na sua cama, de sentir esperança de novo. *Qualquer* coisa que não entrar naquele apartamento vazio, com todas as lembranças de como falhou como esposa penduradas na parede. O silêncio absoluto. Era a pior coisa de estar sozinha. Não que ela e Duncan tivessem muito em comum. Antes da guerra, quase todas as noites, eles se sentavam diante da lareira, ela com um livro, ele com os jornais sobre corridas de cavalos, mas era da companhia silenciosa que ela sentia falta. Se não fosse pelos livros, tinha certeza de que estaria falando sozinha agora.

— Ah, que se dane — disse ela sem pensar. — Vamos tomar um chá, o que tem de escandaloso em tomar um chá? — E riu, desconfortável.

— Muito obrigado, Clara, mas acho melhor não. — Ele se virou e seguiu pela Sugar Loaf Walk, com Bela saltitando logo atrás. Clara gemeu e encostou a testa na porta.

Sua idiota.

Não estava num daqueles romances eróticos históricos de Dot. Billy não iria levantá-la nos braços e lhe dar um beijo ávido na porta de

83

casa. Ele sumiu na escuridão do blecaute, e Clara sentiu a curiosidade tomar conta de si. Quem era aquele homem que, apesar de odiar a guerra, lidava diariamente com suas terríveis consequências? Olhos Azuis era de fato um paradoxo. Não via a hora de ir embora, mas o que foi mesmo que Ruby disse para ele mais cedo? *Já está com saudade.* Tamborilou no portal e então, com um longo e relutante suspiro, entrou no imenso vazio do seu apartamento.

6

Ruby

Se você tem um livro, tem um amigo. Como filha única, a leitura me dava um amigo o tempo INTEIRO.

Andrea Homer, antiga funcionária dos turnos
de sábado na Biblioteca Pública de Cradley, em
Halesowen

O verão caiu sobre Bethnal Green, pegajoso e sufocante. Por todo o bairro, as áreas bombardeadas já estavam cobertas de flores silvestres e mato, e o ar quente ardia com cheiro de asfalto derretido e pó de carvão.

As Baby Blitz, como ficou conhecido o tipo de bombardeio rápido que matou a Sra. Pepper, passaram, e algo mais agourento, como um prenúncio de tempestade, ressoava no horizonte. Treze semanas se passaram desde que Clara tinha sido agarrada na porta de casa, e, desde então, duas outras mulheres foram atacadas. Uma, em Hoxton, conseguiu lutar contra o agressor; a outra, em Whitechapel, infelizmente não. A polícia vinha avisando a todas as mulheres da região que ficassem atentas. Ruby passou a andar com um soco-inglês na bolsa e não hesitaria em usá-lo caso a situação exigisse. Não que andasse muito sozinha depois que escurecia. Pelo menos não agora, que tinham Billy.

Enquanto subia as escadas do prédio depois do trabalho, tendo se despedido de Billy e Clara, Ruby tentava entender o enigma que era Billy Clark. Ele parecia ter tomado para si o papel de protetor de Clara e acompanhava as duas até em casa sempre que os turnos no trabalho permitiam, sempre com sua cadelinha.

Billy era um perfeito cavalheiro, sempre do lado mais próximo da rua, levando-as até a porta das duas. E, no entanto, esse cavalheirismo curioso parecia mascarar outra coisa. Havia algo a respeito do paramédico que ela não conseguia entender. Era óbvio que gostava de Clara, porém parecia determinado a manter uma formalidade no relacionamento, recusando todos os convites para se juntar a elas para uma bebida na biblioteca.

Uma ideia desagradável lhe ocorreu. Tomara que não fosse casado. Já havia conhecido adúlteros demais na vida, principalmente durante a Blitz. Homens sem vergonha na cara que mandavam as mulheres para o interior e ficavam livres para se envolverem em casos extraconjugais. Todo beco escuro era uma cama macia aqueles dias!

Malditos homens. Por ela, a maioria podia ter o penduricalho decepado. Principalmente o padrasto. Canalha de uma figa. Nunca mais ouviu uma palavra daquele tal soldado Eddie também, mas isso não era surpresa. Ela o mandou numa missão impossível. Com o racionamento de papel, romances populares como aquele eram difíceis de encontrar. Aquela noite era a primeira reunião do clube de leitura e só tinham dois exemplares surrados de *E o vento levou* para dividir entre si!

Suspirando, abriu a porta de casa.

— Cheguei!

— Estou aqui, querida. Feche essa porta.

Ruby bateu a porta e foi atrás da mãe.

Netty estava na cozinha — onde mais? —, polindo o forno freneticamente, o braço subindo e descendo feito um tocador de rabeca. As batatas estavam descascadas e de molho na água com sal, numa panela, prontas para serem fritas.

— Não vou demorar. Vou só trocar de roupa e voltar para a biblioteca.

— E o jantar?

Ruby cortou uma fatia de pão e passou uma camada fina de margarina.

— Vai ser isso aqui.

— Isso não enche barriga — disse Netty, preocupada.

Ruby engoliu, dando de ombros.

— Vai absorver o gim.

— Você anda bebendo demais, mocinha — disse Netty, lavando as mãos sujas e secando no avental. — É o que Victor acha.

— E ele deve saber do que está falando — murmurou ela para si mesma —, bêbado grosseirão.

— O que foi, querida?

— Falei que hoje é a primeira reunião do clube de leitura. Deve aparecer bastante gente.

Ela bateu os farelos do prato no lixo antes de retocar o batom.

— Por que você não vem, mãe?

— Na biblioteca? E deixar Victor fazer o jantar dele sozinho?

Ruby revirou os olhos.

— Imagina uma coisa dessas. — Ela girou o ombro travado e suspirou.

— Cansada, querida?

— Ombro de bibliotecária — disse Ruby de cara feia. — Acho que a gente carregou caixas de livros para mais de dez fábricas. Ai, mãe, vem com a gente, por favor. Acho que você vai se divertir.

— Você me conhece, meu amor. Não sou muito de ler. Burra demais. Os padrões de crochê da *Woman's Own* são o máximo de que dou conta.

— Ai, mãe, não se menospreze...

Um estrondo soou lá embaixo.

— Ai, Deus, Victor já chegou. Por Cristo, nosso Senhor, nem comecei o fígado e as cebolas. Ele vai ficar irritado.

— Mãe, calma.

Elas ouviram um barulho no pátio do prédio.

Ruby foi até a varanda. Victor estava cambaleando pelo pátio central, esbarrando nas paredes.

87

— Eu tinha um quartinho pra alugar, o preço era meia co-rooooooooa... Que que tão olhando? Vão, desapareçam daqui! Voltem pra cozinha, suas piranhas intrometidas!

As mulheres do prédio estavam espiando da escada, morrendo de rir porque, a cada dois passos que ele dava, voltava três.

— Ei, Victor! Isso aí é uma contradança... ou uma dança do contra?

— Ei, Netty, querida! — gritou Nell, do 10. — Melhor buscar o seu velho. Ele encheu a lata. E a polícia está aqui.

Netty se juntou a Ruby na varanda.

— Olá, senhor — disse o policial a Victor. — Parece que andou trocando os pés.

Ele apontou para cima, e os dois policiais olharam para o alto.

— Ele é da senhora?

— Desculpa... — começou Netty.

— Nunca vi na vida, seu guarda — gritou Ruby em resposta ao policial.

— Eu conheço você. Você trabalha na biblioteca do metrô, não é?

— Isso mesmo — respondeu Ruby, deslumbrando-o com um de seus sorrisos. — Ruby Munroe.

— Estou atrasado no meu último livro.

— Deixa comigo, seu guarda. Tenho certeza de que, quando devolver, vai descobrir que a multa sumiu. — Ela deu uma piscadela.

— Fico muito agradecido, Srta. Munroe.

Ele então olhou para a figura maltrapilha caída no chão.

— Bom, uma noite no xadrez vai ajudar a ficar sóbrio de novo. Tenho certeza de que alguém vai aparecer para buscá-lo pela manhã.

Os dois puseram Victor de pé.

— Ou vocês podiam deixar no achados e perdidos — comentou Ruby com outra piscadela. — Mas, falando sério, acho que cabe uma queixa por distúrbio da paz. Tem um monte de crianças nesse prédio que não precisam ouvir esse linguajar.

— Tem razão, Srta. Munroe. — Ele lançou um último olhar de apreciação antes de, com a ajuda do colega, arrastar Victor até a delegacia de Bethnal Green.

— Ai, meu amor — exclamou Netty. — Você não devia ter feito isso.

— Ah, mãe, ele estava tão bêbado que amanhã de manhã nem vai lembrar que apareceu aqui. Ele merece. E agora você tem doze horas de folga. E pode vir comigo ao clube de leitura.

— Victor não vai gostar disso. Ele não gosta que eu leia livros.

Claro, ele prefere que a senhora continue sem educação, era o que Ruby queria dizer. Em vez disso, sorriu com carinho.

— Mãe, é um clube de leitura, o que tem de errado?

Ruby pegou o pano de prato do ombro da mãe e jogou pela varanda.

— Você vem comigo para a biblioteca.

Assim que colocou os pés no metrô, Ruby soube que havia algo errado.

Clara veio correndo pelo saguão da bilheteria.

— Quem está tomando conta da biblioteca? — perguntou Ruby.

— O Sr. Pepper. É a pequena Marie Kolsky.

— O que tem ela?

— Sumiu. Não apareceu na sessão de leitura, e Beatty não consegue encontrá-la em lugar nenhum. A Sra. Chumbley está comandando uma busca pelos túneis, e eu vou procurar Billy, para ver se ele pode chamar alguns colegas para ajudar.

Sparrow, Ronnie e Tubby chegaram correndo.

— Certo, rapazes, venham comigo — ordenou Ruby. — Os Ratos do Metrô vão me mostrar todos os esconderijos que conhecem.

Ruby, Netty e os meninos desceram a escada rolante às pressas e podiam ouvir a comoção lá embaixo ficando cada vez mais alta.

— Não, não, não liga para ela.

Beatty estava histérica, e a enfermeira do abrigo tentava acalmá-la.

— Eu perguntei onde a mãe trabalhava para ligar e avisar de Marie, mas ela está dizendo que a mãe não quer que entrem em contato com o trabalho dela — explicou a enfermeira.

— Por favor, não liga para ela.

— Deixa eu levar Beatty para a biblioteca, dar um pouco de água e deixar que se sente em paz um pouco — sugeriu Ruby, e a enfermeira fez que sim.

— Tá bom. Se precisar de alguma coisa, me avise.

— Obrigada, enfermeira. Agora, meninos — disse Ruby, voltando-se para Sparrow, Tubby e Ronnie —, vasculhem cada centímetro desses túneis. Achem Marie.

Eles se viraram num emaranhado de braços e pernas.

— Vamos olhar a sala do terror! — gritou Sparrow.

— Sala do terror? — exclamou Beatty.

— É como eles chamam a sala de ventilação — murmurou Ruby —, porque faz uns barulhos engraçados. — Ao menos torcia para que fosse por isso que chamavam a sala por esse nome.

Na biblioteca, Ruby serviu um copo de água a Beatty e a levou até um canto tranquilo da sala de leitura.

— Sente aqui, querida, e beba isso. Sua irmã vai aparecer, você vai ver.

Beatty se sentou, relutante.

— Deve ter sido difícil para vocês, se mudar de Jersey para cá, deixar o seu pai para trás.

Beatty deu um gole e fez que sim.

— Me conte de Jersey — prosseguiu ela. — Sempre quis conhecer. Eles continuam anunciando as ilhas do canal como um destino de férias sem bombas, mesmo depois que a guerra começou.

— Isso é metade do problema — respondeu Beatty. — A gente não estava preparado. Depois que a França caiu, foi um caos.

— O que a sua mãe fez? — perguntou Ruby.

Beatty reprimiu as lágrimas.

— Passou horas numa fila para arrumar uma passagem de barco para fora da ilha, e, quando chegou o dia... ai, foi horrível. Uma multidão no porto, se engalfinhando para entrar nos barcos. Não consegui nem me despedir do meu pai direito.

— Deve ter sido assustador. Por que o seu pai não veio?

— Ele queria ficar e tomar conta do negócio. Acho... Acho que não acreditava que os alemães iam invadir.

Ruby assentiu com um gesto de cabeça. Ela leu na época a notícia assustadora de que as ilhas do canal foram bombardeadas e então invadidas. Parecia difícil de acreditar que a mais antiga dependência da Coroa estava agora ocupada pelos nazistas.

— E por que vocês vieram para a zona leste de Londres?

— A minha mãe tinha uma tia em Whitechapel, mas a gente descobriu quando chegou aqui que ela tinha sido evacuada também.

— A guerra vem com muitas surpresas — comentou Ruby. — A maioria desagradável. E aí, o que a sua mãe fez?

— O que poderia fazer? Arrumou um emprego e um lugar para morar. Aí a gente foi bombardeada e aqui estamos.

Ruby ficou em silêncio, intrigada pela estranha odisseia que arrancou aquela menina de 16 anos da ilha paradisíaca onde morava.

— Bethnal Green deve ser muito diferente de Jersey — comentou.

— Pode-se dizer que sim — respondeu Beatty com um suspiro. — Sinto falta de mergulhar nas piscinas de água salgada de Havre des Pas. Ajudar a colher batata, o cheiro das algas secando no campo, para virar adubo.

— Parece maravilhoso — disse Ruby.

— E era. Mas não é mais. Como pode ser, agora que a nossa ilha está coberta de bandeiras com suásticas?

— Talvez o seu pai fique bem. Parece ser uma ocupação menos severa que a da França — ponderou Ruby.

— Menos severa? — respondeu ela com desdém. — Por favor, não me diga que você acredita naquela propaganda absurda! Não existe vida feliz sob o jugo do nazismo. Principalmente se você for judeu, Srta. Munroe.

— Desculpa, fui indelicada. Teve alguma notícia do seu pai?

— Os cabos entre as ilhas do canal e a Inglaterra foram cortados na invasão, e o navio do correio não faz mais a viagem, então a minha mãe levou a gente para o escritório da Cruz Vermelha, em Londres. Eles nos deram uma carta da Cruz Vermelha.

— E?

— Já mandamos várias, mas nunca recebemos resposta.

A solenidade no seu olhar guardava mil histórias de perda e separação.

— Vou contar um segredo para você. Eu também estou com medo.

— Você? Mas você parece tão feliz.

— Acredite em mim, querida — disse com um suspiro, pensando em Victor —, é só fachada.

Durante toda a conversa, duas coisas chamaram a atenção de Ruby. A primeira, que Beatty era bem sagaz. A segunda, que sua mãe não parecia uma figura muito presente na sua vida nos túneis. Uma suspeita meio mal formulada começou a se formar na sua mente.

— Sua mãe trabalha muito à noite?

— Toda noite.

— É muita responsabilidade para você.

— Eu já tenho 16 anos, não sou mais criança.

Ruby assentiu. A mãe de Beatty e Marie não teria sido a primeira mulher a perder a cabeça por um soldado estrangeiro. Londres estava fervilhando ultimamente, e os ianques, com seus modos extravagantes, eram capazes de afetar mesmo as mulheres mais reservadas. Os soldados traziam glamour e brilho, sem falar em contraceptivos. Ela sabia muito bem. Fardas e salários melhores não eram as únicas vantagens dos americanos sobre seus aliados britânicos. Será que a Sra. Kolsky estava desfrutando da recém-descoberta liberdade, fazendo do abrigo no metrô uma creche noturna?

— Mesmo assim. Cuidar de Marie não é trabalho só seu.

— Você não conhece a minha mãe nem me conhece, então, por favor, pare de julgar a gente.

— Só estou tentando ajudar, Beatty. — Ruby teve uma ideia. — Olha só. Do que você precisa? Tenho uma amiga que consegue arrumar umas coisas por baixo dos panos.

— Só tem uma coisa que preciso agora, e nem a senhorita pode me ajudar com isso, Srta. Munroe.

— O quê?

— Espaço. Um lugar para organizar a cabeça. — Ela gesticulou à sua volta. — Não tem privacidade aqui. Eu escrevo cartas para o meu pai toda semana e guardo na minha bolsa, mas eles revistam as bolsas no trabalho, e toda vez Pat ou Queenie fazem comentários cínicos sobre eu ter um namorado. Na primeira vez, foi engraçado. Agora é só... cansativo, para dizer a verdade.

Ruby riu.

— Consigo imaginar. Sutileza não é o forte de nenhuma das duas. Tenho uma ideia.

Ela se levantou e foi até a estante de não ficção, de onde pegou *A arte da administração doméstica*.

Beatty a acompanhou com os olhos escuros, observando-a com curiosidade, enquanto Ruby tirava as garrafas de bebida escondidas atrás do livro.

— Quando estavam construindo a biblioteca, deve ter acabado a madeira, porque esse pedaço aqui, atrás da prateleira, era só de compensado e acabou caindo. No fim das contas, é só uma coisa provisória, e vão desmontar tudo quando a guerra acabar.

Ela enfiou a mão no vão atrás da prateleira.

— O buraco vai até a parede do túnel, e bem aqui tem uma alcova. — Ela levou a mão um pouco mais fundo, até que todo o seu braço tinha sido enterrado. — Acho que deve ter sido feito para guardar cabos ou algo assim, mas agora está vazio. Pode guardar as suas cartas aqui, se quiser.

— Promete não abrir?

— Prometo.

Beatty pegou as cartas da bolsa e entregou a Ruby.

— Nada nessa biblioteca é o que parece — comentou Beatty, observando Ruby com curiosidade.

Naquele instante, Ruby teve a impressão de que havia conquistado a confiança daquela estranha menina adulta. Bibliotecas são lugares que parecem inspirar segredos. Todos aqueles livros sussurrando das prateleiras, soltando a língua. Talvez fosse verdade. Quando se está cercado de histórias, talvez seja inevitável acabar contando a sua. Ruby costumava ter a sensação de que estar debaixo da terra, no labirinto sombrio do mundo subterrâneo, extirpava as fachadas do dia a dia.

As pessoas entravam na biblioteca subterrânea, sentiam o aroma dos livros e baixavam a guarda. Naquele momento, viu uma menina cheia de histórias para contar. Beatty estava escondendo o final, mas ao menos havia compartilhado o início.

Beatty observou a biblioteca à sua volta, como se a estivesse vendo pela primeira vez.

— É de Marie?

Estava olhando para a parede que Clara dedicou aos comentários das crianças sobre os livros que estavam lendo para o desafio de verão.

Uma parede inteira da sala de leitura era um mosaico colorido com as palavras e os desenhos das crianças que estavam participando do desafio de ler dez livros até o fim do verão.

— "Maravilhozo, amei *Beleza negra* de pachão" — leu Beatty em voz alta o comentário da irmã. — Péssima ortografia.

— Não seja muito dura com ela, Beatty. Não é culpa dela que as escolas estejam fechadas, e você ficaria surpresa com o tanto que ela está aprendendo com a vida aqui no abrigo.

— O que ela está lendo agora? — perguntou Beatty.

Ruby conferiu a pasta.

— *A princesa e o goblin*.

— Srta. Munroe. — O Sr. Pepper passou a cabeça pela porta. — Acho que é melhor a senhorita vir aqui...

As palavras foram encobertas por uma comoção na porta da biblioteca.

— Marie! — exclamou Beatty.

Lá fora, na plataforma, entre os túneis do sentido leste e oeste, havia um grupo reunido, no meio do qual estavam Sparrow, Tubby e Ronnie.

— Achamos — balbuciou Ronnie.

— Se quiser achar uma criança, você tem que pensar que nem uma criança — acrescentou Tubby, apontando para a própria cabeça.

— Do que você está falando, menino? — exclamou a Sra. Chumbley, abrindo caminho por entre as pessoas, seguida pelo Sr. Pinkerton-Smythe.

— Anda, Sparrow, conta pra eles — disse Ronnie, cutucando-o.

— Meninas — zombou ele. — Não dá pra confiar nelas.

— Sparrow — disse Billy com gentileza —, por que você não conta para a gente onde Marie está?

— Ela só está presa na metade da saída de incêndio. Meninas não aguentam a sala do terror.

— Por que diabos vocês chamam de sala do terror? — disparou o Sr. Pinkerton-Smythe.

— É a sala de ventilação no túnel leste — explicou a enfermeira. — Uma sala pequena com um duto que dá para a Carlton Square. Acho que tem uma indicação de saída de incêndio, com uma escada estreita. Quando está ventando lá em cima, faz um barulho terrível que parece um gemido — continuou ela. — É bem assustador.

— E uma espécie de ímã de meninos e meninas que não têm nada melhor para fazer — emendou a Sra. Chumbley.

— Bem, não fiquem aí parados! — gritou o Sr. Pinkerton-Smythe, mas Billy já estava apertando o capacete de metal e correndo para a plataforma leste, seguido pelo restante do grupo.

Avançaram pelo túnel que seguia para o leste, cercados de beliches de ambos os lados e com os passos ecoando à medida que entravam no cilindro da escuridão.

Por fim, chegaram ao último beliche e o túnel acabou, com uma parede de tábuas de madeira dando fim ao breu.

No escuro, Ruby conseguiu entrever uma portinhola cheia de fuligem na parede do túnel, coberta por uma grade de metal.

Billy abriu a porta e se virou para Sparrow.

— Ela subiu ou desceu, filho?

— Desceu, senhor.

A grade de metal se fechou com um estrondo agourento atrás dele. Um silêncio tenso recaiu sobre o grupo.

— Espero que não tenha descido muito — sussurrou Tubby. — Dizem que tem toda uma rede de dutos debaixo dos túneis que vai dar lá na Torre de Londres. Um labirinto que pode prender uma pessoa por toda a eternidade.

As pessoas reunidas ficaram apreensivas.

— O menino tem uma imaginação fértil — comentou Clara com suavidade.

Foi então que a mãe de Sparrow, Pat Doggan, veio gritando pelo túnel.

— Ei, você! — berrou para Sparrow. — Você vai ver só.

— Ele é da senhora? — quis saber o Sr. Pinkerton-Smythe.

— O que o pestinha fez agora?

— Ele e a gangue dele andaram invadindo propriedade da Secretaria de Transporte Público.

— A gente não estava invadindo — protestou Sparrow, mas suas queixas foram silenciadas por um rápido cascudo da mãe na parte detrás da sua cabeça.

— Ele não vai mais fazer isso, o senhor tem a minha palavra — prometeu Pat, irritada. — Você vai ficar um mês com a sua tia, lá em cima.

Os dois desapareceram, Sparrow sendo arrastado enquanto Pat murmurava alguma coisa sobre uma surra e nada de jantar.

— Não quero mais saber daquele delinquente na biblioteca — disse o Sr. Pinkerton-Smythe baixinho para Clara.

— Ele não é delinquente. É um menino direito.

Todos na plataforma observaram com curiosidade a troca entre os dois até ouvirem um barulho atrás da portinhola.

Billy apareceu, carregando uma pequena Marie Kolsky muito suja nos braços. Uma enorme onda de alívio tomou conta de todos na plataforma.

— Enfermeira, pode trazer uma maca? — pediu Billy, pousando Marie no chão com gentileza. — Ela torceu feio o tornozelo.

— Onde você estava com a cabeça? — exclamou Beatty.

O cabelo de Marie estava todo embolado em chumaços sujos, e havia um fio de catarro pendendo na narina esquerda.

— Desculpa — choramingou ela. — Eu só queria ver se tinha goblins lá embaixo.

— Goblins? — perguntou a Sra. Chumbley.

— Os goblins malvados que moram debaixo da terra. Achei que eram eles que estavam fazendo o barulho, senhora. E achei que estavam chegando e iam pegar todas as crianças.

— *A princesa e o goblin* — disse Ruby, batendo uma mão na outra. — Foi daí que ela tirou isso.

— Ah — disse Clara, rindo ao entender. — E você achou algum goblin?

— Não. Só cocô de rato.

Vendo que estava tudo bem, o grupo se dispersou.

— Billy, muito obrigada — disse Clara. — De novo.

— Só estou fazendo o meu trabalho — respondeu ele, corando. — Preciso dar uma palavrinha com a enfermeira. Depois eu passo na biblioteca.

— Só mais um dia na nossa pequena biblioteca de guerra — comentou Ruby, suspirando. — Não sei você, mas eu daria tudo por uma bebida forte.

— É, e logo vai começar o clube de leitura — lembrou Clara.

— Antes disso, uma palavrinha, Sra. Button — chamou o Sr. Pinkerton-Smythe. — Na biblioteca.

Clara o seguiu, lançando um olhar fúnebre para Ruby ao passar pela amiga.

Ruby estava precisando de uma boa dose de nicotina. Começou a se dirigir para a escada rolante, seguindo para o saguão da bilheteria.

— Srta. Munroe...

Ao se virar, viu Beatty ao pé da escada rolante.

— Obrigada.

— Pelo quê?

— Por não ligar para a minha mãe. E pelo esconderijo também — disse baixinho.

— Eu disse que ela estava bem — respondeu Ruby. — Conte essa história numa das cartas para o seu pai.

Beatty sorriu e então correu para se juntar à irmã.

No saguão da bilheteria, Ruby de repente se deu conta. *Minha mãe!* Na confusão, Netty havia desaparecido.

— O que foi? — perguntou Dot atrás do balcão do café. — Você está com cara de quem comeu e não gostou.

— Você não viu a minha mãe hoje mais cedo, viu, Dot?

— Netty? Vi, sim. Ela disse que ia para a delegacia. Alguma coisa sobre o velho estar precisando de fiança. Ah, antes de você ir... — Dot pegou algo sob o balcão, os olhos brilhando. — Parece que você tem um admirador, lindinha.

— Ah, deixa disso. Quem?

Dot depositou com um baque uma pilha de livros no balcão do café.

— Um ianque. Disse que se chamava Eddie, veio procurar você, mas falou que a biblioteca estava trancada. Ficou arrasado por não te encontrar.

— Ah — suspirou Ruby. — É, a gente teve uma emergência, e tive que fechar por um instante.

— Que pena. Era um sujeito todo bonitão. Deixou nove exemplares de *E o vento levou*. E isso aqui...

Ela entregou um bilhete rabiscado no verso de um maço de Lucky Strike.

Você me deixou de coração partido. Nove já foram. Só falta um. Vou voltar. Com um beijo esperançoso, Eddie.

Ruby começou a rir e pegou o livro do alto da pilha para folhear as páginas. Parecia novo em folha.

— Onde foi que ele arrumou isso?

— Não sei, querida. — Dot deu uma piscadela. — Mas parece que está muito interessado em agradar você.

— Ah, toma jeito, Dot — zombou Ruby, pegando os livros. — Aquele homem só está atrás de um final feliz.

Do lado de fora do metrô, Ruby acendeu um cigarro. Tinha de admitir. Eddie sem dúvida era persistente, mas sua motivação era bem óbvia. *Homens.* Inclinou a cabeça para trás e soprou uma longa baforada de fumaça azul para o céu. Não dava a mínima para homem nenhum.

Sentiu no peito a frustração. Chegou tão perto de levar a mãe à biblioteca naquela noite. Ela enfim iria poder relaxar um pouco, lembrar a si mesma o tipo de mulher que costumava ser antes de se casar com Victor. Antes de ele arrancar dela tudo o que a fazia ser ela própria.

Havia alguma biblioteca no mundo que tivesse um livro para ensinar à mãe o seu valor? Se os últimos quatro anos de empréstimos na biblioteca lhe ensinaram alguma coisa era que a história tem as respostas.

Curiosamente, lembrou então que, durante a Blitz, quando parecia que Londres viria abaixo, o Sr. Pepper leu algumas passagens do diário de Samuel Pepys. Ele achava reconfortantes os trechos sobre o Grande Incêndio de Londres por saber que a metrópole tinha sido reconstruída e novas civilizações se desenvolveram nas cinzas da antiga.

Ruby achou aquilo macabro na época, mas agora conseguia entender.

O padrasto não era só um bêbado brutamontes. Victor era um ditador na frente interna. Um homem tão perverso que era capaz de esmagar os dentes da própria esposa para ter controle sobre ela. Mas a guerra deles não era travada com balas e tanques. Era uma guerra silenciosa, conduzida a portas fechadas.

Viu um grupo de meninas da Rego passar, carregando três livros de suspense e dois romances históricos, a caminho de casa e de uma boa noite de leitura. Uma ou duas horas maravilhosas antes de dormir, em que esqueciam a dor nas costas e o ovo desidratado que tinham de comer no jantar.

A saída era ler. Numa prateleira em algum lugar havia um livro cujas páginas ofereciam fuga e liberdade. Ela só tinha de encontrá-lo. Ruby jogou o cigarro no chão e voltou para a biblioteca subterrânea, abraçada a nove exemplares de *E o vento levou*.

7

Clara

Aquele momento em que parece que uma luz se acende e você sabe que transformou uma criança numa leitora. Pura magia.

Donna Byrne, bibliotecária especializada em
desenvolvimento de leitura das Bibliotecas Públicas
de Havering

— Diga-me, Sra. Button, quando a senhora fez a prova para o certificado de bibliotecária, tinha alguma coisa sobre estimular delinquentes?

Clara encarava um Sr. Pinkerton-Smythe furioso.

— A senhora foi treinada na importância da catalogação, da administração de uma biblioteca e nos méritos da boa literatura para desempenhar suas funções com eficácia. Presumo que tenha passado na prova. A senhora é uma bibliotecária qualificada, não é?

— Claro que sou. Me formei na Escola de Biblioteconomia da Universidade de Londres. Também me especializei em literatura infantil com Berwick Sayers, presidente da Associação de Bibliotecas.

Ele fungou, indiferente.

— Então deveria saber que a maioria das crianças que frequentam esta biblioteca ou são delinquentes ou são ruins da cabeça.

— Isso não é...

— Não me interrompa quando estou falando! Essas crianças deveriam estar sendo educadas, e não aqui.

— Mas as escolas estão fechadas. Para onde mais podem ir? — perguntou ela, desesperada.

— Não é dever da biblioteca pública entreter os jovens. A senhora tem filhos, Sra. Button? — Ele estalou os dedos. — Não, claro que não, senão não estaria trabalhando aqui.

— Não vejo o que tem a ver eu ser mãe ou não com a minha capacidade de desempenhar minhas funções como bibliotecária — sussurrou ela, sentindo as lágrimas arderem nos olhos.

— Escute aqui. Agora a senhora está ficando toda emotiva. Sei que seu marido morreu em Dunquerque. Sinto muito pela sua perda, mas esta biblioteca não pode continuar do jeito que está.

— Por que a gente não pergunta para o diretor de Propaganda Interna do Ministério da Informação? — perguntou Clara em voz alta. — Porque, pelo que me lembro, ele parecia muito satisfeito com o meu trabalho aqui.

O Sr. Pinkerton-Smythe se aproximou dela, o rosto alterando-se do pernóstico ao furioso.

— Um dia, em breve, essa guerra vai acabar, e o Ministério da Informação será extinto. As mulheres vão voltar para casa, a ordem social vai retornar, e eu ainda estarei aqui, Sra. Button, como presidente do Comitê de Bibliotecas. E onde a senhora vai estar?

Clara chegou a abrir a boca para responder, mas ele foi mais rápido.

— A senhora é um tapa-buraco, está trabalhando temporariamente até os bibliotecários voltarem da guerra. E, quando eles chegarem, vai voltar a ser só uma bibliotecária que trabalha com crianças.

Só uma bibliotecária que trabalha com crianças.

Ele pegou a maleta e saiu, e o ar que ocupava até então ficou estagnado.

Numa crise repentina, Clara sentiu a adrenalina se esvair e desatou a chorar.

Ruby entrou calmamente na biblioteca, carregando uma pilha de livros, no mesmo instante em que Billy e Bela chegavam.

— Oi, Billy. Olha só para isso, Cla, nove exemplares de *E o vento...* — Ruby parou de falar. — Ah, aquele filho da mãe! O que foi que ele fez agora?

Ruby baixou os livros e foi abraçar a amiga, mas Billy foi mais rápido.

— Aquele sujeito é um esnobe arrogante — disse ele, atravessando a biblioteca em poucos passos, por causa das pernas compridas, e envolvendo-a num abraço.

Por um instante, ela descansou a cabeça no peito dele.

Ele se afastou com relutância.

— Desculpa, Clara. Só vim me despedir. É melhor eu ir.

Talvez o drama da tarde a tenha deixado assim, mas ela se sentia inconsequente.

— Ah, fique, por favor — implorou. — O clube de leitura foi ideia *sua*, afinal de contas.

— Eu... adoraria, mas tenho que ir.

Atrás dele, Ruby revirou os olhos.

— Ah, fica quieto e senta aí, Billy. Você não é a Cinderela.

Bela latiu, arrastando as patas no chão.

— Está vendo — disse Ruby. — Ela concorda.

— Rubes! — exclamou Clara.

— Tudo bem — concordou Billy, rindo. — Acho que é melhor eu ficar e provar para Ruby e Bela que não vou virar abóbora.

— Boa decisão — disse Ruby com um sorriso malicioso. — Vou deixar vocês em paz enquanto tiro os jornais daqui antes da reunião. Vem, mocinha. — Bela a seguiu saltitante.

— Sutil — articulou Clara com os lábios.

E então eles ficaram sozinhos. E tudo a respeito de Billy parecia ainda mais atraente naquela noite. Seu rosto estava bronzeado, tornando os olhos azuis ainda mais brilhantes.

— Na verdade, queria dar uma coisa para você, Clara — disse Billy, nervoso, pegando a mochila e tirando um pacote. — Faz uma semana que estou carregando isso.

Intrigada, ela desembrulhou o papel pardo amarrado com um barbante.

— Mas... você não pode me dar isso tudo — protestou ela assim que o papel caiu no chão.

Era uma coleção completa de Beatrix Potter, primeira edição.

— Eram da minha irmã mais nova.

— Mas esses livros valem uma nota.

— Felicity não tem o menor interesse em se casar e ter filhos. Ela trabalha num canto escondido no interior. Tem o cérebro do tamanho da Bulgária, e o Ministério da Guerra arrumou uma utilidade para isso. Contei da sua biblioteca, e ela falou que desse isso para você.

Clara limpou com gentileza a fina camada de poeira na lombada, uma poeira de gerações.

— Obrigada. Isso vai trazer tanta alegria.

Ao erguer o olhar, encontrou-o sorrindo, deleitando-se com o prazer dela em receber aquele presente.

— Ah, olha, *A história de D. Picotina* — exclamou ela. — Eu adorava esse.

— Eu também — disse ele, rindo.

— E aqui, *A história de Jemima Patapocinha*. Era o meu preferido, eu ficava tão nervosa esperando o cavalheiro de bigodes de raposa aparecer e, sabe, mesmo criança, eu ficava tão irritada por ela não perceber o joguinho dele. Caindo naquela história de comer ervas para se empanturrar, pata boba.

Billy agora estava gargalhando.

— Eu gostava mais do Pedro Coelho. Adorava o jeito como ele sempre dava uma volta no Sr. McGregor.

Logo estavam envolvidos em seus personagens preferidos de Beatrix Potter, e se abriu uma porta para o passado. Clara se perguntou se, quando era criança, alguém lia para o Sr. Pinkerton-Smythe. Talvez por isso ele fosse tão ríspido. Os espaços vazios no cérebro dele, que a leitura preencheria com empatia, haviam endurecido e se calcificado, transformando sua imaginação em cimento.

— Você acha que eu deveria me oferecer para ensinar Sparrow a ler? — perguntou ela.

— O que você acha? — devolveu ele.

— Eu acho que toda criança merece ter alguém que lute por ela. Se eu não tivesse tido Peter, estaria... Bem, não sei onde estaria, mas não ia ser aqui.

— Claro que estaria — repreendeu ele.

— Não mesmo. Meus pais não eram de ler. Quando eu era criança, a gente só tinha dois livros em casa, uma enciclopédia e a Bíblia. Todo sábado eu ia à biblioteca de Bethnal Green com a minha carteirinha e os meus três bilhetes.

Ela abriu um sorriso nostálgico.

— Até hoje me lembro de quando Peter me deu *O jardim secreto*, quando eu tinha 13 anos. A ideia de um jardim esquecido atrás de uma porta secreta era intrigante. Eu vivia abrindo todas as portas de casa, só por via das dúvidas. Parece bobeira, não é?

— Nem um pouco. — Ele sorriu para ela com carinho. — Parece que o livro abriu de fato uma porta, pelo menos na sua cabeça.

— Foi mágico. Aquele livro mudou tudo para mim. Bibliotecas são... — disse, correndo os dedos magros pela lombada dos livros — ... lugares táteis.

Clara tinha 3 anos quando a tão esperada biblioteca financiada por Carnegie foi aberta. Durante a infância, o lugar era o seu próprio palácio dos sonhos com paredes forradas de livros. E não só dos sonhos dela. Não tinha ideia de quantas vidas em Bethnal Green o prédio de tijolos vermelhos transformou.

Ficou olhando o livro.

— Às vezes, só é preciso que alguém lhe dê um pouco de atenção.

— Quer sair comigo um dia? Quer dizer, como amigos... — acrescentou ele, depressa.

— Para onde? — perguntou ela, erguendo o rosto, surpresa. A pergunta parecia ter surgido do nada.

— Faz tempo que estou querendo ver a Exposição de Verão na Royal Academy, mas sempre me sinto meio idiota indo sozinho a exposições.

— Ah, se é assim — respondeu ela, rindo —, então eu vou. Mas tenho que avisar que só tenho folga nas tardes de quarta e domingo.

— Tudo bem, eu espero.

Por dentro, o coração dela dava piruetas triunfais. Algum dia ela chegou a se sentir tão atraída assim por Duncan? O namoro deles foi muito cômodo e conveniente. Duncan trabalhava na carpintaria do pai dela desde os 14 anos, era praticamente "da família", então era como se o casamento deles fosse uma conclusão inevitável. Os dois não tinham nada em comum, mas havia uma espécie de amor. Duncan e o pai dela iam a todo canto juntos, do trabalho à corrida de cachorros ou ao autódromo, sem contar a peregrinação dos sábados para ver o West Ham jogar.

Ele foi o marido perfeito. Gentil e muito leal, o tipo de homem do qual se podia depender. Clara fechou os olhos, sentindo-se dividida. Ir a uma exposição com um homem como amigo não era traição à memória de Duncan, era? A voz irritante soou de novo. *Se você tivesse sido uma esposa melhor... se tivesse largado esse emprego...*

— Está tudo bem? — A voz de Billy a trouxe de volta ao presente.

— A gente não precisa ir... Foi uma péssima ideia, não foi? Esquece o que eu falei.

— Está tudo bem — respondeu ela baixinho. — Eu adoraria ir.

— Sra. Button, posso interromper um instante? — chamou da sala de leitura o Sr. Pepper.

— Com licença, Billy.

Relutante, ela foi até a sala de leitura, onde encontrou Ruby de pé, em frente ao *Daily Herald*.

— Alguém cortou a coluna de corridas — comentou Ruby.

— Quem? — perguntou Clara.

O Sr. Pepper deu de ombros.

— Esperávamos que a senhora soubesse.

— Não faço a menor ideia. Que estranho.

— Agora não dá tempo de dar uma de Miss Marple — disse Ruby.

— Está na hora do clube de leitura.

— Eu quero saber de sexo — anunciou Irene.

— Não! Assassinato! — retrucou Queenie.

— Não, alguma coisa divertida e picante — pediu Dot, do café. — Quando chego nas cenas mais quentes, sempre tricoto mais rápido.

Todo mundo gargalhou.

— Alguém precisa de uma nova dose? — perguntou Ruby.

— Só um pouco — pediu Pat, estendendo o copo.

— Mais um gole disso e não vou conseguir levantar do chão — comentou Alice, rindo. — Está uma delícia. O que tem aqui, Lábios Vermelhos?

— Bom, a nata do clube de leitura, que foi como batizei o drinque, tem três ingredientes. Gim, gim e gim. Brincadeira. Tem um pouco de suco de laranja concentrado — explicou ela, servindo mais um pouco para Pat. — Mas não gosto de pegar pesado no suco de laranja.

— Ainda bem que o meu beliche não fica longe. — Pat riu.

A reunião inaugural das Traças de Livros de Bethnal Green começou animada. O coquetel de Ruby deixou as moças ainda mais eloquentes que o habitual.

Clara estava montando uma lista de livros para o grupo e, como sempre, as mulheres de Bethnal Green não tinham vergonha de oferecer as próprias opiniões.

— Voltando aos livros — chamou Clara.

— Sou muito cuidadosa com as autoras que leio — comentou Pat. — Quando acho uma de que gosto, leio tudo dela.

— Bom, eu só leio Agatha Christie e Dorothy Sayers; e elas nunca me decepcionaram — interrompeu Queenie. — Elas não têm um livro chato sequer.

— Mas detesto assassinato — protestou a jovem enfermeira do abrigo. — Já vejo sangue demais no trabalho.

— Pois é — concordou Dot. — Preciso de uma coisa leve e fácil. Leria dez mil páginas por semana, se me deixassem.

— Para mim, é só palavrório — interrompeu Queenie.

— Deixem a Sra. Button falar! — exclamou a Sra. Chumbley. E ela conseguiu o efeito desejado.

— Bom, obrigada, Sra. C. — agradeceu Clara. — O que eu estava tentando dizer é que o propósito desse clube é compartilhar o nosso amor pela leitura e encorajar vocês a tentarem descobrir coisas novas. Ontem veio uma senhora aqui que fecha os olhos, corre os dedos pelas lombadas e escolhe um livro aleatoriamente.

— Por quê? — perguntou Queenie.

— Ela diz que prefere deixar que o livro a escolha.

Ninguém se mexeu, digerindo a informação, exceto por uma senhora sentada no fundo da sala, que continuou tricotando.

— Desculpa, querida — disse ela, ficando de pé e guardando as agulhas. — Mas odeio livros.

— Então por que a senhora veio? — perguntou Ruby.

— Um lugar quentinho para me sentar.

Ela saiu, e Clara teve vontade de enterrar a cabeça nas mãos.

— Por que não começamos comentando sobre alguma coisa que lemos recentemente e que nos inspirou? — sugeriu o Sr. Pepper, e todos assentiram. — Que tal você, Billy, o que gosta de ler?

— Gosto de ficção que reflete a vida real. Gosto de escapar da realidade, mas gosto de sentir que estou aprendendo algo sobre a guerra ao mesmo tempo.

— Você não é um objetor? — perguntou Pat com frieza. — Com todo o respeito, filho, o único jeito de aprender sobre a guerra é lutando nela!

— Aqui não é lugar para discussão política — interveio Clara, sentindo a necessidade de defender Billy.

— Não tem problema — respondeu Billy, passando os longos dedos no pelo de Bela, enquanto ela dormia no seu colo. — Pat tem direito à opinião dela. Antes de maio de 1940, eu teria concordado com você.

Clara se ajeitou na cadeira, desconfortável.

— Mas trabalhar como paramédico em Dunquerque, durante as evacuações, mudou a forma como vejo as coisas. Não dá para explicar.

Ele se levantou e pousou uma Bela sonolenta nos braços de Clara.

— Esse livro faz isso muito melhor do que eu seria capaz — continuou ele, pegando *A verdade acima de tudo*, de Eric Knight.

Clara sentiu uma pontada de pânico. *Dunquerque. Duncan.* Os dois estavam inextricavelmente associados na sua mente.

— A lucidez, a fluidez, a realidade pura e simples desse livro vão ficar na minha memória por muito tempo.

O grupo ficou em silêncio.

— Desculpa, é o gim, me faz falar demais.

— Não peça desculpas, Billy — disse o Sr. Pepper. — É a guerra, filho. Ela nunca vai embora. Ela define quem você é.

— É verdade — comentou Pat, devagar. — Quando um homem vai para a guerra, ele não volta mais o mesmo.

Clara sentiu o rosto esquentar.

— Ai, lindinha, sinto muito, não queria magoar você — disse Pat.

— Está tudo bem — disse Dot com carinho. — Pelo menos o seu Duncan morreu um herói, e você devia sempre pensar nele assim.

Clara lhe ofereceu um sorriso pouco convincente.

— Bem, eu amo *Rebecca*, de Daphne du Maurier — disse Alice, mudando gentilmente de assunto, o que foi recebido com aprovação geral.

— Mais alguma sugestão? — prosseguiu Clara.

— Eu adoro histórias de detetive — disse uma voz baixinha.

Clara e todos os demais se viraram, surpresos. Quase ninguém havia notado a mulher que se juntara ao grupo.

Era uma moça magrinha, enrolada num casaco esfarrapado enorme. Clara a reconheceu do túnel. A Sra. Caley parecia estar sempre esperando ou amamentando um bebê.

— O meu marido não gosta que eu leia, a não ser que seja o livro dos cupons de racionamento.

Ela se ajeitou, desconfortável diante do escrutínio do grupo.

— Eu sinto falta.

— Por que se privar? — perguntou Clara.

Ela deu de ombros.

— Costumava adorar um bom mistério, agora não posso mais.

— Por quê?

— Não tenho mais onde ler.

— Então venha ler aqui — ofereceu Clara.

Seu rosto pareceu se iluminar.

— Costumo ir para a reunião do Instituto das Mulheres nas segundas, mas posso arrumar uma dor de cabeça, acho. O que os olhos não veem...

— O coração não sente — completou Ruby.

— Ai, nem sei o que dizer.

— Quem é a sua autora preferida, querida? — perguntou Queenie.

— Adoro os mistérios de Margery Allingham.

Ela pegou um livro da prateleira com ar de quem queria desaparecer dentro dele.

— Não me levem a mal, amo o meu marido, mas livros... Bem, eles sempre me ajudaram.

— Entendo — disse Clara.

— Acho que *Who Killed the Husband?* ia ter mais serventia para você, lindinha — comentou Pat com ironia, e, para surpresa de todos, a Sra. Caley desatou a rir.

— Começamos bem — disse Clara. — Certo, o primeiro livro é *E o vento levou*, e podemos nos reunir de novo quando todos vocês tiverem terminado de ler. Temos nove exemplares, graças a Ruby.

De repente, um pensamento lhe ocorreu.

— Rubes, esses livros não são contrabandeados, são?

— Até parece — respondeu ela, irritada. — Tive um rolo com um soldado americano. Aquele cara que veio aqui outro dia, se você quer saber. Ele que doou.

— Em troca do quê? — quis saber Pat.

— Pois é, melhor não se animar, Lábios Vermelhos — acrescentou Irene como quem sabe do que está falando. — É só chegar um americano...

— Que a mulherada abre as pernas — concluiu Queenie. Todas morreram de rir, e Clara se pegou fitando Billy, sem graça, mas, se ele se sentiu incomodado, escondeu muito bem.

Quando começaram a falar sobre homens, o clube de leitura logo se transformou num falatório estridente, com as mulheres desfiando seus assuntos preferidos: nascimentos, mortes e maridos ruins!

— Certo — interrompeu a Sra. Chumbley —, odeio ter que acabar com a festa, mas a biblioteca precisa fechar. Vou fazer uma ronda pelo abrigo, caso alguém queira companhia até o beliche. Sr. Pepper, posso acompanhá-lo?

— Seria muito gentil de sua parte. Minha visão não é mais a mesma.

Ela estendeu o braço, e os dois seguiram juntos pelo túnel que ia para oeste, o frágil e a formidável.

Os demais ajudaram a empilhar as cadeiras, e logo partiram, rindo, as vozes ecoando pelos túneis.

A Sra. Caley, no entanto, ficou para trás, parecendo hesitante.

— Sra. Button. Ouvi dizer que a senhora é uma espécie de bibliotecária de mente aberta.

— Depende do que a senhora quer dizer com isso...

— Preciso de algo que me ajude a parar de... — Ela levou a mão à barriga. — Sabe como é...

— Ah, entendi.

— Só que o meu marido não pode saber.

— Eu tenho a coisa certa — respondeu Clara, baixando a voz. — *Controle de natalidade para a mulher casada.* É um panfleto. Passe aqui amanhã para buscar um Margery Allingham e eu coloco dentro. É o jeito mais discreto.

— Obrigada — disse ela, agradecida. — A senhora não vai contar ao meu marido, vai?

— Jamais pensaria nisso.

Clara ficou observando, intrigada, a Sra. Caley se apressar em direção ao seu beliche.

— Ouviu isso? — perguntou a Ruby, recolhendo os copos. Ruby fez que sim com a cabeça.

— Pobre coitada. Aquela lá tirou a sorte grande com o marido. Ele e Victor são farinha do mesmo saco.

— Por falar nisso, achei que a sua mãe vinha hoje.

— Está ocupada demais pagando uma fiança para *ele* na delegacia Ruby fez uma pausa.

— Cla, ver você ajudando a Sra. Caley me deu uma ideia. Tem algum livro sobre uma mulher que escapou de um casamento ruim?

— Deixa eu pensar... Ah, sim, me lembro de ler há muito tempo *A senhora de Wildfell Hall*, de Anne Brontë. A protagonista deixa o marido alcoólatra e violento.

— Fale mais.

— Nos tempos vitorianos, as mulheres foram proibidas de ler esse livro... Era considerado muito polêmico.

— Pode botar na lista do clube?

— Vou tentar. Mas como você vai conseguir fazer a sua mãe participar?

— Não se preocupe com isso. Só arrume o livro que eu trago a minha mãe para a biblioteca.

Billy chegou da sala de leitura.

— Já arrumei as mesas. Posso levar vocês em casa?

— Não precisa — disse Ruby, colocando o casaco. — Posso voltar sozinha.

Ela se foi antes que Clara pudesse reclamar.

— Certo, então somos só nós — comentou Clara.

— Só nós — repetiu Billy com um sorriso.

— Desculpe pela conversa lá dentro. Quando elas se juntam, ficam meio assanhadas.

— Acredite em mim, não foi nada que eu não tenha ouvido no posto médico.

— E desculpe pelo que Pat falou.

Ele deu de ombros.

— Já falei. Estou acostumado.

— Billy, posso fazer uma pergunta pessoal? O que houve com você em Dunquerque?

E aconteceu de novo, como venezianas fechando uma janela. Seus olhos azuis se voltaram para o chão.

— Eu... não posso falar disso, Clara. Fiz uma coisa da qual não me orgulho.

— Você pode me contar qualquer coisa... — insistiu ela baixinho. — Todos nós cometemos erros.

Ele baixou a cabeça e deu um passo para trás, mergulhando o rosto na sombra da estante.

— Não como eu.

Billy se abaixou, passou a coleira em Bela e, quando ficou de pé, o momento havia passado.

— Vamos — chamou ele um tanto rigidamente. — Melhor irmos logo. Meu turno amanhã começa cedo, e algo me diz que vou me arrepender da nata do clube de leitura.

Ela o seguiu em silêncio biblioteca afora, louca para libertá-lo de seus segredos. Billy Clark estava determinado a permanecer um livro fechado.

8

Ruby

Bibliotecários são facilitadores, animadores, apoiadores, ouvintes, educadores e amigos. Bibliotecas são mais que só prédios.

Carol Stump, presidente da Libraries Connected e
bibliotecária-chefe do distrito de Kirklees

Uma semana depois de as tropas pousarem na Normandia, só se falava disso na biblioteca. A sala de leitura estava abarrotada de gente lendo os jornais, e a fila para pegar livros se estendia pela plataforma.

As manchetes só falavam do avanço dos Aliados e da investida heroica para o leste em meio ao território ocupado pelos nazistas. Uma esperança frágil correu os túneis.

Ruby se pegou pensando em Eddie. Devia ter sido transferido para a França logo depois de entregar os livros na biblioteca. Sentiu uma onda de culpa de que ele tivesse gasto a preciosa licença percorrendo as livrarias de Londres por causa dela, mas afastou o sentimento. Naquele momento, cuidar da mãe tomava toda a sua energia emocional.

— Próximo — chamou Ruby. Um casal de meia-idade se aproximou, meio sem jeito. — Olá. Como posso ajudar?

A mulher baixou a voz a um sussurro quase cômico.

— A senhorita tem algum livro que possa ajudar um casal nas... — e a partir daqui ela só articulou as palavras com a boca — ... questões do quarto.

Ruby sorriu e procurou um livro debaixo do balcão. Antes de a biblioteca se mudar para o abrigo, os livros mais incendiários eram trancados num armário, mas, ali, por causa da falta de espaço, eles tinham de ser guardados debaixo do balcão.

— Que tal esse? — perguntou Ruby, deslizando *The Sex Factor in Marriage*.

Ruby mal teve tempo de carimbar o livro antes de a mulher guardá-lo na sacola de pano e os dois se afastarem depressa.

Uma operária da fábrica deu um passo adiante.

— Ouvi dizer que vocês têm um livro que ensina as coisas — murmurou ela.

Ruby e Clara aprenderam havia muito tempo que trabalhar na biblioteca significava ter de fazer deduções cuidadosas com frequência.

— A senhorita pode ser um pouco mais específica?

— Coisas do quarto... sabe? A senhorita emprestou para a mãe da minha amiga.

Ruby olhou de relance para Clara. Os boatos obviamente estavam correndo depressa. Havia onze dias desde que emprestaram o panfleto sobre controle de natalidade. A Sra. Caley leu tim-tim por tim-tim em dois dias, e, desde então, o mesmo panfleto foi emprestado para uma amiga e já estava de volta. Ruby conferiu o anelar da moça.

— O único problema é que não podemos emprestar para mulheres solteiras...

— Tudo bem, Rubes — interrompeu Clara, baixinho, pegando o panfleto. — Deixe que ela leve. — Então se voltou para a funcionária da fábrica. — Mas, por favor, seja discreta.

— Obrigada — respondeu ela, agradecida, guardando-o na bolsa. — Você me fez um imenso favor.

Ela foi embora, e Clara se virou para Ruby.

— Espero não me arrepender disso.

— Você agiu certo — assegurou Ruby. Ela própria já havia lido o panfleto mais de uma vez e estava feliz de não ser a única mulher em Bethnal Green se educando. Tinha de ter coisa melhor do que sabão, pessários e sorte. De modo geral, até a guerra, sua geração era completamente ignorante. Deixar os homens fazerem "o que bem entenderem" antes de botar uma aliança no dedo tinha suas consequências, e, no entender de Ruby, a responsabilidade recaía toda sobre a mulher.

Por fim, às quatro, chegaram ao fim da longa fila. O Sr. Pepper saiu em busca de algo para beber, e um vagabundo do bairro, que aparecia toda tarde em busca de um lugar quente onde cochilar, tinha acabado de entrar, trazendo junto um cheiro tão forte que quase dava para sentir o gosto. O Major, como era conhecido nos túneis, era uma alma inofensiva.

Além dele, as únicas pessoas na sala de leitura eram um dentista do bairro e uma mulher que trabalhava na prefeitura. Ruby tinha percebido havia um tempo que os dois estavam tendo um caso.

Hoje, ela fingia estar lendo um folheto de instruções, enquanto o exemplar dele de *Doenças das gengivas e das membranas orais mucosas* permanecia intocado. Em vez disso, os dois conversavam em sussurros intensos e disfarçados.

— Você não se importa que eles usem a sua sala de leitura para terem um caso? — perguntou Ruby baixinho.

— Não, nem um pouco — sussurrou Clara. — Pelo menos estão na biblioteca. Ela deve ter mais carimbos na carteirinha que qualquer um em Bethnal Green.

— O que ela está lendo?

— Um panfleto da Divisão de Precaução Contra Ataques Aéreos sobre como lidar com bombas incendiárias.

— Vai precisar se o marido descobrir — murmurou Ruby.

As duas riram.

A mulher devolveu o panfleto e saiu, lançando um olhar demorado para o homem. *Doenças das gengivas e das membranas orais mucosas* não tinha mesmo a menor chance. Um minuto depois, ele saiu apressado, quase derrubando o Sr. Pepper, que voltava com chá para todos.

— Meu Deus, onde é o incêndio? — murmurou ele.

— O que está acontecendo com as pessoas hoje? — perguntou Clara, soprando o vapor da sua caneca. — Está todo mundo obcecado por sexo.

— Deve ser o efeito do Dia D, né? — sugeriu Ruby. — O perigo, a proximidade da morte. Não tem afrodisíaco melhor.

— Acho que a senhorita pode ter razão — concordou o Sr. Pepper com uma risadinha. — Desde que comecei a ajudá-las aqui, percebi que as senhoras deveriam expandir o nome do cargo. Me parece que não são apenas bibliotecárias, mas assistentes sociais, defensoras públicas, enfermeiras, animadoras, ouvintes, professoras... — Ele se interrompeu, a voz começando a falhar. — E amigas. — Seus olhos se encheram de lágrimas, e ele buscou um lenço no bolso do paletó. — Minha nossa, acho que depois de velho fiquei emotivo.

— Não seja bobo, Sr. Pepper — consolou-o Clara. — O senhor perdeu a esposa há pouco tempo. Tem o direito de baixar um pouco a guarda.

— Catorze semanas e quatro dias — respondeu ele, tirando os óculos para secar os olhos.

— Deve sentir tanta saudade dela — acrescentou Ruby, passando o braço em volta dele.

— Sinto, minha cara. Das pequenas coisas. Da companhia silenciosa, das broncas. — Ele olhou para baixo e fez cara feia. — Do cuidado com as manchas feias que às vezes aparecem na gravata.

Clara pegou o lenço de sua mão com carinho e limpou uma manchinha da antiga gravata de diretor de escola.

— Não sei o que faria sem as senhoras e sem essa biblioteca curiosa.

Clara o puxou para perto num abraço.

— Por nossa biblioteca curiosa.

Abraçados ali, Ruby se deu conta de quão díspar era o grupo de bibliotecários que formavam. Uma viúva de 25 anos, um viúvo de 80 e uma solteirona convicta de 26.

— Isso significa que o senhor vai passar a nos chamar pelo nome agora, Sr. P.? — perguntou Clara, sorrindo.

— Vou tentar... Clara — respondeu ele, testando a palavra na boca.

— Agora sim — comemorou Ruby. — Toda aquela formalidade estava me deixando desconfortável. Ah, e o senhor esqueceu uma coisa na lista, Sr. P.

— Ah, é?

— Babá de papagaio!

— E pensar que a maioria das pessoas acha que bibliotecários são introvertidos — comentou Clara, rindo.

— Ninguém nunca vai me ver de cardigã — devolveu Ruby.

— Mas tome cuidado — acrescentou o Sr. Pepper. — Não deixe o Sr. Pinkerton-Smythe saber que você está emprestando o panfleto sobre controle de natalidade.

— Nisso ele tem razão, Cla — concordou Ruby. — Ele ficaria louco.

Clara assentiu.

— Não se preocupem. Dou conta dele. Ah, já ia esquecendo. Olhe só o que chegou. Novinho em folha.

Ela deslizou uma cópia de *A senhora de Wildfell Hall* pelo balcão.

Como era um livro impresso durante a guerra, o papel era fino; as letras, pequenas; as margens, estreitas; e mal dava para ver onde um capítulo terminava e o outro começava, mudanças obrigatórias para atender o então onipresente Padrão de Editoração da Economia de Guerra. Livros recém-publicados podiam ter perdido o refinamento, mas ainda eram uma promessa tentadora.

— Obrigada, Cla — sussurrou ela. Ruby torcia apenas para que o livro tivesse pelo menos metade do potencial libertador que o panfleto de controle de natalidade havia provado ter. Se a mãe pudesse encontrar forças para se libertar do controle de Victor, então talvez elas tivessem uma chance de se recuperar.

Ruby guardou o livro na bolsa e, ao erguer o olhar, deparou-se com Beatty e Marie, que acabavam de entrar na biblioteca.

— Vieram para a sessão de leitura, meninas?

Beatty fez que sim com um aceno de cabeça.

— Viemos um pouco mais cedo. Clara, será que você pode me ajudar a escrever uma carta para a Cruz Vermelha sobre o meu pai? Agora que os Aliados pousaram na França, imaginei que teriam notícias das ilhas do canal. — Ela mordeu o lábio. — Mamãe anda ocupada demais para ajudar, sabe?

Clara ficou arrasada.

— Ai, querida, eu estava prestes a começar a leitura, senão adoraria ajudar.

— Eu posso fazer a leitura — insistiu Ruby. — E você ajuda Beatty.

— Tem certeza? — perguntou Clara. — Achei que você ia querer levar aquele livro para a sua mãe.

— Claro. Beatty precisa de você. — Ela a fitou intensamente. As duas vinham discutindo formas de ajudar as meninas de Jersey. Principalmente Beatty, que parecia estar carregando um fardo muito pesado ao cuidar da irmã, e Ruby sabia que Clara tinha um fraco por ela.

— Vamos lá então. — Clara sorriu, conduzindo-a até sua mesa.

Ruby ficou observando as duas com tristeza. Clara teria se saído uma mãe excelente. Havia perdido muito na vida; queria tanto que a maternidade não fosse outro sacrifício de guerra.

Vinte minutos depois, Ruby estava pronta, e as crianças chegaram em peso para a leitura, preenchendo o ambiente com sua energia feito uma garrafa de refrigerante recém-aberta.

— Terminei o desafio de leitura, senhora. Posso ganhar o meu donut agora? — exclamou uma menina ruiva inquieta.

— Eu também! — disse a neta da Sra. Smart, Maggie May, levantando tanto o braço que poderia tê-lo deslocado.

Para alegria de Ruby, todas as crianças que frequentavam a biblioteca, exceto uma, completaram o desafio, e uma das paredes da sala de leitura era um caos de desenhos coloridos e elogios sobre os livros. Tubby, esperto como era, completou em três semanas, e ela ficou muito satisfeita ao ver que quase todos os meninos — instigados pela coleção Just William e por clássicos de aventura como *As aventuras de Huckleberry Finn* — vinham seguindo seu exemplo impressionante.

— Como está indo, Joannie? — perguntou ela a uma menina de 10 anos com um emaranhado de cachos ruivos.

— Horrível — respondeu Joannie, desanimada. — Não gosto de livro de menina.

— E quem disse que você tem que ler livro de menina?

— Minha mamãe. Ela diz pra eu escolher uma coisa bonita, que nem *Mulherzinhas*.

— E o que você quer ler? — perguntou Ruby.

— Livros de criminosos e espiões e essas coisas.

— Você devia passar lá em Westminster, então — comentou Tubby. — O meu pai diz que está cheio de criminosos.

— Eu gostei daquele livro que a gente leu, *A ilha do tesouro*. Aquele foi muito bom, só que é livro de menino, né?

— Não é, não — protestou Ruby com veemência. — Não tem nada disso de livro de menino e livro de menina.

Ela levantou e correu o dedo pelas prateleiras, a mente trabalhando.

— Aqui. Tenta esse. *Emil e os detetives*, de Erich Kästner. É um livro fantástico sobre um menino e os amigos, e eles prendem uma gangue de ladrões de banco.

— Parece bom, senhora, só que a minha mãe não vai me deixar ler um livro escrito por um nazista.

— Erich Kästner não é nazista — respondeu ela.

— Nem todo alemão é nazista — comentou Tubby.

— Longe disso — concordou Ruby. — Os livros de Kästner são proibidos na Alemanha e algumas das histórias dele foram queimadas pelos nazistas. *Emil e os detetives* foi a única que escapou da censura nazista.

— Por que os nazistas queimam livros? — perguntou Maggie May. — Eles não têm carvão?

Ruby suspirou. Todo dia, ela e Clara enfrentavam uma torrente de perguntas das crianças do abrigo. A que horas os passarinhos dormem? Tem algum livro aí com foto de dragão? Por que a gente tem uns sacos de boxe pequenininhos no fundo da garganta? (Ruby levou um bom tempo para entender que eram as amígdalas.)

Mas essa exigia reflexão.

— Porque eles querem que as pessoas parem de pensar por conta própria — respondeu, por fim, considerando que não havia muita diferença entre um nazista e o seu padrasto. — E agora, como a maioria de vocês já sabe, Tubby é um ajudante de leitura. E ele concordou em ler para nós.

Tubby exibiu orgulhoso seu exemplar de *O vento nos salgueiros*, então ficou de pé, fazendo ranger a prótese na perna.

— Maravilhoso! Fascinante! Inacreditável de tão magnífico! Haverá no mundo outro mestre dos automóveis como o Sapo do Salão do Sapo? — declamou ele em seu melhor sotaque de grã-fino.

Quando Tubby fez sua imitação animada e maravilhosa do Sapo fugindo da prisão, vestido de lavadeira e dirigindo o carro como um louco para salvar a casa das garras das doninhas, a biblioteca explodiu em risadas.

— E a moral da história é... — anunciou Tubby, fechando o livro com um baque — ... nunca confie num sapo.

— Sábias palavras, garoto.

Todos os olhos se viraram para o fundo da sala, onde um soldado americano alto e ridiculamente lindo estava de pé, segurando um saco de papel pardo.

— Quem quer bala?

A hora da leitura acabou abruptamente.

— Vamos lá, tem caramelo, tem puxa-puxa, tem aquelas coisas nojentas que grudam no céu da boca...

— Eu! Eu! — exclamou um coro de vozes.

— Eddie... o que você está fazendo aqui? — murmurou Ruby, descrente.

— Vim trazer isso. — Ele sorriu e exibiu um exemplar de *E o vento levou* que estava escondendo nas costas. — Com isso, são dez livros. Duvido que exista outro soldado que tenha entrado em mais livrarias que eu — concluiu, rindo. — Bom, então agora você tem que sair comigo, não é?

— Achei que você estava na França.

— Viajo amanhã.

Clara veio até a sala para saber o motivo da comoção.

— É o Eddie — explicou Ruby.

— Eddie? — respondeu Clara, ainda sem entender.

— Pois é, o Eddie do *E o vento levou*.

Ele riu.

— Ela me fez rodar todas as livrarias de Londres atrás desses livros. Mas, por ela, valeu a pena.

— Ah, então *você* é o Eddie — exclamou Clara.

— Não podia ir embora sem me despedir. — Seus olhos se demoraram pelo corpo de Ruby, satisfeitos.

Um frisson percorreu a sala.

— Você vai beijar ela, moço? — perguntou Maggie May, cheia de coragem, e todas as meninas deram uma risadinha.

— Acho bom beijar — declarou Ruby.

Eddie a segurou e lhe deu um beijo teatral, e as crianças foram à loucura, todas exceto Tubby e Ronnie, que fingiam vomitar.

— O que me diz então, Ruby? — perguntou ele quando enfim a soltou. — Eu e você no West End, podemos ir ao Windmill, depois jantar e dançar.

Era uma oferta mais que tentadora. Pensou na mãe, pisando em ovos com Victor, tentando manter a paz. Outra noite inquieta, revirando na cama, revivendo o momento terrível em que viu o corpo de Bella no necrotério. Às vezes, era como se passasse a vida tentando fugir do que havia acontecido naquela escadaria.

— Tenho uísque... — acrescentou ele, abrindo o casaco para revelar um cantil de bolso prateado. — Americano. Coisa boa.

— Ah, por que não disse antes? — brincou ela. — Vou pegar o meu casaco.

Ruby pegou a bolsa atrás do balcão e, com as mãos trêmulas segurando o pó compacto, retocou o batom — aquela noite merecia o do bom, Vermelho Paixão.

Clara levantou a tampa do balcão e se juntou a ela.

— Tem certeza disso, Rubes? — sussurrou. — Você sabe que ele vai querer algo em troca dos livros.

— Espero que sim. — Ela fechou o pó compacto e abriu um sorriso um pouco forçado demais enquanto soltava o lenço do cabelo.

— Tome cuidado, por favor — insistiu Clara.

— Não sou burra — devolveu Ruby, ajeitando com os dedos os cachos louros antes de passar um pouquinho de Soir de Paris no pescoço. — Vou obrigá-lo a usar uma camisa de vênus.

Clara pareceu magoada.

— Você sabe que não foi o que eu quis dizer. Fico preocupada com você, é só isso. Não acredito que você se divirta tanto quanto finge se divertir.

— Ai, Clara — disse com um suspiro. — Não é uma questão de se divertir, é uma questão de esquecer.

Ruby colou um sorriso no rosto e foi em busca de esquecimento.

9

Clara

Crianças só precisam de carinho, paciência e livros.

Nanny Maureen, "companheira de leitura"
voluntária das Bibliotecas Públicas de Havering

Clara ficou observando Ruby sair com seu soldado americano numa nuvem de perfume e cigarro, seguidos na plataforma pelos Ratos do Metrô. Para o mundo de fora, pareciam o perfeito casal glamoroso dos tempos de guerra. Mas ela sabia que o comportamento desregrado de Ruby era só fachada e ficava preocupada com a amiga. Londres havia se tornado uma cidade tão passageira. Num dia, as pessoas estavam lá; no outro, tinham ido embora. Literalmente, no caso de Eddie. Ruby não sabia nada a respeito dele.

De repente, sentiu uma pontada de medo. E se ele fosse o homem que estava aterrorizando a zona leste de Londres ultimamente? Afinal de contas, tinham descoberto que o Estripador do Blecaute era um piloto respeitável da RAF. Fazia todo o sentido que o homem por trás dos ataques não fosse da região. Ela voltou a arrumar as estantes, tentando se acalmar.

Calma, Clara, repreendeu a si mesma, limpando com carinho o único exemplar de *O vento nos salgueiros*, guardando-o com cuidado na prateleira. Ruby sabia se virar. Pelo menos estava em busca de amor, ou de um tipo de amor. Onze dias haviam se passado, e ela e Billy ainda não tinham conseguido marcar uma ida à galeria de arte

— mesmo como amigos. Toda vez que achava que estavam quase lá, ele se afastava. Ela sabia que havia ultrapassado uma linha invisível quando perguntou a ele sobre Dunquerque e, embora estivesse desesperada para descobrir o que ele queria dizer com não se orgulhar do que fez, não tinha coragem de insistir.

Às vezes, não tinha nem certeza se ele gostava dela, e, ainda assim, o jeito como olhava para ela... Era tudo tão confuso. Suas emoções pareciam fugazes como a luz do sol na água, mas não eram a luz e a sombra que faziam dele alguém tão intrigante?

— Você parece longe daqui. — Beatty a estava observando com um sorriso perspicaz.

— Ah, não, só estava pensando que livro ler na próxima sessão de leitura.

— Que tal *We Couldn't Leave Dinah?*

— De Mary Treadgold! Ótimo, esse livro é maravilhoso.

— Você conhece? — perguntou Beatty, parecendo mais animada do que Clara jamais a tinha visto.

— Claro. Ganhou a Medalha Carnegie de Literatura três anos atrás. É sobre as crianças das ilhas do canal depois da ocupação, não é?

Beatty fez que sim.

— Eu iria adorar se você lesse esse. Vai me fazer lembrar de casa, ou ao menos de uma versão do que era a minha casa.

Clara sorriu e se deu conta de que momento raro e precioso era aquele.

— Vou encontrar para você — prometeu.

— Obrigada, Clara. E obrigada também por me ajudar com aquela carta mais cedo.

— Estou à disposição. Espero que você receba notícias logo.

— Agora que os Aliados estão na França, eles vão ajudar a liberar Jersey, já que fica tão perto. E eles vão ter notícias do meu pai, você não acha?

Clara não sabia como responder. Não tinha tanta certeza, mas não queria destruir as esperanças da menina, não agora que Beatty estava começando a confiar nela.

— Não deve demorar muito. Vamos, vou levar você e Marie até o beliche de vocês. Sr. Pepper, se importa de fechar a biblioteca?

— De forma alguma, minha cara.

Clara penteou para trás seu cabelo escuro e ondulado e amarrou o lenço de seda amarelo numa espécie de turbante frouxo. Adorava aquele lenço porque Duncan uma vez disse que realçava as linhas douradas dos seus olhos castanhos.

— A senhora é muito bonita — comentou Marie, pegando sua mão ao saírem da biblioteca. — Por que não sai para dançar com soldados, que nem a Ruby?

— Marie — repreendeu Beatty. — Deixa de ser mal-educada.

— Não tem problema — disse Clara, rindo. — Eu sou muito sem sal.

Elas chegaram aos beliches, e Beatty pegou seu exemplar de *O jardim secreto*, guardado atrás dos cabos na parede do túnel.

— Não acho você nada sem sal, Clara — disse, tirando o marcador do livro e se acomodando na cama. — Acho você um amor.

Clara sentiu um nó na garganta. Beatty e Marie eram meninas maravilhosas, tão inteligentes e engraçadas. Daria tudo para ser mãe delas. Leria para as duas toda noite, encheria de amor e abraços, não as deixaria sozinhas a noite inteira num túnel frio do metrô. Lembrou-se daquele primeiro chutinho, delicado feito o bater de asas de uma borboleta, mas uma vida ainda assim. A dor parecia penetrar nos seus ossos, e ela se segurou às hastes do beliche em busca de apoio.

— Está tudo bem, Clara? — perguntou Marie, erguendo os olhos arregalados e curiosos do livro que estava lendo.

— Está tudo bem, querida. Só estou um pouco cansada.

A atmosfera mudou e adquiriu aquele ar sonolento que precedia o apagar das luzes e, ao longo de todo o túnel do sentido leste, as pessoas se acomodavam com livros ou agulhas de tricô à luz de um toco de vela. Algumas já dormiam, os rostos cobertos por máscaras caseiras de musselina com gotas de eucalipto, para espantar o cheiro e o desconforto na garganta.

— Melhor eu ir andando. Boa noite, meninas. Aproveite *O jardim secreto*.

Beatty levantou o rosto, os olhos brilhando na luz baixa.

— Ah, pode deixar. Ela está quase achando a porta.

Clara jamais viu alguém ler com tanta gana e intensidade. Beatty a fazia se lembrar de si mesma quando jovem e ficou feliz de estarem se aproximando.

Bibliotecários, assim como professores, não deveriam ter favoritos, mas Beatty era especial. Os livros eram amigos incondicionais para ela, da mesma forma que foram para Clara. Não era de admirar.

Como Mary de *O jardim secreto*, Beatty foi arrancada de tudo aquilo que conhecia e jogada num mundo estranho. Tudo bem que o metrô não era uma mansão labiríntica, mas o mundo nocivo e complexo do abrigo subterrâneo era tão estranho para Beatty quanto a mansão Misselthwaite foi para Mary.

Cabia a Clara lhe oferecer livros. Livros com portas para terras mágicas. Um sorrisinho tocou os lábios de Beatty quando ela virou a página, os olhos correndo da esquerda para a direita. Às vezes, ela articulava as palavras com a boca.

Havia algo de único no fato de sua biblioteca ficar tão fundo debaixo da terra? Será que, num mundo alheio à luz natural e ao barulho externo, o ato da leitura se tornava mais íntimo, e a imaginação, mais aguçada?

Fora do metrô, o horário de verão duplo estava a todo vapor, e Clara ficou aliviada ao ver as ruas e o Barmy Park fervilhando de gente. Olhou de um lado para o outro, na expectativa de ver uma figura alta e magra, mas, para sua decepção, Billy não estava lá.

— Pare de pensar nele — repreendeu-se a caminho da Russia Lane. Por mais que tentasse, não conseguia afastar a ideia de que havia estragado tudo, o que quer que existisse entre eles.

Encontrou Sparrow em sua horta, fritando um peixe num fogareiro de acampamento.

— Posso me sentar? — Ela apontou para o caixote de madeira virado de cabeça para baixo.

Ele fez que sim.

— Todo mundo na biblioteca está com saudade.

— Não foi culpa minha aquela garota burra ter ficado presa.

— Eu sei que não, ninguém acha que foi.

— A minha mãe acha.

— Queria ensinar você a ler.

— Para mim tanto faz aprender ou não.

Ele ergueu o rosto de repente, os olhos brilhando.

— Mas a senhora estaria perdendo tempo. Sou devagar, não sou? Pelo menos foi o que falaram na escola.

— Por que a sua professora falaria isso?

— Professor. Sr. Benwell. Ele disse que eu não sirvo para nada.

— Não é verdade — discordou ela com gentileza.

— Ele me perseguia. Me mandava ficar de pé na frente da turma e apontava para os buracos na minha roupa e nos meus sapatos. Me mandou até ficar de pé dentro da lixeira, porque eu parecia um monte de lixo.

Clara sentiu a raiva crescer dentro de si como um soco forte.

— E você contou isso para alguém?

— Contei, e levei uma surra por causa disso.

— Ele não é um professor, é um sádico — murmurou ela.

— Ele batia ainda mais se eu me encolhesse. Mas a esquerda é pior ainda.

Ele ergueu a mão esquerda com a palma virada para cima, e Clara sentiu a raiva se consolidar como algo mais sombrio.

— É por isso que eu não sei ler.

— Por quê?

— Porque eu sou canhoto.

— Como assim?

— O professor me batia quando eu escrevia com a mão esquerda. Ele dizia que canhotos têm problema na cabeça.

— Só porque você é canhoto *não* significa que você tem problema na cabeça. Todas as pessoas criativas com quem estudei na biblioteca eram canhotas.

— Ah — respondeu ele, parecendo confuso.

— Quero muito ajudar você, Sparrow.

Ele ergueu o queixo.

— Eu não preciso de caridade.

— E se você me ensinasse a plantar verduras e eu ensinasse você a ler? Seria uma troca justa?

Ele franziu o rosto.

— Tá bom, mas não conta para ninguém.

— Vai ser o nosso segredo. Que tal começar agora?

— Aqui não. Talvez na casa da minha tia.

— Termine o jantar primeiro.

Enquanto comia, ele contou para ela da horta, e Clara ficou impressionada com o que ele e os Alunos Jardineiros da Russia Lane criaram sem dinheiro nenhum.

Orgulhoso, Sparrow explicou que foi ideia dele usar tampas de lata de lixo furadas para peneirar a terra do local do bombardeio e retirar todos os cacos de vidro e estilhaços.

— O segredo é cavar duas vezes — continuou ele. — E o estrume é o rei.

— Por falar em reis, ouvi dizer que você recebeu uma visita real no ano passado.

Seu rosto se iluminou.

— Á-há. Eu dei umas dicas para Sua Majestade sobre como evitar pulgão na batata.

Clara gargalhou alto.

Devagar? Se esse menino aprendesse a ler, não haveria limites para a engenhosidade dele.

Na casa de Sparrow, Clara logo percebeu que sua tia Maisie era uma ótima moça, mas obviamente estava sobrecarregada, mexendo uma panela no fogão com um bebê encaixado no quadril. Havia dois meninos pequenos embolados num montinho sobre o tapete de retalhos, e Sparrow parecia envergonhado.

— Essa é a Sra. Button, da biblioteca do metrô. Ela está me ajudando a aprender a ler.

— Ah, oi. Reggie e Albert, vamos falar mais baixo, não consigo ouvir nem os meus pensamentos.

Ela se virou para Clara com um sorriso de desculpa e deu um tapinha na barriga.

— Mais um no forno, para pagar pelos meus pecados.

O bebê se remexeu e bocejou, as pálpebras tremendo num sonho. O sofrimento que sentiu mais cedo pareceu aumentar e preenchê-la por inteiro com uma dor tangível.

O bocejo do neném se tornou um choramingo baixo.

— A gente pode dar uma volta com ele no carrinho? — sugeriu Clara, ansiosa para escapar da óbvia fertilidade de Maisie.

— Ah, a senhora faria isso?

— Claro. Vamos, Sparrow.

Juntos, eles puseram o neném num carrinho grande parado na porta de casa e começaram a andar. O balanço do carrinho nas pedras da rua logo embalou o neném de novo.

Que mundo para trazer uma criança, pensou Clara, ao passar por uma casa bombardeada com o mato saindo pela janela. No fim da rua, um grupo imenso de crianças brincava de um jogo complicado de pular, perdidas na própria imaginação.

— Desculpa, senhora — disse Sparrow com um suspiro, chutando uma pedra. — É sempre assim na casa da minha tia. Acho que não vai dar para ter aula, no fim das contas.

— Lógico que dá — respondeu Clara. — As palavras estão em tudo que é canto; não precisamos aprender só das páginas de um livro.

Ela fitou um outdoor imenso na lateral da ponte ferroviária.

— Tente ler aquilo ali.

— Fácil. "Cave pela vitória."

— Parabéns — comemorou ela, rindo. Eles passaram sob a ponte e saíram do outro lado.

— Eu roubei. Chutei por causa da bota e da pá.

— Foi um chute bem fundamentado, então não é roubo. Agora tente aquilo. — Ela apontou para um letreiro enorme na parede de um bar.

— Guinness... te... — gaguejou.

— Te dá forças — terminou ela.

Clara notou a pontinha de um panfleto da campanha "Cave pela vitória" no bolso dele.

— Vamos ler juntos. Como você usa isso?

— A maior parte é só chute, ou então Tubby lê enquanto eu faço o trabalho pesado.

Ele pegou o panfleto, e Clara conduziu sua leitura, lendo algumas frases e o encorajando a tentar palavras mais simples. Usando as palavras para construir frases e fazendo-o sempre ler em voz alta, suspeitava que ele logo conseguiria. Era um menino muito esperto. Só precisava acreditar nisso.

— Qual é a sua palavra preferida, Sra. Button? — perguntou ele.

— Ventura.

— Significa o quê?

— Eventos que ocorrem por acaso de uma forma feliz, boa sorte. Por exemplo, o fato de eu tê-lo conhecido na biblioteca foi uma ventura.

— Qual é a palavra de que a senhora menos gosta? — perguntou ele ao passarem de novo debaixo da ponte. O barulho do trem acima deles quase encobriu sua voz.

Ela pensou.

— Umidade.

— Por quê?

— Não sei. Mas me faz tremer toda. E qual é a sua palavra preferida? — perguntou.

— Argiloso.

Ela parou o carrinho e o encarou, surpresa.

— Que palavra ótima. Onde você aprendeu?

— Tubby que me falou. Parece que o solo de Londres é argiloso, porque tem muita areia e argila. — Ele deu uma piscadela. — Com bastante umidade.

— Minha nossa, que trem barulhento.

Ele olhou para o céu.

— Acho que isso não é um trem.

Clara acompanhou seu olhar.

Um rastro preto se movia sobre os telhados na direção deles.

O barulho de repente ficou ensurdecedor, penetrando o cérebro de Clara. *Fum. Fum. Fum.* Suas mãos, molhadas de suor, apertaram o carrinho com força.

— Sra. Button... — A mão de Sparrow no seu braço a trouxe de volta à realidade. — A gente precisa correr.

Para sua eterna vergonha, Clara permaneceu grudada no chão. Viu o rosto de Peter, pálido, feito de cera, afastando-se dela em meio à poeira e aos livros que explodiam pelos ares.

— Não... Não consigo. — Ela engoliu em seco. O objeto no céu estava se aproximando agora, rugindo a caminho deles, com fogo saindo pela cauda. De repente, o barulho parou. Ela prendeu a respiração enquanto a coisa descia na direção deles feito uma coruja de asas abertas.

Sparrow arrancou o carrinho das mãos dela e começou a empurrar só com uma das mãos; com a outra, agarrou-a pela manga da camisa.

— Corre!

Clara despertou do terror, e, juntos, eles avançavam aos trancos e barrancos pela Grove Road o mais rápido que podiam, as rodas do carrinho sacudindo loucamente nos paralelepípedos.

— Aqui. — Sparrow a puxou por uma porta e a empurrou para o chão. Tirando o primo do carrinho, agachou-se ao lado dela. Os dois cobriram a cabeça por instinto.

O ar pareceu vibrar e se partir com o impacto da explosão.

Escuridão completa, seguida por um *tic-tic* suave de escombros caindo nas suas cabeças.

Clara não conseguia respirar. Sentia como se estivesse agarrada ao meio-fio enquanto a calçada girava e se inclinava.

— Sra. Button... — Sparrow a estava colocando de pé.

O bebê começou a chorar enquanto os dois fitavam, assombrados, a rua da qual haviam acabado de fugir.

A robusta ponte ferroviária vitoriana sob a qual tinham acabado de passar não existia mais. As casas haviam tombado umas sobre as outras. Os corpos forravam as ruas feito bonecas de pano. Casas e lojas ardiam num incêndio feroz, e, no céu, os absorventes à venda na farmácia pairavam no ar feito folhas de sicômoro no outono até pousarem no chão aos seus pés.

— Minha tia! — exclamou Sparrow.

Na lateral do prédio, era possível ver a cauda do avião enterrado.

Ele começou a se mover, mas Clara o puxou de volta. A sirene das ambulâncias e do carro dos bombeiros preencheu o ar.

— Não! Não vai, Sparrow, é perigoso demais.

Sparrow enfiou o bebê no colo dela e correu para as casas em chamas.

Clara não suportou olhar e desabou no meio-fio, segurando o neném.

— Clara, é você? — Ergueu o rosto. Billy estava segurando uma das pontas de uma maca, seguindo para o local da explosão.

— Billy. — Ela começou a chorar, e ele se sentou ao lado dela, espantado, o rosto cheio de preocupação.

— Você está machucada?

— Estou bem. Mas Sparrow... ele foi atrás da tia. Por favor, não deixa ele entrar, Billy.

— Pode deixar, mas você precisa ir ao posto médico para ser examinada.

— Eu estou bem, vou esperar aqui.

Ele pousou a maca no chão e a segurou pelos braços com firmeza.

— Não, Clara, não vai. Não vou me perdoar se alguma coisa acontecer com você. Vai, agora!

Sem dizer mais nada, ele se virou e correu em direção à cortina de fumaça.

$\backsim$

Quando Billy enfim apareceu no posto 98, com o rosto exausto e coberto de fuligem, a luz leitosa do amanhecer já se infiltrava sob as cortinas.

— E Sparrow? — perguntou ela. Desde que o bebê tinha sido examinado e liberado, e então entregue a Pat, no metrô, que ela não pregava o olho de preocupação pelo menino.

Billy colocou uma caneca quente de caldo de carne nas suas mãos.

— Ele está bem. Ele e dois primos estão com a mãe dele no metrô, com o neném. Estão todos bem. — Billy colocou um lençol sobre os ombros dela e a fitou, preocupado. — E você?

Ela deu um gole no caldo salgado e quente e estremeceu.

— Estou bem, quer dizer, um tímpano perfurado, mas se Sparrow não tivesse me forçado a correr... — Ela se interrompeu. — E a tia de Sparrow?

— Sinto muito. Ela não conseguiu escapar.

Clara balançou a cabeça, lembrando-se da mãe animada, revezando-se entre as crianças e uma panela de ensopado, absolutamente alheia ao fato de que estava a poucos minutos da morte.

— Mais alguém?

— Dois primos dele, meninos pequenos. — Ele engoliu em seco. — Seis vítimas ao todo; não tinha nada que a gente pudesse fazer.

— Sete, na verdade. Ela estava grávida.

Ele esfregou o rosto em desespero, e foi como se um punho gelado apertasse o coração dela.

— Sinto muito.

Ele fez que sim e se virou para ela, os olhos assombrados pelo que tinha visto nos escombros.

— A gente não se acostuma a retirar corpos de crianças.

Um silêncio se abateu sobre eles.

— Me desculpa — falou ele com um suspiro, esfregando os olhos. — Preciso melhorar minhas estratégias de conversa.

Ele olhou nos olhos dela.

— Aquele negócio que explodiu não era um Messerschmitt nem avião nenhum.

— O que era então?

— Algum tipo de foguete, não sei. Mas sei que não tinha piloto alemão lá dentro, e, pode acreditar em mim, os homens do bairro formaram uma patrulha, então eles o teriam encontrado.

Clara se lembrou do barulho terrível que ouviu pouco antes de o motor desligar.

Fazia meses que só se falava da arma secreta de Hitler. Ela achava que não passava de um boato.

— Bom, vamos torcer para que tenha sido o primeiro e último — concluiu com um suspiro, ciente de que, na guerra, nada era assim tão simples.

Billy pegou suas mãos, e ela de repente se deu conta de quão próximos estavam.

— Sei que não combinamos uma data para a nossa ida à exposição, mas não vamos adiar mais isso — pediu ele. — Vamos agora.

Ele a fitou com olhos intensos.

— Desculpa a... demora. — Suas palavras vinham aos tropeços. — É difícil explicar o motivo, mas o que eu sei é que só temos o agora. Se tem uma coisa a ser aprendida com o que aconteceu na noite passada é isso.

O coração de Clara batia forte quando ele enfim disse as palavras que ela esperou tanto para ouvir.

— Sim... Sim... Seria ótimo. Mas não agora, não é? Olhe só o meu estado.

Seu cabelo parecia um ninho de passarinho depois de passar uma noite na cama dobrável, e tinha quase certeza de que havia uma crosta de sangue ao redor das orelhas.

— Você está linda, Clara. — Ele tocou seu rosto. — Ainda mais por estar viva. Você... — Ele gaguejou, e ela levou os dedos ao rosto dele. — Você nem imagina o que significa para mim.

Algo intangível se rompeu. Não havia mais volta agora.

Ele sorriu e quebrou o momento solene entre os dois.

— Mas sim, podemos esperar até termos chance de tomar banho. Mas, por favor, não mais que isso; não quero mais perder tempo.

Clara queria compartilhar o segredo vergonhoso do passado dela, romper a teia de farsas e mentiras. Achou que seria capaz de romper o silêncio — sentia-se vulnerável o suficiente naquele momento —, não fosse pela aparição súbita de uma mulher robusta batendo com uma colher de pau numa panela.

— O rango está pronto.

Clara deu um pulo.

— Mavis Byrne — apresentou Billy, sorrindo. — Filha de um capitão do mar Báltico e cozinheira do posto. Faz a melhor torta de carne com rim do bairro.

— Não se preocupe comigo, você tem muita gente para alimentar — disse Clara. — Já estou de saída.

— Nada disso — insistiu Mavis, segurando-a pelo braço. — Nosso Billy aqui não para de falar da tal amiga bibliotecária.

Billy revirou os olhos para ela.

— Desculpe — sussurrou ele. — Por favor, fique e coma.

Mavis a conduziu, e, piscando os olhos, ela a seguiu até o pátio do posto, onde ao menos uma dezena de pares de olhos femininos se virou para fitá-la. O sol havia nascido, e o turno da noite estava acomodado nas cadeiras dobráveis, comendo torta de carne com rim ou fumando.

— Tenho que acompanhar a inspeção dos veículos com o chefe do próximo turno — explicou Billy. — Não posso sair até ele conferir tudo. Mas não vou demorar.

Ele assoviou para uma garota com as pernas mais compridas que ela já tinha visto que estava lustrando a porta de uma ambulância ali perto.

— Blackie, pode ficar de olho na minha amiga?

A moça se aproximou, um cigarro no canto dos lábios pintados de vermelho.

— Alberta Black. — Ela esticou o braço sem tirar o cigarro da boca e examinou Clara por entre a fumaça. — Então você que é a garota misteriosa que mexeu com a cabeça do chefe, é?

Mexeu com a cabeça? Isso era mais informação do que havia conseguido extrair de Billy.

— Ah, não sabia que ele era o chefe do posto — comentou Clara.

135

— Ah, ele é o chefe, sim — comentou uma ruiva. — Meu nome é Angela Darlow, prazer. Todo mundo me chama de Darling. Você não reparou nas três listras no uniforme dele?

Clara fez que não com a cabeça.

— Aposto que ele também não contou da joia — acrescentou Blackie, abaixando-se para pegar Bela, que apareceu no pátio em busca de restos de torta.

— Joia?

— Pois é, ele ganhou a Medalha do Império por Bravura no ano passado.

— Ganhou? Pelo quê?

— Durante a Blitz, atravessou uma barreira de fogo com a ambulância para alcançar uma família presa no porão de casa. Passou por um túnel em que acho que nem um galgo seria capaz de se esgueirar e alcançou as duas crianças enterradas lá embaixo. Deu morfina, tirou as duas vivas.

Clara estava perplexa. A forma como Billy falava, referindo-se a coisas das quais não se orgulhava, sua consciência, não se encaixava com o homem destemido que todo mundo conhecia.

Angela tirou os óculos escuros e a fitou com um olhar penetrante.

— Somos uma equipe curiosa, mas somos uma família.

Clara sabia que estava recebendo um aviso amigável e ficou aliviada ao ver Billy voltando ao pátio.

— Bom, gente, tudo certo com a inspeção, vocês estão liberadas.

Ele pousou a mão nas costas de Clara e a guiou até a rua.

— Vou passar na biblioteca na hora da leitura, se não se importar, e a gente marca uma data, tudo bem?

— Sim, por favor — respondeu ela, aliviada. — Obrigada, Billy, por cuidar de mim.

Ele a puxou para os seus braços, e ela recostou o rosto no tecido rústico do seu macacão. Clara sentiu toda a sua angústia se dissipar como cera numa vela quente.

— Acho que tenho que ser honesto com você antes de sairmos juntos... — começou ele.

— Isso — implorou ela, aliviada. — Quero saber tudo ao seu respeito. Pode confiar em mim, Billy.

— Clara!

Uma voz feminina estridente cortou a sua.

Billy acompanhou seu olhar e encontrou uma mulher de chapéu extravagante avançando na direção deles.

— Quem é essa?

— *A arte da administração doméstica* — respondeu Clara com um suspiro, tentando se acalmar.

A sogra de Clara se aproximou, e ela forçou um sorriso.

— Oi. Que surpresa. O que a senhora está fazendo aqui?

— Clara, querida... Você não sabe como fiquei preocupada. Estão falando de invasão. Vim assim que fiquei sabendo que houve um incidente em Bethnal Green. O guarda da Divisão de Precaução Contra Ataques Aéreos, na Grove Road, falou que uma mulher que batia com a sua descrição tinha sido trazida para cá.

— Não precisa se preocupar — disse Billy. — Eu estava no local e posso assegurar que não havia nenhum piloto alemão. Essa história de invasão é só boato.

Ela fitou Billy, desconfiada.

— Eu conheço você?

Ele fez que não com a cabeça.

— Acho que não.

Ela franziu os lábios.

— Conheço, sim. Tenho certeza de que já vi você antes.

— Acho que tenho um rosto muito comum — respondeu ele, rindo, desconcertado. — Vou deixá-las em paz. Clara, vejo você na biblioteca mais tarde.

Billy se virou para ir embora, e Maureen ficou observando-o.

— Tenho quase certeza de que já o vi antes — comentou ela, uma vez que ele não podia mais ouvir. — Um olhar matreiro.

— É só um amigo, e, de verdade, a senhora não precisava ter vindo lá de Boreham Wood até aqui.

— Clara, ainda somos uma família! Mesmo que você tenha abandonado a sua mãe.

Clara suspirou. Então a mãe e a sogra andaram conversando.

— Não abandonei ninguém — protestou ela. — Eu amo a minha mãe, mas ela não pode me fazer escolher entre ela e a biblioteca. Não é justo.

— Eu concordo com a sua mãe. Você não está pensando direito. Faz um tempo que não pensa direito, desde...

— Desde que Duncan morreu? Ora, que surpresa! Sinto muito, não quis ser grosseira, só estou cansada.

— Estou vendo, e é por isso que você tem que vir morar conosco. — Maureen tocou no ombro de Clara com a mão enluvada, sorrindo para ela. — Não é seguro ficar aqui. É o que Duncan iria querer.

Clara ficou observando um melro puxar uma minhoca indefesa de um canteirinho de verduras na frente do posto médico.

— Já conversamos sobre isso, Maureen. Eu... Eu tenho um trabalho, e amigos, uma vida aqui em Bethnal Green.

Maureen fechou a cara, franzindo os lábios finos e rosados. Com que rapidez a fachada de preocupação se desfez.

— Que é muito mais do que o meu filho tem — sibilou ela. — Você sequer sente falta dele?

— O quê?! Como pode dizer uma coisa dessas?

— Bem, por que você continua trabalhando naquela biblioteca pública?

— Aquela biblioteca é a minha vida! — exclamou Clara.

Maureen deu uma risada amarga.

— Seu marido devia ser a sua vida. Talvez, se você não tivesse colocado o trabalho em primeiro lugar, as coisas tivessem terminado diferentes.

Clara a encarou, chocada. As penas balançavam no chapéu ridículo de Maureen.

— Ah, sim, você no mínimo ficou muito satisfeita com a forma como tudo aconteceu. Significa que você pode continuar na biblioteca. Você ia ter que sair da biblioteca quando a guerra acabasse, mas, agora que ele morreu, pode continuar. Ah, sim, deu tudo muito certo para você, mocinha.

Clara mal conseguia respirar. O calor que envolvia seu pescoço parecia dedos invisíveis.

— Eu sinto falta dele todos os dias — conseguiu dizer por fim. — A biblioteca é o meu consolo, mas não foi por isso que Duncan morreu.

— Talvez não, mas foi por isso que o meu neto morreu. Se tivesse ficado em casa descansando, como todo mundo falou para você fazer, em vez de ter ficado trabalhando até tarde na biblioteca, não teria sido pega no bombardeio. — Seu rosto estava tomado por um triunfo raivoso ao dar a estocada final. — Você não teria perdido o bebê.

Clara sentiu uma pontada mínima de alívio. Pronto. Ela disse. As duas sempre evitavam o assunto, tanto Maureen quanto sua mãe, nunca falavam disso em voz alta.

— Acho que é melhor a senhora ir embora — disse ela baixinho. O melro desistiu da minhoca e saiu voando, com as asas pretas contrastando com o céu azul.

— Ele era meu filho, ele tinha o direito de ser pai e de ter uma vida feliz.

— E a senhora acha que não tem um dia na minha vida em que eu não me pergunte como as coisas poderiam ter sido? Passo noites acordada, tentando imaginar como nosso filho seria.

Clara fechou os olhos. Mais uma vez, viu a pilha carbonizada e ensopada de livros, o corpo de Peter preso sob uma prateleira, e, nos dias angustiantes que se seguiram, o sangramento interminável.

— A biblioteca é a *única* coisa que me mantém viva.

Maureen pareceu murchar.

— Me desculpe. Por favor, venha morar conosco. Você vai estar a salvo.

Clara pensou na casa asfixiante da sogra, na sebe de alfeneiro, em toda a sua respeitabilidade silenciosa. Para Maureen, livros eram ornamentos para provar aos vizinhos que tinha tido sucesso na vida. Livros que achava que deveria ter expostos, guardados atrás das portas de vidro de um armário. Duncan uma vez contou que ela nunca os tinha lido, mas os espanava vigorosamente, repreendendo o marido caso ele se atrevesse a pegar um para ler.

Clara jamais se sentiria bem numa casa como aquela. Ela fez que não.

Maureen suspirou.

— Pense um pouco, querida. Um dia eu volto, para ver se você mudou de ideia. E, Clara, não se esqueça...

— Sim, eu sei. Dignidade no silêncio.

10

Ruby

Meu antigo chefe, Pat, era um homem anárquico e irreverente, de camiseta regata. "Com um bom livro, você nunca está sozinho", costumava dizer. Nunca vou me esquecer dele. Ele moldou a bibliotecária que sou hoje.

Deborah Peck, diretora de desenvolvimento das
Bibliotecas Públicas de Newham, zona leste de
Londres

Ruby acordou num quarto de hotel estranho com uma senhora dor de cabeça.

— Ugh — gemeu ela, levantando a cabeça do travesseiro.

O cabelo louro-escuro se espalhava pelo lençol. O sutiã e a blusa estavam jogados sobre um par de sapatos num canto do quarto, como se tivessem sido atirados ali por um canhão.

— Você sabe aproveitar a noite — comentou uma voz.

Virou de lado e abriu um dos olhos. Eddie estava com a cabeça apoiada num braço, fumando um cigarro, tranquilo.

— Que horas são?

— Pouco depois das cinco. Vou ter que me mexer, se quiser pegar o trem.

Ele se aproximou e beijou lentamente seu ombro nu, deixando mais beijos ao longo do braço dela, e então gemeu.

— Ah, eu queria tanto ficar. Minha vontade é passar o dia inteiro aqui, fazendo amor com você.

— Por que não fica então? — sugeriu ela com um sorriso provocante e o puxando para perto pela plaquinha de identificação.

— Porque não quero acabar na corte marcial. — Ele pegou uma mecha de cabelo louro com carinho e a correu entre os dedos. — Em outra vida, em outro lugar, ah, baby... Você é de outro mundo, Ruby Munroe.

Ela o fitou. Nossa, como era jovem. Não devia ter mais de 21 anos. Relutante, ele colocou as pernas compridas para fora da cama e abriu a cortina. A luz do amanhecer atravessou a janela e iluminou seu corpo com um padrão de renda em tons perolados. Ruby o observou andar pelado pelo quarto, pegando suas roupas, tirando o sapato de baixo do sutiã com um sorriso irônico. Seu corpo era uma maravilha, tão liso e forte, e ela o observava sem pudor.

Pensou na noite anterior, ou no que se lembrava dela. Vários Gin & It, as mulheres de seios nus das pinturas vivas do teatro The Windmill, a dança animada e suada no Lyceum, e então os dois cambaleando de volta para o hotel dele e arrancando as roupas um do outro. Entrega total e desavergonhada. Lembrou-se da expressão de assombro no rosto de Clara quando ela saiu da biblioteca de braço dado com Eddie e tentou se imaginar sob a perspectiva dos outros. Tinha certeza de que, àquela altura, metade do abrigo já saberia, mas não estava nem aí. Que julgassem. Preferia ser a assanhada a ser a dona de casa.

Clara diria que era uma mulher do seu tempo, mas a verdade é que ela era assim, ponto, o tempo é que calhou de combinar com ela.

— Isso valeu uns oitocentos *E o vento levou* — comentou Eddie, terminando de abotoar a camisa.

Ruby jogou as pernas para fora da cama e, enrolando-se no lençol, passou a cabeça pela porta e conferiu se não havia ninguém usando o banheiro do corredor.

— Só preciso tirar água do joelho. Me espera um minutinho.

— Não tenho a menor ideia do que isso significa — disse ele, rindo. — Mas, antes, me dá aqui um beijo!

Sorrindo, ele tentou agarrar o lençol, mas ela se esquivou, mandou um beijo provocante e correu para o banheiro. Pouco depois, lavou as mãos e tentou abrir a porta, mas estava emperrada.

— Anda, abre logo — murmurou ela, sacudindo a maçaneta. Maldita Blitz. Não tinha uma porta em Londres que abrisse direito depois dos bombardeios noturnos. De repente, as paredes revestidas de azulejos pareceram comprimi-la, e ela se deu conta do seu confinamento. Não havia nem mesmo uma janela. O medo escorreu pela sua garganta. — Calma — disse a si mesma, tentando girar a maçaneta de novo, mas o pânico estava tomando conta dela, inflando no seu peito, quente e repulsivo. Era tudo muito pequeno... muito apertado. Até a própria pele pareceu apertada de repente. Esticou os braços como se para afastar as paredes, mas o banheiro era minúsculo. Sacudiu a porta, então a esmurrou com punhos cerrados. — Socorro! — gritou ela, o rosto colado na porta. — Tem alguém me ouvindo?

Silêncio. As paredes pareciam se estreitar; ela as imaginou esmagando seu crânio.

Ruby fechou os olhos, viu corpos caindo, membros embolados, pessoas se empilhando. A lógica dizia que aquilo tinha acontecido no metrô, não ali, não agora, mas, ainda assim...

— Me deixa sair! — urrou ela. Com uma força sobre-humana, puxou a maçaneta, que veio na sua mão. Baixou os olhos para a maçaneta e a claustrofobia explodiu, roubando-lhe o ar dos pulmões, fazendo-a ver estrelas escuras. — Socorro — choramingou. Foi de encontro ao chão ao afundar nos azulejos.

De repente, uma corrente de ar frio. Em um movimento ligeiro, Eddie a pegou nos braços.

— Está tudo bem, você está bem — acalentou-a, carregando-a pelo corredor e a colocando com carinho na cama do hotel. — Você está bem. — Ele seguiu com o mantra, indo até a mesinha de cabeceira para pegar um copo de água.

143

Trêmula, ela bebeu e se recompôs, sentindo-se mais exposta do que nunca na vida.

— Estou bem — murmurou, afastando-se dele.

— Não, não está — devolveu ele bruscamente, mas os olhos gentis pareciam preocupados. — O que foi que aconteceu?

Ruby abraçou os joelhos junto ao peito e fitou a janela. Feixes cor-de-rosa e alaranjados começavam a surgir sobre os telhados.

— É melhor você ir, não quero que vá parar na corte marcial por minha causa.

— Não até você falar comigo.

Algo dentro de Ruby se rompeu. Era tão cansativo manter a fachada, tentar ser forte o tempo todo.

— Eu tenho esses... — começou, e sua voz se reduziu a um sussurro — ... episódios.

Ele não disse nada, ficou só acariciando sua cabeça.

— Começaram quando a minha irmã morreu, no metrô, no ano passado.

— Sinto muito, Ruby, não tinha ideia.

— Pois é, foi um acidente. — Sua voz se encheu de amargura. — Quer dizer, foi um acidente, mas podia ter sido evitado.

— Me conte mais — insistiu ele.

— Uma noite, quando as pessoas estavam na fila para entrar na estação, as sirenes dispararam. Bella, minha irmã, estava na fila... — Ela se interrompeu, apertando o lençol no corpo.

— Continue — pediu ele com carinho.

— Então teve uma explosão. Foi um barulho horrível. As pessoas tentaram forçar passagem, achando que estavam sendo atacadas por alguma nova arma, desesperadas para entrar no metrô.

— E?

Ela balançou a cabeça.

— Eu não devia nem estar contando isso para você, mandaram não falar nada para ninguém.

— Ruby, minha querida, no lugar para onde estou indo, você acha que faz diferença?

— Acho que não. — Ela bebeu água e respirou fundo, trêmula. Era estranho falar tão abertamente assim sobre aquilo, como se estivesse traindo alguém, embora não soubesse quem. — A multidão começou a descer os degraus. Uma mulher carregando um bebê tropeçou, e, antes que pudesse levantar, as pessoas caíram por cima dela, uma depois da outra, se empilhando em cima dela. Os degraus estavam molhados, irregulares e escorregadios; só uma lâmpada mínima iluminando a escadaria. Eles caíram feito dominós.

Uma sombra cobriu o rosto de Eddie.

— Logo, centenas de pessoas estavam presas na escadaria. Dava para ouvir os gritos da escada rolante enquanto eu ia correndo da biblioteca. — Ruby cobriu os olhos diante da imagem e engoliu o choro. — Foi um caos. Corpos embolados, arrancando a vida uns dos outros.

As lágrimas escorriam pelo seu rosto pálido.

— Tentei tirar ela de lá, Eddie, tentei encontrar a minha irmã, mas não consegui.

Ela encarou as mãos inúteis.

— Toda perna, todo braço que eu puxava estava preso. As pessoas morrendo sufocadas na minha frente. Dá para imaginar? Eu vi a vida se esvaindo deles... — Ela começou a chorar, e Eddie a puxou para perto. — E eu sabia que, em algum lugar naquele terrível emaranhado de corpos, lutando para respirar, estava a minha irmã mais velha.

— Ah, Ruby...

— Eu falhei com ela — disse Ruby. — Acho que... esses episódios, se dá para chamar assim, são o meu castigo.

— Não... — Ele se afastou, perplexo. — Como você pode pensar uma coisa dessas?

Ruby secou os olhos.

— Porque é verdade.

Eddie permaneceu um bom tempo em silêncio.

Por fim, eles ouviram o barulho de um balde.

— A camareira chegou. Eddie, você tem que ir.

Ele recuou, o rosto tomado pelo desespero.

— Como posso deixar você aqui, Ruby? Depois do que acabou de me contar.

Ela lhe ofereceu um sorriso triste.

— Porque você não tem escolha.

Ele lhe deu um último beijo demorado antes de suspirar e encostar a testa na dela.

— Eu... nem sei o que dizer.

Os dois sabiam para onde ele estava indo. Não parecia certo desejar boa sorte. Nada que ela pudesse dizer chegaria perto do que o medo e a adrenalina já deveriam estar começando a galvanizar dentro dele.

— Vou escrever para você, baby. E, quando voltar...

Ela o silenciou pressionando o dedo em seus lábios e balançando a cabeça.

— Vamos ficar com a lembrança dessa noite, Eddie. — Ela o beijou de novo com carinho na testa. — Foi uma noite maravilhosa. E sinto muito se o coloquei para baixo.

Ele segurou seu rosto nas mãos.

— Droga, Ruby, você não tem *nada* do que se desculpar. Você é maravilhosa. Corajosa, divertida, linda...

Ele parou de falar e ficou olhando para ela, como se tentasse gravar suas feições na memória.

— Até logo, Ruby Munroe.

— Até logo, Eddie... — Para sua vergonha, ela se deu conta de que nem se lembrava do sobrenome dele. Ele seria sempre apenas Eddie. Eddie *E o vento levou*.

Depois que ele saiu, o quarto de hotel pareceu perder todo o glamour e revelou o que era de verdade. Um quarto de hotel frio e velho na Piccadilly. Ruby se vestiu, tentou limpar os dentes com os dedos o melhor que pôde e saiu do hotel, sorrindo descaradamente para a recepcionista noturna, que, em 1944, já tinha visto o bastante para se chocar com aquilo. Foi lentamente até a Piccadilly Circus e olhou para o lugar onde costumava ficar a estátua de Eros. O deus do amor sensual havia sido transportado para a cidade de Egham, e agora o pedestal estava vazio e protegido por sacos de areia. Parecia uma metáfora apropriada para o amor em tempos de guerra.

Ruby entrou na fila para o carro de café da Associação Feminina de Serviço Voluntário. Passou a mão pelos cachos embaraçados e deu uma olhada no reflexo na janela do carro. Olhos borrados com o rímel da noite anterior, lábios manchados com resquícios de Vermelho Paixão. A vulnerabilidade de antes havia desaparecido, escondida no lugar de sempre.

A expressão no rosto da voluntária no café dizia tudo.

Ruby conhecia o tipo. Arrogante. Crítica. "Está querendo esconder o que com essa maquiagem toda?" Quantas vezes ouviu isso? Ora, para o inferno todo mundo.

— Vai querer o quê? — Como esperava, sua voz transbordava frieza. Meu Deus, quem precisava de homens quando as próprias mulheres podiam ser críticas tão severas?

— Chá, obrigada. Forte e doce. — Sabia que era atrevido, mas não conseguiu resistir. — Que nem o ianque da minha cama na noite passada.

Sorrindo, ela pegou o chá e se afastou. Deu um gole e estremeceu com a bebida quente na garganta. Estava bem aguado, mas pelo menos iria ajudar com a dor de cabeça. Estava bebendo além da conta? Talvez, mas quem não estava ultimamente?! Todo mundo bebia para amenizar os problemas. Era praticamente imprescindível na guerra. O único problema de encher a cara era que, na manhã seguinte, era ainda mais difícil silenciar os demônios.

Ao se aproximar do metrô, um jornaleiro anunciava a notícia do dia.

— Incidente em Bethnal Green. Testemunha relata míssil não tripulado.

Ruby deixou o chá cair e correu em direção aos trens.

Encontrou Clara na biblioteca e soube na mesma hora que ela havia sido pega pelo bombardeio.

— Que inferno, Cla, você está péssima.

— Ah, obrigada, você também já esteve melhor.

Ruby a abraçou com força e então a fitou.

— O que aconteceu?

Clara balançou a cabeça.

— Queria poder explicar, mas foi tudo tão rápido. Só sei de uma coisa: eu não estaria aqui se não fosse por Sparrow.

Ruby encarou a melhor amiga.

— Meu Deus — murmurou. Para sua vergonha, desatou a chorar. — O que eu faria da vida sem você?

— Ora, vamos, Rubes, você não é disso. *Você* é a forte.

— Eu sei... — Pensou no rosto machucado da mãe, na confissão para Eddie mais cedo. — Promete que não vai embora, Clara.

— Não vou a lugar nenhum, prometo. Agora vai dar um jeito nessa cara e aproveite e traga um chá para a gente. Eu e o Sr. P. estamos precisando.

— É você que manda — respondeu Ruby.

— Ah — acrescentou Clara com um sorriso —, e acho que não preciso nem perguntar se você se divertiu ontem...

— Atrevida — devolveu ela com uma gargalhada rouca, jogando um clipe de papel na amiga.

Ruby correu até o banheiro, retocou o batom, limpou a maquiagem borrada do olho e se sentiu renovada o suficiente para um flerte sem compromisso com um ou outro oficial na fila do café. Quando voltou para a biblioteca, sentia-se mais ela mesma.

Beatty estava de pé no balcão da biblioteca com cinco livros prontos para serem carimbados, enquanto Clara pegava sua carteirinha na prateleira de madeira.

— Você não acabou de pegar *O jardim secreto* tem uns dois dias?

Beatty lhe ofereceu um sorriso radiante, tocando um lenço com o vermelho, branco e azul da bandeira do Reino Unido enrolado na cabeça.

— Terminei ontem à noite. Clara me deixou pegar cinco livros em vez de três essa semana.

— Xiu — advertiu Clara, levando o indicador aos lábios. — Nosso segredo, lembra?

— Ah, é, desculpa — respondeu, sorrindo com gentileza.

— É muito bom ver você sorrindo, querida — comentou Ruby. — E que lenço bonito; combina com você.

— Obrigada. Minha mãe que me deu.

— Ela continua presa no turno da noite na fábrica da Compton? — perguntou Ruby, como quem não queria nada.

— Continua.

E, com isso, Ruby teve a confirmação de que ela estava mentindo. Na última vez que perguntou, Beatty disse que a mãe trabalhava na fábrica de aviões da Plessey. Onde exatamente a ausente Sra. Kolsky trabalhava para pagar lenços de seda para as filhas?

— Tem alguma carta nova para o seu pai para eu guardar no nosso esconderijo?

— Não, não escrevi nada, e acho que não vou precisar escrever. A gente não vai demorar para ir para casa.

— Ah, é? Como? — perguntou Ruby, cautelosa.

— Bom, faz sentido, né? Agora que os Aliados invadiram a França, não deve demorar muito até Jersey ser liberada. — Seu rosto se iluminou. — Mal posso esperar para voltar para casa.

A menina era pura esperança, e Ruby abriu a boca para dizer que, se os Aliados tivessem planos de liberar as ilhas do canal, oito dias depois do Dia D, já teriam feito isso. Eles estavam avançando para o leste, em direção a Berlim.

— Eu não me empolgaria tanto por enquanto, querida — advertiu ela. Ia continuar falando, mas Clara lhe lançou um olhar de advertência.

— Bem, vamos ficar muito tristes quando você e Marie forem embora — acrescentou Clara.

— Obrigada por tudo. Marie e eu nunca vamos conseguir retribuir a sua gentileza.

— Basta continuar lendo. — Clara sorriu. — Para mim, é o suficiente.

— Ah, pode deixar — respondeu ela, pegando os livros recém-carimbados.

O encontro colocou um sorriso no rosto de todos os funcionários da biblioteca, mas ele desapareceu um minuto depois, com a chegada do Sr. Pinkerton-Smythe.

Ele correu os olhos pelo balcão da biblioteca e pegou o clipe de papel que Ruby havia jogado em Clara pouco antes.

— Isso fica com o restante do material de escritório — repreendeu com aspereza. — Não tolero desperdício de material.

— Desculpe, Sr. Pinkerton-Smythe — respondeu Clara.

— Recebi uma reclamação.

Ele pegou um bloco de anotações.

— Uma tal Sra. Marshall veio me visitar.

Clara pareceu perplexa.

— A Srta. Munroe recomendou um livro de menino para a filha dela, Joannie. *Emil e os detetives*, de Erich Käster. Autor alemão.

— Na verdade, fui eu — interveio Clara, lançando um olhar para Ruby.

— Certamente não podemos ser contra livros de autores alemães — intercedeu o Sr. Pepper com bravura.

— Claro que não, mas a mãe dela é contra a filha ler livros que foram obviamente escritos para meninos. É repulsivo.

— Sim, mas...

— Xiu. Estou falando, não me interrompa. Como dizia, mais uma vez a adequação de suas sessões de leitura para crianças foi posta em questão, Sra. Button. E acabo de ver uma jovem saindo daqui com cinco livros. A senhora aumentou o limite de empréstimo, Sra. Button?

— Não... foi... um erro — gaguejou ela.

— E meu colega ouviu um policial contando como a senhora aliviou a multa dele.

— Mas foi só uma vez...

— A multa é um centavo por semana! Francamente, Sra. Button, isso não está certo. Regras existem para serem cumpridas; caso contrário, a vida se torna sujeira e caos. Começa com um clipe de papel e termina em anarquia.

Naquele momento, o Major entrou.

— Vou só tirar uma soneca aqui, até o Sally Arms abrir, Clara, querida — exclamou ele. — Vou ficar no meu lugar de sempre.

Ele foi para a sala de leitura, deixando um rastro fétido.

O Sr. Pinkerton-Smythe procurou um documento dentro da pasta, parecendo prestes a implodir.

— Isto é uma advertência oficial contra sua conduta. — Ele deslizou o envelope pelo balcão. — Mais um erro e farei um pedido pela sua demissão imediata e pelo fechamento da biblioteca até que o prédio da Biblioteca Municipal esteja reformado.

Ele estalou a língua.

— E livre-se daquele sujeito indesejável. Não somos um centro comunitário para vagabundos. Intervenção social não é trabalho nosso.

Com isso, ele saiu.

— Mas é *meu* trabalho ser humana — sussurrou Clara, com raiva, uma vez que ele havia se afastado o suficiente para não ouvir.

— Cla — chamou Ruby com gentileza —, por que você assumiu a culpa no meu lugar?

— Porque ele está atrás de *mim*. Você não percebe? Ele está determinado a me pegar. Pois bem, ele não vai conseguir.

Ela olhou de Ruby para o Sr. Pepper.

— É uma biblioteca pública, não é, paga pelos impostos dos moradores? Então pode ser usada por *todos* os moradores de Bethnal Green.

Às seis da tarde, algo extraordinário aconteceu. A porta se abriu para a hora da leitura, e Ruby nunca tinha visto tantas crianças reunidas na biblioteca.

A história do quase encontro de Clara com a morte correu o abrigo, e as mães mandaram os filhos com embrulhos de comida. Rostos por todo lado, e não só de crianças, mas quase todos os frequentadores pareciam espremidos na biblioteca, como livros queridos imprensados lado a lado numa prateleira. Lá estava Rita Rawlins com o papagaio desbocado, conversando animada com o Major. Irene, dos livros picantes, estava discutindo com Queenie e a sobrecarregada Sra. Caley sobre crime *versus* romance. Até o casal de meia-idade que tinha vindo pegar *The Sex Factor in Marriage* havia saído do quarto e estava de braço dado, com um rubor de lua de mel no rosto. Clara fez da biblioteca não só um espaço cheio de livros, mas a sala de estar do abrigo.

Logo, mal havia espaço livre no balcão. Era uma avalanche de amor pela bibliotecária preferida de Bethnal Green.

— Três vivas para Clara! — saudou a Sra. Chumbley, e o teto quase veio abaixo.

— Mais alto, crianças, tem uma senhora em Reading que não ouviu — gritou Ruby.

Foi a chegada de Sparrow, segurando com força a mão da mãe, que fez Clara perder a compostura.

— Não sei como agradecer a você, Clara — disse Pat. — Se ele não tivesse saído para andar com você, eu teria perdido o meu menino.

— Não, não, eu que tenho que agradecer ao seu filho — protestou Clara. — Ele foi muito corajoso.

Sparrow deu de ombros, esfregando o pé no chão.

— Bem, ele vai ficar comigo agora e voltar a dormir no abrigo daqui para a frente, isso eu garanto.

— Meus pêsames, Pat — disse Clara, pousando a mão no ombro da mulher.

Pat fez que sim, pálida de exaustão e dor pela perda da irmã e dos sobrinhos. Nos braços, trazia o outro sobrinho, obviamente se perguntando como daria conta de cuidar de um neném e de mais bocas para alimentar.

— A gente só precisa encerrar o trabalho. Acabar com essa guerra maldita, parar de perder gente querida.

Ruby assentiu.

— Deus lhe ouça.

Naquele momento, entendeu perfeitamente por que a amiga parecia dedicar toda a sua energia a manter aquela pequena biblioteca de guerra funcionando.

— Posso ficar para ouvir a história? — perguntou Sparrow.

Clara estendeu a mão para ele.

— Vem cá.

Ele segurou a mão dela, e Ruby a ouviu sussurrar:

— Obrigada por tudo. Você foi mais corajoso que Jim Hawkins.

Ele olhou nos olhos dela e limpou o nariz com a manga da camisa.

— Que é isso. Lugar certo na hora certa. Uma ventura.

Ruby começou a arrumar a biblioteca e percebeu que, em meio àquela guerra terrível, sendo travada em tantas frentes, aquela pequena família inusitada da biblioteca era a única coisa que fazia algum sentido. Passou cera no balcão de madeira e pensou em Eddie, a pele arrepiando com seus beijos de especialista. Era um homem decente, no fim das contas. Ao menos cumpriu sua promessa. Foi gentil, carinhoso e supreendentemente atencioso. Ouviu-a sem julgar; foi o único homem com quem comentou sobre Bella. Eddie a viu em seu estado mais frágil.

O arrependimento sussurrou no seu ouvido. Devia ter concordado em escrever para ele, oferecer alguma esperança de um futuro entre eles?

A visão de Bella surgiu na sua mente, de pé no alto dos dezenove degraus, o cabelo ruivo brilhando à luz fraca. *Até daqui a pouco, não se atrase.*

No mês anterior à sua morte, Bella lhe contou que finalmente havia economizado o dinheiro que ganhava costurando fardas e limpando banheiros para abrir um café em frente ao metrô, seu próprio negócio.

— Agora vai, Rubes — disse ela.

Com inteligência e determinação, ela havia conseguido.

A culpa cresceu no peito de Ruby e se espalhou feito uma mancha. Ela *se atrasou.* Pulou essa parte ao contar a história para Eddie. Quinze minutos, e isso custou a vida de Bella.

Se tivesse chegado precisamente às oito e quinze à entrada do metrô, como havia prometido a Bella, estariam em segurança antes de as sirenes tocarem, às oito e dezessete. Mas ela não chegou, chegou? A verdade terrível e inevitável era que Ruby tinha ficado de papo com uma colega ao pé da escada rolante, enquanto a irmã sofria no empurra-empurra da multidão cada vez maior lá em cima. Logo depois de as sirenes soarem, três ônibus pararam na entrada do metrô, des-

153

pejando mais gente na calçada. Cinemas e bares fecharam as portas, contribuindo para o aumento das centenas de pessoas que clamavam por descer os degraus escuros e estreitos.

Alheia a tudo isso, ela manteve Bella esperando numa multidão tensa. Claro que Bella poderia ter se esquivado, tentado sair da multidão, talvez tenha tentado. Mas Ruby conhecia Bella. A irmã era um poço de lealdade. Jamais teria saído do local onde combinaram de se encontrar, não com as sirenes tocando. E, assim, estava presa lá quando outro som assustador irrompeu sobre as cabeças, às oito e vinte e sete. Não eram bombas inimigas, e sim um foguete antiaéreo, como mais tarde descobririam, mas ninguém naquela fila no escuro sabia disso. Bella foi espremida quando a multidão avançou para a escada do metrô, achando que estava sendo atacada. *Quando a mãe com o bebê tropeçou no último degrau. Quando todos os corpos começaram a se empilhar...*

Foi tudo uma questão de instantes. Instantes preciosos que ela havia roubado. Quando Ruby ouviu os gritos ecoando pela escada rolante, já era tarde demais. Sua demora custou a vida de Bella. A linda irmã mais velha mergulhou de cabeça no inferno, e era tudo culpa dela. Ela poderia muito bem tê-la empurrado para lá que dava na mesma.

Com as mãos trêmulas, Ruby dobrou o pano, a cabeça começando a latejar conforme o velho pânico de sempre se inflamava dentro dela.

Ai, Deus, por favor, não. De novo, não. Duas vezes no mesmo dia. Às vezes, conseguia respirar em meio à crise, não naquela noite. As serpentes aladas fétidas estavam se reunindo na sua mente, sussurrando verdades, só que, desta vez, Eddie não estava lá para pegá-la.

Engoliu em seco e correu os olhos ao redor. A sessão de leitura havia terminado. As crianças voltavam para os beliches. Clara estava perto da porta, dando tchau para elas.

— Você parece cansada, Cla. Pode ir embora. Eu limpo tudo aqui — ofereceu.

— Ah, você faria isso mesmo, Rubes? Obrigada. Estou exausta. — Ela disfarçou um bocejo. — Não dormi quase nada no posto médico ontem.

— Claro que faria. Agora, vai, anda, já pra fora — ordenou Ruby, rindo, fingindo passar o espanador nela e mantendo um sorriso no rosto até Clara ter saído e a porta da biblioteca estar trancada.

Correu até a prateleira, a vista começando a ficar borrada, o coração martelando no peito e, com um estremecimento de alívio, puxou *A arte da administração doméstica*. Só uma dose, jurou para si mesma ao pegar a garrafa.

11

Clara

Pessoas sem livros são como casas sem janelas.

Prefeito de St. Pancras, Londres, na cerimônia de
abertura da primeira biblioteca móvel de Londres,
em 1941

Agosto chegou com céus azuis e as vendas de sarsaparilla nas alturas. Não que se visse muito da bebida de verão na pequena biblioteca de guerra, mas sentiam o mormaço nos túneis.

— Meu Deus, como está abafado hoje — comentou Clara, abanando-se com um catálogo de livros enquanto rios de suor escorriam pelas suas costas. — Está sol lá fora? — perguntou a um sujeito magrelo que se aproximava do balcão.

— De rachar, boneca — respondeu ele. O homem lançou um olhar ardente ao redor, e Clara já sabia o que ele ia pedir. — Tem algum daqueles livros de sacanagem aí?

— Acho que o senhor veio ao lugar errado — respondeu Clara calmamente. — Dê uma olhada em Charing Cross, lá tem um monte de livrarias que vendem o que o senhor está procurando.

Desde o início da guerra, surgiram várias editoras menores que publicavam "romances", se é que podiam ser chamados assim, lascivos impressos em qualquer papel que conseguissem arrumar, até embalagem de margarina, para suprir a demanda dos milhões de tropas estrangeiras que passavam por Londres. Cinco xelins lhe garantiam um livro embrulhado em papel pardo, segundo Ruby.

— Pode me recomendar um? — insistiu ele, coçando a virilha, distraído.

— Não — devolveu ela, enfim perdendo a paciência. — Com licença, por favor, estou muito ocupada.

— Tá bom, não precisa ficar toda nervosinha, boneca. — Ele se virou para ir embora; então, como se tivesse acabado de pensar numa coisa, parou. — Queria que a loura da risada safada estivesse trabalhando hoje. Você é feia de doer.

— Você também não tem nada de atraente — devolveu Clara rispidamente. — Adeus.

Ao sair, ele esbarrou em Billy.

— Aquele cara acabou de falar o que eu acho que ouvi?

— Faz parte do trabalho — respondeu Clara, dando de ombros.

— Mas foi uma tremenda falta de educação. Quer que eu vá atrás dele, e o obrigue a pedir desculpa?

— Não precisa. Acredite em mim, bibliotecários veem e ouvem de tudo.

Billy balançou a cabeça, as covinhas surgindo nas bochechas com o seu riso.

— Preciso tirar você daqui. — Ele fez cara feia. — Sou eu ou o cheiro está pior que o normal aqui embaixo?

— Alguém deixou um peixe em cima de um exemplar de *Minha luta*. Algum tipo de protesto. O fedor estava insuportável. Tivemos que mandar uma pilha de livros para o forno. — Ela assoou o nariz. — Meu nariz ainda está se recuperando. O ar está tão sufocante que mal dá para respirar.

— Vale a pena manter um exemplar se for para as pessoas fazerem isso?

— Vai por mim, as pessoas fazem fila para pegar. Querem entender o inimigo, se informar sobre a ameaça da ideologia dele.

Billy fez que sim.

— Faz sentido. Vem, deixa eu levar você para um lugar com ar fresco.

— Vou só guardar esses livros e já vou.

Onze semanas se passaram desde que ela havia sido pega no ataque do foguete, e, desde então, ela e Billy se aproximaram, tateando em meio às emoções. Ver Billy trabalhando a fez enxergá-lo sob um prisma inteiramente novo. Estava doida para entendê-lo melhor, identificar a fonte da vergonha, mas sabia que tinha de agir com cautela. O mais importante era que ela significava algo para ele. Isso bastava. Por enquanto.

Billy sempre chegava com um livro novo para doar para a biblioteca. Ruby achava que era como um gato que oferece um rato para agradar o dono. Clara zombava, insistindo que não passavam de amigos, mas, sempre que ouvia as patas de Bela na plataforma lá fora, sentia o coração batendo na garganta.

O governo havia finalmente admitido a existência de novas armas de "vingança" não tripuladas. Billy trabalhou todos os dias das últimas onze semanas com sua equipe, aparecendo com frequência ao fim de um turno de quinze horas, assombrado pelas atrocidades que testemunhava, os horrores do que via nas áreas atacadas ainda grudados nele feito um cobertor de lama.

Ela, por sua vez, parecia mais atarefada que a própria Blitz, com os empréstimos de livros no auge, já que as pessoas corriam para a biblioteca em busca da distração que uma boa história poderia oferecer.

Clara pegou a pilha de livros e abriu um armário de madeira, mas Ruby entrou no seu caminho.

— Deixe isso aí e vá embora.

— E se o Sr. Pinkerton-Smythe aparecer? Ainda estou com uma advertência, lembra?!

— Aí eu falo para ele que é a sua primeira folga em onze semanas.

— Ah, e mais uma coisa. Achei outro exemplar do *Daily Herald* vandalizado, com os resultados das corridas arrancados de novo. Parece que o nosso fantasma cortador de papel está de volta. Fique de olho, por favor?

— Claro, pode deixar. Agora, fora daqui!

— Você acha que consegue se afastar um pouco da estação de Bethnal Green? — perguntou Billy, rindo, assim que se viram sob a luz do sol. Depois de tanto tempo na luz fraca, Clara quase ficou cega com a claridade e teve de semicerrar os olhos.

— Desculpa. Acho que acabei desenvolvendo mentalidade de troglodita, no fim das contas!

Era verdade. Todo tempo livre que tinha, passava ensinando Sparrow a ler ou lendo para Marie e Beatty no beliche delas.

— Pensando em Sparrow? Ou nas meninas de Jersey? — Billy sorriu, enquanto eles seguiam até o ponto de ônibus e subiam no 8.

— Está tão na cara assim? — perguntou, rindo. — Do jeito que está indo, daqui a pouco Sparrow alcança Beatty. Dei uma carteirinha especial para ele, e, cada vez que ele lê um livro, sobe um degrau; e, quando chegar no alto, vai ganhar uma estrela dourada... — Ela se interrompeu. — Desculpe, estou falando muito, não estou? Daqui a pouco estou descrevendo as maravilhas do sistema de catalogação de livros.

— Nem um pouco. Adoro ouvir você falando de livros e crianças. Você era especializada em literatura infantil, não era, antes da guerra?

Ela ficou olhando pela janela, enquanto as ruas pobres e degradadas passavam lá fora.

— Era, e, quando a guerra acabar e eu voltar para o meu antigo trabalho, se Pinkerton-Smythe não se livrar de mim, tenho tantos projetos de reforma. — Ela balançou a cabeça, tentando imaginar como seria esse "quando a guerra acabar". — A biblioteca do abrigo para mim é prova de como a leitura é importante para as crianças. Quer dizer, eu já sabia disso, mas essa guerra confirmou a minha crença de que livros são sua passagem para outros mundos.

Clara suspirou e desenhou o contorno de um livro na janela empoeirada.

— Mas não é só isso, também quero expandir o serviço da biblioteca volante. Pessoas sem livros são como casas sem janelas, você não acha?

Ela se virou para Billy, e ele sorria tanto para ela que sentiu o coração acelerar.

Ele hesitou, então segurou sua mão. Ela sentiu os calos na mão dele, o calor da sua pele na dela. Foi mais íntimo do que se a tivesse beijado, e Clara sentiu um arrepio desconcertante de felicidade.

No West End, o ônibus parou com um solavanco.

— Vamos! — chamou ele.

O restante da manhã passou como se estivessem num sonho. Compraram sorvete de limão e andaram ao longo da faixa cinzenta do rio Tâmisa, saboreando o gostinho extravagante doce e azedo na língua enquanto olhavam as nuvens passarem pela Catedral de St. Paul.

Mulheres bonitas passaram por eles, numa aula de elegância com baixo orçamento, o cabelo sem lavar escondido sob turbantes chiques, cinturas finas realçadas por casacos acinturados. Exibiam suas roupas do manual *Aproveite e remende* com uma imodéstia desafiadora. Clara baixou os olhos para as próprias meias velhas e a saia remendada, que havia colocado em vez das calças que sempre usava, numa tentativa remota de insinuar um pouco de feminilidade. Conseguia ouvir a voz da sogra: *Que desastre.*

Ao contrário de Ruby, a campanha "A beleza é o seu dever" não parecia ter alcançado Clara. Seria impróprio uma viúva de guerra pintar os lábios de vermelho? Seria indecente ou patriótico? Clara ficava confusa. Moralidade era um conceito tão sutil esses dias, embora, para a sua família, continuasse tão preto no branco.

Não via a mãe desde aquela terrível noite na biblioteca, quando recebeu o prêmio, nem a sogra desde a manhã em que a encontrou no posto médico, depois do bombardeio. As duas se dedicavam tanto à memória de Duncan que às vezes era como se não sobrasse espaço para a dor dela própria. E, no entanto, sentia muita falta dele.

Duncan teria detestado ir a uma exposição de arte, mas a amava tanto que teria ido mesmo assim, só para deixá-la feliz. A culpa sempre presente aumentou. E, ainda assim, estar ali naquele momento, com aquele homem sensível e cuidadoso, parecia tão correto.

Na Royal Academy, compraram dois ingressos para a Exposição de Verão e adentraram o silêncio contido das salas da galeria, até que pararam diante de um quadro chamado *Praias de Dunquerque.*

Uma fila de homens esperava para embarcar nos navios sob uma mortalha suja de fumaça preta.

— É bem realista — comentou Billy, baixinho.

Sua mente estava cheia de dúvidas que nunca encontraram o caminho até a boca.

O que ele fez, ou deixou de fazer? Será que matou alguém, em vez de salvar, era por isso que se recusava a se alistar? Tinha que ser por isso, mas, ainda assim...

— Billy? — A voz dela ecoou pela galeria, então pareceu morrer. Sentiu a mão dele ficar tensa na sua, até que ele puxou a mão.

— Vamos? — murmurou ele, olhando para a porta. A intimidade de momentos antes tinha evaporado.

— É, talvez seja melhor — respondeu ela, um aperto no peito de frustração.

Eles pegaram o ônibus de volta para Bethnal Green num silêncio retraído.

Saltaram do ônibus e pararam diante do Barmy Park, ambos reunindo coragem para perguntar: "E agora?" Eram só quatro e meia. Clara não suportava a ideia de girar a chave da porta de casa e adentrar o vazio da solidão, cada minuto levando uma hora para passar. Apesar do sol, ela estremeceu quando uma brisa passou, inflando sua saia.

— Olha — disse ele de repente. — A janela lateral das ruínas da biblioteca está aberta.

Clara franziu a testa.

— Espero que ninguém tenha invadido.

— Melhor dar uma olhada — comentou ele, e, antes que ela pudesse impedi-lo, já estava a caminho.

— Acho que é melhor não... — começou ela, mas Billy já estava espremendo o corpo esguio pela janela entreaberta. — Acho que não é uma boa ideia — gritou ela, olhando ao redor.

— Vou só dar uma olhada — gritou ele lá de dentro. — Só conferir se está tudo certo.

Clara hesitou. Era a bibliotecária dali, afinal de contas.

— Espere um pouco — chamou, passando uma perna pelo parapeito.

Ela caiu do outro lado, na escuridão da biblioteca abandonada.

Seus pés pousaram no chão coberto de cacos de vidro. O barulho perturbou um bando de pombos, que levantou voo numa nuvem de poeira.

Eles correram os olhos pelo lugar, consternados, enquanto a vista se adaptava ao breu.

— Não vejo ninguém — comentou ela. — Mas também não tem nada aqui para roubar.

— Quando foi a última vez que você entrou aqui? — perguntou ele.

— Na noite em que foi bombardeada. Infelizmente não tive coragem de vir salvar os livros, então Ruby veio com um grupo de voluntários, enquanto eu arrumava a biblioteca no abrigo.

— Muitas memórias?

Ela fez que sim e olhou ao redor com mais atenção. Não sabia o que estava esperando, mas era um prédio bombardeado. As rachaduras no piso, onde um dia ficavam as estantes, estavam cobertas de morugem e budleias-roxas. Os móveis e as prateleiras que não tinham sido destruídos foram levados para a biblioteca do abrigo ou reciclados, então era difícil se orientar.

Onde ela e Peter estavam quando a bomba caiu? Na seção de adultos, nos fundos do prédio, mas só o que via no breu eram colunas com infiltração e gesso descascando.

— Queimar livros é uma coisa inacreditável, né? — murmurou Billy, olhando ao redor. — Bibliotecas não têm valor militar, têm?

— Antes de tudo isso, eu costumava pensar nesse lugar como o mais seguro de Bethnal Green... — Ela fitou a sala de leitura esturricada. — Achava que mal nenhum poderia acontecer a alguém dentro de uma biblioteca.

— Como Peter era? — perguntou ele com gentileza.

— Tão gentil. Fazia de tudo para ajudar as pessoas.

De repente, deu-se conta de como Billy e Peter eram parecidos.

— Centenas de pessoas vieram para o velório dele, sabia? — continuou ela. — Ele costumava dizer: "Um bom livro de uma biblioteca enche a alma."

Ela observou os destroços de um domo de vidro grande que permitia a entrada de luz natural na biblioteca.

— Mas às vezes era meio excêntrico. Um ano antes de a guerra estourar, andaram sumindo uns livros. Peter tinha certeza de que podia pegar o ladrão. Ele se escondia no teto de vidro e ficava vigiando, para pegar o culpado.

— E pegou?

— Tudo o que ele pegou foi um resfriado.

Ela riu com a memória repentina.

— Tinha um gato preto, desses vira-latas, acho, que a gente chamava de Gato da Biblioteca, e Peter adorava o bichinho. Costumava dar sanduíche de pasta de peixe para ele.

Billy riu.

— Gostei desse Peter.

— Era uma figura. Jurava que livros absorviam cheiros.

Billy arqueou uma sobrancelha.

— É sério. Livros de faroeste voltavam cheirando a pomada para dor muscular e tabaco.

Billy riu.

— Não me diga que romances voltavam cheirando a rosas.

— Não. Óleo de cozinha e cigarro Woodbine, em geral.

— Faz sentido. — Ele sorriu. — Ainda consigo ver a minha mãe de pé diante de uma panela de ensopado, colher de pau numa das mãos, um Ethel M. Dell na outra. Mas me diga uma coisa, isso aqui não era um asilo antes?

— Era. Vem cá.

Com cuidado, subiram juntos uma antiga escadaria que levava às salas de aula no segundo andar. Os degraus pareciam esponjosos e molhados sob seus sapatos.

— Tome cuidado, por favor — sussurrou ele. — Blackie e Darling fariam a festa se tivessem que nos tirar daqui depois de invadirmos um prédio bombardeado.

Seguiram por um corredor cheio de poças, e o ar foi ficando mais frio.

— Isso aqui era a ala masculina do asilo — sussurrou ela, parando junto dos armários diante da sala de leitura do segundo andar. — Peter uma vez me falou dos tratamentos que eram feitos. — Ela fechou a cara. — Se é que se pode chamar de tratamento acorrentar alguém à cama por dias a fio.

— Se não eram loucos antes, sem dúvida ficaram depois de uma coisa dessas.

Clara fez que sim.

— Tanta crueldade. Todo mundo dizia que esse corredor era mal-assombrado. Tinha um bombeiro hidráulico que não botava o pé aqui por nada.

— Não sei se acredito em fantasmas, mas dois séculos de sofrimento deixam marcas.

— E deixaram — concordou Clara, puxando o que costumava ser o seu armário e revelando um pedaço de parede escura e descascada. Ali, na parede, rabiscadas em letras tortas, estavam as palavras: *Desapareci da vida.*

— Meu Deus — exclamou Billy. — Isso é o que eu estou pensando que é?

Ela fez que sim com um movimento de cabeça.

— Pichação do século XIX. Peter encontrou quando estavam fazendo a reforma e pediu aos operários que deixassem. Ele costumava dizer que a biblioteca era um legado, fundado para se obter conhecimento e varrer a tristeza e a pobreza do passado. E que devíamos deixar a pichação como uma lembrança do que a biblioteca tanto lutava para erradicar.

O silêncio no corredor frio pareceu se expandir, o único som era de água pingando em algum lugar acima deles. Ali, na biblioteca, ela sentia a presença dele em todo canto.

Naquele momento, sabia exatamente que conselho Peter teria dado. *Conte a sua história para ele.*

— Eu perdi o meu bebê — disse num impulso, surpresa ao ouvir as palavras saírem de sua boca.

— Ai, Clara — suspirou ele. — Sinto muito.

— Não, não, tudo bem, tenho que falar sobre isso. Nunca falo. Minha família, a família de Duncan, todos eles botam a culpa em mim.

— E por que a culpa seria sua? — perguntou ele, incrédulo.

— Porque eu fiquei trabalhando aqui até mais tarde no sábado em que a Blitz começou. Eu devia ter parado de trabalhar quando descobri que estava grávida, ido morar no interior. Mas, em vez disso, continuei aqui. Peter estava precisando de ajuda; todos os funcionários homens tinham sido convocados... — Ela deu de ombros. — O que mais eu ia fazer? Então, eu estava aqui, naquele sábado, ajudando Peter a guardar alguns livros, quando as bombas começaram a cair. Uma semana depois que Peter morreu, fomos ao enterro e, logo depois do velório, comecei a sangrar. Choque, disseram os médicos.

— É triste demais perder uma criança — disse Billy com gentileza. — Principalmente quando ela era a última parte do seu marido. Mas *não é* culpa sua, Clara.

— Talvez, mas, se eu tivesse ficado em casa...

— Então podia ter sido bombardeada lá! — exclamou ele. — A guerra é devastadora e sem sentido, e sugerir que a perda de uma criança é culpa sua é pura crueldade.

— Pode ser, mas ainda sinto como se tivesse falhado. Olho para o abrigo à minha volta e vejo mulheres com famílias enormes. Não consegui ter nem um filho.

— Mas esse não é o único jeito de medir sucesso, é? — insistiu ele. — Você sofreu perdas inimagináveis, Clara. Seu marido, seu mentor, seu filho... Mas você não deixou isso definir quem você é. Você é uma mulher incrível que ilumina a vida de todos que vão à biblioteca. Aposto que Peter deve estar olhando e torcendo por você.

Um silêncio tenso caiu entre os dois, e Clara sentiu um fiapo de esperança. Algo quente e macio se enroscou nos seus tornozelos.

Ela deu um pulo para trás.

— Ai, meu Deus! — Pasma, fitou um pequeno gato preto, e ele pulou nos seus braços, esfregando-se na bochecha dela. — É o gato do Peter! — exclamou. — Não acredito. Achei que tinha morrido no bombardeio.

— Talvez Peter esteja de olho em você, afinal de contas — comentou Billy com um sorriso, acariciando as orelhas do gato, o que provocou um ronronar intenso.

Parecia bobeira, mas encontrar o Gato da Biblioteca foi um momento de pura felicidade, provando que a guerra não era capaz de roubar tudo.

Sem conseguir se conter, ela se aproximou para beijar Billy, mas ele moveu o rosto, então ela acabou dando um beijo atrapalhado na sua orelha.

— Desculpa — exclamou. — Eu... não sei o que me deu.

Ele a encarou, os olhos azuis assustados.

— Acredite em mim, Clara, não tem nada que eu gostaria mais que retribuir o seu beijo, mas... — Ele esfregou o rosto, e Clara morreu de vergonha. Como podia ter interpretado tão mal a situação? Ela se virou. — Não vá embora — implorou ele.

— Desculpa. Eu fui muito desajeitada. — Ainda abraçada ao Gato da Biblioteca, ela deu meia-volta e correu para o único lugar onde se sentia segura. A biblioteca do abrigo.

Por sorte, Minksy Agombar e as irmãs estavam cantando no teatro do abrigo, então a plataforma da estação estava quieta. Um ratinho cruzou o caminho dela e entrou feito uma gota de tinta na fresta entre a plataforma e as tábuas que cobriam os trilhos. Clara queria poder segui-lo.

Entrou na sala de leitura, e o Sr. Pepper e as crianças se viraram, surpresos. O Sr. Pepper estava lendo *The Country Child* com uma lupa. Todos tinham se virado para encará-la e, quando viram o gato, deram um gritinho.

— Sr. P., quer que eu assuma a leitura? — perguntou Clara, entregando o Gato da Biblioteca para Sparrow.

Ele lhe passou o livro, e ela se jogou na cadeira. Segurando o livro com força, Clara começou a ler. Sentiu o coração bater mais devagar. Benditos sejam os livros, em cujas páginas se podia esconder sempre que dava uma de idiota. Seguiu lendo, deixando-se levar pelas palavras antigas e profundas.

Sua voz devia estar enfadonha, porque as crianças ficaram incrivelmente quietas. Ela ergueu os olhos. Billy estava de pé na porta da sala de leitura.

— Desculpe interromper, crianças, mas preciso dizer uma coisa para a bibliotecária.

Cinquenta pares de olhos curiosos se voltaram de Billy para Clara. Ele atravessou a sala em três passos seguros e gentilmente convidou Clara a se levantar.

— Sou um idiota. Era isso que eu devia ter feito na biblioteca.

Com carinho, tirou o livro das mãos dela, então segurou seu rosto nas mãos e a beijou.

Quando seus lábios tocaram os dela e seus dedos se entrelaçaram, ela sentiu um alívio profundo.

A sala veio abaixo. De olhos arregalados, as meninas riam, sem acreditar que a bibliotecária estivesse sendo beijada em público. De braços cruzados, Sparrow fingiu não se interessar; mais tarde, no entanto, diriam que sentiu uma pontada de ciúme. Ruby veio ver o motivo da comoção e se recostou no portal com um sorriso de satisfação no rosto.

— Desculpe não ter retribuído o beijo — sussurrou ele ao se afastar.

— Isso não é jeito de tratar uma dama, moço — protestou Tubby.

— Perdão?

Tubby deu um tapa exasperado na testa dele.

— Você tem que cortejar elas! Até eu que sou criança sei disso.

— Ah, sim, desculpa, Tubby, você tem razão — disse Billy, virando-se para Clara com um sorriso radiante. — Clara Button, eu amo o jeito como você adora esse lugar. O jeito como mexe no cabelo quando está nervosa, mas esquece completamente quando está animada com alguma coisa. O jeito como abre exceções às regras, porque sabe que às vezes é o certo a ser feito. — Seu discurso estava vindo em rompantes trêmulos agora. — Eu amo principalmente as suas imperfeições, o dente um pouquinho lascado, os seus dedos do pé, que infelizmente estão escondidos agora. Mas, principalmente, acho que eu simplesmente te amo.

Clara sentiu como se a biblioteca estivesse rodando, com palavras, páginas e histórias numa espiral inebriante ao seu redor.

Os aplausos encobriram o canto das irmãs Agombar no teatro ao lado. E, lá embaixo na pequena biblioteca, em meio ao caos da guerra, uma nova história de amor estava começando.

12

Ruby

Uma biblioteca é mais que os seus livros, é um lugar onde a vida das mulheres pode ser transformada.

Magda Oldziejewska, coordenadora de arrecadação
de verbas da Biblioteca Feminista

— Eeste — anunciou Clara, fechando o livro, relutante — é o fim de mais uma história maravilhosa.

Levaram três semanas para ler *The Country Child*, de Alison Uttley. O livro era pura magia, entrelaçando folclore do interior com descrições vívidas da Inglaterra rural.

Ruby ouvia embasbacada detrás do balcão. Ninguém era capaz de silenciar uma plateia de crianças como Clara. O grupo de leitura havia diminuído muito. Ronnie, Joannie e muitos outros foram evacuados para a segurança do interior, longe do ataque dos V-1. O grupinho valente que restou era formado por crianças cujos pais não suportavam ficar longe dos filhos. Ruby tinha de dar o braço a torcer a Clara. No mínimo não era coincidência que estivesse lendo um livro que se passava nos prados verdejantes e nas florestas misteriosas da Inglaterra. Como não podia transportá-las fisicamente, ao menos levaria as crianças até lá nas páginas de um livro.

— Eu ia amar passar a noite numa floresta escura — divagou Tubby.

— Aposto que você não ia durar uma hora — provocou Sparrow. — Bastaria uma coruja piar, e você ia pular fora.

— Apostado — respondeu Tubby, cuspindo na palma da mão e estendendo-a para Sparrow apertar.

— Menos, meninos — interveio Ruby, rindo, e, ao erguer o rosto, viu a mãe entrando na biblioteca para o turno de limpeza de sexta à noite. — Vamos arrumar esse lugar.

As crianças começaram a catar almofadas e livros, e ela ficou observando a mãe trabalhar.

— Nenhuma mudança? — perguntou Clara, baixinho, juntando-se à amiga atrás do balcão.

Ruby fez que não com a cabeça.

— Continua se recusando a se juntar ao clube de leitura ou a ler o livro que você encomendou para ela — respondeu discretamente.

— Eu sei, quem pegou emprestado foi a Sra. Caley, acredita?

— Pois fez muito bem — comentou Ruby. — Minha mãe não consegue ver nada além da sombra daquele porco imundo.

— Dê um tempo a ela.

Ruby olhou para o hematoma escapando por baixo do lenço amarrado na cabeça da mãe, que Netty disse ser culpa de um "encontrão com um poste no blecaute".

— Não sei mais quanto tempo ela tem, Cla. Qualquer dia desses, o filho da mãe vai acabar indo longe demais.

— Clara — interrompeu Tubby, puxando-a pelo braço.

— Tubby, pode esperar um pouco? Estou conversando com Ruby.

— Na verdade, não. Quer dizer, senhora, sou tão cabeça aberta quanto qualquer menino de 12 anos, mas será que as crianças mais novas deviam estar lendo isso?

Ele ergueu uma cópia de *Controle de natalidade para a mulher casada.*

— Onde você arrumou isso? — perguntou Clara, tomando o panfleto da mão dele.

— Estava na estante, do lado de *A história de Babar, o pequeno elefante.*

Ruby e Clara se entreolharam, espantadas.

— Como foi parar ali? Se alguém descobre, podem fechar a biblioteca!

— Juro que não fui eu — respondeu Ruby.

— Tudo bem — suspirou ela, olhando para o balcão, onde o Sr. Pepper conferia com dificuldade todas as carteirinhas na bandeja usando sua lupa. — Acho que sei quem foi. Andei encontrando uns livros fora do lugar. Estava fazendo vista grossa, mas acho que agora preciso conversar com o Sr. P. sobre a vista dele... Você não acha... — Clara se interrompeu.

— Não acho o quê? — perguntou Ruby.

— Que pode ser o Sr. P. que está cortando as páginas de corrida dos jornais. Mesmo que só por acaso. Achei outro jornal cortado ontem.

— Não, claro que não — respondeu Ruby depressa, e então, não muito segura de si, disse: — Pelo menos espero que não. Anda, vamos arrumar a biblioteca para o clube de leitura.

Mas, enquanto arrumava as cadeiras para a reunião de sexta à noite das Traças de Livros de Bethnal Green, Ruby estremeceu ao pensar no que poderia acontecer se um dos pais encontrasse o panfleto na estante errada.

Meia hora depois, tirou com alívio *A arte da administração doméstica* da prateleira. Com certo desconforto, percebeu que ficava ávida pela bebida da noite cada vez mais cedo ultimamente. Tentou lembrar. Quando foi a última vez que tinha passado uma noite sóbria? Bem, os foguetes não ajudavam, é claro. E tinha a preocupação com a mãe. E ela tomava uma dose antes de sair da biblioteca para acalmar os nervos e conseguir subir a escada sem pensar em Bella. E depois de novo, antes de dormir, para afastar os pesadelos. *Quando a guerra acabar, eu paro*, disse a si mesma, sem muita convicção.

Abriu uma garrafa, e, enquanto Clara recebia Billy na porta, deu um gole apressado. O líquido bateu no fundo da garganta, e ela fechou os olhos, aliviada.

— Pronta? — perguntou, virando-se com um sorriso falso no rosto.

— Tanto quanto possível — respondeu Clara sorrindo, então abriu a porta da biblioteca.

Queenie foi a primeira a aparecer, sentando-se numa cadeira com um suspiro exagerado.

— Serve uma bebida para a gente, Lábios Vermelhos — pediu. — Estou com uma sede que você não imagina.

— Todas nós, querida — respondeu Irene, apressando-se atrás dela. — Depois do dia de hoje, estou no maior bico seco.

— Por que as canecas, Rubes? — perguntou Dot. — Não aguento mais tomar chá.

— Não se preocupem, é uma das minhas receitas especiais. Mas, como a gente não pode servir álcool na biblioteca, resolvi servir de um bule. Então, se o nosso chefe resolver aparecer, tudo o que vai ver são as Traças de Livros de Bethnal Green tomando uma boa caneca de chá.

— Você é incorrigível, Ruby — repreendeu-a a Sra. Chumbley, acariciando o Gato da Biblioteca, que tinha pulado no seu colo.

— Eu achava que era proibido ter animais no abrigo — exclamou Dot.

— Ela abriu uma exceção — explicou o Sr. Pepper com uma risadinha.

— Abri mesmo. Esse aqui pegou mais de vinte ratos essa semana! — exclamou a Sra. Chumbley. — Está fazendo mais pela higiene do abrigo do que toda a unidade de saneamento da prefeitura, o que para mim está de bom tamanho. Acabei de vir de um tédio de reunião na prefeitura sobre o uso inadequado de papel higiênico. Parece que os moradores do abrigo estão usando mais do que o quadradinho que lhes cabe.

— Então não sou só eu com problema de falta de papel — comentou Clara com um sorriso.

— Clara, querida — disse a Sra. Chumbley —, entreouvi uma conversa entre o Sr. Pinkerton-Smythe e o administrador do abrigo no escritório dele, hoje mais cedo. Ele andou perguntando ao Sr. Miller como poderia usar esse espaço, caso a biblioteca seja desmontada.

Houve uma comoção no grupo.

— Mas ele não pode fechar a biblioteca, pode? — perguntou Dot, assustada.

— Calma, gente — disse Billy. — Deixem a Sra. Chumbley terminar de falar.

— Obrigada, Billy. É importante manter a calma. Ficar com raiva não vai ajudar nada na nossa causa.

— E o que pode ajudar, Sra. Chumbley? — perguntou Clara. — Aquele homem não vai descansar até fechar essa biblioteca. Você foi uma sufragista. Será que eu tenho que me acorrentar ao balcão da biblioteca?

Um sorriso irônico se abriu no rosto da outra.

— Um erro comum. Eu não fazia parte do braço mais militante. Era membro da Federação de Sufragistas da Zona Leste de Londres. Nós acreditávamos no poder de um Exército Feminino para provocar mudanças.

— Não entendi — respondeu Clara.

— Sabíamos que quebrar vitrines e acabar na prisão não faria bem nenhum às mulheres da classe trabalhadora. Por isso abrimos centros sociais, uma creche e uma cantina com preços de custo, e até uma fábrica cooperativa de brinquedos que pagava um salário mínimo às mulheres. Sabíamos que o único jeito de angariar apoio à causa era ajudando as pessoas de um jeito que fizesse diferença na vida delas.

Clara ficou olhando, sem saber o que responder.

— Pinkerton-Smythe não pode simplesmente fechar um estabelecimento público que é obviamente adorado pela comunidade. — Ela deu um tapinha no braço de Clara. — Defenda a biblioteca criando um Exército de Leitores. Os livros são a sua arma!

— Mas talvez fosse uma boa ideia tomar cuidado por um tempo — argumentou Ruby. — Parar de emprestar o panfleto sobre controle de natalidade, seguir as regras mais à risca.

— NÃO, não parem de fazer o que estão fazendo aqui.

Todos se viraram, surpresos com a voz retumbante e inesperada.

— Essa biblioteca devolveu a minha vida.

A Sra. Caley se ajeitou na cadeira, sem graça por estar no centro das atenções.

— Prossiga — pediu Ruby.

— Eu tenho nove meninos. — Ela correu o indicador pela beirada da caneca. — Um para cada ano de casamento, como diz o meu marido, cheio de orgulho. — Ela ergueu o rosto, e seus olhos irradiavam esperança. — Mas esse ano não. Clara me emprestou um material de leitura que me ajudou a entender melhor o meu corpo. E, admito, nunca achei que seria capaz de terminar esse livro.

Ela estava com um exemplar de *A senhora de Wildfell Hall* no colo.

— Achei que ia ter, sabe como é, palavras demais para mim.

— E? — perguntou Clara, inclinando-se para a frente.

— Vou largar ele.

— Como? — exclamou Netty, olhando da prateleira que estava limpando. — Para onde você vai com nove filhos nas costas?

— Primeiro para a casa da minha irmã, em Suffolk.

Só então o grupo percebeu que havia uma mala de pano velha debaixo da cadeira.

— Ele está trabalhando no turno da noite hoje. Os mais velhos estão arrumando os mais novos lá no túnel agora mesmo. Economizei o suficiente para pagar um trem. E, quando a gente chegar lá no interior, vai dando um jeito.

Ela virou a caneca e ficou de pé.

— Mas queria vir aqui e agradecer a todos vocês. Por me lembrar do tipo de pessoa que eu costumava ser.

— E o que tinha nesse livro, Sra. Caley, que a fez decidir ir embora? — perguntou a Sra. Chumbley.

A Sra. Caley inclinou a cabeça de lado.

— Não sei. Acho que encontrei coragem nessas páginas.

Ela pegou a mala.

— É melhor eu ir antes que isso passe. Muita sorte a todos vocês e que Deus os abençoe. — Quando chegou à porta, virou-se. — Ah, já ia esquecendo.

Ela pousou a carteirinha da biblioteca no balcão.

Espantada, Netty ficou observando-a sair da biblioteca em busca de uma nova vida. Ruby olhou de relance para a mãe, torcendo para que, por algum estranho tipo de osmose, aquela coragem recém-descoberta fosse contagiosa. Naquele instante, no entanto, a mãe parecia tão pequena ali de pé, com um espanador na mão feito uma bandeira branca. Será que ela havia desistido? Victor e seu assédio conseguiram corroer seu espírito? E então Ruby se deu conta do pior aspecto de tudo aquilo. A coerção e o controle que ele exercia sobre sua mãe eram lentos e insidiosos, como um vazamento escondido que de repente faz um telhado desabar.

Depois disso, um estranho sentimento de irresponsabilidade tomou o grupo subterrâneo, uma espécie de euforia alimentada pelo gim forte de Ruby e pela libertação da Sra. Caley.

— Boa sorte para ela, é o que eu digo — comentou Queenie. — Aquele marido não é flor que se cheire.

— É, mas bico fechado — devolveu Pat. — Em boca fechada não entra mosca! Aquele lá não vai ficar nem um pouco satisfeito e vai vir aqui procurando por ela.

— Pat tem razão — concordou a Sra. Chumbley. — Se alguém perguntar, a gente *não* viu a Sra. Caley aqui hoje.

— Viu quem? — perguntou Irene, e todos riram.

— Se eu soubesse que fazer parte de um clube de leitura seria assim tão divertido, teria me inscrito também — disse o Sr. Miller, administrador do abrigo, passando a cabeça pela porta da sala de leitura. — Foi a Sra. Caley que acabou de sair?

— Não, ela não veio hoje. Algum problema, Sr. Miller? — perguntou a Sra. Chumbley, casualmente.

— Problema nenhum. Só queria entregar esta carta a Ruby.

Todos tentaram parecer sóbrios enquanto ele entregava a carta.

— Continuem — disse ele, acenando ao fechar a porta da biblioteca. — Se Hitler pudesse ver esse clube de leitura, jogaria a toalha na mesma hora. Até mais. — Seus passos ecoaram pela plataforma.

— Quem será que escreveu para mim aqui? — comentou Ruby, curiosa, abrindo o envelope. — Não acredito — exclamou ela, correndo a mão pelos bastos cabelos louros. — É aquele soldado, Eddie. Vocês sabem, aquele...

— Ah, só tem um — interrompeu Dot. — Aquele dos dentes, dos músculos e...

— Isso, isso, obrigada, Dot, a gente já entendeu — interveio a Sra. Chumbley. — Achei que ele estava na França.

— E estava — murmurou Ruby, passando os olhos pela carta. — Está ferido e escreveu a carta de um navio-hospital da tropa a caminho de Nova York.

Ela balançou a cabeça.

— Ele mandou um endereço em Nova York para eu responder... Diz que nunca vai esquecer a noite que passamos juntos. Parece que... — Seu sorriso se abriu ainda mais — ... a lembrança da nossa última noite foi o que o manteve firme e agora ele quer me recompensar mandando livros da América. Parece que ele tem uma irmã que trabalha na editora Macmillan, em Manhattan.

Suas mãos tremeram enquanto lia.

Querida, não consigo deixar de pensar em você. Foi terrível deixar você sozinha naquele quarto de hotel, principalmente depois...

Ruby dobrou a carta de repente, ciente dos olhos fixos nela. Como poderia admitir que contou a Eddie sobre o desastre, que falou do inominável?

Em vez disso, jogou a cabeça para trás e deu uma gargalhada rouca.

— Que lorota boa. — Ruby sabia que estava se escondendo atrás de uma caricatura, mas, de certa forma, era mais fácil assim.

Começou a amassar a carta.

— Não ouse! — exclamou Irene, tomando-a da mão dela.

— O mínimo que você tem que fazer — acrescentou a Sra. Chumbley, tirando da bolsa um papel timbrado do Conselho Distrital de Bethnal Green — é responder.

— Tá bom — respondeu Ruby, pegando papel e caneta. Ela completou a caneca e virou tudo num só gole.

— Escuta, fiquei sabendo de um livro picante que saiu na América, *Entre o amor e o pecado* ou alguma coisa assim — comentou Irene. — Pede para ele mandar alguns exemplares.

Com o gim correndo nas veias, Ruby rabiscou uma resposta e encerrou com uma boa marca de beijo de batom vermelho.

Pat tomou a carta das mãos dela e leu em voz alta:

— "Se não estiver de lua, me escreva, e eu estarei nua."

— Ruby! Você não escreveu isso! — exclamou Clara.

— Não se preocupe, Clara. Isso nunca vai passar dos censores.

— Melhor torcer por isso, Lábios Vermelhos — disse Pat, secando os olhos. — Ou metade do Exército americano vai aparecer aqui. Você é impossível mesmo.

Uma sombra caiu sobre a porta, e o Gato da Biblioteca deitou as orelhas para trás.

— V-Victor! — gaguejou Netty. — O que você está fazendo aqui, querido?

De uma hora para a outra, Ruby ficou sóbria.

— Vim levar isso aí para casa. — Ele olhou feio para Clara. — O trabalho aqui acabou.

A risada de momentos antes congelou no ar.

— Posso perguntar por quê? — interveio Clara.

Victor olhou desconfiado para o grupo.

— Eu sei o que acontece aqui.

— De que diabo você está falando, Victor? — perguntou Ruby.

— Só se fala dessa biblioteca no meu clube — continuou ele. — Emprestando livro de alemão. Panfletos ensinando mulheres solteiras a não engravidar. É nojento, isso sim!

Ruby sentiu um embrulho no estômago.

— E Clara se engraçando com aquele desertor — acrescentou, com desprezo, apontando para um Billy pasmo. — E o corpo do marido nem esfriou ainda.

— Ah, cala a boca, seu ignorante idiota! — explodiu Ruby, ficando de pé. — Faz quatro anos que ela perdeu o marido. Você casou com a minha mãe seis meses depois que a sua mulher morreu.

— E ela mexe com coisa sobrenatural — continuou ele, ignorando Ruby.

Ruby deu uma gargalhada.

— Agora você endoidou!

— É verdade. Ela adivinha os livros preferidos das pessoas. Antigamente, estaria amarrada a um banco de mergulho.

Billy se levantou.

— Você já falou o que tinha para falar. Acho melhor ir embora.

— E quem é que vai me expulsar? Você, seu desertor? — provocou ele.

A Sra. Chumbley ficou de pé.

— O senhor está proibido de entrar neste abrigo, Sr. Walsh. Saia, agora.

Ele deu um sorriso grotesco.

— Com prazer. — E estalou os dedos como se estivesse chamando um cachorro. — Anda, vem.

— Mãe, não vai — implorou Ruby, mas Netty já estava atravessando a porta.

Victor balançou a cabeça.

— Isso é o que acontece quando se dá livro para as mulheres.

Depois que ele saiu, Clara baixou a cabeça nas mãos.

— Ignora ele, querida — consolou-a Pat.

— Pois é, todo mundo sabe que ele é um bebum — concordou Queenie.

— Ele é um idiota, isso sim — murmurou Ruby. Por quanto tempo mais aguentaria aquele homem? Já conseguia imaginar o cenário que encontraria em casa. Pratos quebrados, dentes fraturados, mais hematomas para se somar à coleção?

De que adiantava dar um jeito de fazê-lo ser pego pela polícia? Eles sempre o soltavam tão logo ficava sóbrio. Além do mais, brigas assim não eram exclusividade da casa dela. A polícia não estava nem aí. Se davam o maior trabalho de caçar um estuprador misterioso, mas não davam a mínima para mulheres que apanhavam noite após noite. Isso não era um problema, porque os agressores eram maridos delas.

A raiva cresceu dentro do seu peito, quente e tóxica. Se tivesse uma faca, achava de verdade que era capaz de esfaquear as tripas de Victor.

Em vez disso, pegou a caneca de gim, deu um longo gole e sentiu a bebida percorrendo as veias.

As mãos de Clara pousaram nas suas, frias e reconfortantes. Ela não precisava dizer nada, Clara sabia quando um dos episódios estava à espreita.

— Acho que precisamos enfrentar o fato — anunciou Clara ao grupo, sem tirar as mãos das de Ruby — de que as pessoas estão comentando. Como ficaram sabendo que estamos emprestando aquele panfleto?

— Não tenho a menor ideia, Clara — respondeu Ruby. — Não acho que a Sra. Caley tenha dito nada. Talvez alguma das meninas das fábricas?

— Vou dar uma olhada se ele já saiu — avisou a Sra. Chumbley, apertando o ombro de Ruby ao passar por ela.

Ao voltar, parecia assustada.

— Ele ainda está lá fora? — perguntou o Sr. Pepper.

— Não, não é isso. — Ela se agarrou ao encosto da cadeira. — Vocês não sentiram esse tremor?

— Deve ser só o meu padrasto arrastando o punho fechado ao longo da parede da plataforma — zombou Ruby, e o grupo riu, feliz com o alívio da tensão.

— Não, silêncio, todo mundo — ordenou a Sra. Chumbley.

Gritos, seguidos de passos pesados.

O pânico recaiu sobre todo mundo.

— Caiu um foguete na Russia Lane! — foi o grito que atravessou o abrigo.

E então outro:

— Acertou o lote!

— O lote! — exclamou Pat, deixando a caneca se espatifar no chão. — Sparrow e Tubby estão lá!

13

Clara

O que nos falta em verba, nós compensamos com imaginação. Muito amor e uma carteirinha da biblioteca, você não precisa de mais nada.

Claire Harris, bibliotecária especializada em
literatura infantil aposentada

Billy se levantou na mesma hora, seguido de perto pelos demais. Quando saíram do metrô, parecia que tinham entrado no meio da noite. Passos apressados na calçada, respirações ofegantes, o sino das ambulâncias soando, e tudo o que Clara pensava era: *Por favor, Deus. De novo, não.*

Quando chegaram à Russia Lane, Clara se separou do grupo e se virou, por um momento, desorientada. Onde estava? Não existia mais lote nenhum. Agora não passava de um buraco no chão de onde saía fumaça.

— Sparrow! Tubby! — chamou ela, o horror comprimindo-lhe a voz.

— Com licença, moça! — gritou alguém, e Clara deu um passo para trás, abrindo passagem para uma maca carregando restos humanos.

O impacto do foguete foi meteórico; o buraco parecia queimado na terra, um poço preto e sem fundo. Um cordão de isolamento tinha sido erguido ao redor dele e, a uns três metros, viu Pat passando por ele. Foram necessários cinco bombeiros e a Sra. Chumbley para impedi-la de ir adiante.

— Meu filho! Meu filho!

Ela cambaleou na direção de Pat, até que tropeçou em alguma coisa. Olhou para baixo. Era o pé de uma criança, decepado com precisão logo acima do tornozelo.

Clara não se lembrava de ter entrado em casa, apenas de que num instante estava na horta e, no seguinte, tremendo violentamente na porta de casa. Billy a colocou na cama, cobriu-a com mais alguns lençóis e insistiu para que tentasse beber um pouco de chá com açúcar, mas ela estava num profundo estado de choque. Ele preparou uma cama feita de cobertas e dormiu no chão.

Em algum momento lá pelas três da manhã, ela acordou, e o choque havia passado, substituído por uma raiva terrível. Em seu desespero, perdeu o controle, deslizou da cama e acertou os punhos no piso de madeira empenado. Agonia e tristeza emanavam dela. Só conseguia pensar no rosto de Sparrow. Ela o viu cavando a horta, o cotovelo aparecendo pela manga do suéter de lã remendado. O orgulho com que exibia a plantação de cebolas, a energia com que se dedicava a tudo que fazia. Era um bom garoto, um menino do seu tempo, que testou sua inteligência contra um mundo que parecia determinado a impedir o seu sucesso.

Podia suportar a morte do marido, porque era um soldado. Sparrow era uma criança. E Tubby... Nem pensava tanto nele como uma criança, tão maduro que era. Mas *era* uma criança. Um menino de 12 anos eviscerado pelo foguete de um cientista. Que mundo era aquele? Seu coração se partiu de dor, e, de dentro dele, saiu um rugido.

— Clara, para — implorou Billy, tomando-a em seus braços. — Você vai se machucar.

— Eles eram garotos, Billy. Crianças. Por quê?

Por fim, Clara dormiu nos braços de Billy, exausta e consumida pela mágoa, lá pelas cinco da manhã. Quando uma alvorada fumacenta penetrou pelas venezianas, estava de pé, vestindo-se.

— Você não vai trabalhar, vai? — perguntou Billy, enquanto ela fechava a calça.

— E o que mais eu vou fazer? A biblioteca é basicamente a única coisa que tem algum sentido para mim, agora.

Billy fez que sim.

— Eu entendo. Me deixe pelo menos preparar um chá para você.

Ele foi até a cozinha para colocar a água para ferver na chaleira, observando o vapor embaçar as partes de janela não cobertas pela fita antiexplosão. Havia algo de tão sólido, de uma normalidade tão reconfortante em vê-lo em sua casa que, por instinto, ela foi até as costas dele e envolveu sua cintura com os braços.

— Obrigada — murmurou junto ao calor das suas costas. — Por ficar comigo quando precisei de você.

Ele se virou lentamente e lhe deu um abraço apertado, alisando seu cabelo, beijando sua testa, tentando aliviar a dor.

— Sempre vou estar aqui quando precisar de mim — sussurrou.

Eles beberam chá e engoliram pão velho com margarina, ignorando de propósito a tigelinha de ameixas escuras que Sparrow havia colhido apenas dois dias antes, na sua horta.

— Vou voltar para o local atingido. Eles passaram a noite escavando, e tenho que ajudar — disse Billy. — Mas não acham que vão encontrar mais sobreviventes.

Ela fez que sim, entendendo.

— Vai você na frente, e cobre o rosto com o capacete. As pessoas já estão comentando.

— Não ligo para fofoca — respondeu ele.

Ela fitou o rosto dele e percebeu que algo tinha mudado entre os dois. Aquela estranha luta que vinham travando entre expectativa e desejo havia desaparecido. O que ele tinha ou não feito no passado já não parecia mais importar. Tudo o que importava era sobreviver mais um dia.

— Eu te amo, Clara, e não ligo para quem sabe disso. Já perdemos tempo demais.

— Também te amo — respondeu ela, baixinho. — Mas tenho que pensar na reputação da biblioteca.

Lá fora, uma neblina amarelada e oleosa lhe atingiu o rosto enquanto ela se apressava até o metrô com um lenço cobrindo a boca. Seu caminho passava pela Russia Lane. A Sra. Smart já estava na rua, comandando um exército de donas de casa que varria cacos de vidro e escombros do bombardeio para formar pilhas que os operários do bairro catariam.

Sentada no degrau da frente de casa, uma mulher chorava, as lágrimas se misturando à poeira. Atrás dela, sua casa tinha sido partida ao meio pelo foguete. O quarto estava exposto para o mundo. O roupão cor-de-rosa pendurado atrás da porta, a cama despedaçada dois andares abaixo. Clara sabia que era um golpe pesado. A identidade das mulheres de Bethnal Green estava intrinsecamente ligada às suas casas; a brancura das cercas, um degrau de entrada impecável, estatuetas colecionadas com amor. Coisas que lhes custavam muito, mas que eram tão prezadas, agora arrancadas violentamente do seu lugar de honra.

Por instinto, Clara parou, pegou na bolsa uma pedrinha de açúcar que vinha guardando da sua cota de racionamento e ofereceu a ela.

— Venha à biblioteca quando puder, Sra. Cohen — disse ela. — Posso ajudar com a documentação do seguro.

— Obrigada, querida — respondeu ela, trêmula.

— E, sinto muito... pela sua casa.

Ela deu de ombros.

— O que se pode fazer? Nunca gostei muito do papel de parede.

No metrô, os túneis estavam com capacidade máxima, rostos abatidos reunidos na escuridão, enquanto as pessoas liam e tricotavam, amedrontadas demais para ir "lá em cima".

O antisséptico da fumigação da noite anterior ardeu em seus olhos, mas pouco fez para suavizar o cheiro forte dos túneis. Às vezes, parecia que não havia onde pudesse respirar ar fresco.

Parou ao lado do beliche de Pat, mas ela não estava lá. Mais adiante, viu Marie e Molly pulando corda e cantando, suas vozes infantis ecoando pelo metrô.

— Louro, moreno, careca, cabeludo...

Clara não sabia o que achava mais perturbador: os horrores lá de cima ou o fato de que, para essas crianças, agora era normal que sua infância estivesse se desenrolando ali embaixo.

— Clara.

Uma voz hesitante soou atrás dela.

— Beatty! — exclamou ela. Não pôde evitar; ficou tão emocionada de vê-la que a puxou para um abraço apertado. — Você está bem? — sussurrou na sua orelha.

Beatty acenou que sim com a cabeça.

— A gente estava no beliche na hora. Mas deu para sentir a vibração.

Clara notou que ela estremeceu.

— Quer que eu vá com você até o trabalho?

Beatty se afastou, e Clara pôde ver como estava assustada.

— Se não se importar. É que a minha mãe, bem...

— Eu sei. Está no trabalho.

Foram em silêncio até a Rego, mas Clara podia ver como Beatty estava feliz de ter companhia. Com aqueles foguetes caindo dia e noite sem nenhum aviso, mesmo as caminhadas mais simples se tornavam estressantes.

Chegaram à fábrica, e Beatty pegou o cartão de ponto.

— Obrigada, Clara, por cuidar de mim e Marie. Sei que você foi muito além do seu papel como bibliotecária.

— Pode até ser — devolveu ela com um sorriso, ajeitando o cabelo de Beatty sob o turbante. — Mas só porque gosto muito de vocês duas.

Clara sabia que a menina tinha algo mais a dizer.

— Nenhuma notícia da Cruz Vermelha?

Ela fez que não com a cabeça.

— Não. Tenho que aceitar a verdade. Já faz mais de três meses que os Aliados pousaram na França. Eles esqueceram Jersey. — Ela mexeu numa lasca de tinta na porta da fábrica. — Só espero que ele esteja vivo.

— Nunca perca as esperanças. Vou estar aqui por você pelo tempo que precisar de mim.

Beatty lhe ofereceu um sorriso vacilante, esforçando-se muito para parecer corajosa.

— Obrigada.

Clara a observou subir os degraus da fábrica e teve de admitir que Beatty tinha razão. Os Aliados haviam deixado as ilhas do canal de lado. Onde quer que o pai dela e de Marie estivesse, continuaria um mistério até que a guerra chegasse ao seu amargo fim.

Na biblioteca, uma série de pessoas apareceu durante o dia para oferecer condolências. A comunidade sabia quão próxima ela era das crianças do lote. Até Pinkerton-Smythe veio oferecer ostensivamente sua simpatia. Clara quase comentou que ele tinha conseguido o que queria, limpar o abrigo de crianças. Mas decidiu que descer tão baixo não mudaria nada.

Mas logo ficou claro que ele vinha numa missão.

— Aliás, fiquei sabendo que uma das frequentadoras regulares da biblioteca foi embora — comentou ele casualmente.

Ela o fitou inexpressiva.

Ele consultou o tão adorado bloco de anotações.

— Uma tal Sra. Caley... Era membro do seu clube de leitura de sexta à noite — continuou ele.

— Era mesmo.

— Então a senhora não a viu ontem? É que estão correndo uns boatos.

— Isso aqui é Bethnal Green, tem sempre algum boato correndo.

— Boatos de que ela deixou o marido.

— Não vejo o que os arranjos domésticos dela têm a ver comigo.

— Têm, a partir do momento que o marido dela fez uma reclamação.

— Uma reclamação?

— É. Parece que o comportamento dela mudou depois que se juntou ao clube de leitura. Ela começou a negligenciar as principais responsabilidades para com o marido e, na noite passada, desapareceu, levando as crianças.

Clara ficou olhando para a cara macia e sem graça dele, perguntando-se como seria a sensação de enfiar o punho fechado no meio dela.

Naquele momento, seu olhar recaiu na pontinha de um marcador de livros que se sobressaía de um livro no alto de uma pilha de devolução. Era o marcador de Sparrow, com os degraus que ela usava para marcar seu avanço na leitura. Faltava só um para chegar ao topo. Ela havia encomendado um exemplar de O chamado selvagem, de Jack London, lá de Stepney, para ser o décimo livro.

Ele havia devorado A ilha do tesouro, embora infelizmente tenha deixado uma mancha de terra na capa.

— Então, a senhora não sabe nada a respeito do paradeiro dela? — completou o Sr. Pinkerton-Smythe.

Ela olhou nos olhos dele.

— Não. E por que saberia, não é mesmo? Não passo de uma bibliotecária que trabalha com crianças.

Ele a encarou, e Clara podia ver seu cérebro maquinando, tentando entender se ela o estava provocando.

— Certo, mas não deixe de me avisar se souber de alguma coisa. Do jeito como as coisas estão, o moral já está baixo demais sem maridos infelizes e negligenciados com que nos preocupar.

— Que os céus nos protejam disso — murmurou ela, quando ele saiu.

— Cla, o que você quer fazer na sessão de leitura de hoje? — perguntou Ruby baixinho. — Será que é melhor adiar em sinal de respeito?

Clara pegou *A ilha do tesouro* e, abrindo a gaveta, catou um lenço macio e começou a esfregar a mancha.

— Acho que vou precisar de mata-borrão e bicarbonato de sódio para limpar isso — murmurou. — E a lombada precisa ser costurada de novo. Sparrow, o que foi que você fez com esse livro? Usou para cavar? — Ela estava esfregando com mais força agora.

Uma memória lhe ocorreu. Sparrow no lote, na primeira vez que conversaram. *Ele disse que eu não sirvo para nada.*

Ele não teve a menor chance.

A capa soltou da lombada.

— Droga! — gritou ela, jogando o livro na parede.

A biblioteca mergulhou em silêncio.

— Desculpa. Não acredito no que eu acabei de fazer. Temos tão poucos livros, e agora eu estraguei esse... Está tudo destruído.

O Sr. Pepper se abaixou para pegar o livro, e Ruby se aproximou e ficou ao lado dela, pousando a mão na sua, à medida que as lágrimas escorriam.

— Sinto muito... — Sua voz sumiu. O espanto a deixou sem ar. Ela olhava para a porta, vendo, mas sem acreditar. Os pelos da sua nuca se arrepiaram como se alguém tivesse passado uma pena pela sua espinha.

— Clara... O que foi? O que aconteceu? — Ruby se virou para onde ela estava olhando e suspirou.

Foi o Sr. Pepper quem falou primeiro.

— Sparrow, onde você estava?

Ele estava coberto de terra, com uma trouxa de lençóis pendurada no ombro e uma expressão presunçosa no rosto.

— Fala logo, cadê ele? — perguntou, sorrindo.

— Cadê quem? — exclamou Ruby, por fim, sem acreditar no que via.

— Tubby, ué?! O safado está me devendo uma aposta. Eu — anunciou ele, enfiando o polegar no peito estufado com orgulho — consegui passar a noite inteirinha na floresta de Epping, e ele nem apareceu. Tubby me deve uma bolada.

— O-O que você estava fazendo lá? — enfim conseguiu perguntar Clara.

— A gente fez uma aposta depois que a senhora leu *The Country Child*, lembra? Quem conseguia passar uma noite inteirinha numa floresta escura. — Ele então percebeu o olhar de assombro no rosto deles. — O que está acontecendo? A minha mãe vai me dar uma bronca?

Em menos de cinco minutos, Pat ficou sabendo que Sparrow tinha sido avistado e correu a toda até a biblioteca.

— Nem sei se te abraço ou se te dou um cascudo! — exclamou ela. E fez ambos, dando um puxão na sua orelha antes de enterrar o rosto dele em seus seios.

— Desculpa, mãe — resmungou ele, o rosto espremido junto ao peito dela. — Não queria deixar a senhora preocupada. Era só uma aventura. Cadê o Tubby?

Por sobre a cabeça de Sparrow, Clara viu o olhar intenso que Pat lhe lançou e percebeu que sobraria para ela dar a notícia.

— Sparrow, caiu um foguete no lote ontem. Tubby foi visto lá. Imagino que estivesse prestes a sair para se encontrar com você. Ele... Ele não foi encontrado... — As palavras morreram nos seus lábios.

— Ele morreu?

— Parece... Parece que sim.

Sparrow estremeceu como se tivesse levado um banho de água fria. Então, para tristeza de todos, começou a chorar, um choro alto e feio. Em seguida, chutou o balcão da biblioteca. Uma, duas vezes, antes de desabar no chão.

— Sinto muito, Sparrow — sussurrou Clara, sentando-se ao lado dele.

Ele a fitou.

— Por que ele tinha que morrer?

— Ora, vamos, Sparrow — repreendeu-o Pat, parecendo envergonhada. — Recomponha-se.

Sparrow tentou, mas ainda chorava quando foi levado da biblioteca, e o coração de Clara se partiu mais um pouco. *Recomponha-se.* Ouviu tanto isso depois da morte de Duncan.

Aquele menino tinha acabado de perder o melhor amigo, e Clara sabia que isso iria marcá-lo pelo resto da vida. Ele havia perdido sua sombra.

Era um milagre que parecia desafiar todas as leis da vida, mas o fato trágico permanecia inalterado. Sparrow tinha acabado de "voltar do mundo dos mortos", como o *East London Advertiser* anunciou, mas Tubby estava morto, engolido por aquele buraco com dezenas de outros. Atrasou-se para o encontro com Sparrow na floresta de Epping porque ficou ajudando o vizinho a colher tomates.

A morte súbita parecia um desaparecimento, um truque, e não um ponto final. Clara meio que esperava que ele entrasse a qualquer momento, os bolsos cheios de caramelos chupados pela metade.

Os pais de Tubby devolveram a carteirinha da biblioteca dele, e Clara o cadastrou como "falecido".

— Obrigada por tudo o que você fez por ele — agradeceu a mãe, o rosto tomado de tristeza.

— Eu?

— Sim. Vir aqui era o ponto alto da vida dele. Ele amava essa biblioteca. — Ela hesitou. — Não desista das nossas crianças.

— Não vou — prometeu Clara.

À medida que o outono se transformava num inverno congelante, mais foguetes V-2 explodiram, viajando mais rápido que o som, sem deixar nada além de uma nuvem partida e de um céu trêmulo.

Daquele dia em diante, Sparrow nunca mais falou do lote destruído ou do melhor amigo Tubby. Nem uma única vez. Mas Clara sabia que a dor o estava sufocando. Pat contou que ele andava fazendo xixi na cama. Beatty também enterrou fundo a dor. Ao perceber que não voltaria para casa tão cedo, parou de falar da amada ilha. Sua "casa" agora era uma estação de metrô e sua esperança estava se esvaindo depressa.

O que Clara não daria para oferecer a esses jovens inteligentes e maravilhosos a infância que a guerra havia roubado deles. Fazia a única coisa que podia.

Clara envolvia as crianças do abrigo em histórias, levava-as em contos fantásticos de reis e piratas, montanhas e amotinados, como se os livros sozinhos fossem capazes de manter longe a vida real.

Foi Ruby que teve a ideia.

— Vai afastar a nossa cabeça dos foguetes — apontou ela.

Clara achou uma maluquice. Construir um *Titanic* de palitos de picolé e bolas de algodão não iria trazer Tubby nem o pai de Beatty e Marie de volta. Mas os manteria ocupados. E, por mais ridículo que parecesse, foi o que construíram naquelas longas noites de inverno, bem ali, na seção infantil da biblioteca. Era uma bobeira. Era ambicioso. *Tubby teria adorado.*

Quando terminaram, aninharam-se sob a proa e ficaram lendo histórias náuticas, contos estranhos de baleias gigantes, sereias e icebergs do tamanho de casas. E leram o frágil e último exemplar da biblioteca de *A ilha do tesouro*, restaurado, as páginas unidas por linha e cola. Todos leram como se suas vidas dependessem daquilo. Sparrow por fim conseguiu sua estrela dourada e ficou olhando o prêmio como se não pudesse acreditar. Clara teria lhe dado um céu inteirinho de estrelas se pudesse.

Toda noite, ao fim do turno de trabalho, Billy aparecia depois de passar o dia desenterrando corpos de locais de bombardeio, tão cansado que nem conseguia falar, e eles dormiam nos braços um do outro. Apesar dos olhares furtivos e dos "boatos" a respeito do relacionamento entre a bibliotecária viúva e o paramédico desertor, nada desrespeitoso acontecia. Estava frio demais para sequer considerar tirar a roupa. A maior parte das noites eles passavam colocando *mais* roupas, com Bela e o Gato da Biblioteca roncando baixinho aos seus pés.

Numa noite intensa de inverno, com a chuva batendo na janela, Billy se virou para ela.

— Quando a guerra acabar, quer se casar comigo?

Ela sorriu na escuridão e apertou seus dedos enluvados.

— Por que eu?

— Porque eu te amo desde que pousei os olhos em você. O extraordinário para mim é você me amar também.

— Depois da guerra a gente conversa — disse ela, sonolenta. Mas, ao se entregarem ao sono, abraçados feito dois marcadores de livros usando gorros de lã, sabia que não conseguia imaginar um futuro sem aquela alma gentil.

14

Ruby

Rene, a primeira bibliotecária mulher de Whitechapel, viu alguém roubar o relógio da parede. Ela devia estar com uns cinquenta e poucos anos, mas não iria aceitar aquilo. Correu atrás do ladrão por todo o caminho até a Brick Lane e recuperou o relógio. O ladrão talvez tivesse pensado duas vezes se soubesse que teria de encarar Rene. Ela era vizinha dos irmãos Kray. Bibliotecas são tudo, menos maçantes.

Denise Bangs, bibliotecária do Centro Comunitário Idea Store, em Tower Hamlets, zona leste de Londres

— Parecem inofensivos. — Ruby pegou um exemplar de capa dura, verde e lisa, e entregou a Clara.

— E que cheiro maravilhoso — observou Clara, sentindo o cheirinho alcalino de papel novo. — Novecentas e setenta e duas páginas... É grande!

— Vou ter que ler, entender por que está dando tanto o que falar — comentou Ruby.

— Não antes de eu fazer a catalogação! — objetou Clara, depressa.

— Você deve ter deixado uma impressão e tanto no rapaz, Ruby, minha cara — disse o Sr. Pepper.

— Devo mesmo. Nem acreditei quando o pacote chegou.

Estavam todos na biblioteca quando a entrega de Nova York chegou, no dia anterior, com todos os custos de transporte e seguro pagos. Uma dezena de exemplares do livro que estava causando tanto rebuliço na América: *Entre o amor e o pecado.*

— Imagino que seja o que as pessoas chamam de "romance erótico" — comentou o Sr. Pepper, pegando o livro de aparência inofensiva como se fosse uma granada. — O *London Times* disse que foi banido como pornografia em catorze estados americanos. O primeiro foi Massachusetts, cujo procurador-geral contou setenta referências a relações sexuais.

— Então não posso deixar de ler — devolveu Ruby.

— É estranho um homem adulto ler um livro só para fazer uma lista das referências sexuais — observou Clara.

— Safadinho — murmurou Ruby.

— Mais motivo ainda para esses livros ficarem guardados dentro do balcão — continuou Clara. — Não quero parecer antiquada, mas não podemos dar motivo para mais boatos, depois do desaparecimento da Sra. Caley.

— Sem dúvida, e, por favor, aceite minhas desculpas novamente — disse o Sr. Pepper.

Pobre Sr. P. Ruby já devia ter ouvido cinquenta pedidos de desculpa dele por ter colocado acidentalmente o panfleto sobre controle de natalidade na biblioteca infantil.

Mas agora eles tinham duas publicações polêmicas no acervo, então precisavam tomar cuidado. Estava óbvio que havia alguém determinado a sujar o nome de Clara, e não precisava ser um gênio para saber quem era. Ao disseminar a discórdia entre os maridos de Bethnal Green, Pinkerton-Smythe estava fazendo Clara e a biblioteca de bode expiatório. Ruby tinha esperanças de que levar a mãe ali lhe daria um pouco de autoestima, mas, agora que Victor a havia proibido de trabalhar na biblioteca, seu controle sobre ela estava crescendo mais e mais. A guerra estava instaurada. Ruby conteve a raiva. Odiava Pinkerton-Smythe por ter dado ao padrasto violento o pretexto de que precisava para isolar ainda mais a mãe. Quão mais maligno se tornava o patriarcado quando unia forças.

Enquanto Clara catalogava cuidadosamente os novos livros, Ruby pensava na carta de Eddie. Ela a tirou do bolso.

Bem, você sabe mesmo como manter o moral de um homem lá em cima. Ruby.

Quase conseguia ouvir a risada na sua voz.

Espero que esses livros façam sucesso na biblioteca. Tive de implorar à minha irmã mais velha que me desse esses livros, recém-saídos do forno. Valem mais que ouro por aqui: 100 mil exemplares vendidos na primeira semana. Contei a ela que vocês estão doidos por livros. Agora tenho que limpar a neve da calçada dela todo dia até a primavera, mas você vale a pena, Ruby.

Toda história tem um motivo, e a questão é que me apaixonei por você, Ruby. Sei que só nos vimos algumas vezes. Elas foram, e não me canso de dizer isso, a melhor coisa que vivi na Inglaterra. Sei que você acha que devemos manter a nossa história apenas como uma boa lembrança. Bem, que se dane tudo isso, não vou conseguir, Ruby.

Você é a mulher mais inteligente e bonita que já conheci. Se não sente nada por mim, bem, já sou grandinho e posso conviver com isso, mas, se sentir...

Esta é a coisa mais louca que já fiz, mas quer casar comigo? Venha começar uma nova vida comigo aqui no Brooklyn, na América, querida. Não posso prometer mundos e fundos, mas posso prometer que vou colocar você no pedestal em que merece estar. Podemos fazer um ao outro felizes, e, depois de tudo pelo que passamos, não é para isso que estamos nesta vida estranha?

Seu anjo dos livros se despede agora.

Muito esperançoso de uma resposta,
Beijos,
Eddie.

P.S.: Não deixe de ler a p. 134. Me lembrou da nossa noite juntos.

Ai, Eddie. O lindo Eddie, com suas palavras calorosas e encorajadoras. Ela iria escrever para agradecer. Mas se casar? Ruby Munroe, noiva de um soldado americano? *Faça-me o favor.* Sua vida era ali em Bethnal Green, protegendo a mãe, e não correndo atrás de uma quimera. Dobrou o sonho americano e o guardou no bolso da saia.

— O que ele falou? — insistiu Clara.

— Ah, sabe como é, o tipo de coisa que homens falam quando gostaram do sexo e não estão prontos para dizer adeus.

— Não, não sei — respondeu Clara. — Você esquece que Duncan foi meu único homem.

— Então você não sabe o que está perdendo — devolveu Ruby, provocativa.

— Se o que falam desse livro for verdade — continuou Clara —, então estou prestes a descobrir. Ainda não acredito que ele mandou isso para você.

— Quem não chora, não mama — disse Ruby, dando de ombros.

— Você me deu uma ideia. Rubes, se importa de segurar as pontas aqui por uma hora? Sr. P., preciso da sua ajuda com uma coisa. Acho que temos que ir a um lugar mais discreto.

— Claro, minha cara — respondeu ele, ansioso para se redimir.

Eles saíram. Ruby esperou até que o som da bengala do Sr. Pepper na plataforma estivesse bem distante e pegou um exemplar de *Entre o amor e o pecado* de baixo do balcão. Dar uma olhadinha não faria mal nenhum.

Na página 26, Ruby arqueou uma sobrancelha. A capa lisa escondia um conteúdo explosivo. Na página 50, estava apaixonada. A protagonista, Amber St. Clare, era uma meretriz ardilosa e atrevida.

Ruby nunca havia lido nada parecido na vida e estava certa de que era exatamente o estímulo de que as mulheres de Bethnal Green precisavam naqueles cansativos dias de guerra. Não era só picante, era o equivalente literário de uma bomba incendiária! E Ruby tinha a impressão de que acenderia fogueiras naqueles túneis.

Absorta, seguiu lendo, hipnotizada pelas aventuras de Amber na Londres da Restauração.

— Ai, Amber — murmurou ela, virando a página —, você é o meu tipo de mulher!

Um pigarro profundo a assustou.

Ricky Talbot era um homem imponente. Do alto de seu um metro e oitenta, sua cabeça quase tocava o teto da biblioteca. Trabalhava de carregador no mercado de peixe de Billingsgate durante o dia e, como a maioria dos carregadores, lutava boxe nas horas vagas.

— Oi, Ricky, como vai?

— Não muito bem, Ruby. Minha mulher me deixou.

— Não!

Só então Ruby se lembrou de quem era a mulher de Ricky. Os amantes das tardes de terça.

— Ai, Ricky, sinto muito! — disse ela, desconfortável. — Ela falou por quê?

— Se apaixonou por um dentista. Parece que o conheceu aqui. Eles se encontravam toda semana. Você viu?

— Eu... bem...

— Então você viu — respondeu ele, tão arrasado que Ruby teve pena.

— Sinto muito, Ricky. A gente nunca teve certeza, e não é nosso trabalho sair por aí espalhando fofoca. A gente vê de tudo aqui.

Ele observou a biblioteca ao seu redor.

— Então parece que é verdade o que dizem sobre esse lugar.

— Quem diz o quê? — perguntou ela, temerosa.

— Nos mercados e nos bares. Dizem que aquela viúva empresta livros que enfiam ideias na cabeça delas.

Ruby tentou não se irritar.

— Bem, Ricky, é para isso que servem os livros.

Ele não pareceu convencido.

— Para ser sincera, Ricky, duvido que vir à biblioteca seja o que a fez pular a cerca. — Queria sugerir que, se ele tivesse passado menos tempo no bar e mais tempo conversando com a mulher, ela talvez não tivesse encontrado outra diversão na biblioteca.

— Bem, tem alguma coisa de errado aqui, se quer saber a minha opinião. Eu a amava de verdade.

— Sinto muito, Ricky, mas acredite em mim: essa biblioteca não tem nada a ver com o fato de a sua mulher ter deixado você.

— Mas não fez nada para impedir, fez?

Quando saiu, baixando a cabeça para passar pela porta e seguindo pela plataforma, Ruby deu um suspiro profundo.

Como iria contar isso a Clara? Já havia escondido da amiga o fato de que três pessoas tinham devolvido a carteirinha da biblioteca só naquela semana. Duas inventaram uma desculpa esfarrapada, mas a Sra. Wandle, responsável pela creche da Associação Feminina de Serviço Voluntário, disse sem rodeios que "não queria mais ser associada à Sra. Button e ao tipo de biblioteca que ela tocava".

Era porque Clara estava com Billy, por causa da reclamação da mãe de Joannie ou porque a Sra. Caley havia deixado o marido? Quem poderia saber, mas, uma vez que os boatos começavam a correr pelo East End, espalhavam-se feito um incêndio da Blitz na madeireira. Não iria contar a ela. Com que cara diria isso? Clara já estava fragilizada o bastante depois da morte de Tubby. Tinha trabalhado tanto nos últimos cinco anos. A biblioteca era a sua vida. Ruby não ia deixar uns fofoqueiros de mente fechada derrubarem a amiga.

Depois do trabalho, Ruby passou pelo Barmy Park no caminho de volta para casa, alheia ao frio, porque estava com o nariz enterrado em *Entre o amor e o pecado*.

Parou de repente ao chegar à página 134. As lembranças da sua última noite com Eddie no hotel no Soho apagaram a feiura dos seus arredores. Lembrou-se do calor, da sensação de entrega e imprudência ao tirarem as roupas um do outro...

A ideia lhe ocorreu, e ela quase riu alto diante da simplicidade e da ousadia.

O propósito de Amber era muito claro. Estava convencida de que uma mulher não podia ser bem-sucedida num mundo de homens, a menos que tirasse proveito das fraquezas deles em benefício próprio. Talvez Ruby pudesse ser um pouco mais como Amber.

Aceitaria a proposta de Eddie. Com algumas condições.

A sensação era como se antes estivesse vendo o mundo por uma janela suja que só agora estava limpa.

— Mãe! — chamou, tirando o casaco. — Cadê ele?

Netty estava sentada à mesa da cozinha descascando batatas.

— No bar.

— Ótimo, a gente precisa conversar. Tive uma ideia, e sei que vai parecer maluquice, mas a senhora precisa me ouvir.

— Diga — disse ela, apreensiva.

— O que a senhora acha de começar de novo?

— Ai, querida, não posso...

— Pode, sim, mãe — insistiu ela, tirando o descascador de sua mão. — Eddie, o americano, me pediu em casamento. Se eu conseguir convencê-lo de que só vou com a senhora, então podemos começar do zero lá.

— Ah, claro — disse Netty com uma risada amarga. — E o que eu vou fazer na América? Espero que estejam precisando de criadas velhas.

— Mãe. Eles também têm faxineiras lá, sabia? Olha, tem muito o que resolver, mas, se a senhora concordar, vou aceitar esse pedido. Pense nisso, mãe. A senhora nunca mais vai ter essa chance. *Na América! Imagina só!*

— Não consigo nem pensar nisso — sussurrou Netty.

— Por quê? — soltou Ruby, o peito apertado de frustração.

— Porque estou grávida.

Ruby fitou a mãe, desesperada.

— Co-Como que a senhora foi deixar isso acontecer? A senhora tem 45 anos!

— Não tive muita escolha.

Netty pegou o descascador e continuou descascando batatas feito um autômato.

— A senhora está dizendo que...?

— Desde que a Sra. Caley fugiu, ele tem me obrigado. Acho que está com medo que eu faça a mesma coisa, como se abandonar o marido fosse contagioso. Ele acha que aquela biblioteca é uma espécie de antro de perdição. — Soltou uma gargalhada vazia e então pegou a panela de batatas e foi até o fogão.

Estava de costas para Ruby, de modo que não conseguia ver o seu rosto, mas suas palavras caíram feito pedras entre as duas.

— América, pois sim. Daqui a uns oito meses, não vou poder nem sair dessa cozinha.

E assim, de uma hora para a outra, Ruby viu seu sonho desmoronar. Seria mais fácil atravessar o Atlântico em seu *Titanic* de palitos de picolé.

Foi até a mãe e a abraçou por trás, as lágrimas caindo quentes e pesadas na boca do fogão.

— Tudo bem, mãe. Não vou a lugar nenhum. Jamais vou deixar a senhora.

No silêncio, uma cantiga que tinha ouvido os Ratos do Metrô cantando nos túneis mais cedo naquele dia voltou para assombrá-la.

Rei, ladrão, polícia, capitão.
Quantos filhos vocês vão ter?
Um, dois, três...

15

Clara

Dezembro de 1944

Nos anos 1970, me candidatei para a vaga de assistente de bibliotecário municipal em Tower Hamlets. Não tinha um sapato decente, então pintei de preto um sapato rosa com uma lata de tinta brilhosa que comprei no supermercado. A entrevista foi um desastre, porque manchei de tinta o piso de parquet. O bibliotecário que me entrevistou era um esnobe. Acabamos tendo uma discussão quando ele me disse que não adiantaria nada me contratar, pois eu ia acabar saindo para ter filhos.

Muitos anos depois, assumi o cargo dele. Trouxe o sistema da biblioteca para o século XXI e rebatizei as bibliotecas do East End de Idea Stores. Nada mau para uma hippie de sapato pintado.

Anne Cunningham, cofundadora do Centro
Comunitário Idea Store e ex-diretora das
Bibliotecas Públicas de Tower Hamlets

Clara passou pela árvore de Natal tristonha ao pé das escadas rolantes se arrastando, gemendo sob o peso de uma caixa de livros. Um coral do Exército de Salvação estava começando a cantar numa tentativa otimista de fazer os moradores do abrigo, já no seu sexto Natal de guerra, entrarem no clima natalino.

— Clara, posso falar com você? — Marie estava esperando junto da escada rolante.

— Oi, querida, claro, mas agora não. Ruby está me esperando lá fora na biblioteca volante. Podemos conversar depois da hora da leitura, que tal?

Marie fez uma cara terrivelmente triste.

— Mas não posso ir para a biblioteca hoje.

— Então eu passo no seu beliche depois da leitura.

Marie mordeu o lábio.

— Anime-se, lindinha — respondeu Clara. — Já é quase Natal!

Distraída, ela seguiu em frente, sentindo dor nas panturrilhas ao subir de salto alto a escada rolante desligada.

— Clara Button, de saia e salto alto, estou tendo uma visão? — provocou Ruby ao colocar os livros no banco detrás e fechar as portas.

— Instrumentos de tortura ridículos — murmurou Clara.

— E você passou batom também — comentou Ruby, cheia de suspeitas, acelerando ao descer a Cambridge Heath Road.

— Tenho uma reunião com Pinkerton-Smythe depois da visita às fábricas e preciso trazê-lo para o nosso lado.

Ruby arqueou uma sobrancelha, curiosa.

— Depois eu te conto. E, aliás, acho melhor a gente se preparar.

— Para o quê?

— Para o que estou chamando de Efeito Amber.

— Ah, sim, isso.

— Quer dizer que terminou, então?

Ruby assentiu.

— Passei três noites inteiras em claro. É um livro e tanto. Ajuda a tirar a minha cabeça do que está acontecendo em casa, para ser sincera.

Clara nem teve coragem de perguntar.

— Ela está grávida — anunciou Ruby, sem emoção.

— Ai, Ruby, nem sei o que dizer.

— Não tem nada que ninguém possa dizer. Só queria que mamãe tivesse um pouco da audácia de Amber.

— É mais que audácia, eu diria — bufou Clara. — Ela matou o marido durante o Grande Incêndio de Londres com um chicote de montaria.

— Bem, verdade seja dita, ele tentou envená-la.

— Mas só porque ela estava dormindo com o filho dele — contrapôs Clara.

As duas balançaram a cabeça e riram quando o carro encostou diante da Rego. Era um livro extraordinário, e Clara ainda estava se decidindo se havia gostado ou não.

Vários livros haviam alcançado uma popularidade tremenda durante a guerra, desde *E o vento levou* até *Fazenda maldita*, mas agora havia um título novo no páreo. Clara não sabia explicar exatamente o motivo, mas era como se a autora, Kathleen Winsor, tivesse dado voz a milhões de mulheres frustradas e solitárias. Uma protagonista que manipulava, assassinava e dormia com quem bem entendesse em meio à Londres da varíola e do incêndio do século XVII dificilmente seria uma das mulheres mais carismáticas, mas este talvez não fosse o ponto. Será que ela não estava ecoando o que acontecia na vida real, ainda que de uma forma mais sensacionalista?

Num mundo desesperado para escapar dos escombros e do racionamento, as aventuras de Amber se provariam irresistíveis.

— Bem, adoro que ela seja subversiva — comentou Ruby. — É gratificante ver uma mulher usando suas artimanhas femininas para sobreviver. Além do mais — continuou com um sorriso, abrindo a porta da fábrica com o cotovelo —, como não gostar de uma protagonista que chama o inimigo de "palerma abestalhado".

Três horas depois, Clara chegou à prefeitura para a reunião com o Sr. Pinkerton-Smythe trazendo uma lista de espera de dois palmos para *Entre o amor e o pecado*. Fazia apenas sete dias que haviam aberto o pacote. Como foi que tantas mulheres souberam que ela estava com aqueles exemplares? Quem achava que estava enganando? Era mais fácil represar o Tâmisa com palitos de fósforo que conter fofocas em Bethnal Green.

Uma secretária fez um gesto para que esperasse. Clara olhou para baixo, envergonhada. Seu último par de sapatos pretos de salto alto bons havia enfim partido desta para melhor, e só lhe restava um sapato vermelho; então, na véspera, comprou uma lata de tinta preta brilhosa e o pintou.

— Diga à Sra. Button que entre. — A voz dele chiou no interfone. — Teve notícias da Sra. Caley? — perguntou, assim que ela entrou na sala. — O marido dela passou aqui de novo.

— Não, infelizmente.

— E recebi outra reclamação.

— De quem? — perguntou ela, preocupada.

— Do Sr. Talbot. Parece que a esposa dele vinha tendo um caso na sua biblioteca e agora também o deixou.

Clara murchou. Por que ele parecia responsabilizá-la pessoalmente pela moral de todas as mulheres que frequentavam a biblioteca?

— Isso é lamentável, mas infelizmente não sei nada a respeito.

— Mas é curioso quantas mulheres fazem uma carteirinha da biblioteca e depois ficam cheias de ideias bobas na cabeça, não acha? Quando você dá livros inflamatórios a essa gente, isso leva a todo tipo de problema.

Essa gente?

— Já falei com a senhora sobre oferecer obras mais edificantes, e agora ouvi dizer que a biblioteca está em posse de um livro norte-americano escandaloso.

— *Entre o amor e o pecado?* — perguntou Clara.

— Isso mesmo. Já leu? — perguntou ele.

— Já, leio todos os livros antes de decidir se vou colocar à disposição.

— E considerou adequado?

Ela se ajeitou, desconfortável.

— Bem, tem seus problemas, mas, francamente, ouve-se coisa muito pior numa noite de sexta no Camel. As mulheres precisam de alguma coisa para compensar a melancolia das horas de blecaute.

— Mulheres são movidas pela emoção, não pela razão. Vimos isso com a Sra. Caley, e agora com a esposa do Sr. Talbot. Elas fazem coisas que não deveriam por ignorância.

— Não acho que as mulheres de Bethnal Green vão ler *Entre o amor e o pecado* em busca de dicas. A maioria dos maridos está longe, servindo na guerra.

— Ainda assim, esses livros vulgares estão minando a cultura nacional.

— Com todo o respeito, Sr. Pinkerton-Smythe, a vida britânica *mudou*, quer o senhor ou eu gostemos disso ou não. Não é mais como era antes da guerra.

Ele uniu a ponta dos dedos.

— Olha, estou ocupado demais para me envolver numa discussão sobre a sociedade britânica. O que a senhora veio fazer aqui?

— Bem... tive uma ideia.

Ele conferiu o relógio.

— Prossiga.

— Estamos precisando desesperadamente de obras clássicas de literatura infantil. Todos os livros decentes que temos no catálogo infantil estão com lista de espera.

— Todo mundo precisa de alguma coisa, Sra. Button. Não sabe que estamos no meio de uma guerra?

Ela fechou as mãos em punhos, fincando as unhas na palma das mãos.

— Sim, eu sei. Mas não há motivo para não pedir ajuda a países que podem nos apoiar, não acha? Com sua permissão, pensei em mandar um pedido de livros infantis para a Associação Canadense de Bibliotecas.

— Mas já existem campanhas de doação nacional, não?

— Existem, mas, com todo o respeito, senhor, ninguém aqui tem esses livros para doar. Fiz uma lista de cinquenta clássicos infantis.

— Que clássicos?

— *Aventuras de Alice no País das Maravilhas, Mulherzinhas, O livro da selva*. Só temos um exemplar de *A ilha do tesouro*, então incluí esse também, vários livros de Enid Blyton...

— Enid Blyton? Por que ela está na lista? Todos os livros seguem a mesma fórmula.

— É uma das autoras mais populares da biblioteca — protestou Clara. — Tem uma menina, Babs Clark, que já leu *The Faraway Tree* mais de dez vezes.

— Coitada dessa criança — exclamou ele com desprezo. — A senhora não devia encorajar a pegar um livro diferente?

— Crianças que releem livros têm um vocabulário muito mais diversificado... — Ela se interrompeu ao notar que ele não estava nem um pouco interessado. — Olha, posso deixar a lista. A questão é que são livros em que se fundamentam hábitos duradouros de leitura...

Ela parou de falar. Ele estava olhando para os pés dela.

— O que está acontecendo com o seu sapato? Parece que está derretendo no chão da minha sala.

— Droga, desculpa. Pintei de preto, mas parece que a tinta não pegou.

— Que curioso. Olha, estou muito ocupado. Vá em frente e escreva o seu pedido, mas vai ser perda de tempo.

Ele apertou o interfone.

— Sra. Clutterbuck, por favor, conduza a Sra. Button até a saída.

De volta à biblioteca, teve de recorrer a um dos gins de Ruby para se acalmar.

— Aquele homem! — gritou, irritada, tirando os ridículos sapatos pintados e jogando-os atrás do balcão. — Ele é um... um...

— Palerma abestalhado? — sugeriu Ruby.

— Não desanime — ofereceu o Sr. Pepper. — Eu faço a leitura para as crianças. Vá escrever a carta.

Clara parou, com a caneta na mão. O que aquela farsante maliciosa da Amber St. Clare escreveria?

Prezados senhores,

Escrevo aos senhores da única biblioteca subterrânea do Reino Unido, em Londres, no coração do East End, tão maltratado pela Blitz.

Foi em uma casa em Bethnal Green que Samuel Pepys redigiu seu famoso diário, durante o Grande Incêndio de Londres. Mais uma vez, estamos sendo devastados pelo fogo e perdemos grande parte de nossos preciosos livros infantis.

Toda uma geração de crianças está crescendo sem acesso a grandes livros do passado. Este é um apelo urgente por clássicos infantis.

Todas as importações de livros estão interrompidas, a menos que seja uma doação. Se os senhores tiverem algum excedente dos livros nesta lista, ficaríamos muito gratos aqui em Bethnal Green.

Perdemos tanto, mas não perdemos o coração nem a esperança. Livros ajudam a nos manter humanos em um mundo desumano. Não concordam?

Ela parou e mordeu a ponta da caneta. Precisava bajular mais.

Sei que os canadenses são esclarecidos e dotados de corações calorosos.

Atenciosamente,
sua colega bibliotecária Clara Button.

Pensou no querido Tubby. Era tarde demais para ele, mas não para Sparrow, Marie, Beatty e todos os outros Ratos do Metrô.

Endereçou a carta à bibliotecária-chefe da Biblioteca Pública de Toronto.

— Vou ao correio — avisou a Ruby.

— Antes de sair... — Ruby ergueu um jornal com um buraco enorme no meio, olhando através dele com uma careta. — Acabei de achar na sala de leitura.

— Os resultados das corridas de novo?

Ruby fez que sim.

— E um artigo sobre "A beleza é o seu dever"!

— Ah, não é possível! O que o nosso fantasma cortador de jornal pode ter contra as mulheres se arrumarem? Precisamos ficar de olho na sala de leitura.

Alguns minutos depois, passou pelo café. Pela primeira vez, Dot não ergueu os olhos para cumprimentá-la. Estava fritando fígado, uma espátula numa das mãos, *aquele* livro na outra. A última coisa que viu ao sair no ar gelado de dezembro foi a Sra. Chumbley no minúsculo escritório do abrigo, e, atrás do exemplar de *Fraturas e feridas de guerra*, Clara notou uma pontinha de um livro de capa verde.

O que ela havia desencadeado entre as mulheres de Bethnal Green?

❧

— É uma celebração dos extremos da feminilidade. Amber está desafiando os limites, como tantas mulheres durante a guerra — declarou a Sra. Chumbley mais tarde, durante o clube de leitura.

— E eu pensando que ela estava só pulando de cama em cama na Londres antiga — comentou Pat, rindo. — Boa sorte para ela. Queria ter 21 anos de novo, peitos empinados e uma cinturinha de quarenta e cinco centímetros. — As mulheres gargalharam.

Irene suspirou.

— Depois de mais um dia preocupada se meus filhos vão voltar para casa, esse livro — ela o abraçou junto ao peito — me deixou feliz de um jeito que não me sentia havia muito tempo.

— Concordo — interveio Dot. — Isso me distraiu de mim mesma.

Todos assentiram.

— Como leitores masculinos, o que acharam, Billy e Sr. P.? — perguntou Clara.

— Pode parecer uma surpresa, mas eu me diverti — comentou o Sr. Pepper. — Histórias do passado são os fios que nos ajudam a tecer um quadro mais abrangente.

— É verdade — concordou Billy, animado, e Clara sorriu ao vê-lo tão entusiasmado. — Histórias nos ajudam a entender o caos dessa guerra.

— Não acharam nem um pouquinho escandaloso? — insistiu ela. — Estão queimando exemplares desse livro nas ruas de Boston, sabiam?

— A guerra reconfigurou o cenário literário — comentou o Sr. Pepper. — A velocidade da mudança na vida das mulheres é surpreendente. Suspeito que suas leitoras estão mais que prontas para isto.

— Exatamente! Não se atreva a privar as mulheres de Bethnal Green de uma fantasia inofensiva — implorou Ruby.

— Acho que você devia levar um exemplar escondido para a sua mãe — sugeriu Pat. — Pobre Net, deve estar precisando de um pouco de diversão na vida.

— Tem razão. Cla, se importa se eu emprestar o meu exemplar?

— Claro que não, se acha que ela vai ter tempo de ler — respondeu ela.

— Espera aí, Lábios Vermelhos, você não estava planejando escrever um livro picante? — perguntou Irene.

— Estava? — perguntou Ruby.

— Ã-hã, você mesma disse na Rego, lembra? "Cheio de cenas de sexo", foi o que você falou. Esse eu vou querer ler.

— Ah, é, porque aposto que está cheio de editor por aí querendo livro de gente como eu — zombou ela. — Euzinha aqui, que falo que nem um estivador.

— Tem um monte de autores da classe operária, Ruby — arriscou-se o Sr. Pepper. — Walter Greenwood, por exemplo, autor de *Love on the Dole*.

— Ah, adorei esse livro — comentou Clara.

— E quantos desses autores da classe operária são mulheres, Sr. P.? — perguntou Ruby.

— Mas o fato de que estamos discutindo este livro, escrito por uma mulher sobre uma mulher, uma mulher *ousada* e *dona de si*, diga-se de passagem, significa que houve um progresso, não? — contrapôs Clara.

— Sim, mas ela é americana — devolveu Ruby, pegando o seu copo. — Lá, as coisas são diferentes. Vamos encarar os fatos. A única publicação sobre sexo que temos nessa biblioteca escrita por um britânico é *Controle de natalidade para a mulher casada*. — Ela deu um gole na bebida e riu com amargura. — E no mínimo foi escrita por um homem. Não sou autora, sou só assistente de bibliotecária.

— Nada disso de *só* uma assistente de bibliotecária — insistiu Clara, querendo que Ruby enxergasse o próprio potencial. — Eu jamais conseguiria tocar esse lugar sem você.

— Obrigada, Cla. — Ela deu um sorriso triste. — Mas, Irene, qual foi a sua parte preferida? Eu sei que tem um motivo para você ter colocado um marcador aí, sua safada.

— Engraçado você dizer isso — comentou Irene, rindo e abrindo numa página bem manuseada. — Escuta só isso. — Ela leu um trecho excessivamente detalhado sobre os atributos físicos do rapaz moreno que era o interesse amoroso de Amber.

Por fim, ela ergueu os olhos da página e se abanou teatralmente.

— Deus, se estiver me ouvindo, por favor, mande um Bruce Carlton para a minha vida.

— Olá — disse uma voz grave.

Todos no grupo olharam espantados para a porta, onde um homem alto de cabelos encaracolados bastos e olhos verdes penetrantes parecia pouco à vontade.

— Minha nossa, Irene — murmurou Pat —, você deve ter uma linha direta com Deus.

— Olá. Sou Clara, a bibliotecária — apresentou-se Clara, ficando de pé.

— Hum, sou Roger, desculpe interromper o grupo.

— Seja bem-vindo, milorde — cantarolou Ruby. — Soube de uma rapariga interessada em se deitar com o senhor.

Pat quase caiu da cadeira de tanto rir.

— Sua atrevida!

— Ignore-as — pediu Clara. — Como posso ajudar?

— Você é o homem que fugiu de Jersey num barco a remo, não é? — perguntou Dot.

— Isso mesmo. Acabei de falar sobre isso no teatro. Alguém sugeriu que eu viesse à biblioteca para descobrir informações sobre uma família que conhecia em Jersey.

— Entre, por favor — pediu Clara. — Vamos tentar ajudar.

— E me deixe lhe dar um aperto de mão — acrescentou o Sr. Pepper. — Escapar de um território ocupado por nazistas é um feito de muita coragem.

Eles trocaram um aperto de mãos, e Roger deu de ombros.

— Não sei se foi bem assim. Acho que devo mais às boas marés que à coragem. Mas queria perguntar se vocês podem me ajudar a encontrar duas meninas chamadas Marie e Beatty Kolsky.

— Marie e Beatty! — exclamou Ruby.

— Ah, a senhora conhece as duas — respondeu ele. — Que sorte. Achei que estariam num abrigo infantil.

A Sra. Chumbley se aproximou.

— E por que estariam num abrigo infantil?

209

— Bom, depois da morte da mãe delas — falou ele, parecendo confuso.

— Espere! — exclamou Ruby. — A morte da mãe delas?

— Isso — continuou Roger. — Ficamos sabendo pela Cruz Vermelha que ela foi morta na primeira semana da Blitz. E, pela idade das meninas, achamos que estariam sob os cuidados das autoridades.

— A idade das meninas? — perguntou Clara.

— É. Marie tem 8 anos, e Beatty deve ter, deixa eu ver, uns 12. Clara fechou os olhos e tentou organizar os pensamentos.

— Eu sabia que tinha algo de errado — balbuciou Ruby, pálida de espanto. — Eu sabia que Beatty estava escondendo alguma coisa.

— A-As senhoras *sabiam* que a mãe delas tinha morrido? — perguntou Roger.

— Não — respondeu Clara. — Não, Beatty dizia que a mãe trabalhava à noite. Ela falou que tinha 16 anos. Está trabalhando numa fábrica do bairro.

— Mas Beatty é uma criança! As senhoras não perceberam?

— Isso aqui ficou um caos nos meses depois do bombardeio — explicou-se Ruby, na defensiva. — É muito fácil uma pessoa determinada o suficiente esconder um segredo.

— Claro, peço desculpas — disse Roger.

— Não, a culpa disso é toda minha — interveio a Sra. Chumbley, que estava sentada num silêncio atordoado. — Os moradores deste abrigo são responsabilidade minha. Falhei em meus deveres. Amanhã vou informar às autoridades e entregar meu pedido de demissão. Isto é um grave abandono de menor.

Um clamor irrompeu pelo grupo.

— Olha, vamos ter tempo de sobra para recriminações depois — objetou Clara. — Também tenho minha parcela de culpa. Andávamos suspeitando da mãe.

— Meu Deus — sussurrou Ruby. — Eu achava que ela era uma mulher de vida fácil, por isso trabalhava à noite.

— Mas não entendo — interrompeu Queenie. — Por que tanto trabalho para manter uma mentira?

— Pelo que conheço de Beatty, ela faria de tudo para que as duas não fossem separadas pelas autoridades — sugeriu Ruby. Então, lembrou-se de outra coisa. — O pai delas. Beatty escrevia para ele todas as semanas. Tem alguma notícia?

O semblante de Roger ficou sombrio.

— Infelizmente, o governo de Jersey tem muito a responder no que diz respeito ao tratamento dispensado à nossa população judaica — disse ele, triste. — A maioria dos judeus nas ilhas do canal partiu para a Inglaterra antes da invasão. Os que ficaram se viram sujeitos às leis promulgadas por exigência dos alemães. O oficial de ligação de Jersey fez uma lista de todos os judeus da ilha para o comandante. Os que não se esconderam foram mandados para o continente. Ninguém sabe se serão vistos novamente. Tem muitos boatos por aí...

— Boatos? — perguntou Ruby.

— No canal, perto da ponta norte da França, tem uma ilha chamada Alderney, que tem um campo de trabalho para onde mandam prisioneiros de guerra russos e ucranianos, franceses judeus, espanhóis republicanos e tudo mais. — Ele baixou a voz. — Em Jersey, ouvimos casos sobre as atrocidades que aconteciam na ilha, mas ninguém sabe ao certo. Por enquanto.

Um burburinho tomou o grupo.

— O pai de Beatty e Marie não é visto desde 1942. Com alguma sorte, está escondido.

Ele fez que não com a cabeça.

— Já vi o tratamento brutal que os hunos dispensam aos escravos russos. Para eles, russos e judeus são *Untermenschen*, sub-humanos.

— Onde se queimam livros, um dia, queimam-se pessoas — murmurou o Sr. Pepper. — Foi Heinrich Heine, um poeta, que disse isso, muitos anos atrás.

Billy retorceu o rosto. Um olhar de puro ódio cintilou em suas feições em geral plácidas.

Mas Clara não tinha tempo para se demorar no assunto, porque, de repente, uma memória lhe ocorreu.

Não posso ir para a biblioteca hoje.

— Marie queria falar comigo hoje de manhã. Eu estava muito ocupada. Alguém viu as duas hoje?

— Não vieram para a sessão de leitura — disse o Sr. Pepper.

— Elas sabiam que eu vinha para o abrigo? — perguntou Roger.

— Sabiam, sua vinda foi bastante anunciada — respondeu Ruby.

— Elas fugiram! — exclamou Clara.

Todos se levantaram ao mesmo tempo e correram até a porta, deixando os exemplares de *Entre o amor e o pecado* caírem no chão.

— Vamos assustar as duas se aparecermos todos juntos — comentou Billy. — Clara e Ruby. É melhor vocês irem.

Quando chegaram ao beliche das irmãs Kolsky, seus maiores temores se concretizaram. Os colchões estavam sem roupa de cama.

— Não! — exclamou Clara, agarrando a barra de metal da cama de cima.

Só restavam as carteirinhas da biblioteca, posicionadas lado a lado.

16

Ruby

Bibliotecários são funcionários da linha de frente. Tanta gente já veio me contar seus problemas. Somos meio que conselheiros.

Michele Jewel, ex-assistente de bibliotecário de Kent

Duas semanas depois, faltando dias para o Natal, ainda não havia o menor sinal das irmãs Kolsky.

Era o inverno mais frio de que Ruby tinha lembrança, mas, apesar disso, o fim da guerra estava tão próximo que praticamente conseguia tocá-lo. Com a política de redução das luzes, em vez de blecaute completo, o brilho fraco das luzes domésticas reluzia em meio à neblina de Natal. Toda noite, os moradores do abrigo se reuniam em torno da árvore ao pé das escadas rolantes e cantavam canções natalinas à luz de velas. A esperança era frágil, mas unia o abrigo como se fosse um cobertor macio.

Enquanto isso, apesar do frio do inverno, ou talvez por causa dele, a febre por *Entre o amor e o pecado* continuava explosiva.

Os boatos acerca do "livro sujo" correram o abrigo. As operárias se reuniam nas escadas, lendo trechos em voz alta, donas de casa deixavam de varrer o degrau da frente, secretárias guardavam um exemplar dentro da gaveta para dar uma olhadinha. Até sua mãe, que, nas próprias palavras dela, "não era dada a livros", passou a ler quando Victor não estava em casa.

— O que esse livro tem, Cla? — perguntou Ruby, acrescentando Belle Schaffer, do beliche 854, à fila de espera. — Cla? — Ruby tocou seu ombro, e a amiga deu um pulo.

— Desculpa — disse com um suspiro, interrompendo a arrumação da estante. — Não consigo parar de pensar nas meninas. Elas não estão a salvo, não com esses foguetes, e ainda não pegaram aquele estuprador. — Ela estremeceu. — Não consigo nem pensar nisso. Agora que a gente sabe da mãe delas, me sinto responsável.

— Elas vão aparecer, Clara — insistiu Ruby.

— Como você pode ter tanta certeza?

— Billy e a brigada inteira dele estão procurando por elas. O *East London Advertiser* publicou um artigo de capa sobre elas. Até os Ratos do Metrô montaram equipes de busca.

Ruby correu os olhos pela biblioteca. Era sábado, quase hora de fechar. Tirando alguns desocupados e um sujeito estranho debruçado sobre o *Daily Mail* na sala de leitura, estava tudo calmo.

— O teatro organizou aquela festa de Yule para as crianças do abrigo hoje. Todo mundo vai estar lá — comentou ela. — Por que você não vai para casa e descansa? Posso fechar a biblioteca.

— Obrigada. Billy vai encerrar o turno dele daqui a uma hora e me prometeu que vai sair para procurar as duas. O dono de uma cafeteria em Mile End disse que, toda noite, duas meninas que se encaixam na descrição de Beatty e Marie aparecem por lá. Quero ir com ele. Por via das dúvidas.

— Tem alguma chance de eu ser atendido aqui? — interrompeu uma voz.

— Perdão — desculpou-se Ruby. — Como posso ajudar?

— Odeio livros — disparou o homem que tinha acabado de aparecer no balcão, tirando o chapéu-coco —, com o que quero dizer romances, principalmente.

— Bom, temos um estoque razoável de obras de não ficção — sugeriu Clara.

— Duvido que tenha algo do meu calibre. Vou só pegar o *Times* na sua sala de leitura.

— Como quiser — respondeu Ruby, arqueando uma sobrancelha, enquanto ele se acomodava na sala ao lado. — Sujeito esquisito — articulou com os lábios para Clara. — Vai embora logo.

Às sete da noite, Ruby decidiu encerrar mais cedo. Pelo barulho no teatro ao lado, a festa de Natal das crianças estava começando.

— A biblioteca vai fechar. Hora de terminar a leitura, senhores.

Ela entrou na sala de leitura, mas parou de repente. O cavalheiro ríspido ainda estava absorto no *Times*, mas o outro sujeito estava ocupado em algo inteiramente diferente. Fingia ler um jornal, mas mantinha ambas as mãos debaixo da mesa, e o braço direito se movia vigorosamente para cima e para baixo.

— Inacreditável — murmurou Ruby.

Calmamente, ela voltou para o balcão e pegou o exemplar de capa dura mais pesado que encontrou, antes de retornar à sala de leitura.

— Se fizer com muita força, vai arrancar fora.

O homem ergueu o rosto, nem um pouco incomodado de ser pego se masturbando na biblioteca. Em vez disso, recostou-se na poltrona e abriu o casaco. Ele sorriu e ficou esperando uma reação de espanto, mas, em vez disso...

— Já vi maiores — comentou Ruby, e, erguendo *Entre o amor e o pecado* no ar, baixou o livro com uma pancada em cima de sua masculinidade. Ele se encolheu feito uma sanfona.

Seu rosto se contraiu de dor enquanto ele se dobrava no chão da biblioteca. Ruby o agarrou pelo colarinho. Por sorte, não era um homem grande em nenhum sentido, então conseguiu arrastá-lo biblioteca afora.

A Sra. Chumbley estava escoltando o Papai Noel até o teatro para surpreender as crianças, enquanto Ruby lutava para levar o homem para a plataforma.

— Sra. Chumbley, a pessoa certa — bufou ela. — Me ajude a expulsar esse homem do abrigo? Peguei o sujeito se tocando na biblioteca.

— Desavergonhado — exclamou ela, enxotando o Papai Noel para o teatro antes que alguma criança o visse.

A Sra. Chumbley não precisou ouvir duas vezes e já arregaçou as mangas. Uma pena os joelhos dele terem batido em tantos degraus ao subirem a escada rolante e ele ter caído de cara numa poça na entrada do metrô.

— Não queremos esse tipo de frequentador na biblioteca — resmungou Ruby.

Ruby e a Sra. Chumbley desceram as escadas de volta até o metrô, rindo.

— Acho que merecemos uma boa dose, o que me diz, Sra. C.? — perguntou Ruby quando entraram na biblioteca.

— Com o que você o acertou? — perguntou a Sra. Chumbley, enquanto Ruby servia uma dose de conhaque para as duas.

— *Entre o amor e o pecado.*

As duas desataram a gargalhar de novo, a Sra. Chumbley ria tanto que precisou se sentar e secar os olhos com a manga da camisa.

— Espera aí — exclamou Ruby, olhando o balcão. — Eu deixei o livro aqui. — Ela pousou a mão na bancada, onde tinha deixado o livro antes de arrastar o homem para fora da biblioteca. — Bem aqui.

Ela correu até a sala de leitura, pensando que, em meio ao caos, pudesse ter deixado lá. Mas não achou o livro nem o homem do chapéu-coco.

— Ai, Deus. Clara vai ficar uma fera. Foi roubado.

— Não entre em pânico, minha cara, não é o fim do mundo — tentou acalmá-la a Sra. Chumbley, a voz quase abafada pelo barulho cada vez mais alto do teatro de fantoches acontecendo ali do lado.

Mas Ruby sentiu uma irritação irracional. Ao longo da guerra, surpreendentemente poucos livros foram roubados, e gostava de pensar que era um reflexo da alta estima que o abrigo tinha pela biblioteca.

— Deve ter sido aquele sujeito esquisito que deixei aqui, lendo o jornal — comentou Ruby.

— Será que devemos ir atrás dele? — perguntou a Sra. Chumbley.

— Agora não adianta mais, ele já deve estar longe — respondeu com um suspiro. Um movimento na porta fez as duas levarem um susto.

— Netty! — exclamou a Sra. Chumbley.

De pé, na porta da biblioteca, só de camisola, estava a mãe de Ruby. Os braços finos e o peito estavam cobertos por uma trama de hematomas.

A Sra. Chumbley tirou o casaco de inspetora e o colocou nos ombros de Netty.

— Depressa, querida, você vai pegar uma doença.

Netty não pareceu reparar no casaco, ela tremia tanto.

— Sirva um conhaque para a sua mãe — ordenou a Sra. Chumbley.

Ruby obedeceu e levou o copo aos lábios da mãe.

— Aquele filho da mãe foi longe demais dessa vez — exclamou Ruby, fervendo de raiva, sem saber por onde começar a cuidar da mãe.

— Vou buscar o kit de primeiros socorros na minha sala — avisou a Sra. Chumbley. — Volto rapidinho.

Netty começou a falar, as palavras saindo aos tropeços.

— E-Ele me pegou lendo *Entre o amor e o pecado*. Achei que ele ia passar a noite fora, mas voltou para casa. — Sua voz saía tão baixinho que, com o barulho da festa de Natal, Ruby precisava se esforçar para ouvi-la. — Disse que eu merecia uma surra que jamais esqueceria... — Ela olhava para além de Ruby, para um lugar de terror escondido em sua cabeça. — Ele estava fora de si por causa da bebida... Me chutou um monte de vezes. Disse que eu era o demônio...

Ela segurou a mão de Ruby.

— Achei que ele ia matar o bebê.

Ruby estava tomada por uma raiva impotente. As agressões eram implacáveis e inevitáveis.

— Esperei até ele apagar, aí saí correndo. Não conseguia pensar em mais nada a não ser sair de lá. — Ela encarou a filha com olhos ensandecidos. — Eu o larguei. Finalmente o larguei.

— Por que agora, mãe? Por que dessa vez?

— Eu já perdi uma filha — sussurrou ela, e as duas pensaram em Bella. — Não vou perder outra criança. Ai, Deus! O que vai acontecer quando ele acordar e descobrir que não estou lá? Ele vai acabar comigo.

Ruby sentiu uma onda fria de medo. E qual seria o primeiro lugar onde ele a procuraria?

Olhou para a porta e deu um pulo de susto. A Sra. Chumbley estava de volta, mas sem o kit de primeiros socorros.

— Ele está vindo. Vi no alto da escada rolante.

Netty se encolheu, e Ruby teve de sustentá-la.

— Ele vai me matar.

Ruby achou que seu coração era capaz de explodir de medo.

— A chave! — gritou a Sra. Chumbley. — Ruby, pega a chave, tranca a biblioteca.

Seu cérebro virou uma sopa. Onde tinha botado a chave?

— Pensando melhor, deixa para lá, não dá tempo — disse a Sra. Chumbley. — Ele vai chegar aqui a qualquer momento. Pela cara dele, é capaz de arrombar a porta.

— O que a gente vai fazer? — exclamou Ruby. — O cano de ventilação dos túneis, dá para levar minha mãe até lá?

— Não dá tempo. Me ajuda a empurrar a mesa — ordenou a Sra. Chumbley, correndo até a sala de leitura. — Vamos fazer uma barricada.

Juntas, elas arrastaram a mesa dobrável pela biblioteca, e a Sra. Chumbley começou a gritar.

— Socorro! Socorro! Precisamos de ajuda na biblioteca!

Mas nem sua voz grave era capaz de competir com os sons animados vindos do teatro, onde o espetáculo de fantoches chegava ao clímax.

— Mãe, entra atrás do balcão — ordenou Ruby, enquanto elas empurravam a mesa até a porta.

Netty estava paralisada, em choque.

— Pelo amor de Deus, mãe, a senhora tem que se esconder.

Ruby meio que arrastou o corpo rígido da mãe para trás do balcão.

Numa espécie de transe, Ruby voltou para junto da Sra. Chumbley, atrás da mesa.

A porta da biblioteca pareceu pular com o impacto do pé de Victor.

— Xiu — articulou com a boca a Sra. Chumbley, levando o indicador aos lábios. — Não se mexe.

— Cadê ela? — A voz dele soava embargada pela bebida. — Ela é o demônio! Eu vou matar ela!

Uma pancada violenta rompeu a porta, jogando lascas de madeira para dentro da biblioteca. A porta era de um compensado barato e não resistiria muito tempo à raiva de Victor.

Bum! Bum! Bum! A bota continuou acertando a porta, e Ruby já conseguia entrever a ponta do pé.

— Ai, Deus — sussurrou ela. — Ele já está quase aqui dentro.

— Continua segurando! — ordenou a Sra. Chumbley, usando o corpo para empurrar a mesa contra a porta.

A porta cedeu com um barulhão, arremessando a mesa e Ruby para o outro lado da sala.

— Cadê ela? — rugiu ele, girando de um lado para o outro, arrastando o corpo bêbado.

Ruby tentou se levantar, mas choviam livros na sua cabeça, pois Victor os estava derrubando das prateleiras. Ele parecia enorme em sua fúria.

— Não quero saber da minha mulher lendo livros, você está me ouvindo? — gritou ele, perdigotos voando da boca. — Vocês são perversas, todas vocês. Enchendo a cabeça das mulheres de baboseiras.

— Victor, você tem que se acalmar — pediu a Sra. Chumbley.

Ele a ignorou e, arrastando Ruby do chão, imprensou-a contra uma estante.

— Cadê ela?

Ruby tentou ao máximo esconder seu medo, mas ele estava lá, queimando em sua garganta.

— Ela não está aqui — disse ela, olhando nos olhos dele. — E, mesmo que soubesse onde está, não falaria.

— Mentirosa!

Os dedos dele apertaram mais forte, pressionando a carne pálida em torno da jugular como se pudesse arrancar a verdade dela.

— Fala, ou eu te mato.

Seu rosto estava retorcido de raiva e paranoia e, pela primeira vez, Ruby via toda a extensão da sua doença. Ele cobriu sua boca com uma das mãos e lhe deu um tapa forte e dolorido.

Sua cabeça rachou a estante. Formas estranhas e nebulosas surgiram no canto da sua vista. Atrás de Victor, viu a mãe se levantar de trás do balcão.

— Estou aqui, Victor.

Ruby tentou falar, dizer as palavras que deteriam sua mãe, mas o fôlego não veio. E então ela estava sendo jogada para fora da biblioteca.

Suas costas acertaram a parede curva de ladrilhos, logo abaixo do letreiro vermelho e azul da estação de Bethnal Green. Ela desabou no chão da plataforma, uma dor latejando atrás dos olhos.

17

Clara

Quando eu era criança, a lavanderia do bairro onde nós morávamos, em Peckham, na zona sul de Londres, tinha prateleiras compridas na parede cheias de livros para os clientes. Podia-se doar e pegar emprestado, tudo de graça. Era todo mundo muito honesto e sempre devolvia os livros, para que as outras pessoas pudessem aproveitar também. A dona da loja nos recebia, conversava sobre os livros e passava recomendações de outros clientes, entre um saco e outro de roupa suja que pegava, e era tão informal, amigável e perfeitamente normal. Bem divertido quando se para e pensa que não tinha nada a ver com roupa suja. A Pequena Biblioteca na Lavanderia de Peckham suscitou em mim um amor pela leitura que me acompanhou por toda a vida.

Ida Brown, do distrito de Bexley, em Londres

Quando chegaram ao pé da escada rolante, Billy pegou a mão de Clara.

— Deixe a biblioteca de lado, por favor. Só hoje, Clara. Você está com uma cara péssima.

— Ah, muito obrigada — respondeu ela, rindo.

— Você entendeu o que eu quis dizer. Foi muito tempo indo e voltando de Mile End. Me deixe levar você ao Salmon and Ball e comprar uma bebida forte? Ruby pode fechar a biblioteca sozinha, não pode?

Clara observou o grupo reunido ao redor da árvore de Natal, os rostos iluminados pelas velas que traziam nas mãos. Deixou-se envolver por "Noite feliz" e se sentiu muito cansada.

— Parece tentador. Mas pode me dar cinco minutos? Peguei sem querer a chave de Ruby antes de sair e preciso deixar com ela.

Ele deu um beijo no alto da cabeça de Clara.

— Certo, mas não vamos passar tempo demais na biblioteca. Precisamos do resto da noite para comemorar... espero.

— Comemorar o quê?

Mas Billy não estava ouvindo. Estava se ajoelhando diante dela.

— Billy — murmurou ela, olhando nervosa para o grupo cantando junto da árvore. — O que você está fazendo?

— Algo que devia ter feito do jeito certo meses atrás — respondeu ele, segurando sua mão. — Clara, você quer se casar comigo? Não posso mais esperar até o fim da guerra. Não quero perder nem mais um minuto.

Os cantores interromperam a música e se viraram para olhar, sorrindo de expectativa.

— P-Por que agora?

— Porque, quando a gente encontrar as meninas, quero ter um lar de verdade. Se elas nos aceitarem. E, juntos, eu e você, como marido e mulher, podemos oferecer isso a elas.

Ele sorriu.

— E também porque estou perdidamente apaixonado por você.

— E-Eu não sei o que dizer!

— Que tal sim? — sugeriu uma mulher do coral do Exército de Salvação.

Clara olhou dos rostos da multidão em silêncio para Billy. O que viu fitando-a era o amor mais puro que já tinha visto. Por que havia sido tão intransigente desde a morte do marido, dando cem por cento de si para a biblioteca? Não podia fazer do coração um mausoléu para sempre.

O amor de Billy a estava ensinando que a vida era rica e grandiosa e cheia de possibilidades, mesmo em tempos de guerra. As alegrias simples da existência que a dor havia apagado. Estar com ele era como descobrir portas em sua biblioteca que não havia notado.

— Você faria isso? Quando a gente encontrar as meninas, você vai me ajudar a cuidar delas?

— Faço *qualquer coisa* que você pedir, Clara.

— Mesmo que elas nunca mais voltem para Jersey e fiquem com a gente para sempre?

— Para sempre.

— Então a resposta é sim. — Ela começou a rir e tremer. — Sim, eu aceito, Billy Clark.

Numa explosão de energia, Billy ficou de pé e a ergueu do chão.

— Billy — disse ela, rindo e segurando o chapéu, enquanto ele a girava. A multidão começou a aplaudir e comemorar. O clima na estação ficou elétrico, e as pessoas se aproximavam para apertar a mão de Billy e beijar o rosto de Clara.

Dez minutos depois, eles conseguiram se desvencilhar, e o coral ofereceu uma serenata de "Ó noite santa".

Os dois ouviram em silêncio, Clara saboreando a sensação de estar aninhada nos braços de Billy, ainda sem acreditar naquele recomeço. As meninas ainda não tinham sido encontradas, a biblioteca estava em perigo, a vida era frágil, mas a esperança havia tecido uma teia ao redor do seu coração.

— Vamos tomar aquela bebida agora? — sussurrou ele.

— Vamos. Me deixe só devolver a chave. Além do mais, a primeira pessoa para quem quero contar é Ruby.

Ele riu.

— Acho que vou ter que me acostumar a dizer sim, para quando a gente se casar.

— Isso mesmo — respondeu ela com um sorriso, até que uma ideia súbita e perturbadora lhe ocorreu. — Você vai querer que eu largue a biblioteca, se...

Ele pousou o indicador com carinho em seus lábios.

— Clara. Eu nunca, *jamais* pediria que você escolhesse entre ser a minha mulher ou uma bibliotecária. Essa é você.

Ela sentiu o peito se encher de alívio.

— Vamos. — Ela puxou sua mão na direção da biblioteca.

Enquanto andavam, um grito agudo soou no fundo do túnel no sentido oeste.

— Parece que o Papai Noel está fazendo sucesso no teatro — comentou Billy.

— Ah, é, hoje é a festa de Natal das crianças — disse Clara.

Eles viraram à esquerda e seguiram pela plataforma, mas, ao se aproximarem, os gritos aumentaram, reverberando nas paredes do túnel.

— Isso não está vindo do teatro — observou Clara. — Está vindo da biblioteca.

— É Ruby, ali? — perguntou Billy, de olhos semicerrados por causa da luz fraca. Na outra ponta da plataforma, havia duas figuras, gritando e batendo na porta da biblioteca.

— Ai, meu Deus, é Ruby — gritou Clara. — O que aconteceu?

Billy soltou sua mão e saiu correndo, ganhando vantagem depressa em relação a ela por causa das pernas compridas. Quando o alcançou, não conseguia entender o que havia acontecido.

— Rubes. O que está acontecendo?

— É o Victor! — exclamou a Sra. Chumbley. — Ele entrou aqui furioso. Expulsou nós duas e está lá dentro com Netty.

— Corre, Sra. Chumbley — ordenou Billy. — Chama a polícia.

— Não está vendo que não dá tempo? — Ruby se virou para eles em pânico. — Ele vai matar ela.

Lá dentro, ouviram uma pancada e um grito abafado.

Ela agarrou Billy pelo braço.

— Faz alguma coisa. Ele usou uma mesa para bloquear a porta.

Um barulho, tão terrível que nem sequer soava humano, algo entre um choro e um grito, soou lá dentro.

— Ele vai matar ela! — gritou Ruby, tapando as orelhas. — Ai, Deus, ele vai matar ela! — O rosto de Billy ficou pálido. Ele se virou e começou a correr.

— Billy, para, espera! — chamou a Sra. Chumbley.

Clara ficou olhando para ele sem acreditar.

— Parece que sobrou para a gente — disse a Sra. Chumbley, erguendo um dos pés e chutando uma, duas vezes. — Anda! — chamou ela.

Juntas, Ruby, Clara e a Sra. Chumbley chutaram de novo e de novo, mas sua força combinada não era suficiente para romper o que quer que estivesse segurando a porta.

— Escutem — pediu Ruby. Elas pararam, a respiração ofegante. O silêncio era agourento. Clara achou que Ruby poderia implodir de tanto se jogar contra a porta de novo e de novo, louca de raiva. Clara fechou os olhos perante o horror da sua impotência diante da situação. Do outro lado da porta, uma mulher era espancada até a morte.

Ela abriu os olhos e lá estava Billy, armado com uma pá de metal.

— Saiam da frente — ordenou. Usando a pá pesada como aríete, bateu na porta uma, duas vezes. Por fim, o impacto pesado do ferro na madeira fez a pilha de mesas que Victor havia enfiado sob a maçaneta da porta ceder o suficiente para Billy conseguir forçar a entrada.

Foram recebidos por uma cena que estava muito além de qualquer coisa que Clara pudesse imaginar. Havia livros espalhados por todo lado, e, esparramada sobre eles, estava Netty, imprensada sobre as páginas.

As mãos do marido estavam fechadas ao redor do seu pescoço com tanta força que as juntas dos dedos estavam brancas.

Num movimento fluido, Billy o arrancou de cima de Netty, e Victor caiu estatelado no chão, sem ar. Naquele momento, Clara rezou para que ele caísse em si, recuperasse a sobriedade e, depois de alguns palavrões, saísse a passos pesados da biblioteca.

Em vez disso, ele se levantou numa velocidade surpreendente para um bêbado e se jogou em cima de Billy, dando uma cabeçada nele com um baque seco. Clara gritou. Odiava sua total inabilidade de fazer qualquer coisa que não gritar, mesmo enquanto os homens se moviam como loucos de um lado para o outro na biblioteca, como se participassem de uma dança grotesca. Victor não era alto, mas era um homem robusto. Billy mal havia se recuperado da cabeçada quando Victor acertou um soco na sua barriga.

Billy se curvou ao meio, mas Victor o levantou pelo colarinho até seus rostos estarem a centímetros um do outro.

— Isso é por ter cruzado o meu caminho uma vez, seu desertor — provocou Victor, enfiando o punho como um martelo em seu plexo solar.

O golpe fez Billy deslizar de costas pela biblioteca, e ele bateu no balcão, respirando fundo com a dor.

Billy arregalou tanto os olhos que dava para ver todo o branco das órbitas, e primeiro Clara imaginou que fosse por causa da dor, mas logo percebeu que era de espanto.

— Você... — gaguejou ele, levando a mão ao peito, mas com um brilho de compreensão no olhar. — Foi você que atacou Clara!

Clara se virou e encarou Victor, incrédula e horrorizada.

— Foi, e, quando eu terminar com você, vou acabar com aquela piranha de uma vez por todas — rugiu ele, levando o punho fechado para trás.

Clara fechou os olhos, incapaz de olhar. Ela ouviu uma pancada forte de osso em madeira, papel deslizando e então um som molhado. Deve ter durado uns dez segundos, mas era como se horas tivessem se passado.

Quando abriu os olhos de novo, percebeu que Billy e Victor haviam quebrado a parede da biblioteca e caído na plataforma lá fora.

As cenas que se seguiram lhe vieram em flashes. A Sra. Chumbley correndo pela plataforma, afastando as pessoas reunidas em grupos, chamando alguém, pedindo a alguém que chamasse uma ambulância. Ruby segurando a mãe nos braços, as duas desviando o olhar.

Victor caído de cara na plataforma, uma mancha vermelha se espalhando pelo concreto. E de pé, perto dele, segurando a pá, Billy.

Os músculos do pescoço de Clara estavam tão retesados de horror que, a princípio, ela não conseguiu falar, até que enfim um soluço pesaroso lhe escapou.

— Bi-Billy, o que aconteceu?

Billy olhou vagamente para a figura prostrada no chão, então para a pá que segurava. A incredulidade no seu rosto se transformou enfim em algum tipo de terror pelo que havia acabado de fazer. Olhou para as próprias mãos sem acreditar.

— Eu o matei — ofegou, apoiando-se na parede de ladrilhos. — Meu Deus, Clara, eu matei um homem.

3 de janeiro de 1945

O ano-novo veio com uma neblina congelante. Chegaram notícias de que o Exército Vermelho estava a menos de trezentos quilômetros de Berlim, mas Clara mal notou os eventos mundiais. A notícia que se desenrolou na sua própria porta era explosiva e muito chocante.

Por insistência da polícia, a biblioteca do abrigo ficou fechada por duas semanas para que o clima se amenizasse e o sangue na plataforma pudesse ser limpo. Clara era convocada diariamente para comparecer à prefeitura e se reportar ao Sr. Pinkerton-Smythe; no entanto, passou todos os dias desde a morte de Victor Walsh com Billy, persuadindo-o a se abrir com ela. Tirando as idas à polícia para prestar depoimento e caminhar com Bela, ele se recusava a sair do apartamento em Stepney e pediu licença do posto médico.

— Já tem dez dias, Billy — implorou ela ao chegar numa manhã chuvosa de quarta-feira com bagels do Rinkoffs recém-saídos do forno. — Se não quer falar, pelo menos come alguma coisa.

Ele se recusou a pegar um bagel quentinho e se limitou a ficar olhando pela janela tapada com fita da sua prisão autoimposta. Comida não era a única coisa que estava recusando. Os hematomas ao redor dos olhos, da cabeçada de Victor, estavam ficando amarelados, mas ele não estava nem um pouco interessado em deixar Clara passar nada que pudesse ajudá-lo a melhorar.

— Billy — repetiu ela, baixinho.

Bela ergueu o rosto do cantinho onde dormia, na cama, e sacudiu o rabo.

— Você ouviu o que a polícia disse — insistiu Clara, deixando os bagels e sentando-se ao lado dele, na cama. — Você não vai receber nenhuma acusação. Colheram depoimentos o suficiente de testemunhas que viram o que aconteceu quando a briga foi parar na plataforma.

— Ah, é, e o que aconteceu, de acordo com elas? — perguntou ele, sem emoção na voz.

— Você sabe — respondeu ela, confusa. — A Sra. Chumbley, o coral do Exército de Salvação, o gerente do teatro... Todos eles disseram que você só se envolveu na briga para defender Netty, e que Victor estava atacando você. Ele colocou você contra a parede e o estava estrangulando quando você o acertou com a pá. A polícia parece convencida de que foi legítima defesa. Você vai ter que prestar depoimento durante a investigação, claro, mas não há nada dizendo que você vai ser acusado ou julgado.

Billy continuou olhando fixamente pela janela para um grupinho de crianças na rua estreita, empurrando um carrinho de lenha catada nos escombros. As rodas do carrinho ficaram presas num paralelepípedo.

— Tem lenha demais — murmurou ele. — Precisam tirar um pouco.

— Billy, por favor, me escute — insistiu ela. — Se não fosse por você, estremeço só de pensar no que aquele homem teria feito comigo na porta da minha casa, no ano passado. E de pensar em todas as outras mulheres que ele atacou! Provavelmente nunca vamos saber a verdade.

Ela estendeu a mão e acariciou seu pescoço, mas ele afastou o braço dela. Ignorando a dor, ela insistiu com carinho.

— Foi um acidente terrível, Billy.

— Não, não foi. Bati deliberadamente em Victor com uma pá. Se não tivesse feito isso, ele não teria caído para trás e quebrado a cabeça.

Ele esfregou o rosto, a voz carregada de agonia.

— Ele não estaria morto agora.

— Mas, se não fosse por isso e ele ainda estivesse vivo, tenho quase certeza de que estaríamos enterrando Netty agora. Se você não tivesse interferido e não tivéssemos entrado na biblioteca, ele a teria estrangulado.

Ela segurou o rosto de Billy.

— Olhe para mim, Billy — pediu baixinho. — Eu me recuso a lamentar a morte daquele homem não só porque ele me atacou. Nunca contei isso para você, porque Ruby me proibiu, mas fazia anos que ele batia em Netty. E piorou desde que ela descobriu que estava grávida dele. Você não salvou só a vida dela, mas a de um bebê que ainda nem nasceu. Você é o herói aqui, e não o vilão.

Ele ficou de pé tão depressa que Clara quase caiu da cama, e Bela se levantou e começou a latir.

— Não seja tão simplória, Clara! — exclamou, correndo os dedos pelo cabelo. — Não tem herói nenhum aqui. Essa não é uma das histórias dos seus livros. Eu matei um homem! Um homem morreu por minha causa!

Ela o encarou assustada, enquanto ele andava de um lado para o outro dentro do quarto.

— Eu sei que ele era um homem brutal, mas, no fim das contas, eu não tinha o direito de tirar a vida dele. O melhor lugar para um homem como Victor é a prisão. Sou um pacifista, ou você se esqueceu disso?

— Não... é claro que não.

— Isso... Isso não sou eu. Eu mal me reconheci. Sou um paramédico. Só virei paramédico para mitigar tanta morte e destruição, e agora *eu* sou o assassino.

— Mas Ruby e Netty não culpam você. — Ela balançou a cabeça, tentando encontrar uma maneira de articular o reino de humilhação, medo, estupro e brutalidade a que Netty e sabe-se lá mais quantas outras mulheres foram submetidas. Jamais diria isso em voz alta, mas sabia que Ruby estava satisfeita com a morte do padrasto. — Netty vivia com medo. Você não imagina as coisas que ele fazia com ela e, como sabemos agora, com várias outras mulheres. Ele era um monstro.

A adrenalina dele desapareceu, e Billy afundou de novo na cama.

— Elas podem não me culpar, mas outros me culpam, e mais um monte de gente vai dizer que o matei por vingança.

Infelizmente, isso era verdade. A morte de Victor dividiu opiniões no abrigo, com alguns convencidos de sua inocência. A morte parecia dar dignidade às pessoas e, de repente, falava-se dele aos sussurros.

Não importava que ele batia na mulher, que tenha tentado atacar Clara e que, com suas explosões de bebedeira, perturbava com frequência a paz no prédio onde morava; de repente, Victor deixou de ser "aquele cretino" e se tornou "aquele coitado". Billy tinha muitos apoiadores, mas outros, liderados por Ricky Talbot e pelo Sr. Caley, exigiam o fechamento imediato da biblioteca, alegando ser uma incubadora de vício e pecado.

— O mais importante é deixar isso para trás — insistiu Clara. — Vou falar com Pinkerton-Smythe, não posso mais adiar, e, na semana que vem, vamos reabrir a biblioteca. Acho que você devia voltar ao trabalho também, distrair a cabeça.

Ele a encarou, os olhos arregalados.

— Distrair a cabeça? — repetiu ele.

— Olha, Billy. Eu te amo muito. O que aconteceu foi terrível, mas, graças a você, Netty ainda está viva, e as mulheres estão a salvo nas ruas. Eu só quero que as coisas voltem a ser como antes. Precisamos nos concentrar em encontrar as meninas, e então... — Ela suspirou, engolindo em seco o pânico crescente. — Então quem sabe podemos nos casar, como planejamos?

Ele balançou a cabeça.

— Me desculpe, Clara, mas as coisas nunca mais vão voltar a ser como antes. Não agora. Eu e você... — Ele se interrompeu e olhou para baixo, deslizando o pé no piso de linóleo rasgado. — É uma péssima ideia.

A dor cresceu dentro dela, as perguntas entaladas na garganta.

— E-Eu não acredito no que estou ouvindo — gaguejou. — Dez dias atrás, você estava de joelhos, jurando o seu amor por mim. Agora está me afastando. Não entendo.

— Não consigo explicar — disse ele, triste.

— É sobre o que aconteceu em Dunquerque, não é?! — exclamou ela, e Billy ergueu o rosto. — Pelo amor de Deus, Billy, conte de uma vez — implorou ela. — O que quer que tenha feito lá, prometo que não vou julgar você. Eu sei que você é um homem bom.

Ele balançou a cabeça, morrendo de vergonha.

— Não sou. Eu sou um covarde.

— Aquela medalha que você esconde no fundo do armário diz o contrário!

— Acredite em mim, Clara, por favor. Você vai ficar muito melhor longe de mim.

— Então... Então você está dizendo que acabou?

Ele foi até a janela de novo, incapaz de olhar nos olhos dela. As crianças haviam sumido.

— Acho que é melhor você ir embora agora.

Ela se levantou, pegou a sacola de bagels que havia caído no chão, colocou na cama e foi até a porta com o máximo de compostura possível.

Na porta, ela se virou.

— Eu sei que não vou ficar melhor sem você.

Lá fora, Clara começou a correr para a biblioteca, um nó de ansiedade apertado no peito e uma interrogação do tamanho do mundo. Durante todo aquele tempo, evitou fazer perguntas e se preocupar com o passado de Billy, mas parecia que ele era assombrado pelo que quer que tenha acontecido na França, e a morte de Victor só inflamou ainda mais isso. Enquanto corria, ocorreu a Clara que não o conhecia de verdade.

No metrô, encontrou um time de limpeza formado pelo Sr. Pepper, pela Sra. Chumbley e por Ruby, colocando livros na estante e tentando arrumar a biblioteca antes da reabertura.

— Ele terminou comigo — foi tudo o que Clara conseguiu dizer.

— Ai, querida — lamentou-se Ruby. — Por quê?

— Não sei.

— Ele está em choque, minha cara — disse o Sr. Pepper. — Vai mudar de ideia, você vai ver.

— Não entendo muito de assuntos do coração — admitiu a Sra. Chumbley —, mas é óbvio que ele te ama muito.

— Não tão óbvio assim, se não quer mais ficar comigo.

Clara fez uma tentativa heroica de conter as lágrimas e levantou a tampa do balcão. Sentia todos olhando para ela.

— Podemos mudar de assunto, por favor? Onde está a sua mãe? Tudo bem com ela? — perguntou a Ruby.

— Está bem. Teve uma consulta com a parteira e agora está de repouso.

— E o neném?

— Está ótimo, deve ser uma coisinha forte. — Ruby sorriu e, pela primeira vez em anos, Clara viu leveza em seus olhos. — Como você — acrescentou Ruby. — Você é forte, Clara, forte feito um soldado. Vamos sobreviver a isso.

Ruby lhe deu um abraço apertado.

— Sinto muito pelo que ele tentou fazer com você, Cla — sussurrou ela. — Não suporto nem pensar nele tocando em você.

— Graças a Billy, nunca tive que passar por isso. Estremeço só de imaginar pelo que a sua mãe passava.

— Eu sei, mas agora acabou. Ela está a salvo, finalmente.

— Aí está a senhora, Sra. Button. — A voz estridente cortou o ar entre eles.

Clara gelou, então se preparou mentalmente para o encontro que tinha pela frente.

— Sr. Pinkerton-Smythe e... — Ela correu os olhos pelo homem corpulento que o acompanhava.

— Este é o meu auxiliar na prefeitura. Está aqui para assegurar que não teremos problemas.

— Problemas? Somos bibliotecárias, não chefes da Máfia! — exclamou Ruby.

O Sr. Pinkerton-Smythe arqueou uma sobrancelha, e Clara soube que, o que quer que estivesse para se desenrolar, uma parte dele iria gostar.

— Mandei inúmeras mensagens convocando-a à prefeitura, mas, como a senhora resolveu ignorá-las, não me deixou escolha a não ser vir aqui. Podemos falar em particular?

— Sinto muito, tem sido uma época difícil. E-Eu ia à prefeitura hoje à tarde.

— Bem, agora não é mais preciso.

Ruby apertou sua mão quando ela passou pela amiga a caminho da sala de leitura.

— Vou direto ao ponto, certo? — disse o chefe, uma vez que estavam sentados. — O Conselho Distrital de Bethnal Green não pode mais tolerar os repetidos escândalos que esta biblioteca parece desencadear. Sob seu comando, recebemos queixas de mães furiosas, de mulheres que abandonaram a casa da família e agora isso, a morte de um homem.

— Tecnicamente, essa última não aconteceu na biblioteca.

— Isso é um pormenor. Pelo que fiquei sabendo, Netty Walsh começou a ler *Entre o amor e o pecado* e enfiou na cabeça que ia deixar o marido...

— Porque ele a estava espancando até quase a morte.

— Deus do céu, mulher, pare de me interromper — explodiu ele, batendo com o punho fechado na mesa. Clara estremeceu. — Compreensivelmente, ele ficou ressentido e veio atrás dela na biblioteca, com a intenção de persuadi-la a voltar para casa. E terminou morto na plataforma!

— Com todo o respeito, senhor, ele estava completamente bêbado e, momentos antes, estava atacando a mulher. — Manteve para si o ataque que sofreu de Victor. Duvidava que iria mudar a opinião do chefe.

— E ele tem culpa de estar com raiva? — insistiu ele.

— Foi um terrível acidente — argumentou Clara, tentando a todo custo manter a calma.

— Em que um homem morreu, e, no centro deste último incidente, estava um membro do seu clube de leitura. O que macula a reputação da biblioteca.

— Sinto muito por isso.

— Eu avisei. Não falei o que acontece quando mulheres se empolgam demais com obras de ficção? Coloque um livro como *Entre o amor e o pecado* nas mãos de uma mulher que é claro que ela vai ficar insatisfeita com a vida doméstica.

— Ela estava insatisfeita porque uma vez ele a espancou tanto que ela passou quinze dias no hospital se alimentando por um canudinho — disse Clara com frieza, sentindo algo mudar dentro dela. — Sinto muito pelo escândalo que a morte dele causou, mas não posso lamentar esse óbito nem me arrepender de tê-la encorajado a ler livros.

Clara se viu à beira de um enorme precipício no qual estava prestes a se jogar. O drama da morte de Victor e seu encontro doloroso com Billy mais cedo... Essas coisas minaram seu autocontrole.

— Netty Walsh tem o direito de viver em segurança — insistiu ela, erguendo o queixo. — A Sra. Caley tem o direito de deixar o marido controlador. A esposa de Ricky Talbot tem o direito de ser feliz.

Ela se inclinou para a frente na cadeira, sentindo o coração pulsando nas orelhas.

— Isso pode parecer uma surpresa para o senhor, mas as mulheres não são propriedade particular! Se os livros que emprestei a elas lhes deram a força de que precisavam para agir segundo suas convicções, então ótimo. Fico muito feliz.

O Sr. Pinkerton-Smythe cerrou a boca numa linha tão fina que pareceu a Clara a lâmina de uma faca.

— E, falando nisso, o senhor pode não gostar, mas a verdade é que toda criança residente em Bethnal Green de 8 anos ou mais tem o direito incontestável de fazer uma carteirinha da biblioteca. E sim, mesmo mendigos e vagabundos têm o direito de entrar aqui. *Toda* a sociedade pode entrar aqui, porque, adivinha só? Eles são os donos dessa biblioteca, não o senhor ou eu ou qualquer outro engomadinho da prefeitura.

O Sr. Pinkerton-Smythe se recostou na cadeira e se permitiu dar uma risadinha infantil.

— Ora, ora... Então chegamos ao meu ponto.

Ele se levantou, uma mosca sobrevoando a cabeça careca.

— Quero seu pedido de demissão na minha mesa amanhã de manhã.

— E se não o receber?

— Então a senhora será conduzida para fora da biblioteca. Esta biblioteca *será* reaberta na semana que vem como planejado, mas a senhora não é mais a bibliotecária, Sra. Button. Tenha um bom dia.

Ele foi embora, e Clara ficou se perguntando como, num mesmo dia, tinha perdido duas das coisas mais valiosas da sua vida.

18

Ruby

Março de 1945

Silêncio, na biblioteca? Nem um pouco! Qualquer um pode entrar por essas portas, e temos que estar prontos para ouvir e ajudar.

Michelle Russell, diretora da Biblioteca Pública de Romford, no distrito de Havering, em Londres

A biblioteca havia perdido a alma. Esse era o consenso depois de onze semanas da saída abrupta de Clara. O inverno frio se descongelou e se transformou numa primavera incerta. O Terceiro Reich de Hitler entrava nos últimos espasmos de morte. Parecia que a guerra enfim acabaria.

Ruby olhou de relance para o Sr. Pinkerton-Smythe. O topo da careca rosada e suada brilhava, enquanto ele ansiosamente desempacotava uma remessa de livros, cantarolando uma melodia para si mesmo.

Quando ele forçou a saída de Clara naquele dia terrível de janeiro, com os gritos da mãe ainda ressoando na biblioteca, Ruby quase pediu demissão, mas algo a impediu de seguir adiante. Um plano se formou na sua cabeça, um tanto nebuloso, a princípio, mas, com o passar das semanas, ele foi se moldando. Que utilidade teria fora da biblioteca? Agentes infiltrados eram muito mais devastadores. Deus sabia que tinha sido difícil resistir à tentação de mandar enfiar a nova ordem do dia num lugar bem desagradável. Mais difícil ainda foi vê-lo desmantelar tudo o que Clara havia construído com tanto custo.

Os cortes na biblioteca foram rápidos e brutais. Primeiro, ele reduziu o horário de funcionamento para de uma às cinco, fechando nos fins de semana, o que significava que ninguém que trabalhasse nas fábricas poderia renovar seus livros. Em seguida, restringiu o acesso das crianças para apenas trinta minutos por dia, às três da tarde, e suspendeu o serviço de biblioteca volante e da sessão de leitura para as crianças também.

Os sem-teto foram desencorajados a usar a biblioteca. O Major não era mais bem-vindo.

Os serviços de biblioteca para as pessoas que mais precisavam deles não foram apenas redimensionados, foram cauterizados. O insulto final veio quando ele proibiu *Entre o amor e o pecado*, rasgando a lista de espera com um floreio triunfal. Foi aprovada uma moção unânime para o confisco de livros licenciosos, e ele reduziu o estoque de ficção leve e romântica.

Os membros das Traças de Livros de Bethnal Green — Pat, Queenie, Irene, Dot e os demais — pouco a pouco pararam de aparecer. Até o Gato da Biblioteca abanou o rabo com nojo e foi embora. Naqueles dias, as únicas pessoas que se aventuravam ali eram os raros intelectuais e pseudointelectuais. O lugar parecia um túmulo de tão silencioso. O maior medo de Clara, de uma biblioteca se tornar um local de pregação para convertidos, havia se concretizado.

Mas aquela noite seria diferente. A biblioteca iria organizar um evento especial e um grupo seleto de crianças, escolhidas por Pinkerton-Smythe, tinha sido convidado.

Ruby sentiu um embrulho no estômago só de pensar no que planejava fazer.

— Posso ajudar, Sr. Pinkerton-Smythe? — perguntou com gentileza.

— Sim, arrume estes livros no balcão, por favor. Uma exibição bonita. O tipo de coisa que vocês, mulheres, gostam de fazer.

— Claro, senhor.

Enquanto ela desempacotava os livros, o Sr. Pepper veio da sala de leitura e, sem dizer uma palavra, começou a ajudar.

— Que ideia brilhante a sua escrever para a Associação Canadense de Bibliotecas — comentou ela para o Sr. Pinkerton-Smythe, oferecendo seu sorriso mais gentil a ele. — Maravilhoso.

Ele a fitou, com uma leve suspeita a princípio, mas, como não identificou sinal de sarcasmo, estufou o peito.

— Obrigado, minha cara. Temos o dever de cuidar de nossos membros mais jovens, não temos?

— Isso significa que podemos voltar a ter sessões de leitura para as crianças? — perguntou Ruby.

— De jeito nenhum. É importante manter os leitores juvenis e os adultos separados. Bom, agora que está tudo em ordem, posso ir. Tenho alguns detalhes de última hora para resolver na prefeitura, mas volto com tempo suficiente para encontrar e cumprimentar o dignitário do ministério e a imprensa.

— A que horas eles chegam, senhor?

— Às seis em ponto.

— Ótimo! Não fique nervoso; aposto que o senhor é um ótimo orador.

Ele ajeitou as abotoaduras.

— Faço o que posso.

Assim que ele saiu, o Sr. Pepper se virou para ela.

— Não tenho certeza disso, Ruby. Ele não vai gostar nem um pouco.

— E espero que não goste mesmo. O senhor não contou para a Sra. Chumbley, contou?

— Claro que não, não quero comprometê-la como vice-administradora do abrigo.

— Ou como sua noiva? — acrescentou ela com um sorriso, puxando a gravata dele. A expressão no rosto do Sr. Pepper se suavizou, e ele balançou a cabeça.

— Minha nossa, se você tivesse me dito há um ano que, daqui a uma semana, estaria me casando com a Sra. Chumbley, eu teria respondido que era um disparate.

— Então, o que mudou, Sr. P.?

Ele passou a mão pelo exemplar novo em folha de *A ilha do tesouro* e sorriu.

— Ela é uma mulher maravilhosa, e tenho de admitir que a julguei mal.

— Bem, ela tem uma reputação fantástica no abrigo.

— Tem, mas este é só um lado dela. Um lado que ela teve de cultivar. Acho que, quando perdeu o noivo, teve de desenvolver uma casca grossa para sobreviver, mas, lá no fundo, há um poço extraordinário de gentileza.

Ele balançou a cabeça de novo.

— Isso não é surpresa nenhuma para você ou para Clara, obviamente, mas minha vista não é mais a mesma. Sei que às vezes cometo erros na hora de colocar os livros nas estantes, e você e Clara já tiveram de corrigir isso muitas vezes.

— Não tantas assim... — mentiu ela.

— Por favor, minha cara — insistiu ele. — Não precisa passar a mão na minha cabeça. Minha visão está se deteriorando rapidamente. Será uma sorte se ainda estiver enxergando daqui a seis meses, ou pelo menos foi o que o médico me disse.

— Ah, Sr. P. — exclamou Ruby. — Fico muito triste de ouvir isso.

— Ora, minha cara. Não é preciso. Vou sentir falta dos meus livros, mas tenho muito que agradecer. A Sra. Chumbley e eu tivemos sorte de garantir três quartos maravilhosos em cima da Biblioteca de Whitechapel. Ela recebeu uma proposta de trabalho como zeladora lá, então vamos nos mudar logo depois do casamento, e ela prometeu ler para mim. É muito mais do que eu mereço.

Ele sorriu, melancólico, e Ruby achou que parecia uma corujinha, piscando por trás dos óculos.

— Ela é uma mulher e tanto para aceitar um homem cego.

— Ah, Sr. P., vou sentir muito a falta de vocês. — O Sr. Pepper era parte integrante daquela biblioteca, e os túneis não seriam os mesmos sem a voz retumbante da Sra. Chumbley ecoando neles.

Primeiro Clara, agora isso. Até a mãe dela, que dependia tanto da filha, estava cada vez mais confiante depois de ter saído da sombra de Victor. No dia anterior, ela voltou para casa do trabalho e a encontrou no pátio da frente com as mulheres do prédio, conversando sobre os problemas do mundo, uma das mãos pousada com orgulho na barrigona. Depois de anos tendo a vida arrancada de si, estava a caminho de uma vida melhor, da liberdade.

O mundo estava mudando. O mundo do pós-guerra acenava sua chegada, mas uma dúvida permanecia: que lugar haveria nele para uma assistente de bibliotecária de 26 anos com mais casos amorosos acumulados durante a guerra do que carimbos num livro de Agatha Christie?

— Você e Clara vão, não vão? Vai ser na igreja vermelha, na Bethnal Green Road, quinta que vem — insistiu o Sr. Pepper.

— O senhor está me dizendo isso para o caso de eu ser expulsa do abrigo amanhã?

— Bem...

Ela deu uma piscadela.

— Não se preocupe. Estarei lá. Não vou perder por nada. — Ela ajeitou a gravata dele. — E, se quer saber a minha opinião, acho que a Sra. Chumbley é que é a sortuda, por ter um homem erudito e tão elegante.

— Deixe disso — devolveu ele, rindo. — Somos duas pessoas de sorte. Só espero que você e Clara encontrem a felicidade que temos.

— Não preciso de um homem complicando a minha vida, muito obrigada, Sr. P. Mas Clara...

— Ainda não fez as pazes com Billy?

— Pior que isso, não ouviu um pio dele. Ele não atende a porta nem responde suas cartas. Cortou Clara da vida dele por completo. É como se ele se culpasse por tudo, e agora os dois estão se distanciando.

— Foi uma experiência profundamente traumática — observou ele.

— Sei que Clara e ele eram perfeitos um para o outro. Os dois merecem ser felizes — comentou ela.

— Confie no amor — respondeu o Sr. Pepper. — Ele sempre dá um jeito.

— Espero que sim, Sr. P. Agora, vamos lá, esses livros não vão sair das caixas sozinhos.

Assim que voltaram ao trabalho, um homem alto entrou, chamando a atenção de Ruby.

— Oi, linda, me diz uma coisa, vocês têm a certidão de nascimento de Jack, o Estripador? — perguntou o americano, que tinha cara de militar.

— Sinto muito — respondeu Ruby. — Você vai ter que procurar na Biblioteca de Whitechapel. Acho que eles têm uma foto dele.

— Uau, obrigado. Vou procurar. Adoro história britânica. — Ele lançou um olhar demorado para ela e saiu. O Sr. Pepper arqueou uma sobrancelha para Ruby.

— O que foi? — perguntou ela com um sorriso travesso.

— Estou quase com pena do Sr. Pinkerton-Smythe — respondeu o Sr. Pepper.

Às seis e quinze, a biblioteca estava apinhada.

— Minha nossa, faz mesmo um ano desde que estive aqui? — perguntou Rupert Montague, diretor de Propaganda Interna do Ministério da Informação por sobre o burburinho de vozes. Desde a chegada do Sr. Montague, Pinkerton-Smythe estava grudado nele, guiando-o obsequiosamente pela sala, apresentando-o aos jornalistas. Ruby respirou fundo e se colocou no seu caminho. — Ora, de você eu me lembro — cantarolou ele. — Mas onde está aquela bibliotecária maravilhosa, a Sra. Button, nossa garota-propaganda?

— Infelizmente pediu demissão, senhor — respondeu o Sr. Pinkerton-Smythe, depressa. — Vamos continuar?

— Que pena — respondeu o ministro. — Ela tinha tanta energia e visão, não parecia o tipo de mulher que jogaria a toalha.

— Não. Não parecia, não é? — comentou Ruby ironicamente.

— Senhor, temos outro evento daqui a quarenta e cinco minutos — avisou o assistente do Sr. Montague.

— Certo. — Ele se virou para os membros da imprensa e bateu palmas bruscamente. A sala ficou em silêncio. — Estamos aqui reunidos para comemorar um feito da biblioteca do abrigo subterrâneo de Bethnal Green. O Sr. Pinkerton-Smythe, presidente do Comitê de Bibliotecas do Distrito de Bethnal Green, teve a brilhante ideia de escrever para a Associação Canadense de Bibliotecas, pedindo doações de livros infantis. Seu pedido não apenas foi enviado para as dezesseis bibliotecas de Toronto como também foi transmitido por rádio pela Canadian Broadcasting Corporation e publicado no *Globe and Mail*, de Toronto. Sr. Pinkerton-Smythe, o senhor não gostaria de contar como foi a repercussão?

Ele ergueu as mãos, corando diante dos olhares de todos os reunidos na biblioteca.

— Longe de mim vir aqui vender meu peixe...

— Sei bem onde eu queria enfiar esse peixe — murmurou Ruby baixinho. O Sr. Pepper pousou a mão sobre a dela.

— Mas o pedido foi bem-sucedido.

— Ora, vamos, não seja modesto — disse o Sr. Montague. — Vieram doações de todos os cantos, desde a Ilha do Príncipe Eduardo, numa ponta, até a Colúmbia Britânica, na outra; de regiões mineradoras, no norte, até as fazendas nas pradarias. Houve até grupos de bandeirantes coletando livros.

Ele foi até o balcão e exibiu os livros organizados por Ruby.

— Olhem isso! Cinquenta exemplares de *O jardim secreto* de Vancouver, dez de *A ilha do tesouro* de uma escola secundária, trinta e três de *Mulherzinhas* do Clube de Escoteiras de Charlottetown. O Clube Feminino Canadense, em Toronto, organizou um chá de livro que acabou virando um verdadeiro banquete, porque elas mandaram cento e quarenta livros!

— O que é um chá de livro? — perguntou um homem da BBC.

— Aparentemente, do outro lado do oceano, é comum as pessoas presentearem mulheres grávidas ou noivas para ajudar a montar o enxoval, e, em vez de um chá de panela, elas tiveram a ideia de fazer um chá de livros.

Um murmúrio audível se espalhou pela multidão.

— E o que veio na caixa dos cento e quarenta livros? — perguntou um repórter do *Daily Herald*.

— Tesouros demais para listar aqui, mas posso dizer que tem quarenta e quatro exemplares de *Os meninos aquáticos*.

Ele pegou um exemplar de *Ivanhoé*.

— Muitos vieram com dedicatórias, como este. "Que os meninos e as meninas de Bethnal Green se divirtam com *Ivanhoé* tanto quanto eu me diverti, sessenta e três anos atrás." Este veio de um fazendeiro octogenário de Alberta que, há muitos anos, deu aula na Nichol Street Ragged School.

O ministro se virou para a plateia.

— O Canadá abriu os braços para nós e expressou seu amor por meio da literatura. Perguntas, por favor.

O Sr. Pinkerton-Smythe recebeu uma enxurrada de perguntas dos membros da imprensa, e Ruby sentiu os olhos do Sr. Pepper nela. Uma voz em sua cabeça a instigou a seguir em frente.

Agora! Tem que ser agora!

Mas, de repente, naquela sala lotada de homens, sua mandíbula pareceu virar chumbo.

— Bem, se isso for tudo, acho que devemos tirar uma foto do ministro em frente aos livros.

— Não! — exclamou Ruby. — Eu tenho algo a dizer.

O Sr. Pinkerton-Smythe começou a arrastar o ministro para o balcão da biblioteca, e todas as pessoas começaram a falar ao mesmo tempo. Mas Ruby tinha esperado demais por aquele momento para deixar sua voz ser engolida pela multidão. Tirando os sapatos de salto alto, ela subiu com agilidade no balcão e ficou de pé.

— Eu disse que, se não se importam, tenho algo a dizer.

Pressentindo um elemento de anarquia, as pessoas reunidas se calaram e torceram o pescoço para olhar para cima.

Um silêncio absoluto se instalou na biblioteca. Quando percebeu que a imprensa estava tirando fotos dela, Ruby sentiu a cabeça rodar.

Jornalistas, prevendo uma história quente, estavam com canetas a postos sobre os blocos de anotação.

— Prossiga — articulou com a boca o Sr. Pepper, oferecendo-lhe um sorriso encorajador.

— As pessoas não vêm à biblioteca somente em busca de algo para ler.

— Ah, não? — perguntou o ministro com uma pitada de diversão na voz.

— Não. Na verdade, em muitos casos, elas vêm só conversar, porque estão se sentindo sozinhas, ou com medo, ou os dois. Muitas vezes, um bibliotecário pode ser a única pessoa com quem falam o dia inteiro.

Seu olhar pousou no Sr. Pinkerton-Smythe, que parecia prestes a explodir.

— Minha amiga, Clara Button, que é a *verdadeira* bibliotecária desse lugar, entendia isso. Ela me ensinou que não estamos aqui apenas para ajudar a emprestar livros. Somos um ouvido. Na verdade — acrescentou, exibindo um sorriso irreverente —, bibliotecários deveriam receber o dobro do que estão ganhando, pois fazem o trabalho de transformador social, conselheiro, professor e agente comunitário. Escrevam isso aí no seu jornal.

Os jornalistas reunidos riram, sem saber quem era a loira animada, mas sabendo que era um excelente material. Ruby relaxou, divertindo-se agora.

— Minha colega Clara entendia que livros oferecem a promessa de transformação e fuga, levando-nos para longe dessa guerra triste, para mundos que nunca sonhamos visitar.

Ela bateu o punho fechado na palma da mão.

— Pegar emprestado, carimbar, ler, devolver. Bum! Você viajou o mundo sem sair de Bethnal Green. E que maravilha poder fazer isso, não é?

Mais risadas. O assistente do ministro o estava puxando pela manga da camisa, insistindo para saírem dali, mas ele o afastou com um gesto e sorriu para Ruby, hipnotizado.

— Clara acreditava com fervor que todos os membros da sociedade deveriam ter acesso a livros gratuitos... *sobretudo as crianças*! Então, embora seja maravilhoso termos todos esses livros infantis... livros, devo acrescentar, que foi Clara, e não o Sr. Pinkerton-Smythe, quem teve a ideia de pedir... eles não passam de peso de porta. Absolutamente inúteis!

— E por quê? — perguntou um jornalista do *Daily Mirror*.

— Porque as regras atuais estipulam que crianças só podem frequentar a biblioteca por trinta minutos ao dia, e a sessão de leitura foi extinta pelo Sr. Pinkerton-Smythe — respondeu ela. — Crianças são a força vital dessa biblioteca, mas não são mais bem-vindas aqui, por isso estão se distanciando. Esse lugar é mais silencioso que soluço de pulga.

— É verdade, isso? — perguntou o ministro, voltando-se para o Sr. Pinkerton-Smythe. — Tudo isso foi ideia da Sra. Button?

— Eu... Eu já não me recordo de quem foi a ideia, mas fui eu que aprovei — gaguejou ele. — Sempre fui um firme defensor da leitura e da alfabetização infantil.

— Então por que as crianças só podem usar a biblioteca trinta minutos por dia? — prosseguiu o ministro.

— Bem, tive de fazer determinados cortes — explicou ele, na defensiva.

— Por isso, temos uma petição a apresentar ao ministério — acrescentou Ruby. Ela olhou para a porta da biblioteca, de onde se ouvia um clamor cada vez mais alto. — Crianças, entrem! — gritou Ruby.

A multidão se abriu e uma procissão barulhenta de Ratos do Metrô, liderada por Sparrow, marchou, segurando cartazes pintados à mão.

Não acabem com as nossas histórias! Mais livros, menos bombas!

Eles entraram que nem foguete — um grupinho barulhento de crianças agitadas —, e, logo atrás, vinham os antigos frequentadores da biblioteca, que Ruby não via desde dezembro.

Rita Rawlins e o papagaio boca suja, Pat Doggan, Queenie, Irene, Dot e Alice, do café, o Major, o casal que pegou emprestado o panfleto sobre sexo, as moças da fábrica que leram o panfleto sobre controle de natalidade... Os moradores do abrigo se apinharam para protestar que a luz no coração da biblioteca tinha sido apagada.

— Sra. Chumbley, tire esses manifestantes daqui agora mesmo — ordenou o Sr. Pinkerton-Smythe.

— Ah, tire você! — devolveu ela, animada, cruzando os braços e se recostando na porta.

— São mais de quinhentas assinaturas nessa petição requisitando a volta de Clara Button como bibliotecária daqui — anunciou Ruby, pulando do balcão e entregando as folhas ao ministro.

— Obrigado por isso, Srta. Munroe, vou dar toda a minha atenção, tem a minha palavra — prometeu ele.

Então se virou para Sparrow, que estava agarrado a uma placa, e se agachou para ficar da sua altura.

— Olá, meu jovem. Como é o seu nome?

— Sparrow, senhor.

— De *cockney sparrow*?

— Tipo isso.

— Sempre quis saber, qual a definição de *cockney*? — perguntou o ministro. — Você tem que nascer sob o som dos sinos da Igreja de Mary-le-Bow?

— Que nada! Você tem que conseguir dizer "fia, fio a fio, fino fio, frio a frio".

— Minha nossa, nunca consegui dizer esse trava-língua — respondeu ele com uma gargalhada retumbante. — Então me diga, o que esta biblioteca significa para você, meu jovem?

— Tudo, senhor. Minha mãe não tinha tempo de ler para mim, porque tem um monte da gente, pelo menos é o que ela diz. Desculpa, mãe. E ela diz que está muito ocupada com trabalho de guerra. Clara lia para a gente toda noite. Ela também...

Ele gaguejou e olhou para a mãe. Pat fez que sim, encorajando-o.

— Bem, ela também me ensinou a ler. E, depois que o meu amigo Tubby morreu, fiquei muito triste. Eu vinha aqui e me sentia melhor.

O ministro pareceu arrasado.

— Sinto muito pelo seu amigo, Sparrow. Como Tubby morreu?

— Bomba voadora. — Ele deu de ombros, mordendo o lábio com força.

— E o que Clara estava lendo, antes de ir embora?

— *Moby Dick*, senhor.

O ministro abriu um sorriso nostálgico.

— Ah, adorei esse livro; toda criança merece que leiam essa história para ela. Mas, tenho de perguntar, você não pode ler em casa?

— Nossa casa foi bombardeada, senhor. Moramos aqui agora. É muito legal e tal, mas um pouco escuro para ler nos túneis.

O ministro lhe deu um aperto de mão e se levantou.

— Acho que você é um jovem excepcionalmente corajoso e inteligente. Foi uma honra conhecê-lo, Sparrow.

— Brigado, o senhor e todo mundo.

— Vamos cuidar que a Sra. Button volte a ler esse livro para você. Ele se virou para a plateia.

— E agora eu realmente tenho de ir, antes que meu pobre assistente tenha um infarto. Aproveitem os novos livros!

Ruby estava próxima o bastante para ouvir o ministro puxar o Sr. Pinkerton-Smythe para um canto ao sair.

— É melhor que o senhor tenha um ótimo motivo para deixar a Sra. Button ir embora. Que bagunça. Acho bom consertar isso logo!

Mais tarde naquela noite, Ruby quase derrubou a porta de Clara até que ela a abrisse.

— Conseguimos, Cla! — gritou ela. — Ah, você precisava ter visto Pinkerton. Ficou com uma tremenda cara de pastel, do sabor da sua preferência!

Clara deu um passo para o lado para deixar que uma Ruby sem fôlego, a Sra. Chumbley e o Sr. Pepper entrassem.

— Conseguiram o quê? — perguntou ela, apertando o roupão junto ao peito. — O que vocês estão fazendo aqui?

— Perdoe a intrusão tardia, minha cara — disse o Sr. Pepper, enquanto a Sra. Chumbley o conduzia até a pequena sala de estar de Clara.

Ruby estava prestes a explodir, mas ver sua amiga quase a derrubou. Estava péssima. Quase não tinha mais peso para perder, mais parecia um cabide. No entanto, o que realmente a perturbou foi a ausência de livros na sala.

— Alguém pode me explicar o que está acontecendo? — perguntou Clara.

— Seu pedido para o Canadá deu certo. Ai, Clara, você precisa ver os livros que chegaram! — exclamou Ruby. — Centenas! Todos os livros que você e o Sr. Pepper pediram, e caixas e mais caixas de outros. E muitos vieram com dedicatória. Escuta. — Ela pegou *As aventuras de Huckleberry Finn* da bolsa e abriu na folha de rosto. — "Para os meninos e as meninas de Bethnal Green, em gratidão por seus sacrifícios pela liberdade."

Clara cobriu a boca com as mãos, os olhos arregalados de espanto.

— Isso é incrível!

— Não é? — concordou Ruby, aliviada de ver a boa notícia acordá-la do desânimo.

— A história da nossa pequena biblioteca de guerra tocou tanta gente, e foi você quem fez tudo isso, Cla — insistiu Ruby. — O melhor de tudo: deixamos bem claro para o ministro de quem foi a ideia e entregamos uma petição a ele.

— Uma petição? Para quê? — murmurou Clara.

— Para contratar você de volta, óbvio! — explicou a Sra. Chumbley. — Tanta gente boicotou a biblioteca desde que você foi embora, por causa de todos os cortes, então não foi difícil convencer essas pessoas a assinarem. Lembra o que falei um tempão atrás?

Clara empalideceu.

— Não...

— Eu disse para defender a biblioteca formando um Exército de Leitores. O que não esperava era que o Exército de Leitores viesse em sua defesa.

— Maravilhoso, não é? — exclamou Ruby com um sorriso, mal conseguindo ficar parada. — Então, agora que os poderosos sabem que foi ideia sua, e com todo o abrigo defendendo você, o velho Pinkerton não pode mais fazer nada.

— Ela tem razão, minha cara — concordou o Sr. Pepper, baixinho.
— Estou com a sensação de que, se você visitar o Sr. Pinkerton-Smythe amanhã, vai poder reivindicar seu cargo novamente.

Clara ficou em silêncio.

— Mas... eu pedi demissão.

— Bem, tecnicamente sim, mas só porque ele a obrigou — argumentou Ruby.

— Mas de que adianta?

— De que adianta? — repetiu Ruby, espantada.

— Bom, eu sou só um tapa-buraco até os bibliotecários homens voltarem da guerra, e isso não vai demorar a acontecer, de acordo com as notícias.

— Não acredito no que estou ouvindo, Clara! — retrucou Ruby. — Cadê a sua garra?

Ruby encarou a amiga, pálida e derrotada em seu roupão, e sua vontade era de sacudi-la.

— Acho que precisamos dar um tempo a Clara — disse o Sr. Pepper diplomaticamente. — Deve ter sido um choque, todos nós aparecendo aqui do nada.

— Não preciso de mais tempo, Sr. Pepper. Não vou pedir o meu emprego de volta.

— Mas por quê? — exclamou Ruby. — Você *é* a biblioteca!

— Porque eu vou me mudar.

— Para onde? — perguntou Ruby. — Você não discutiu isso comigo! Arrumou emprego em outra biblioteca?

— Não. Não arrumei emprego nenhum. Desculpa, Ruby. Estava tentando reunir coragem para contar. — Seus dedos torceram a borda do roupão. — Vou morar com a minha sogra.

— Você está indo para a Chatolândia! — disse Ruby. — Por quê? Ficar tirando o pó das aspidistras daquela bruaca?

As palavras mordazes de Ruby fizeram uma lágrima escorrer pelo rosto de Clara.

— Como você pode fazer isso com a gente, com os meninos do abrigo? — gritou Ruby, irritada. — O que eles vão fazer sem você? O que *eu* vou fazer sem você?

— Vamos deixar Clara em paz para assimilar o que acabamos de contar a ela — sugeriu o Sr. Pepper. — Mas eu lhe imploro, minha cara, que repense sua decisão. — Ele segurou as mãos dela. — Ruby tem razão. A biblioteca precisa de você. Você me disse que o seu amor pelas pessoas é tão importante, *senão maior*, que o amor pelos livros.

— Mas é exatamente isso, Sr. Pepper. Sempre acreditei que bibliotecários poderiam ajudar a construir uma sociedade melhor e mais justa, mas eu estava errada.

— Do que você está falando, Cla? — perguntou Ruby, exasperada.

— Fui burra de achar que livros podem transformar vidas... Não teve um livro para deter aquela bomba que caiu em Tubby. Ou uma história para evitar que Beatty e Marie fugissem. Um final feliz que impedisse que o pai delas fosse perseguido pelos nazistas!

Não conseguia mais conter as lágrimas agora, e os meses de dor e angústia transbordaram dela.

— Um homem morreu na minha biblioteca, porque fui burra... — Ela colocou as mãos na cabeça. — *Burra* o bastante para colocar um livro incendiário nas mãos da esposa dele, e agora Billy me odeia. Você não vê? — gritou ela. — Livros são uma boa diversão, mas a vida, a vida real, segue em frente, independente disso.

Ela os conduziu à porta e a abriu, o rosto coberto pelas sombras.

— Não vou mudar de ideia.

Ruby seguiu o Sr. Pepper e a Sra. Chumbley, mas no último minuto se virou para encarar a amiga.

— Cinco mil pessoas querem você de volta naquela biblioteca — sussurrou ela. — Mas eu preciso de você, Cla... Como amiga.

— Sinto muito, Rubes. Sempre vou ser sua amiga. Mas tenho que encontrar uma vida fora da biblioteca agora. — Ela fechou a porta devagarinho. Ruby nunca se sentiu tão sozinha.

19

Clara

Como bibliotecária, as pessoas confiam em você. Elas baixam a guarda. Somos assistentes sociais, um ouvido amigo, uma confidente.

Maggie Lusher, coordenadora da Biblioteca Pública
de Kesgrave, em Suffolk

Uma semana depois, chegou o dia do casamento do Sr. Pepper com a Sra. Chumbley. Clara se arrumou depressa. Um vestido azul-claro e batom Tangee pareciam bastante adequados para um casamento durante a guerra. Olhou-se no espelho e estremeceu. Ruby ficava bem de lábios vermelhos. Já ela parecia um palhaço.

Limpou o batom, pegou o exemplar de *O jardim secreto* e deixou as páginas se abrirem.

Para o meu amigo Sparrow. Você ainda tem tantas portas a abrir. Por favor, continue lendo. Com amor, Clara.

Acendeu um cigarro, algo que não fazia havia anos. Fumar ajudava a anestesiar a dor de não poder ler. Pela primeira vez na vida, Clara não conseguia completar uma frase; as palavras flutuavam da página, desconectadas e sem sentido.

O desespero de ter perdido as meninas se fundiu com a dor de ser deixada por Billy, o que só serviu para intensificar a dor da perda de Duncan. Quando se tratava de relacionamentos, ela parecia ter o toque de Midas, mas ao contrário. Tudo que era de ouro estragava ao seu toque.

Depois da visita de Ruby, da Sra. Chumbley e do Sr. Pepper, ela se recolheu à cama e ficou marinando em desespero. E era melhor que não tivesse nem saído. Sua mente voltou para a humilhação do dia anterior. Numa tentativa de contatar Billy, foi ao posto médico 98. Blackie disse que ele tinha sido transferido para Brentford.

— Ou será que foi Hendon? — interrompeu Darling.

Elas sabiam muito bem onde ele estava. Estavam apenas o protegendo.

Ao sair, podia jurar ter ouvido Bela latindo.

Ele estava lá? Escondido dela? Esse pensamento a fez se encolher de vergonha.

Nada daquilo fazia sentido.

Sempre vou estar aqui quando precisar de mim.

Foi o que Billy disse depois da morte de Tubby. A promessa pareceu tão genuína e sincera na hora, e, no entanto, onde ele estava agora?

Quanto antes saísse do East End, melhor. Apagou o cigarro e pegou a maleta.

— Tchau, então. — A voz pareceu morrer no quarto vazio.

Lá fora, Clara atravessou o Barmy Park. Uma névoa de primavera cobria as árvores. As ruínas da antiga biblioteca pareciam pairar em meio às brumas. Desviou o olhar e fitou o relógio: seis da manhã. Já devia ser mais tarde que isso. Ela balançou o pulso. Todo dia, nos últimos cinco dias, o relógio parava precisamente às seis, sempre acompanhado do latido do cachorro do vizinho.

Tinha esperança de passar pela entrada do metrô sem ser notada, mas não teve essa sorte.

— Clara — chamou a Sra. Chumbley, e ela parou, relutante. — Você vai ao casamento, não vai? A cerimônia começa às nove em ponto.

— Não perderia por nada. A senhora pode me fazer um imenso favor?

Ela revirou a bolsa e entregou *O jardim secreto* à Sra. Chumbley.

— Pode dar isso a Sparrow?

— Não quer dar a ele você mesma? Ele ainda está no beliche.

Clara fitou os degraus da estação.

— Eu... não posso. Desculpa!

Virou-se depressa e continuou pela Bethnal Green Road.

Um menino pregou a capa do *East London Advertiser* na banca de jornal.

DO CANADÁ ATÉ BETHNAL GREEN...
LIVROS INFANTIS PARA O VELHO MUNDO.

Desviou o rosto, incapaz de olhar para a expressão arrogante de Pinkerton-Smythe na foto da capa.

— Clara... espera...

Virou-se, e Sparrow estava correndo na direção dela com *O jardim secreto* nas mãos.

— A Sra. Chumbley acabou de me dar isso — disse ele sem fôlego.

— Ah, sim... — Ela engoliu em seco. — É um presente de despedida.

— O... O quê?! Mas achei que você ia voltar. A gente fez uma petição e tudo!

Ela fez que não com a cabeça.

— Sinto muito, Sparrow. É complicado.

— Adultos sempre dizem isso. Foi alguma coisa que eu fiz?

— Por Deus, não. *Não, não, não.* Ler para você foi o maior privilégio. — Seus olhos se encheram de lágrimas. — Gosto muito de você, Sparrow.

— Não tanto assim, ou teria vindo se despedir direito.

Ela estremeceu.

— Primeiro Tubby — ofegou ele, sem acreditar. — Agora você. Como pode fazer uma coisa dessas? — Ele fitou o livro. — Eu confiava em você.

— Me desculpa — pediu ela, chorando. — Estou deixando o East End, não você.

Ele enfiou o livro nas mãos dela, tremendo de raiva.

— Dá na mesma. Eu não preciso de você. Você é uma covarde, só isso.

— Sparrow... Por favor, não fale assim — chamou ela, mas ele já tinha ido embora, os passos ecoando como tiros de revólver.

Bethnal Green Road a recebeu como uma tia desbocada. Gargalhadas. Comerciantes magrelos vendendo seus produtos num jargão indecifrável.

Ao ouvir suas vozes, tão pungentes e líricas, contando as próprias histórias, sentiu-se partir ao meio. Sparrow tinha razão. Era uma covarde.

Virou à esquerda na Vallance Road, onde um pequeno exército de mulheres estava saindo de casa para lavar os degraus da frente com baldes fumegantes, o cheiro ao mesmo tempo limpo e podre, feito água sanitária num açougue.

Um homem mais velho botou a cabeça para fora do número 48, com uma caneca de barbear na mão e metade do rosto ainda coberto de espuma.

— Clara, você tem que voltar para a biblioteca — implorou ele. — Minha mulher aqui parou de ir desde que você saiu e agora fica me enchendo o saco toda noite. Só tenho um pouco de paz quando ela está com a cabeça enfiada num livro.

— Sinto muito, Fred.

Ao menos meia dúzia de mulheres veio com presentinhos de casamento para Clara entregar à Sra. Chumbley. Não tinha percebido o quanto amava aquelas mulheres fortes e leais. No fim das contas, valorizavam a bondade acima de tudo.

Estava dando as costas para Bethnal Green em troca de quê? Servir bebidas nas partidas de uíste de Maureen?

— Clara! Acho bom não estar indo embora sem se despedir. — A voz ecoou pela rua.

Ruby vinha correndo para ela num vestido rosa-shocking apertadíssimo, lenço combinando na cabeça e óculos escuros de armação cor-de-rosa.

— Eu jamais me atreveria — devolveu ela, rindo. — Além do mais, temos um casamento para ir.

Ruby passou o braço pelo de Clara.

— Exatamente, o que me dá tempo de sobra para fazer você mudar de ideia.

— Você consegue andar nesse vestido? — perguntou Clara.

— Quem precisa andar quando se pode rebolar?

— Você não existe, Ruby Munroe.

— Anda, sei que você está doida para falar.

— O quê?

— Que eu sou a resposta de Bethnal Green para Betty Grable.

Clara estava prestes a responder com uma piadinha infame, quando algo estranho aconteceu. Um clarão vívido iluminou a rua. Ela olhou para as pernas. Como tinha ido parar na calçada? Não sentia dor, mas uma mancha vermelha se abria feito uma papoula no azul do seu vestido. Ruby estava esparramada a poucos metros, o lenço de cabeça brilhando com tons de prata.

Clara se levantou lentamente, cacos de vidro caindo dela. Ajudou Ruby a se erguer e as duas fitaram, horrorizadas, a parede de fumaça preta que subia perto delas.

— Uma bomba voadora! — gritou uma voz de algum lugar. — Caiu no Hughes Mansions!

E, de repente, a rua ganhou vida. As pessoas corriam para a nuvem de fumaça.

— Anda, Clara — chamou Ruby.

A Vallance Road era uma rua comprida. Os degraus pelos quais tinha acabado de passar estavam agora cobertos de fumaça. Portas arrancadas das dobradiças, janelas estilhaçadas. Casas geminadas foram rasgadas pela explosão, vomitando seu conteúdo na rua, de modo que, várias vezes, Clara e Ruby tiveram de escalar os escombros. Tijolos e concreto cortavam dolorosamente os pés de Clara, e foi então que ela percebeu. Seus sapatos tinham sumido.

Ao entrarem mais e mais na nuvem, seus sentidos começaram a falhar. Por um instante, perdeu Ruby. Entrou em pânico.

— Rubes! — gritou, passando a mão no cabelo. Olhou para baixo, e seus dedos estavam sujos de sangue, e percebeu que a cabeça estava cheia de caquinhos de vidro.

Alguém pegou sua mão.

— Não solta — gritou Ruby.

Não havia dúvida sobre onde o foguete tinha caído.

Hughes Mansions, na ponta da Vallance Road mais próxima de Whitechapel, era um lugar que Clara conhecia muito bem. Muitos dos frequentadores da biblioteca, a maioria deles judeus, morava ali. Três prédios idênticos lado a lado, cada um com cinco andares. O prédio do meio, no entanto, não existia mais e não passava de uma cratera gigante, onde um dia moraram pessoas. Traumatizadas e histéricas, as pessoas escalavam os escombros, jogando tijolos para o lado, procurando pelos seus com as próprias mãos.

— Desçam! — gritou um rapaz da equipe de resgate, tentando freneticamente erguer um cordão de isolamento em torno da cratera.

Um homem passou cambaleando, coberto de sangue e segurando um bebê no colo, gritando pela esposa. Um soldado chorava em silêncio junto do corpo de uma mulher, as pernas visíveis sob os escombros. Ao lado, viam-se os restos de um letreiro que dizia *Boas-vindas*.

Era uma visão do inferno. Clara olhou para o relógio rachado. Não sabia por que parecia importante saber as horas, mas precisava encontrar algo que a fizesse colocar os pés no chão em meio ao caos. Sete e vinte e um. Tantas pessoas estariam tomando o café da manhã, arrumando-se para o trabalho ou para o feriado de Pessach. O número de vidas perdidas era inconcebível.

— Não podemos ficar aqui paradas — exclamou ela, virando-se para Ruby.

Abrindo caminho em meio à multidão que se formava depressa ao redor do cordão, viu a Srta. Miriam Moses, fundadora da ala de meninas do Brady Club. Ela frequentava a biblioteca com as meninas e os meninos do clube. Clara sempre ficava impressionada e se sentia inspirada pela energia da agente social. Aquele seria o seu maior desafio.

— Srta. Moses! Como posso ajudar?

Miriam se virou para Clara, o rosto pálido.

— Montamos uma central para o esquadrão de busca e resgate lá no Brady Club. Vai para lá.

A Srta. Moses seguiu em frente, em busca dos jovens membros do seu clube.

— Cla, você vai para o clube — disse Ruby, ofegante. — E eu vou procurar a Sra. Chumbley e o Sr. Pepper para avisar o que aconteceu. Volto assim que puder. E vou trazer um sapato para você.

As duas se abraçaram, os corações partidos com o cenário que se desenrolava ao redor.

Dez horas transcorreram num piscar de olhos e, a cada momento que passava, Clara sentia como se sua alma murchasse um pouco mais. Mal teve tempo de respirar enquanto ajudava os outros voluntários a transformar o clube numa cantina improvisada. Ruby voltou com calças, uma camisa limpa e sapatos.

— Achei isso aqui — disse ela, guardando *O jardim secreto* na bolsa — lá onde você deixou cair.

Passaram manteiga em pães e bagels e prepararam imensos tonéis de chá e caldo de carne. Fazer chá e sanduíches parecia uma coisa tão irrisória à luz do que as equipes de resgate estavam conduzindo lá fora. Mas Clara tinha a forte sensação de que precisava estar ali, fazendo algo para ajudar, por mais mundano que fosse. Lá fora, ouviam o barulho do guindaste móvel trazido para remover pedaços enormes de alvenaria e permitir que os bombeiros alcançassem os que estavam presos. O tecido do prédio parecia encharcado de gritos e gemidos. Ela não conseguia imaginar quantas pessoas estavam enterradas nos recantos e nas fendas da cratera, tão perto de onde ela estava.

À medida que a luz da tarde se suavizava e a fumaça começava a clarear, a sensação de descrença se transformou em pura raiva e perplexidade. No clube, a Associação Feminina de Serviço Voluntário criou também uma central de ajuda, com uma lista dos mortos confirmados.

Logo o número de pessoas que chegavam ao clube em busca de notícias sobre seus entes queridos multiplicou. Assim que uma pessoa deixava a fila, outra se juntava a ela, os rostos marcados pela angústia.

A sala foi tomada por sons de: "Você viu..." Alguns recebiam a boa notícia, se é que se podia chamar assim, de que seu familiar havia sido retirado dos escombros e levado para o London Hospital; outras se afastavam, sem respostas. Mas, para algumas pobres almas, era o fim da linha. A lista de mortos logo alcançou a casa das dezenas.

Não demorou muito para o clube ficar lotado, e os bombeiros que entravam não conseguiam passar pelas pessoas desesperadas, que voltavam em busca de respostas. Era um caos. Clara e Ruby ajudavam as voluntárias a anotar os nomes e os endereços das centenas de parentes transtornados. No fundo da mente, só conseguia pensar numa coisa. Será que deveria ter lutado pelo seu cargo na biblioteca? Poderia ter montado um centro de informações lá e aliviado a tensão ali. A sensação de sofrimento era desesperadora. Apesar das atrocidades que estava presenciando, pensou, com uma pontada de culpa, que ao menos Sparrow e os outros Ratos do Metrô estavam em segurança no abrigo.

Clara reconheceu o soldado que tinha visto mais cedo, sentado no chão junto à parede no canto da sala.

— Beba isso — ofereceu ela, colocando uma caneca de chá com bastante açúcar nas suas mãos. Ele mal pareceu notar o chá quente ao olhar para ela.

— Passei o ano passado inteiro em Burma — murmurou ele. — Tem só quarenta e oito horas que cheguei em casa. Era para a gente estar dando uma festa de família hoje à noite.

— Sinto muito pela sua perda — disse ela. — Era sua esposa?
Ele a fitou.

— Não, minha mãe. E, ao que parece, minhas três irmãs.

— Ai, meu Deus — lamentou ela baixinho e pousou a mão em seu pulso. Ao seu toque, ele pareceu desmoronar. O chá escorregou dos seus dedos, e ele baixou a cabeça nas mãos, enquanto o corpo sacudia com o choro.

— Minha família inteira morreu — chorou ele. — O que eu vou fazer?

Clara o abraçou com força, como se fosse uma criança, e compartilhou de sua dor.

Quando enfim conseguiu encontrar roupas quentes e um paramédico que pudesse levá-lo para o hospital, estava exausta e esgotada.

— Que boas-vindas. Pobre coitado — comentou Ruby, balançando a cabeça.

Ali perto, surgiu a notícia de que foram retirados dos escombros os corpos de duas crianças que estavam em casa havia poucos dias depois de três anos de evacuação. A mãe se aninhou no chão, o corpo tremendo com um choro silencioso.

— Acho que não vou aguentar isso por muito mais tempo — disse Clara baixinho.

— Toma aqui — falou Ruby, colocando um cigarro nas mãos dela —, e vai lá fora um pouco.

Com lágrimas ardendo nos olhos, ela saiu do Brady Club. Na mesma hora, ficou ofuscada pela luz de um holofote branco, instalado para ajudar os bombeiros nas buscas após o cair da noite.

Assim que Clara deu um passo à frente, um corpo colidiu com ela, deixando-a sem ar.

— Presta atenção por onde... — A voz se interrompeu. — Clara!

Num instante, o paramédico a estava segurando, firmando seus braços. Ela precisou de um momento para entender.

— Billy! — Alívio, amor e então mágoa a invadiram. — Achei que você estava em Barnet, ou Hendon, ou algo assim.

— Eu... — começou ele. — É complicado. O que você está fazendo aqui? Está ferida?

— Não, estou bem, quer dizer, tirando um corte ou outro. — Ela apontou para o clube. — Estou ajudando.

— Acho que isso aqui não é lugar para você, Clara. Por que não volta para a biblioteca?

Suas palavras soaram repletas de ternura, mas Clara se sentiu ofendida. Que direito ele tinha de demonstrar preocupação? Billy abriu mão daquilo no dia em que a mandou embora do seu apartamento. Clara queria gritar com ele. Dizer que o odiava, que era patético fugir quando ela mais precisava dele. Mas a verdade dolorosa era inevitável. Por mais que se esforçasse, continuava amando-o.

— Por favor, Clara, volte para o abrigo, você vai estar mais segura lá.

— Não trabalho mais na biblioteca. Pedi demissão depois que você me deixou.

— O quê? — O rosto dele era o retrato do espanto.

Eles se encararam, os corpos iluminados pela luz.

— Isso é um absurdo — exclamou ele, por fim.

— É o que Ruby e todo mundo diz. Mas estou indo embora do East End. Era para ter ido hoje.

— Não vá — pediu ele, tirando o capacete, desesperado.

— E o que você tem com isso? — gritou ela, frustrada. — Você me largou.

— Clarkie, anda logo. Precisamos dos cobertores. — Uma voz de mulher chamou. Blackie ou Darling estava trabalhando no alto da cratera, colocando um corpo machucado numa maca.

— Olha. Tenho que ir — disse ele. — Mas precisamos conversar. Eu preciso me explicar. Mas não agora. — Billy se virou para ir embora, então parou. — Eu te amo, Clara. Sempre te amei.

20

Ruby

Não existe esse negócio de criança que não gosta de ler, só criança que ainda não achou o livro certo.

Nicola "Bibliotecária Ninja" Pollard, bibliotecária
escolar da St. John Fisher Catholic High School,
em Harrogate

As buscas pelos desaparecidos estavam agora no terceiro dia. Ruby jamais tinha visto algo parecido. Os bombeiros trabalhavam dia e noite, com a sensação de urgência aumentando a cada hora. Trouxeram cães treinados para localizar pessoas presas nos escombros. O número de mortos já passava de cem e continuava aumentando. Mas, em meio ao desespero, havia fiapos de esperança. No dia anterior, um menino ouvira o irmão e a irmã falando debaixo dos escombros e guiou os bombeiros até eles, que foram resgatados com vida mais de vinte e quatro horas depois de enterrados sob as ruínas.

A organização no Brady Club estava muito mais eficiente agora, sobretudo depois que a Sra. Chumbley montou um abrigo de emergência na Deal Street, ali perto, para parentes de desaparecidos e pessoas que perderam a casa no bombardeio.

Ruby e Clara estavam a caminho com uma pilha de roupas para doar, quando Ruby ergueu o rosto.

— É quem eu estou pensando que é? — perguntou ela de olhos semicerrados.

O impacto da explosão era extraordinário. No centro, estava a cratera que havia engolido o edifício do meio, mas o primeiro edifício, de frente para a rua, continuava mais ou menos intacto. Num corredor ao ar livre que corria ao longo do prédio, estava o Sr. Pinkerton-Smythe, no terceiro andar, debruçado na grade da varanda. Ele olhou para a cratera lá embaixo, antes de se virar e voltar para dentro de casa.

— Não tinha ideia de que ele morava aqui — exclamou Clara.

— Nem eu.

— A gente tem que ir lá ver se ele não sofreu uma concussão ou se está em choque.

— Ah, esquece esse cara, Cla. Ele é um filho da mãe, e, além do mais, somos as últimas pessoas que ele quer ver.

Clara se virou para ela com um olhar de total reprovação.

— Pode ser, mas ele ainda é um ser humano.

Ruby não estava muito certa disso, mas não deixaria Clara ir sozinha, e a amiga já seguia na direção dos prédios.

— Preciso é examinar a minha cabeça — murmurou ela, correndo atrás da outra.

Elas bateram à porta e foram recebidas por um homem mais velho.

— Pois não?

— Estamos ajudando no abrigo de emergência lá embaixo — explicou Clara. — Só queremos confirmar que está todo mundo bem. Temos muitas roupas quentes, se estiverem precisando.

Ele lançou um olhar mordaz para a pilha de roupas velhas nas mãos de Clara.

— Acho que não. Mas podem entrar.

Ele gesticulou para que entrassem no pequeno apartamento.

— Gerald — chamou do hall. — Temos visita.

Enquanto ele o chamava, Ruby o encarou, a mente dando voltas. Onde foi que o viu antes? Era tão familiar, só não conseguia se lembrar de onde.

O Sr. Pinkerton-Smythe apareceu na sala e, naquele exato instante, ela lembrou.

— O que vocês duas estão fazendo aqui? — perguntou ele friamente.

— Meu Deus, é você! — exclamou Ruby, fitando o homem que tinha atendido à porta. — Era você que estava na biblioteca na noite em que tive que sair correndo... Na noite em que o exemplar de *Entre o amor e o pecado* foi roubado. — Era o homem de chapéu-coco que havia dispensado os livros da biblioteca e levado um exemplar do *Times* para a sala de leitura.

Por um instante, os dois homens se mantiveram perfeitamente parados, e Ruby correu os olhos pela sala. Parecia-se em muito com vários apartamentos da região, exceto pelo fato de que estava abarrotado de livros. A maioria das casas continha pouco mais que um punhado; aquela estava praticamente transbordando com o que pareciam exemplares caros de capa dura apinhados em estantes altas. Um deles se destacava, verde como uma maçã, recostado feito uma joia na estante.

Rápida no gatilho, Ruby o pegou e abriu. Ainda estava com o cartão da biblioteca dentro do envelope colado no verso da capa.

— Clara, olha! É o livro roubado!

— O quê? — exclamou ela, deixando cair a pilha de roupas e pegando o livro. Ela correu os dedos pelo carimbo da Biblioteca de Bethnal Green. — Tem razão, Rubes. É, sim... — disse, erguendo o rosto, sem acreditar.

— Não seja ridícula! — devolveu o Sr. Pinkerton-Smythe, mas havia medo em seus olhos.

Ruby começou a examinar os outros títulos e, de repente, viu tudo com a mais absoluta clareza.

— Você está guardando esses livros para vender depois que a guerra acabar, não está?

Clara correu os olhos pelas estantes.

— Tem coisas de valor aqui!

Pegou um ao acaso, *Orgulho e preconceito*.

— Biblioteca Poplar! Outro livro de biblioteca!

Ruby olhou para Clara e não conseguiu se lembrar da última vez em que a tinha visto tão furiosa. Ela chegava a tremer de raiva.

— D-De todos os atos mais traiçoeiros e pérfidos — gaguejou ela. — Roubar livros de bibliotecas, sobretudo as frequentadas pelas pessoas que mais os prezam e precisam deles.

Então Ruby notou, no canto de uma das estantes, uma pilha de recortes de jornal bem arrumada, no alto da qual havia uma jovem dançando nos braços de um americano. Debaixo do primeiro recorte, estavam as páginas com os resultados das corridas.

— E era você também a pessoa cortando os jornais! — exclamou Ruby. — Você ou ele — acusou, apontando para o outro homem. — Por quê?

— Bem, alguém precisava agir como guardião da moral na biblioteca, já que a Sra. Button aqui obviamente não estava dando conta!

— Meu Deus! — disse Clara. — Você quer mesmo censurar o tempo de lazer das pessoas, e não só a leitura. E pensar que suspeitei do pobre Sr. Pepper! — Ela riu diante do absurdo da ideia. — Você é uma cobra!

— E você é uma liberal de coração mole que desperdiça o seu tempo com crianças que não servem para nada — devolveu o Sr. Pinkerton-Smythe, aproximando-se de Clara. — E a Srta. Munroe aqui não passa de uma rameira barata.

Ruby se jogou em cima dele com um grunhido, mas Clara a puxou de volta.

— Não, Ruby — disse ela, sem fôlego. — Não desça ao nível dele.

O coração de Ruby estava martelando no peito e, por mais que quisesse arrancar fora os olhos dele, sabia que Clara tinha razão.

— Bem, vou chamar a polícia então. Vamos ver o que vão achar disso na prefeitura.

— Espere! — pediu o outro homem, segurando o braço dela quando passou por ele.

— Tira a mão de mim!

Ele a soltou.

— Tenho certeza de que podemos chegar a algum tipo de acordo. Não precisa envolver as autoridades.

— E quem é você?

— Irmão de Gerald. O que você quer para ficar calada sobre isso? — Ele abriu a carteira.

— Se você não sair da minha frente e deixar a gente passar, vai precisar de um cirurgia para extrair essa carteira — ameaçou Ruby.

— Espere, Ruby — interrompeu Clara. — Acho que podemos chegar a algum tipo de acordo.

Ruby se virou, espantada.

— Clara... você não está falando...? — Mas, ao fitar a expressão no rosto da amiga, viu algo extraordinário acontecendo. Sua raiva havia se transformado em outra coisa e, pela primeira vez em muito tempo, Ruby enxergou um resquício da antiga Clara. Resoluta. Forte e com tudo sob controle.

— Primeiro, você vai abdicar do cargo de diretor do Comitê de Bibliotecas — anunciou ela, calmamente.

— Não seja ridícula! — O Sr. Pinkerton-Smythe riu.

Ela deu de ombros.

— Então tchau.

— Espere — disse o homem, encarando intensamente o Sr. Pinkerton-Smythe. — Gerald. Nunca vamos sobreviver ao escândalo se formos presos. Tenho um emprego público a zelar.

— Seu irmão tem razão — provocou Ruby. — Imagine as manchetes! "Chefe das bibliotecas afana romance picante." Ou que tal: "Chefe corrupto da prefeitura rouba meretriz"? Você vai virar motivo de chacota quando isso chegar nos tribunais.

O Sr. Pinkerton-Smythe pensou nos desdobramentos e ficou pálido.

— Mas o que eu vou dizer para eles?

— Que está traumatizado com a bomba e que gostaria de ser transferido para longe de Bethnal Green — disse Clara. — Pelo menos vai sair com a dignidade intacta.

O Sr. Pinkerton-Smythe se sentou numa poltrona.

— Isso é tudo?

— Não. Antes de renunciar, vai anunciar seu substituto.

— E quem seria? — perguntou ele, cauteloso.

— A Sra. Chumbley. Ela vai dar uma ótima diretora, se você conseguir apoio suficiente para a indicação dela, mas imagino que isso não vá ser um problema, depois de tudo que ela fez pelo abrigo.

— E quem vai ser o bibliotecário responsável pela biblioteca em si? — perguntou Ruby, e Clara sorriu.

— Eu, ora — respondeu ela. — Mas só até os homens voltarem, aí eu volto para a minha antiga posição de bibliotecária especializada em literatura infantil.

— É sério, Clara? — advertiu Ruby. — Achei que você odiava ser vista como tapa-buraco.

— Não *só* uma bibliotecária especializada em literatura infantil — continuou ela, encarando Pinkerton-Smythe. — Mas *a* bibliotecária especializada em literatura infantil. Vou ter voz na reforma da biblioteca e o meu cargo vai ter o mesmo status que o do departamento de livros adultos.

Clara ergueu o exemplar de *Entre o amor e o pecado*.

— Vou guardar isso como garantia, tá bom? Só para ter certeza de que você vai fazer o que pedi. Estamos entendidos?

Ele fez que sim, espumando de raiva.

— Saia daqui! — ordenou ele por fim.

— Com prazer — respondeu Clara. — Vamos, Ruby.

Da varanda, viram a Srta. Moses lá embaixo, correndo até o Brady Club, parecendo arrasada. Já estava confirmada a morte de vinte e duas crianças judias do clube na explosão.

— Na verdade — acrescentou Clara, virando-se de novo. — Tenho mais um pedido para comprar o meu silêncio. Venda quantos livros conseguir e faça uma doação substancial para o Brady Club, para que a Srta. Moses tenha algum dinheiro para passear de férias com os sobreviventes, quando esse pesadelo acabar.

O irmão do Sr. Pinkerton-Smythe deu uma gargalhada.

— Acho que você enlouqueceu.

Ruby foi até a varanda, colocou dois dedos na boca e assoviou. Um policial controlando o cordão de isolamento olhou para cima.

— Tudo bem, combinado.

— Ótimo. Faça a doação em nome de Amber e, quando concluir, vaze para o jornal do bairro, para eu saber que aconteceu. Ah, e todos aqueles exemplares de *Entre o amor e o pecado* que eu sei que você trancou na prefeitura: certifique-se de que voltem para a biblioteca e fiquem disponíveis para serem emprestados imediatamente.

E, com isso, Clara e Ruby saíram do apartamento, deixando os homens arrasados para trás.

21

Clara

Ser criança num conjunto habitacional, sem dinheiro para nada, significava que a biblioteca era a minha fuga. Eu devorava livros. Bibliotecas mudaram a minha vida, e agora sou uma bibliotecária. Quero botar um letreiro bem grande e chamativo e dizer "Estamos aqui para todo mundo".

Charlotte Begg, supervisora da Biblioteca Pública
de Freshwater, Ilha de Wight

A caminho da Deal Street, Ruby mal conseguia se conter.

— Cla! O que foi que aconteceu?

— Não sei — respondeu ela, rindo, sem acreditar. — Você acha que eu fui longe demais?

— De jeito nenhum! Ele mereceu tudinho. Meu Deus, amiga. Você foi fora de série! Até Amber St. Clare ficaria orgulhosa.

Ela apertou sua mão, e Clara de repente sentiu as pernas fraquejarem. Jamais saberia dizer como tinha conseguido manter a calma. Seu coração estava martelando no peito.

— De onde veio aquilo? — perguntou Ruby. — Dois dias atrás, você estava pronta para ir embora.

— Foi quando ele falou que eu estava perdendo o meu tempo com crianças que não servem para nada. Me fez lembrar da promessa que fiz à mãe de Tubby, na biblioteca, que nunca desistisse das crianças. Falhei na minha promessa a ela.

Ela se lembrou do olhar magoado no rosto de Sparrow na última vez que o viu.

— E, mais importante, falhei com as crianças.

Havia deixado o trauma da morte de Victor e o coração partido por causa de Billy nublarem seu raciocínio, mas agora o caminho estava claro para ela. Sparrow. Ronnie. Molly. Maggie. May. Joannie. *Todas* as crianças da biblioteca subterrânea precisavam de alguém do lado delas.

— Não vou mais me comportar como os outros esperam que eu me comporte, nem viver no passado — prometeu ela. — Esta é a minha vida, e preciso voltar para a biblioteca.

— Com ou sem Billy? — perguntou Ruby.

— Com ou sem ele. Amo Billy, e ele diz que me ama também, mas não posso mais ser definida pelo que quer que esteja acontecendo com ele.

As experiências terríveis que Sparrow teve, a morte de Tubby, as meninas de Jersey saindo da ilha que amavam... Não podia proteger as crianças da guerra, mas podia torná-la mais suportável.

— Essas crianças merecem mais. Preciso levá-las de volta para a biblioteca.

— É assim que eu gosto — comemorou Ruby, dando um soquinho no braço da amiga. — É bom ter você de volta! E Pinkerton-Smythe, hein? Ou será que devo dizer Gerald?! Sempre soube que era um salafrário. — Ruby empinou o dedo mínimo. — "E a Srta. Munroe aqui não passa de uma rameira barata."

Clara ainda estava rindo da imitação surpreendentemente perfeita de Pinkerton-Smythe quando abriram a porta do abrigo de emergência.

— As roupas! — exclamou, lembrando-se de repente de que as havia deixado no apartamento de Pinkerton-Smythe. — Sinto muito, Sra. Chumbley, mas esquecemos.

— Não se preocupe com isso — respondeu ela num tom sombrio. — Temos notícias. Melhor se sentar.

Antes que a Sra. Chumbley abrisse a boca, Clara sabia que era a respeito de Beatty e Marie.

— Parece que encontraram um lenço com a bandeira do Reino Unido nos escombros. Alguém se lembrou de uma menina que usava um lenço parecido na biblioteca do abrigo. Sabe quem pode ser?

— Beatty! — murmurou Clara. — É de Beatty, eu sei que é.

— Mas pode ser de qualquer pessoa — ponderou a Sra. Chumbley.

— Mas eles estão procurando?

— Claro que estão — respondeu a Sra. Chumbley. — Mas já faz três dias... — Ela deixou a frase morrer no ar.

— Mais motivo ainda para não perderem tempo. — Então acrescentou: — Tome conta disso para mim, Sra. Chumbley. — E enfiou o exemplar de *Entre o amor e o pecado* nas mãos dela e correu para fora do centro.

Ao longe, conseguia ouvir Ruby chamando-a, mas não parou de correr até chegar aos prédios.

A polícia estava isolando o perímetro, e todos os homens e mulheres que vinham trabalhando ali nos últimos três dias pareciam doentes e arrasados.

— Por favor, preciso falar com Billy Clark! — gritou Clara, agarrando um policial pelo braço.

Ele hesitou.

— Senhorita, eles estão encerrando as operações de resgate. Acreditam que não vão mais encontrar ninguém com vida.

— Não quero saber! Chame Billy Clark se puder, ele trabalha no posto 98.

— Muito bem. Espere aqui.

Ruby a alcançou. Ofegante, pousou as mãos nos joelhos.

— Cla, por favor, não alimente muitas esperanças — implorou ela, mas Clara não estava ouvindo, porque tinha acabado de ver Billy seguindo para o cordão de isolamento.

— Clara — ofegou ele —, o que aconteceu?

Elas mal o reconheceram, com todo o equipamento de segurança, o macacão grosso de borracha e o rosto coberto por um camada fantasmagórica de poeira.

— B-Billy, por favor, me escuta. Eu sei que você encontrou o lenço de Beatty.

— A gente não sabe ainda de quem é, Clara. Os cães estão tentando encontrar o rastro. Por favor, espere na Deal Street que eu dou notícias assim que puder...

— Mas...

— Sem "mas".

— Vamos fazer o que Billy falou, tá bom? — disse Ruby, guiando Clara com gentileza de volta para o centro.

A atmosfera na Deal Street se manteve tensa enquanto aguardavam.

— Clara, por favor, tente se acalmar. Sente-se e tome um chá — implorou a Sra. Chumbley, mas Clara a ignorou, andando de um lado para o outro, roendo um pedacinho de pele do polegar. Sua promessa de nunca desistir das crianças da biblioteca parecia ainda mais pungente à luz daquilo. Beatty e Marie estavam presas numa tumba subterrânea, assustadas e sozinhas, feridas ou pior?

Enquanto corria os olhos pelo abrigo de emergência, notou que não era a única à espera apavorada. Os moradores do East End tinham perdido demais naquela guerra, mas não tanto quanto seus amigos judeus. Com notícias chegando das áreas liberadas da Europa de que havia campos de extermínio imensos contendo corpos emaciados de homens, mulheres e crianças, esqueletos ambulantes, os horrores estavam apenas se acumulando.

O número de vidas perdidas em Hughes Mansions estava agora em cento e trinta e quatro, cento e vinte delas judias. O foguete foi a última cartada de Hitler, disparado no coração de uma comunidade já em luto.

Uma hora ou mais se passou até chegar a notícia de que, dentre todos os cães, foi Bela que detectou um rastro. Clara passou correndo pela porta feito um furacão, com Ruby seguindo-a de perto.

Bela estava arranhando feito louca uma área de escombros no canto mais distante da cratera, com a cauda agourenta do foguete alojada nas proximidades. Vigas de madeira sustentavam o que parecia um pedaço de alvenaria muito precário com uma abertura tão pequena abaixo que mal dava para ver. O holofote estava posicionado junto do buraco.

— Billy! O que está acontecendo? — exclamou Clara do cordão de isolamento quando ele apareceu.

— Acho que ouvimos alguma coisa. O zelador do prédio acha que vem de onde ficava a porta do porão.

— O tipo de lugar onde alguém se esconderia! — exclamou Clara.

— Por favor, não alimente tanto as esperanças.

— Mas você vai tentar?

— Lógico que vou. Quando há esperança, é preciso tentar.

Clara olhou para a minúscula abertura debaixo de uma pilha compacta de tijolos quebrados e concreto e sentiu a pele nas costas se retesar. Parecia um alçapão para o inferno.

— Quem vai descer? — perguntou, sentindo-se sem fôlego.

Sabia a resposta antes de Billy lhe dizer.

— Ai, não, Billy, não — implorou ela, tremendo. — Por que tem que ser você?

— É uma questão fisiológica. Sou o mais magro.

Clara olhou para os outros bombeiros, todos maiores, e não conseguiu argumentar.

— Além do mais — continuou ele —, eu me voluntariei. Se elas estiverem lá embaixo, vão estar perigosamente desidratadas e morrendo de medo. Eu conheço as duas, então tenho mais chances de convencê-las a sair.

Clara fechou os olhos, resignando-se ao que estava prestes a acontecer.

— Obrigada — sussurrou.

— É o meu trabalho, Clara.

— Estamos prontos, Billy — chamou um dos homens.

— Estou indo — gritou ele em resposta.

Um silêncio pesado caiu entre eles, e ela viu Billy tentando se preparar mentalmente.

— Volte lá para dentro e coloque uma chaleira para ferver, Clara, por favor? — pediu ele. — Logo, logo, estarei de volta. Então vamos nos sentar e conversar.

272

Ele se foi antes que ela tivesse tempo de responder.

Clara achou que ia desmaiar de medo.

— Vamos, acho que é melhor não ficar aqui vendo isso — chamou Ruby.

— Eu não vou a lugar nenhum — respondeu ela, resoluta. Então se virou para encarar Ruby, a respiração saindo feito fumaça na luz fraca. — Ele fez uma coisa parecida com isso na Blitz, sabia? Quanta sorte um homem pode achar que tem?

Quando olharam para os escombros de novo, Billy já tinha sumido nas entranhas da terra destruída.

O tempo adquiriu uma qualidade estranha. Os minutos pareciam distorcidos e intermináveis, a atmosfera era de agonia e suspense. Um dos bombeiros trouxe Bela para que Clara cuidasse dela enquanto a cadela chorava e tentava seguir o dono pelo buraco.

Com a chegada do crepúsculo, uma neblina começou a se instalar na cratera, e a tensão era palpável. Para Clara, os suportes que seguravam a entrada do buraco pareciam tão finos quanto dois palitos de fósforo, considerando o peso dos escombros que estavam sustentando. O chão sob seus pés parecia ressoar e gemer à medida que a temperatura baixava.

Clara notava a preocupação nos olhares que a equipe de resgate trocava entre si.

Naquele instante, um deles se agachou e enfiou um braço no buraco. Houve um grito, e a atmosfera de repente ficou elétrica.

A mão de uma criança surgiu, e as mulheres da ambulância entraram em ação, preparando as macas. Era uma menina, o cabelo preto comprido fosco e grudado na testa, o rosto uma máscara de poeira de gesso.

— Quem é? — perguntou Clara. — São elas?

— Não sei, não dá para ver, pode ser — gaguejou Ruby. — Espera! É! Acho que é Beatty. Não, espera, é Marie.

A menina foi erguida por inteiro e colocada nos braços de um dos homens da ambulância, o corpinho machucado e mole, enquanto ele andava com cuidado pelos escombros até a maca.

Clara sentia um nó enorme na garganta ao vê-los se aproximarem.

— É Marie, com certeza! E espera! Tem mais. Estão tirando outra pessoa... — Ela cobriu o rosto e começou a chorar, comovida pelo milagre que estava testemunhando.

As pessoas reunidas respiraram fundo quando Beatty, não mais que um farrapo enegrecido, foi erguida com cuidado do buraco.

— Anda, Billy, vamos lá... Cadê você? — clamou Ruby.

Clara fitou o relógio e começou a sacudir o braço, agitada.

— Parou de novo, às seis.

De repente, Bela levantou a cabeça para o céu e uivou.

O túnel desabou.

22

Ruby

Me sinto como uma atendente de bar, porque as pessoas que me conhecem param para conversar sobre a vida delas. Às vezes, sinto que eu precisava de um copo, um pano de prato e uma seleção de bebidas atrás de mim.

Anna Karras, bibliotecária da Biblioteca Pública de
Collier County, em Naples, Flórida

— Por favor, doutor, deve ter alguma coisa que o senhor possa nos dizer — implorou Clara.

— Sinto muito, mas não há mais nada que eu possa dizer agora. Ele está em estado crítico e estamos fazendo tudo o que é possível. Sugiro que a senhora vá para casa — respondeu o médico abruptamente, dando meia-volta com os sapatos rangendo nos ladrilhos do corredor enquanto se afastava, marchando.

Clara desabou num banco de madeira e esfregou o rosto cansado.

— Cla — chamou Ruby com gentileza, sentando-se ao lado dela e pegando suas mãos. — Você ouviu o médico. São quatro da manhã. Melhor ir para casa descansar.

Clara ergueu o rosto, transtornada de dor.

— Como posso ir embora? E se ele morrer durante a noite?

Ruby não queria dizer nada, mas, pelo que testemunharam depois que o túnel desabou, era uma possibilidade real. Foi uma cena indescritível. No caos e na confusão, ela puxou Clara enquanto a equipe de resgate escavava freneticamente os escombros para libertar Billy. Os gritos de Clara se misturaram aos uivos de Bela e pareciam penetrar todos os cantos daquele buraco infernal.

Encontraram-no logo que escureceu. Ruby precisou de todas as suas forças para impedir que Clara esmurrasse as portas da ambulância quando ela se fechou e o levou o mais rápido possível para o London Hospital.

— Ele está em boas mãos, Cla. Acho que você precisa ir para casa descansar. Podemos voltar assim que amanhecer.

Clara fez que não com a cabeça.

— Pode ir se quiser, eu não saio daqui.

— Certo, chega para o lado então.

Clara olhou para ela, cansada.

— Não vou sair de perto de você — insistiu Ruby. — Então, anda. Chega para lá.

Ruby tirou o suéter e o dobrou com cuidado como um travesseiro, colocando-o no colo.

— Deite aqui.

Agradecida, Clara tirou os sapatos e deitou no banco, com a cabeça no colo de Ruby.

— Obrigada. Mas não vou dormir, só para o caso de os médicos voltarem.

— Xiu, só descansa um pouco — sussurrou Ruby, acariciando seu cabelo.

— Rubes...

— O que...

— O que eu vou fazer se ele morrer?

— Durma, querida — respondeu ela, abaixando-se e dando um beijo carinhoso na sua testa. Ia ser uma longa noite.

Às sete da manhã, as enfermeiras da noite se foram e Ruby não havia pregado o olho. Esfregou a nuca com cuidado para não acordar Clara. Suas pernas estavam completamente dormentes, mas não ousava se mexer. Clara precisava de todo o descanso possível para enfrentar os desafios que tinha diante de si. Ruby pensou no túnel onde Billy havia sido enterrado vivo. Como um homem poderia sobreviver àquilo?

A enfermeira-chefe apareceu e abriu as cortinas das janelas altas do corredor, e a luz entrou. Clara se remexeu, sonolenta.

Do fim do corredor veio uma dupla de conhecidos.

— O que está acontecendo? — retumbou a voz da Sra. Chumbley.

— Sra. Chumbley, Sr. Pepper? — disse Clara, sentando-se e bocejando.

— Achamos que você estaria aqui — disse a Sra. Chumbley. — Alguma notícia?

— Nada — respondeu Ruby.

— Por que vocês não vão lá fora respirar um pouco de ar fresco? Aqui, leve isso — disse ela, entregando uma garrafa térmica a Ruby e duas canecas esmaltadas.

— Vocês parecem estar precisando de uma caneca de chá — acrescentou o Sr. Pepper, pegando um saco de papel. — Trouxe uns sanduíches que Dot mandou. Todo mundo no abrigo mandou lembranças. Estão rezando por Billy.

— Vou descobrir o que está acontecendo — disse a Sra. Chumbley, dando passos pesados pelo corredor.

— Vamos, Cla — chamou Ruby, sentindo como se alguém tivesse jogado areia nos seus olhos. — Estou louca por um trago e uma caneca de chá.

Clara fez que não.

— Você é cabeça-dura às vezes, Clara Button. Alguma notícia do abrigo, Sr. Pepper?

— Ora, a coisa mais curiosa. Só se fala disso nos túneis. O Sr. Pinkerton-Smythe entregou o pedido de demissão.

— Ah, é? — murmurou Ruby, olhando de relance para Clara.

— É. Parece que ele recebeu uma proposta de outro cargo no governo, tudo muito secreto. Mas o mais estranho ainda não falei. Ele recomendou ao comitê que a Sra. Chumbley assumisse como diretora e que Clara fosse recontratada como bibliotecária do setor. Ele também encontrou uma quantia assombrosa de dinheiro para investir na renovação da biblioteca central, para podermos voltar para lá assim que as obras terminarem.

O Sr. Pepper balançou a cabeça, descrente.

— E ainda devolveu o estoque de *Entre o amor e o pecado* da biblioteca hoje de manhã. Nunca vi ninguém mudar de ideia desse jeito.

— Talvez ele tenha coração, afinal de contas — comentou Ruby com ironia. — Hein, Clara?

Mas Clara não estava ouvindo, pois a Sra. Chumbley estava voltando com um médico.

— Essa é a noiva do Sr. Clark, Clara — disse a Sra. Chumbley, lançando um olhar para Clara que não abria espaço para discussão.

Clara parecia que ia desmaiar a qualquer momento e agarrou a mão de Ruby.

— Quais são as notícias, doutor? — perguntou Ruby.

— Ele está vivo — disse o médico, e Ruby sentiu o corpo de Clara ceder de alívio. — Posso falar com sinceridade?

— Por favor — pediu a Sra. Chumbley. — Todos nós já testemunhamos o suficiente nessa guerra para ficarmos chocados com qualquer coisa.

— Ele sofreu uma hemorragia interna severa e quebrou o quadril. Conseguimos estabilizá-lo, mas está em coma. Também temo que tivemos que remover um dos olhos, que foi gravemente danificado com o desabamento do túnel.

Clara se levantou. Ela levou a mão à boca e disparou pelo corredor.

— Ai, Billy — disse Ruby.

— Para ser sincero, o olho é a menor das preocupações — disse o médico em tom grave. — Acho que devemos avisar à noiva que o estado dele é crítico. Gosto de oferecer esperança quando posso, mas ele tem pouquíssimas chances de se recuperar disso. Pelo que sei, é um homem tremendamente corajoso.

Ele quase ofereceu suas condolências.

Clara voltou, limpando a boca, e Ruby a abraçou. Não havia nada que pudesse dizer para suavizar a sensação de desesperança.

— Podemos vê-lo? — perguntou Clara.

O médico fez que sim.

— Muito brevemente.

Dentro do quarto, Ruby achou que Clara ia desmoronar, mas, surpreendentemente, ela manteve a compostura. Na verdade, foi a Sra. Chumbley que chorou abertamente ao vê-lo.

Tudo no quarto estava meticulosamente limpo, até a enfermeira parecia um guardanapo engomado. O que tornava a imagem de Billy ainda mais incongruente. Seu rosto estava coberto de lacerações. Algumas foram tratadas com tintura de iodo, outras levaram pontos.

Ruby não conseguia parar de olhar para o olho direito, que não era mais esférico, mas liso. Tantas perguntas giravam em sua mente.

Será que ele ia morrer? Ia sobreviver? Se sobrevivesse, como iria suportar viver cego de um olho? Será que iria conseguir trabalhar de novo, ou ler? Teria algum dano cerebral? Ele se lembraria de Clara?

Parecia tão vulnerável, nada além de pele fina e ossos quebrados.

De repente Clara perdeu a compostura. As lágrimas escorreram pelo seu rosto, pingando da bochecha na roupa de cama.

— Billy. Você tem que sobreviver. Eu preciso de você. Eu e as meninas precisamos de você. — Ela levou a mão fria dele ao seu rosto, deixou a umidade salgada das suas lágrimas manchar a pele dele.

— Clara Button? — A enfermeira-chefe havia entrado discretamente no quarto. — Tem duas meninas aqui chamando por você.

Dois andares acima, Ruby e Clara se agarraram a Beatty e Marie, abraçando-as e beijando-as repetidas vezes.

— Vocês, mocinhas, deram um baita susto na gente — disse Ruby.

— Desculpa — disse Beatty, sem graça. — Imagino que já tenham descoberto a verdade. — Tinha toda a aparência da menina de 12 anos que era, e, agora que Ruby sabia sua idade, ficou se perguntando como pôde não perceber.

— Sabemos — disse Clara. — E nós é que temos que pedir desculpa. Desculpa por não termos cuidado direito de vocês.

— A culpa não é sua — respondeu Beatty, triste. — Eu estava morrendo de medo de que, se as autoridades descobrissem, fossem nos separar e mandar para orfanatos. Prometi ao meu pai antes de sair de Jersey que faria de tudo para isso não acontecer.

Ela fitou as duas, os olhos arregalados de medo.

— Mas imagino que seja isso que vai acontecer agora, não é?

Clara fez que não com a cabeça.

— Não. Quando vocês receberem alta, o único lugar para onde vão é a minha casa. Vou cuidar de vocês até ter notícias do seu pai. Vocês têm a minha palavra.

— E chega de trabalhar na fábrica também — acrescentou Ruby. — Você pode vir ajudar a gente na biblioteca.

Marie sorriu, aliviada.

— Eu também?

— Principalmente você, mocinha — respondeu Ruby, dando-lhe um abraço forte. — Quero que você fique num lugar onde eu possa ficar de olho o tempo todo. Chega de fugir.

— Ai, ai — reclamou Marie. — Aí tá doendo.

— Desculpa, querida — disse Ruby, afastando-se.

Marie estava com três costelas quebradas, e Beatty, com uma lesão no baço, mas, tirando isso, alguns hematomas feios e a desidratação, era surpreendente como pareciam ter saído fisicamente ilesas da provação. Ruby tinha a sensação de que as cicatrizes mentais levariam mais tempo para curar. Nenhuma das duas se lembrava de ficar presa sob os escombros, mas o médico assegurou que era uma forma de o cérebro processar um evento tão traumático.

— Como Billy está? — perguntou Beatty. — Queria agradecer por ter salvado a gente.

Ruby olhou para Clara e torceu para que ela não dourasse a pílula. Depois de tudo pelo que essas meninas passaram, honestidade era o único caminho possível.

— Ele não está lá muito bem — respondeu Clara, baixinho. — Estão mantendo-o sedado, até ele conseguir se recuperar dos machucados. Tudo o que podemos fazer é rezar.

Beatty desatou a chorar.

— Se ele morrer, a culpa vai ser minha — disse ela em meio ao choro. — Desculpa ter fugido, Clara.

— Xiu, não seja boba — consolou-a Ruby, dando-lhe o abraço mais apertado que tinha coragem. — O mais importante é que vocês estão de volta com a gente, a sua família na biblioteca, e nunca vamos parar de amar vocês, não importa o que aconteça.

Ruby e Clara trocaram um olhar por sobre a cabeça das irmãs enquanto as abraçavam com carinho. Elas estavam de volta à biblioteca. As meninas estavam a salvo. A guerra se encaminhava para o fim, mas o futuro jamais havia parecido tão incerto.

23

Clara

Levei cinquenta e três anos, mas finalmente estou trabalhando na biblioteca que frequentava quando era criança. Sinto como se tivesse vencido na vida. É o melhor trabalho do mundo.

Michelle Manson, funcionária da Biblioteca Pública de Tilbury

O jejum de leitura de Clara tinha acabado. Fazia cinco semanas que Billy fora levado para o hospital, agarrando-se à vida, e os livros eram seu alicerce, o que a mantinha de pé enquanto ele permanecia em coma.

Todo dia, ela se sentava com Billy durante o horário de visita e lia. Lia no ônibus da biblioteca até o hospital. Lia na recém-reinstaurada sessão de leitura e lia para Beatty e Marie, quando as colocava para dormir ao fim do dia. Lia porque, naquele momento, era a única coisa que fazia sentido.

Pegou um exemplar do *East London Advertiser* e notou com interesse que enfim estavam noticiando o bombardeio no Hughes Mansions pelo nome, depois de semanas de referências vagas a um grande prédio de apartamentos bombardeado "em algum lugar no sul da Inglaterra".

— Você vai odiar isso, Billy, mas está sendo aclamado como herói — disse ela. — Estão falando do seu honroso serviço ao resgatar as meninas fugidas.

Havia uma foto dele na capa do jornal, ao lado de uma de Beatty e Marie.

Correu os olhos pelo jornal em busca de boas notícias para ler em voz alta. Na página seguinte, havia uma história sobre Sparrow. Ficou arrasada quando descobriu que ele tinha sido pego com uma faca, tentando invadir um presídio de guerra para soldados alemães. O artigo dizia que ele queria vingança pela morte do amigo Tubby. Sentiu um aperto no peito, ciente de que, se ela estivesse na biblioteca naquela hora, poderia tê-lo persuadido a se expressar de outra forma. Lembrou-se da expressão de acusação no rosto dele na última vez que o tinha visto. *Eu não preciso de você.*

Sem o lote ou a biblioteca, para onde iria o foco daquele menino de luto? Tinha de encontrar uma maneira de trazê-lo de volta para o local a que pertencia.

Suspirando, virou a página.

— Ah, Billy, olha. Parece que uma benfeitora misteriosa conhecida apenas como Amber doou uma grande quantia de dinheiro para a Srta. Moses, do Brady Club. Ela vai usar para substituir equipamentos esportivos e levar os sobreviventes para uma viagem ao interior.

Ela sorriu, satisfeita. Pinkerton-Smythe se foi, e ela não sentia um pingo de arrependimento. A Sra. Chumbley recusou o trabalho na Biblioteca de Whitechapel e estava se adaptando bem ao cargo novo, como presidente do Comitê de Bibliotecas. Eles encontraram até um apartamento no térreo, perto do Vicky Park, com um quintalzinho onde o Sr. Pepper podia se sentar à sombra de uma amoreira e ouvir o canto dos pássaros.

Sob os cuidados da Sra. Chumbley e de Ruby, a biblioteca do abrigo ficava em boas mãos enquanto Clara visitava Billy e as meninas no hospital. Era uma vida corrida, mas era melhor se habituar àquela rotina, sobretudo se o seu pedido para abrigar as meninas fosse aprovado.

— O horário de visita acabou — avisou a enfermeira. — Não preciso nem perguntar se você volta amanhã, certo?

Clara fez que sim.

— Percebi que você lê muito. Por que não lê livros em voz alta para Billy? Tenho a teoria de que eles ouvem tudo.

— Boa ideia. Vou fazer isso.

— Qual o autor preferido dele?

— Não sei — admitiu ela ao perceber que nunca conseguiu adivinhar. Havia tanto a ser dito entre eles, tanto que não sabia a respeito de Billy. Um feixe de luz empoeirada invadiu o quarto, passando entre eles em forma de segredo. Billy jazia deitado na escuridão, sua história trancada com cadeado. Ela se virou depressa.

Quando chegou à porta de casa, Ruby estava esperando por ela com o pé encostado na parede, fumando um cigarro.

— Isso aqui está parecendo um centro de doações da Cruz Vermelha. E, convenhamos, você está precisando. Já vi pardais com mais carne.

Ela beliscou o braço da amiga numa provocação.

— Minha mãe fez pudim de pão, Pat fez um negócio que acho que é carne moída e Queenie e Irene mandaram vinte Players.

— Parei de fumar.

— Ótimo, nunca combinou com você. Anda, vamos entrar. O que acha de um chá e uma massagem no pé?

— É tudo de que eu preciso — respondeu ela.

Ruby deu uma gargalhada rouca e jogou o cigarro no meio-fio.

— Alguma novidade com Billy? — perguntou, enquanto Clara abria a porta.

— Não. Mas as meninas vão ter alta na semana que vem, espero. A enfermeira-chefe concordou que elas ficassem na minha casa até os papéis de acolhimento estarem encaminhados.

— Clara, que notícia maravilhosa! — comemorou ela, entrando na sala de estar.

— Qual é a notícia maravilhosa?

Ruby deu um pulo e agarrou o braço de Clara.

— Sra. Button, a senhora quase me matou de susto — exclamou ela.

— E a mim também — ofegou Clara.

Ela fitou, estupefata, a mãe e a sogra sentadas uma de cada lado da lareira.

Fazia mais de um ano que não via a mãe, e o espanto lhe roubou a voz.

— C-Como as senhoras entraram? — gaguejou ela por fim.

— Eu tenho a chave — disse Maureen rispidamente. — Meu filho me deu. Essa era a casa dele, lembra?

— Claro — disse ela, engolindo a raiva. — Oi, mãe.

— Oi, querida — respondeu a mãe, contida.

— Estávamos esperando você semanas atrás — prosseguiu Maureen.

— Sinto muito, mas eu escrevi para explicar. Aconteceu tanta coisa. O bombardeio, e as meninas de Jersey apareceram.

— Você contou — respondeu ela. — Então, você vai ser a... mãe substituta dessas meninas?

— É, isso mesmo. Elas precisam de alguém para protegê-las até acharmos o pai. Sou o mais próximo que elas têm de uma família por enquanto.

Maureen arqueou uma sobrancelha.

— Uma pena que você não tenha conseguido proteger seu filho na barriga.

Clara sentiu como se tivesse levado um tapa, a vergonha ardendo profundamente dentro de si.

— A senhora sabe mesmo apunhalar uma pessoa com as palavras, não é, sua bruaca! — gritou Ruby.

— Deixa, Ruby, por favor — implorou Clara.

— Mas, honestamente, Clara, isso é jeito de honrar a memória do meu filho?

— É o melhor jeito — insistiu ela calorosamente. — Duncan teria amado essas meninas tanto quanto eu. Ele tinha um coração do tamanho do mundo!

— Clara, você não percebe o insulto que isso é para a família de Duncan? — disse sua mãe, afinal, pousando a mão na de Maureen em solidariedade.

A vontade de Clara era de gritar. Por que a senhora não me apoia, eu, sua filha? Por que não pode me amar incondicionalmente? Mas sabia, com tristeza, que, desde a morte de Duncan, algo havia se partido entre as duas — talvez ele agisse como ponte entre elas.

Lembrou-se da infância com desconforto. Escondida da mãe debaixo da cama com um livro. Sentindo-se diferente de todas. Quando decidiu trabalhar na biblioteca em vez de se tornar dona de casa, quebrou um código de conduta não dito. Percebeu, com imensa tristeza, que o único lugar onde foi aceita de verdade foi na biblioteca, por Peter.

— Desculpe, mãe. Não tenho intenção de insultar ninguém, mas não posso mudar o que sou ou o que sinto.

A mãe dela revirou os olhos.

— Já falei, Maureen. É perda de tempo.

A Sra. Button se levantou, tentando encontrar algum jeito de ficar um pouco mais. Clara sabia que não era uma questão de amor, mas de controle.

— Então está dizendo que prefere essas meninas judias a alguém do seu próprio sangue? — perguntou. — É por culpa dessa gente que a guerra veio parar aqui, sabia?

Era interessante que, quando se via encurralada, a sogra mostrasse a cara feia de todos os seus preconceitos inatos.

— Não vou dignificar isso com uma resposta — devolveu Clara, baixinho.

Maureen jogou a chave na prateleira da lareira, a boca espremida numa linha fina.

— Então lavo minhas mãos no que diz respeito a você. Parece que sua mãe tinha razão o tempo todo, você obviamente escolheu aquela biblioteca em vez de sua família verdadeira.

As duas mulheres saíram deixando para trás um cheiro de perfume adocicado e naftalina. Clara se perguntou se sentia algum arrependimento, mas percebeu que, na verdade, tudo o que sentia era alívio.

Assim que partiram, Ruby lhe deu um abraço apertado.

— Tudo bem, querida? — perguntou por fim, e Clara fez que sim.

— Acho que, de certo modo, escolhi a biblioteca.

— Sua família da biblioteca — acrescentou Ruby. — Que te ama de paixão. — Ela lhe deu um beijo na testa, deixando uma grande marca de batom. — Vou fazer um chá.

Naquela noite, Clara dormiu bem de um jeito que não dormia havia muito tempo. A opinião da mãe e da sogra, a reprovação e as mentiras delas eram exaustivas demais. Billy tinha razão. Perder o bebê não tinha sido culpa dela. Não poderia ter impedido aquele aborto tanto quanto a trajetória da bomba que o havia provocado. Passara tempo demais envolvida em vergonha e culpa.

Na tarde seguinte, sentindo-se mais leve, voltou para o hospital levando um livro da biblioteca, na esperança de que aquele dia seria diferente, de que encontraria Billy consciente. Mas nada havia mudado. Ele jazia, não morto, tampouco vivo, aparentemente. Preso num meio-termo estranho e sombrio.

Fitou seus olhos, a pele ao redor deles escura e machucada como uma pétala amassada. Parecia tão frágil, como se a morte estivesse a apenas um passo de distância.

Pegou o livro.

— *Love on the Dole*, de Walter Greenwood.

Leram esse livro no clube de leitura, e Billy adorou, comparando a prosa a uma folha de alface crocante. Também disse que era o livro mais comovente que já tinha lido.

A história se passava num bairro operário de Salford durante a Depressão e girava em torno da pobreza e da miséria do passado.

— Lembra, Billy, a reação forte que esse livro provocou? — perguntou. — Você disse que era um livro que falava suas verdades em voz alta. Nunca tinha visto você tão animado.

Os membros mais jovens do clube não se lembravam tão bem da época da Depressão, mas o Sr. Pepper e a Sra. Chumbley, sim, além de Pat, Irene e Queenie.

Queenie contou a todos como o pai ficava na biblioteca, sentado, espremido em meio a centenas de outros homens, procurando trabalho nos jornais, e Irene se lembrou do desespero do pai para encontrar emprego e como ele descontava isso na mãe dela, com os punhos.

— Esse livro nos desarmou por completo, não foi, Billy? — comentou ela. — Nos fez compartilhar nossas próprias histórias.

E, de repente, percebeu uma coisa. As obras na biblioteca estavam quase concluídas. Logo, a biblioteca do abrigo ficaria no passado. Os dias que havia passado naquele casulo subterrâneo, com amigos e Billy, foram os melhores da sua vida. Aquilo já estava cristalizado em memórias. O cheiro dos livros usados e velhos, da cola nas lombadas, as capas desbotadas. Velas. Risadas. Gim.

Começou a ler e, ao passar as páginas, torceu para que as palavras que colocava para fora o estivessem alcançando. Para que, de alguma forma, em algum lugar, aquelas verdades faladas estivessem mexendo com ele. O fim da guerra estava logo ali, esperava-se que houvesse um anúncio a qualquer momento. Billy estaria vivo para ver o tipo de mundo com o qual sempre havia sonhado? Um mundo em paz?

Logo as pessoas ficaram sabendo que Clara tinha voltado a trabalhar na biblioteca e estava lendo para Billy no hospital para tentar acordá-lo do coma.

Com permissão dos médicos, foi organizada uma rotina de leitura, e todos os membros das Traças de Livros de Bethnal Green vinham uma vez por dia para ler para ele e permitir que Clara começasse a trabalhar na biblioteca e arrumasse a casa para acolher as meninas depois que recebessem alta.

Nos quatro dias que se seguiram, homem nenhum pode ter ouvido mais histórias. A Sra. Chumbley lia *Friday's Child*, de Georgette Heyer, imaginando que, já que ele não gostava muito de romances de época, talvez aquilo o irritasse o suficiente para o despertar.

O Sr. Pepper lia poesia com o auxílio da sua lente de aumento. Wordsworth, Keats e Tennyson. Até mesmo algumas enfermeiras paravam para ouvir sua voz reconfortante inundar o quarto.

Pat levou Ernest Hemingway e notícias de que Hitler tinha se matado. Queenie deixou de lado os livros de suspense de que tanto gostava e leu trechos de *O poder e a glória*, de Graham Greene.

Só Irene não conseguia abrir mão do hábito e lia trechos de *Desert Rapture*, com muito gosto.

Mas o gênero não parecia importar, Billy não emitia a menor centelha de vida. Para Clara, era como se ele estivesse em algum lugar no fundo do oceano mais profundo e escuro, um lugar onde as histórias não podiam alcançá-lo. Enquanto esperavam, uma sensação de exaustão nervosa caiu como um cobertor sobre ela.

O médico conversou com ela e a família dele. A irmã gentil que tinha doado a coleção de Beatrix Potter apareceu e falou com Clara com tanta amabilidade que ela quase chorou de gratidão. Mas não foi o suficiente para suavizar a dura realidade. Cada dia que passava, significava que era menos provável haver alguma recuperação.

Coisas como "teste de atividade cerebral... estado vegetativo persistente..." pairavam por ela e ao redor dela, no entanto... O que Billy lhe disse antes de entrar naquele túnel de onde nunca emergira de fato? *Quando há esperança, é preciso tentar.*

Por fim, na terça-feira, a espera acabou.

Clara ouviu um barulhão do lado de fora do hospital. Correu até a janela. A Whitechapel High Street inteira estava fervilhando de alegria.

Com o coração batendo forte, saiu do quarto e foi para o corredor, mas, pela primeira vez, não encontrou nenhuma enfermeira. Estavam todas na sala da enfermeira-chefe, no fim do corredor, reunidas em torno de um rádio, enquanto uma voz grave e conhecida falava com o país.

Que Deus abençoe a todos, esta vitória é de vocês... Em toda a nossa longa história, nunca vimos um dia tão importante quanto este. Houve um momento de silêncio, e então um rugido estrondoso de aplausos pareceu vir lá de fora.

Ela viu as enfermeiras abandonarem seu profissionalismo habitual e se abraçarem e se beijarem. Foi até o quarto de Billy, pegou suas mãos e levou ao próprio rosto.

— Acabou.

Levou os lábios ao ouvido dele.

— A guerra acabou, Billy.

Nada. Ele parecia enterrado num sarcófago de mármore.

À medida que a tarde avançava, as cenas pela janela do hospital foram ficando mais surpreendentes. Multidões enfeitadas de vermelho, branco e azul surgiram na Whitechapel High Street. Montaram uma enorme fogueira, que ficou à espera do anoitecer e de um fósforo. Edifícios que passaram anos mergulhados na escuridão estavam agora iluminados, e raios de luz prateada brilharam no céu, na forma de um V.

A luz foi ofuscante demais para Clara.

Desviou o rosto. Dentro do quarto de hospital, estava tudo frio e contido em sua esterilidade.

A porta foi aberta de mansinho.

— Imaginei que fosse encontrar você aqui.

Sua presença preencheu o quarto, um raio de sol saindo de trás de uma nuvem.

— Rubes! O que você está fazendo aqui? Está acontecendo a maior festa da história lá fora.

— Nem me fale. — Ela riu. — Você tem que ver os prédios. A Sra. Chumbley ficou responsável pelas brincadeiras para as crianças. Pat está tão bêbada que está dançando a conga na Russia Lane. Minksy Agombar e as irmãs estão cantando no alto do caminhão do entregador de leite, e a Sra. Smart derrubou aquele safado do Stan com uma tampa de lata de lixo porque ele passou a mão em Mary O'Shaughnessy.

Clara arqueou uma sobrancelha.

— Acho que estou mais segura aqui.

Ela se virou para Billy novamente.

— Ah, e Sparrow, Ronnie e a turma deles fez um Hitler tão idêntico que dá nervoso. Para colocar na fogueira. — Ruby riu, tirando as luvas.

Ao ouvir o nome de Sparrow, Clara ergueu o rosto depressa.

— Vi no jornal o que aconteceu.

— Por causa disso, Pat lhe deu uma surra que ele nunca vai esquecer.

— Pobre Sparrow. Nunca permitiram que ele lamentasse a morte de Tubby. Não é de admirar que esteja com raiva. Pior é que acho que arruinei a confiança que ele tinha em mim quando fui embora sem me despedir. Ele, no mínimo, me odeia, e com razão.

— Besteira — zombou Ruby. — Ele faria qualquer coisa por você.

Clara deu uma risada a contragosto.

— Falando sério, Cla. Ele sente a sua falta. Todos os Ratos do Metrô sentem... Billy iria querer que você estivesse lá com eles.

Clara fez que não com a cabeça.

— Não posso deixá-lo aqui.

— Foi o que eu achei que você ia dizer. — Ruby tirou o casaco e pegou uma pilha de livros da bolsa. — Roubei da biblioteca. Com qual eu começo? *As vinhas da ira* ou *Orgulho e preconceito*?

— Rubes, não precisa...

Ela ergueu a mão.

— Fica quieta, sua boba. Passamos a guerra inteirinha juntas. Até parece que vou deixar você agora.

— Mas a sua mãe — protestou ela. — Ela precisa de você.

— Minha mãe vai ficar bem — disse ela com convicção. — Ainda tem seus dias ruins, mas agora pode se concentrar no bebê. — Ela correu as mãos pela lombada dos livros. — Por mais que isso parecesse uma maldição quando Victor estava vivo, é engraçado como agora é o que dá forças a ela.

Ruby cravou os olhos azuis límpidos em Clara.

— É você que precisa de forças, pelo menos até esse sujeito voltar.

— Deus te ouça — respondeu Clara, cansada.

Ruby ergueu os livros.

— Novidade norte-americana ou clássico inglês?

— Clássico inglês.

Ruby pegou o livro e começou a ler. Clara deitou a cabeça no ombro dela. Foi varrida pela prosa de Jane Austen, tão reconfortante quanto uma canção de ninar. Ela fechou os olhos.

24

Ruby

Bibliotecas e amor levam tempo para se desenvolverem. Conheci meu parceiro quando trabalhávamos juntos como jovens bibliotecários pouco antes da virada do milênio. Só nos envolvemos romanticamente quase vinte anos depois. Nós dois ainda tínhamos muito o que pensar, crescer e — sim — ler antes disso.

Anne Welsh, fundadora da Beginning Cataloguing

— Meu Deus do céu, alguém consegue ouvir os próprios pensamentos com essa barulheira? — gritou Ruby da porta da biblioteca para a plataforma retumbante.

Três dias depois do Dia da Vitória na Europa, o teatro havia ido embora. Assim como a creche e o posto de saúde. O barulho era o som dos operários desmontando os beliches nos túneis.

Ruby se virou para a biblioteca. Ela se perguntou o que iria acontecer primeiro. Seu desmonte ou seu colapso? O piso de madeira estava agora tão gasto que todo dia se perguntava se enfim cederia ao peso dos livros e eles todos não iriam parar numa pilha, nos trilhos do túnel do sentido oeste.

Enfim receberam o aviso de despejo. A Secretaria de Transporte Público de Londres estava pedindo a estação de volta. Estava na hora de os trens da linha Central voltarem a circular pelos túneis, e não as crianças. Do ruído dos vagões, em vez das risadas e dos gritos. A guerra tinha acabado e eles tinham até o fim do verão para empacotar todos os livros e sair dali. Os funcionários da prefeitura estavam naquele instante reformando a biblioteca do Barmy Park, danificada pelas bombas, para que os livros de Bethnal Green não ficassem sem lar.

Ruby se sentia à deriva. Quem iria ser agora, lá em cima, vivendo uma vida comum? Para onde quer que olhasse, as pessoas estavam içando faixas de *Boas-vindas, filho*, e as ruas já estavam ficando cheias de homens de terno. A paz trouxe um desejo desesperado de normalidade, e, embora Ruby jamais fosse admitir isso em voz alta, sentiria falta das vozes estrangeiras, do potencial para comportamento imprudente, de descer os degraus da escada rolante depois de uma noitada. Seria duro dizer adeus ao afrodisíaco que era o turbilhão da vida em tempos de guerra.

— Acho que é proibido bibliotecários atrapalharem o silêncio, não é?

Ruby se virou depressa.

— Pu... — Ela se interrompeu ao perceber os olhos arregalados de Clara, que apontava para trás com o polegar. — Meninas! — exclamou quando viu Marie e Beatty de pé atrás de Clara. — Ah, venham aqui, eu estava morrendo de saudade. — Ela abraçou as duas tão forte que fez as meninas rirem.

Marie riu tanto que começou a tossir.

— Vai acabar colocando o pulmão para fora assim, hein — provocou Ruby.

— Rubes — repreendeu Clara. — Ela quebrou as costelas.

— Você se preocupa demais — devolveu Ruby. — Essas aqui são mais fortes do que você imagina.

Mas, pela primeira vez, a amiga não riu. Na verdade, Clara parecia exausta.

— Acabamos de encontrar o rei e a rainha — anunciou Marie, pulando num pé só.

— Não brinca! — exclamou Ruby.

— O rei, a rainha *e* as princesas Elizabeth e Margaret visitaram Hughes Mansions hoje de manhã — explicou Clara. — Recebi uma mensagem de última hora dizendo que eles queriam conhecer as meninas resgatadas.

— Meu Deus! — sibilou Ruby.

— Eu sei, pensei a mesma coisa. Não sabia se ia ser uma boa ideia voltar lá. Elas acabaram de receber alta, afinal de contas, mas resolvi deixar que elas decidissem.

— E a gente disse que sim — continuou Beatty com firmeza.

— A rainha foi tão gentil, e a princesa Elizabeth estava tão bonita — contou Marie, falando depressa. — Todo mundo falou que eu fui muito corajosa.

— Foi muito emocionante — disse Clara, pensativa. — Uma multidão enorme avançou o cordão de segurança e deixou os guardas bem assustados, mas eles se reuniram em torno da família real e cantaram "There'll Always Be An England".

— Impressionante — comentou Ruby.

— Foi mesmo. E eles estavam muito bem informados, até me perguntaram como Billy está.

— E?

— Nenhuma novidade — respondeu Clara.

— Você acha que a gente podia visitar Billy, Ruby? — perguntou Beatty.

— Eu, bem... — Ela olhou para Clara.

— Falei para elas que vou pensar. Não sei se é a melhor ideia agora.

— Acho que temos idade para tomar as nossas próprias decisões — argumentou Beatty, os olhos escuros brilhando, desafiadores.

Ela saiu com passos pesados na direção da seção infantil, e Ruby arqueou as sobrancelhas para Clara.

— O que o médico falou quando elas receberam alta?

— Me avisou que poderíamos ter problemas comportamentais. Marie está a mesma de sempre, mas parece que a culpa de Beatty pelo que aconteceu com Billy está se transformando em raiva. Ah, Rubes. Não aguento mais falar disso. Me deixe ajudar a empacotar esses livros.

Duas horas depois, os Ratos do Metrô apareceram na biblioteca, tendo ouvido os boatos de que a sessão de leitura estava de volta. Nenhum deles dormia mais nos túneis, mas era difícil abrir mão de alguns rituais do tempo de guerra.

Molly e Maggie May foram direto para a sala de leitura. Clara havia deixado Marie e Beatty encarregadas de distribuir papel e lápis para as crianças que fossem chegando. A biblioteca estava enchendo depressa, e Ruby notou alguns rostos que não via havia meses.

— Joannie! — exclamou Clara. — Você voltou!

A moleca ruiva que pegou *Emil e os detetives* emprestado, causando-lhes problemas, sorriu para ela.

— É, minha mãe disse que posso vir, enquanto a escola não abre.

— E Ronnie, olha só para você! — exclamou Ruby. — Comeu fermento?

Fazia apenas seis meses que ele tinha sido evacuado, mas o menino havia espichado muito.

— Não... — respondeu ele, tímido. — Tem muita comida no interior.

— Cadê o seu braço direito? — perguntou Clara, olhando ansiosamente para a porta, em busca de Sparrow.

Ele deu de ombros.

— Desculpa, ainda não me encontrei com ele desde que voltei.

De alguma forma, eles couberam todos na sala, dividindo o espaço com as pilhas de caixas.

— Ótimas notícias — disse Clara, batendo palmas uma vez para chamar a atenção de todos. — Essas caixas têm centenas de livros infantis novos, só esperando a biblioteca de verdade ficar pronta para abrir. Tudo só para vocês!

Todas as crianças fitaram a torre de caixas em completo silêncio.

— Caramba — exclamou Maggie May —, é MUITO livro.

Uma menina de 8 anos chamada Dolly, que tinha acabado de se juntar a eles, caiu no choro.

— Nunca vou conseguir ler tudo isso — choramingou ela.

Felizmente, o consenso foi de grande animação porque a biblioteca nova teria muitos livros novos em folha, só para eles.

— Muitos deles foram doados por meninos e meninas do Canadá, então achei que seria divertido fazer uma competição para ver quem consegue escrever a melhor carta de agradecimento — explicou Clara.

A competição estava acirrada, e logo todas as crianças estavam absortas em suas cartas. A biblioteca se inundou com o som de lápis roçando o papel.

Houve um movimento junto à porta, e Ruby deu uma cutucada em Clara.

— Sparrow! — exclamou Clara. Vê-lo ali a pegou completamente desprevenida, e um nó de emoção ficou preso na sua garganta. — Você voltou!

— Você também.

Eles ficaram se olhando de longe. Ruby sabia o que aquele menino significava para Clara. Não se deve ter favoritos, mas ela adorava aquele garoto inteligente e incompreendido.

— Veio participar? — perguntou ela.

Ele entrou, espalhando lama no chão, e entregou um pacote torto e sujo de terra.

— Para você — anunciou, fungando e limpando o nariz na manga da camisa.

— Groselha! — exclamou ela, abrindo o pacote.

— Achei que você podia fazer uma torta ou alguma coisa assim.

— Onde você arrumou isso?

— Não roubei — respondeu ele na defensiva.

Clara estendeu a mão e tocou seu braço.

— Eu sei que você jamais faria isso.

— Aquela coisa no campo dos prisioneiros de guerra, eu não ia machucar ninguém. Queria só dar um susto, botar medo neles. Do jeito que Tubby deve ter sentido...

— Acredito em você — respondeu Clara. — E o que a polícia disse?

— Me mandou ficar longe de problemas. Então, fiz outra horta perto da ferrovia. Tem fruta e tudo mais... — E se calou, envergonhado.

— Estou muito feliz que você tenha vindo, porque quero pedir uma coisa. — Ela pousou a groselha no chão. — Quando voltarmos de vez para a biblioteca, quero que você venha trabalhar para mim como assistente em tempo integral no departamento infantil.

— Como faz-tudo ou algo assim?

— Mais como aprendiz. Não posso oferecer muito dinheiro, infelizmente, mas já é um começo.

— Mas não tenho instrução.

— Você é instruído na biblioteca, e isso o torna ainda mais certo para o trabalho.

— E como eu vou aprender?

— Brincando de sombra... — respondeu ela, e então, ao notar que ele não tinha entendido, explicou: — Copiando o que eu faço. Depois, com o tempo, vamos arrumar um jeito de dar um diploma de bibliotecário para você. Se quiser.

Ruby percebeu como ele estava avaliando a possibilidade em silêncio.

— Minha mãe teria que aprovar.

— Claro. Pode deixar que eu pergunto. Não estou fazendo caridade. Preciso de alguém como você, Sparrow, para ajudar as crianças a entenderem do que a leitura é capaz.

Ele fez que sim lentamente.

— Quero trazer histórias em quadrinhos para a biblioteca — continuou Clara —, e preciso de você para me ajudar na seleção.

Ele se animou.

— Por que não disse logo? Nesse caso... Quando eu começo?

— Ah, maravilha! Estou tão feliz!

— Também tenho que pedir desculpa.

— Desculpa pelo quê?

— Por chamar você de covarde.

— Mas você estava certo.

Ela foi abraçá-lo, mas achou melhor não forçar.

— Aceita aquele exemplar de *O jardim secreto*? — perguntou, esperançosa. — Ainda está comigo.

— Pode ser.

— Ótimo, deixo na sua casa mais tarde. Por que não se junta a nós? Teve uma menina de Toronto chamada Dawn que mandou um *A ilha do tesouro* novinho para nós. Guardei para você. Achei que talvez fosse gostar de escrever agradecendo.

Ele hesitou. Ruby sabia que ele não era tão seguro de si com a escrita quanto com a leitura.

— Se quiser, posso reler a carta com você depois — ofereceu Clara, e ele fez que sim com a cabeça, pegando um lápis e sentando-se ao lado do amigo Ronnie. Sem mais cerimônias, Sparrow estava de volta ao grupo.

A sessão de leitura passou num instante. Eles tiraram a poeira do livro preferido de Tubby, *The Family from One End Street*, e um capítulo intitulado "The Gang of the Black Hand" foi recebido com fervor.

Ruby ficou admirando Clara, que dava tudo de si. Enquanto ela contava as aventuras do pequeno Jim Ruggles se escondendo num cano a bordo de uma barca, quase dava para ver os planos se formando na mente de Ronnie e Sparrow.

A pequena Dolly ficou tão emocionada quando foi revelado que ele tinha ido parar na França que vomitou no chão, o que pareceu um bom momento para parar.

— Brigado, Clara! — cantarolou o coro de cinquenta vozes, mais ou menos.

— Quem quer ir na sala do terror uma última vez? — gritou Ronnie, e, de repente, eles saíram em bando da biblioteca.

— Você não ouviu isso, ouviu? — perguntou Sparrow, prestes a se juntar aos outros.

— Ouvi o quê? — respondeu Clara com uma piscadela.

— Você é gente boa — disse ele, rindo e correndo atrás da sua última aventura subterrânea. — Ei, Jimmy Nacko, um, dois, três... Obobé, Obebé, agora!

Sparrow cantarolou a musiquinha antes de pular nas costas de Ronnie, e eles saíram em disparada pela plataforma, de braços abertos feito Spitfires.

Ruby e Clara ficaram observando as crianças brincarem de metralhadora pela plataforma, o ra-ta-tá ecoando pelo túnel. Ruby sabia que as lembranças da vida subterrânea permaneceriam com essas crianças. Os piques, o medo sedutor da sala do terror, dançar no teatro, ouvir histórias na biblioteca... Tudo aquilo deixaria uma marca nelas.

Ruby sentiu um cheiro esquisito misturado com o aroma de sabonete carbólico e vômito.

— Vou te falar que do cheiro eu não vou sentir falta.

Ainda estavam rindo quando o Sr. Pepper e a Sra. Chumbley apareceram, corados de animação por terem acabado de trocar os votos matrimoniais.

— Por favor, não fiquem bravas — pediu a Sra. Chumbley —, mas achei que não era certo fazer alvoroço.

— Pois é, pareceu mais respeitoso com Billy fazer tudo mais discretamente — explicou o Sr. Pepper.

Ao ouvir o nome de Billy, o sorriso de Clara fraquejou.

— Estamos indo visitá-lo agora, para ler um pouco para ele — acrescentou o Sr. Pepper.

— É muita gentileza, obrigada. Vou amanhã.

— Com a gente — disse Marie, aparecendo no balcão.

— É, Clara está se recusando a deixar a gente ver Billy — interrompeu Beatty. — Está me tratando feito uma criança babona, o que eu não sou!

Clara olhou para o Sr. Pepper, desesperada.

— Sr. Pepper, me ajude. Por favor, diga às meninas que não é hora de verem Billy ainda. Elas já passaram por tanta coisa.

— Clara, minha querida. Crianças são mais fortes do que imaginamos.

— Tá vendo, eu disse! — exclamou Beatty.

Ruby viu Clara lutando contra emoções conflituosas e percebeu que a amiga provavelmente não estava lhe contando todos os desafios que vinha enfrentando com Beatty.

— Ainda não sei — continuou Clara. — O médico disse que temos que evitar situações difíceis.

Beatty bateu o livro da biblioteca no balcão, fazendo todos darem um pulo.

— Pelo amor de Deus. A gente fugiu de casa, a minha mãe morreu, o meu pai está desaparecido e Marie e eu fomos enterradas vivas. — Ela encarou Clara com os olhos ardendo de raiva. — Como pode dizer uma coisa tão ridícula?

— Não foi o que eu quis dizer, Beatty. Só quero proteger vocês — contrapôs Clara, estendendo a mão para tocar seu braço. Beatty a afastou com raiva.

— A gente não precisa da sua proteção, você não é a nossa mãe. — E saiu correndo da biblioteca.

— Temo que, até sabermos o paradeiro do pai delas, você vai enfrentar alguns momentos complicados — disse o Sr. Pepper baixinho.

A Srta. Moses, do Brady Club, apareceu à porta, interrompendo a conversa.

— Achei você, Clara — disse, entrando depressa e tirando o chapéu.

— Que bom ver você — respondeu Clara. — Estava pensando em conversar sobre matricular as meninas no Brady Club.

— Isso vai ter que esperar — disse a mulher mais velha com uma expressão séria no rosto. — Tenho novidades. Preciso falar com você em particular, urgente.

— Vamos deixá-las a sós — ofereceu a Sra. Chumbley discretamente. — Temos que ir, para não chegar atrasados para o horário de visita.

— Também vou dar licença — disse Ruby.

— Não — pediu Clara, segurando sua mão. — Por favor, fique. Preciso de você aqui.

Sem dizer nada, a Srta. Moses fez um gesto, convidando-as a se sentarem na sala de leitura.

— É o pai delas, não é? — soltou Clara. — Ele morreu, não foi? Deus do céu. Como vou dar essa notícia com Billy desse jeito?

— Calma, querida — pediu a Srta. Moses. — É sobre o pai delas, sim, mas ele está vivo, Clara.

— Foi encontrado! — exclamou ela.

A Srta. Moses deslizou uma carta sobre a mesa.

— Recebemos isso no Brady Club. É de uma Sra. Moisan, de Jersey.

Clara e Ruby ficaram encarando o papel como se fosse uma granada de mão.

— Aparentemente, ela tem procurado desesperadamente pelas sobrinhas através da Cruz Vermelha. Então pegou o *Evening Post* e mal pôde acreditar no que viu, lá estavam elas, na capa, um artigo descrevendo o resgate heroico de duas meninas evacuadas de Jersey. Ela escreveu para o clube. O clube foi mencionado no artigo, sabe, e ela imaginou que talvez soubéssemos do paradeiro delas. Só sabia que tinham sido evacuadas para Bethnal Green, mas, desde a Blitz e a morte da irmã, perdeu todo o contato.

Ruby sentiu um aperto no coração ao olhar para o rosto da amiga. Clara estava pálida de espanto.

— O que mais diz a carta? — perguntou Ruby.

— Que ela não se aguenta mais de preocupação e que gostaria que as meninas voltassem para casa imediatamente. O pai delas foi liberado do campo de Belsen.

A Srta. Moses parou, deixando as palavras serem assimiladas.

— Ele vai voltar para St. Helier. Mês que vem.

— É uma novidade e tanto — disse Clara, soltando o ar lentamente.

Então era isso. E, simples assim, Ruby a viu abrir seu sorriso "estoico" de sempre.

— É melhor eu encontrar as meninas e contar a novidade. Elas vão ficar muito felizes.

— Vou com você — ofereceu-se Ruby, mas Clara fez que não com a cabeça.

— Não. É melhor eu ir sozinha.

Ruby a observou sair com a Srta. Moses da biblioteca e sabia que o coração da melhor amiga estava se partindo aos poucos ao ver o sonho de ser mãe implodir outra vez.

Aquela sexta-feira de paz trouxe mudanças por todo lado. Assim que Clara saiu, Ruby ouviu passos nos túneis. Já sabia quem era antes de a mãe aparecer na porta. Até seus passos pareciam mais confiantes ultimamente.

— Oi, querida. Fomos convidadas para uma festa na casa da Sra. Smart. Você vem comigo?

— Acho que não, mãe. Estou cansada. Vai você, e divirta-se.

— Obrigada, querida. Vou, sim. Deixei uma costeleta de carneiro para você no fogão, debaixo de um pano de prato. Não espere por mim acordada. Tá-rá!

Ela se virou novamente.

— Ah, querida, já ia esquecendo. O Sr. Rosenberg, encarregado lá na Rego, me ofereceu trabalho nas máquinas. É um salário fixo e, o melhor de tudo, não tenho que ficar de quatro no chão o dia inteiro.

— Que notícia boa, mãe!

— Não é? Ainda mais agora, que a pequenininha está se mexendo. — Ela deu um tapinha na barriga.

— Como você sabe que é menina?

— Ah, é menina, sim. Estou pensando em chamar de Amber Bella.

— Que bonito, mãe.

— Você acha que a sua irmã mais velha iria aprovar?

Ruby deu um beijo na bochecha da mãe.

— Ela iria ficar muito feliz.

— Sinto falta dela.

— Eu também... Agora vai, anda!

Netty saiu depressa, o ar a sua volta parecendo mais leve. Tinha passado anos sofrendo, sem saber quando ou de onde viria o próximo soco ou chute, mas Ruby sabia que o abuso mental tinha deixado uma marca mais profunda. A paz da sua mãe foi conquistada a duras penas.

Sem pensar, pegou uma garrafa de gim de trás de *A arte da administração doméstica*.

Escondidas atrás da garrafa estavam as cartas de Beatty para o pai, escritas com esperança e antes de saberem da existência dos campos de concentração. Ruby tinha entrado na fila enorme do cinema Troxy para assistir às imagens das tropas britânicas entrando em Bergen--Belsen. Eram cenas de um inferno inimaginável.

Que horrores indescritíveis o Sr. Kolsky teria suportado?

Ruby deu um gole no gim e, de repente, sentiu a mesma raiva intensa que levou Sparrow a pegar uma faca e procurar um alemão. Pensou nas famílias retiradas da cratera de Hughes Mansions. Os jornais tinham enfim publicado seus nomes. Boas famílias judias, muitas das quais frequentavam a biblioteca.

Pousou o copo, a mão trêmula. A estrada à frente era complexa e terrivelmente emaranhada. Ruby tinha de permanecer lúcida, e não com aquela raiva tóxica cozinhando em fogo lento. O problema era que só a bebida suavizava tanto as coisas, seu pequeno agrado. Com um esforço hercúleo, colocou o gim de volta na garrafa.

Andou pela biblioteca, endireitando cadeiras e guardando jornais, quando ouviu um barulho do lado de fora. Passos pesados avançando com determinação pela plataforma.

— Mãe, é você? — chamou, mesmo sabendo que não era.

O metrô estava praticamente deserto àquela hora, tirando os seguranças da prefeitura empregados para patrulhar os túneis e deter saqueadores.

Pegou a garrafa de gim e se esgueirou até a porta, o coração batendo acelerado ao se lembrar da noite em que Victor invadiu a biblioteca.

— Quem é? — Sua voz ecoou no vazio da escuridão. Os trilhos onde um dia tinha ficado o teatro eram túneis sólidos de preto. A poeira levantada das remoções encobria o ar.

Uma figura alta pareceu surgir do nada, e Ruby tomou um susto, erguendo a garrafa sobre sua cabeça.

— Mais um passo e vai levar isso na cabeça, amigo.

— Ruby, sou eu! — O homem deu um passo súbito para trás, as mãos espalmadas em sinal de rendição.

O coração de Ruby martelava no peito.

— Eddie!

Com cuidado, ele tirou a garrafa de gim da mão de Ruby e sorriu.

— Isso é jeito de receber um homem que cruzou o Atlântico para ver você?

— O-O que você está fazendo aqui? — gaguejou ela.

— Me sirva um copo que eu conto.

Dez minutos depois, Ruby meio que tinha recuperado a compostura, mas não conseguia evitar olhar para o homem sentado diante dela na biblioteca.

Ainda era o mesmo homem bonito que tinha visto saindo nu da cama num quarto de hotel no Soho, mas havia um cansaço nos seus olhos. Um homem que talvez tivesse visto demais. Certamente não parecia mais ter 21 anos.

— Então, como você está? — perguntou ela, sem acreditar.

— Não vou poder apostar corrida tão cedo, mas não tenho do que reclamar. Então, recebeu os livros que eu mandei?

— Meu Deus, Eddie! Desculpa, queria escrever e agradecer, mas bem, tem sido...

Ela olhou para a porta da biblioteca com tábuas pregadas e deu uma batidinha na lateral do copo.

— Meu padrasto morreu.

— Sinto muito.

— Não se preocupe. Ele era um filho da puta de marca maior.

— Ah...

— Ai, Eddie, mas isso não é desculpa. Sinto muito. Foi muito gentil ter mandado todos aqueles livros. — Ela sorriu. — Você fez muitas mulheres muito felizes.

— Na verdade, não ligo para os livros. Foi a pergunta que eu fiz na carta.

— A pergunta?

Ele sorriu com tanto carinho que algo dentro dela pareceu se contorcer.

— Perguntei se queria se casar comigo.

Sentiu-se sem ar.

— Ai, Eddie, por que você quer se casar comigo? Sério. Fico muito lisonjeada e tudo mais, mas... — Ela se interrompeu, pensando em todos os espinhos cravados no seu coração.

Minha irmã mais velha esmagada e enroscada em várias pessoas numa escada úmida. Os dentes quebrados da minha mãe. Aquela cratera fumegante. E, vamos ser honestas, Ruby, a bebida.

— Não sirvo para casar com um soldado — insistiu ela, procurando sem sucesso o adjetivo certo. — Estou cansada.

— Não é para menos — disse ele baixinho. — Me parece que você passou os últimos dois anos se punindo por algo que não foi culpa sua...

Ele puxou a cadeira para mais perto da dela e entrelaçou os dedos na pele macia da sua nuca. Então se aproximou, a jaqueta de couro rangendo de leve ao pressionar os lábios suavemente nos dela. Ele cheirava a colônia cara e lugares com ar fresco e maresia.

— Então você se lembra do que eu contei — sussurrou ela no ambiente carregado entre eles.

— Como ia esquecer? Penso nisso quase todos os dias desde então. — Ela sentiu o corpo dele se enrijecer. — *Odiei* ter que deixar você sozinha naquele quarto de hotel. Prometi a mim mesmo que, se sobrevivesse à guerra, voltaria e lhe diria como acho você corajosa e forte. Tem soldado por aí que não viveu metade do que você viveu.

Ela fechou os olhos. Ele não entendia.

— Não sou forte. Estou destruída.

— Ruby, estamos todos cansados, não é? O mundo inteiro. — E segurou seu rosto, beijou sua testa, então deixou uma trilha de beijos em sua bochecha, até encontrar sua boca. Ruby sentiu a convicção esvaindo-se feito as pétalas de uma flor. — Mas me recuso a passar a vida me arrependendo. — Ele olhou nos olhos dela. — Acho que a nossa sobrevivência, o fato de estarmos aqui, quando milhões não estão mais, significa que temos o dever moral de viver nossas vidas.

Ela pensou em seu coração partido e nas centenas de pequenas lacerações. Mais um espinho, e ela poderia sangrar até morrer.

— Você não pode ficar aqui para sempre nessa biblioteca subterrânea, Ruby — disse ele, perspicaz. — Mais cedo ou mais tarde, vai ter que ir lá para cima, para esse mundo novo.

— Mas... Mas isso é loucura! Onde a gente moraria?

— Detalhes. — Ele deu de ombros. — Bethnal Green. Brooklyn. Não me importo.

— E o que eu faria na América? Sou muito tagarela, falo alto demais e sou cheia de opiniões.

— Vai se encaixar como uma luva.

— Mas... Mas eu sou uma assistente de bibliotecária.

Ele desatou a rir.

— Tem bibliotecas na América também, Ruby, um monte.

Ela cruzou os braços.

— Tá bom. Não sirvo para casar. Na verdade, eu devia estar num museu, com uma plaquinha: *Mulher que caiu em desgraça durante a guerra!*

Ele deu de ombros.

— E quem quer uma mulher para casar?

— Eu fumo e falo palavrão demais.

— Eu também.

— Quando fico bêbada, conto piadas muito sujas.

— Estou ansioso para ouvir.

Ela vasculhou a mente em busca de alguma coisa que pudesse espantá-lo.

— Tenho um soco-inglês na bolsa, pelo amor de Deus.

Isso pareceu causar surpresa.

— Tenho certeza de que você tem os seus motivos.

Ela descruzou os braços e levou as mãos aos céus.

— Por que eu?

— Porque, Ruby Munroe, nunca conheci ninguém tão inteligente nem tão bonita como você. E você me faz rir. Depois de você, qualquer outra pessoa deixaria a desejar. — Ele sorriu, e o sorriso pareceu se espalhar por todo o seu rosto. — E porque o coração quer o que quer.

Por fim, Ruby ficou sem perguntas.

— Então, vamos lá — perguntou ele. — Qual é a sua resposta?

Ela levou a mão automaticamente ao copo, mas se deteve. Não iria encontrar a resposta ali.

— Posso responder amanhã de manhã?

— Leve o tempo que precisar — disse ele, recostando-se com um sorriso. — Mas vou logo avisando: não volto naquele navio sem você.

— Você é um sujeitinho arrogante, hein?

Ele virou o copo e ficou de pé.

— Não. Só estou ridiculamente apaixonado por você, Ruby Munroe. Nunca vou conhecer ninguém igual a você e não quero perder o meu tempo tentando.

Ele pegou o queixo dela e ergueu de leve, obrigando-a a olhar nos seus olhos.

— Eu te amo, Ruby.

Então acariciou sua bochecha, os dedos cálidos e macios na sua pele.

— Sei que você está com medo, embora finja que não, mas prometo uma coisa. Você *nunca* precisa fingir para mim.

E a beijou com carinho antes de se afastar, os lábios manchados de vermelho.

— Estou no Rainbow Corner, em Piccadilly. Me procure por lá.

E, com isso, ele se foi, seus passos ecoando pela plataforma.

Ruby trancou a biblioteca e subiu os degraus da escada rolante lentamente. Quando chegou à escadaria na saída da estação, pisou em cada um dos dezenove degraus contando as razões pelas quais não podia ir embora a cada inspiração que dava. *Clara precisa de mim. Minha mãe precisa de mim.* E então um pensamento cruel. *Você não o merece.*

O medo desceu pela sua espinha como um dedo fino. Estava acontecendo de novo, a pressão insuportável no peito, o coração disparando. A escuridão parecia pressioná-la, espessa e quente como sopa. Viu corpos caindo ao seu redor, um vislumbre de cabelos vermelhos emaranhados, membros esmagados e sem vida.

— PARA! VOLTA! — gritou ela, as pernas fraquejando. Sustentou-se no degrau de concreto, tentando respirar. Tateou na escuridão até que sua mão encontrou o corrimão central da escada que teria salvado a vida de Bella.

Forçou-se a se sentar bem quieta, segurando na garganta o grito que achava que estava prestes a explodir dela feito um fantasma, até que lhe ocorreu. Nunca exalou direito ou se permitiu reconhecer o vazio que a irmã maravilhosa deixou na sua vida. Ela não teve escolha a não ser engolir a dor, pintar um sorriso patriótico e vermelho no rosto e afogar os sentimentos em gim servido em pote de geleia. Mas a guerra tinha acabado, e sua dor parecia uma queda sem fim. E agora aqui estava esse homem bonito, oferecendo-lhe uma chance de ser feliz, e o problema era que não sabia se era capaz. Ruby chorou, impotente, o som do choro atravessando a escuridão.

— Rubes? É você?

— Cla — sussurrou. — O que você está fazendo aqui?

— Contei a notícia para as meninas. — Ela franziu a testa e se sentou ao seu lado no degrau. — Estão animadas e assustadas. Marie dormiu, mas Beatty me afastou por completo. Quer ficar sozinha. Sinto como se já a tivesse perdido...

Clara parou de falar, levando a mão ao rosto molhado de lágrimas de Ruby.

— Rubes. Você está chorando? O que aconteceu?

Em meio ao choro, Ruby contou tudo a ela. O reaparecimento súbito de Eddie, o pedido de casamento, o medo de ficar estagnada no East End e acabar uma velha amargurada e bêbada, feito Victor.

— Mas não vou deixar você, Cla, eu prometo. Vou ficar aqui do seu lado, o tempo todo.

Clara se afastou com um sorriso engraçado no rosto.

— Ai, querida. Esse tempo todo você esteve tão concentrada em cuidar de todo mundo a sua volta. De mim, da sua mãe, e a gente nem parou para pensar no que *você* precisava.

— E do que eu preciso?

— De amor — respondeu Clara. — Parece que você tem uma chance de ser feliz com um homem que te adora. Pelo amor de Deus, Rubes, ele veio da América para te ver!

— Mas e a mamãe, o bebê e Bella?

— Sua mãe tem um pequeno exército de mulheres para ajudar quando o bebê nascer! Além do mais, ela é mais forte do que você imagina... Você tem a mesma força correndo nas veias. — Sua voz se suavizou. — E Bella se foi. Você pode levar as memórias dela com você para onde quer que vá.

— Mas *você* precisa de mim — disse ela, preocupada, descascando o esmalte da unha. — Ainda mais agora, com as meninas indo embora e Billy ainda tão mal.

— Ai, querida, tenho algumas verdades difíceis para encarar. Billy está em coma há seis semanas. Os médicos não sabem se algum dia ele vai voltar e, se voltar, quanto do homem que era antes ainda vai estar lá... — Ela parou de falar, respirando fundo. — Você não pode ficar esperando por nós. Eu e a sua mãe vamos ficar bem. É hora de ver quem é a verdadeira Ruby Munroe. — Ela sorriu e deu uma cutucada no ombro da amiga. — E que Deus nos proteja!

Ruby sorriu por fim e percebeu com uma pontada de dor o quanto dependia da amiga. A força dela não vinha sempre da firmeza da amizade das duas?

Clara hesitou.

— Acho que é hora de deixar Bella descansar em paz, não acha?

Involuntariamente, Ruby prendeu a respiração mais uma vez enquanto refletia sobre a questão. As duas fitaram as profundezas escuras da escadaria. E então algo tão extraordinário aconteceu que, se Clara não estivesse ali para presenciar, Ruby teria jurado que era um truque da sua imaginação. Um sussurro escuro subiu os degraus feito fumaça e se enrolou nos seus tornozelos, ronronando sedutoramente. Ruby deu um pulo.

— O Gato da Biblioteca! — exclamou Clara.

— Quem diria, ele voltou — murmurou Ruby.

Havia meses que não viam o gato preto, desde que havia desaparecido com nojo depois de Pinkerton-Smythe assumir a biblioteca.

— Não sou do tipo que acredita em presságios — disse Clara. — Mas esse gatinho sempre aparece quando mais precisamos dele.

Ele pulou no colo de Ruby, que enterrou o rosto no pelo dele, tirando conforto do seu delicioso calor.

— Onde você estava, menino? — murmurou.

Na escuridão, sentiu o cheiro intoxicante de lavanda no seu pelo, a flor preferida de Bella, e sentiu a presença calorosa da irmã com tanta intensidade que parecia que estava logo atrás dela, nos degraus da escada. Clara tinha razão. Não podia ficar presa ao passado. O que havia acontecido naquela escadaria era indescritível de tão terrível, mas tinha de seguir em frente, conviver com a dor. Qual era a opção? Pensou na irritadiça Maud, enchendo a cara no Salmon and Ball toda noite até alcançar um estupor embriagado, e na pobre Sarah, que diziam estar num asilo, fazendo "tratamento".

Estendeu a mão e abraçou Clara o mais apertado que pôde, e suas lágrimas se misturaram, com o Gato da Biblioteca aninhado entre elas como um pacotinho quente. Ruby sentiu o poço fundo de compaixão e força da amiga emanar dela. Clara era extraordinária. Talvez ela pudesse ser também.

Ruby se afastou e entregou gentilmente o gato para Clara.

— Aonde você vai? — perguntou Clara.

— Vou falar com Eddie antes que eu mude de ideia.

Duas corridas de ônibus depois, Ruby saltou em Piccadilly Circus e começou a correr na direção do clube da Cruz Vermelha Americana, o coração batendo tão forte que parecia que ia pular pela boca. Começou a chover muito. Logo sua blusa estava grudada no corpo, e o lenço da cabeça, encharcado.

— Ai, merda — murmurou, quando a chuva se transformou num dilúvio. Por que não tinha se programado melhor ou trazido um guarda-chuva?

As calçadas molhadas brilhavam com os letreiros de néon. Casais passavam por ela, rindo e se protegendo da enxurrada repentina com jornais.

Os pés de Ruby deslizavam tanto dentro dos sapatos de salto alto molhados que, ao atravessar a rotatória depressa, quase caiu.

— Ai, merda, merda. — Tirando os sapatos, correu de meia-calça pelas ruas molhadas do Soho. De cabeça baixa, não o notou ao dar um encontrão nele.

— Ruby...

— Eddie...

— O que você está fazendo? — perguntou ele com diversão no olhar. — Você está ensopada. E cadê os seus sapatos?

— Não queria deixar você esperando — estremeceu ela, a chuva martelando na sua cabeça.

— Bem, fico muito lisonjeado, mas vamos, acho melhor entrar e secar você.

— Não, não. Tenho que falar agora — balbuciou ela. — Se não falar agora, vou perder a coragem. A minha resposta é sim.

Ele arregalou os olhos.

— É sério?

Ruby fez que sim.

— Sim. Eu quero me casar com você e ir morar na América.

Viu seu reflexo na vitrine de uma casa de chá da Lyons. O batom estava borrado, e os cachos louros, grudados no rosto.

— Quer dizer, se você ainda me quiser. Mãe do céu, estou parecendo um dragão!

Eddie começou a rir e colocou o casaco sobre ela. Seu perfume delicioso a envolveu, e ela se sentiu segura e acolhida no calor e na força dele.

— Você nunca esteve tão bonita — sussurrou ele com uma voz suave em seu ouvido, enquanto pousava a mão na base das suas costas. Tentou beijá-la, mas ela recuou.

— E não vou ser apressada — acrescentou ela. — Tenho que ir às ilhas do canal com Clara e passar um tempo com a minha mãe. Vai ser nos meus termos.

— Espero o tempo que for preciso — prometeu ele. — Você é que manda, baby!

— Tem certeza de que quer se casar comigo?

— Tenho, agora pode calar a boca e me deixar beijar você?

E, naquela noite molhada da primavera de 1945, Eddie se abaixou e a beijou com tanto amor que seus sapatos escorregaram das mãos e caíram na calçada. Naquele instante, Ruby esqueceu a chuva. Na verdade, esqueceu tudo.

25

Clara

Durante a guerra, meu antecessor tinha o grandioso nome de Arscott Sabine Harvey Dickinson e ele detinha o invejável cargo de bibliotecário-chefe da Biblioteca de St. Helier durante a ocupação de Jersey. Não havia muito o que os ansiosos e famintos moradores da ilha pudessem fazer durante o blecaute além de ler.

Edward Jewell, bibliotecário-chefe da Biblioteca Pública de Jersey

Num daqueles dias perfeitos de verão, a velha barca do correio se afastou do porto de Weymouth e adentrou as águas frias do canal. A maresia vinha com uma sensação dourada luminosa e muito fresca.

O mar de cobalto estava deslumbrante, o céu exibia um azul reluzente e ondulante. Depois de anos no subsolo, era uma sobrecarga sensorial.

— Marie, isso é o seu jantar — repreendeu Clara, piscando, enquanto a menina jogava pedaços do sanduíche de queijo para um grupinho barulhento de gaivotas.

— Estou empolgada demais para comer — respondeu ela.

Beatty não disse nada, o rosto uma máscara inescrutável, enquanto fixava os olhos escuros na linha azul brilhante do horizonte. Desde que a Srta. Moses havia trazido a carta que dizia que o pai delas ainda estava vivo, nada daquilo parecia real para ninguém na pequena biblioteca de guerra. O sentimento de culpa de Beatty, que primeiro se inflamou até se tornar raiva, agora dava lugar a um silêncio preocupante.

No fim das contas, o Sr. Kolsky levou cinco semanas para voltar a St. Helier, num navio de transporte de tropas neozelandesas. Elas ainda sabiam tão pouco, tirando o fato de que a tia materna das meninas havia pedido que fossem acompanhadas de volta para casa imediatamente.

O avanço da barca do correio estava se acomodando num trepidar confortável quando Beatty se levantou de repente.

— As cartas! Esqueci!

— Que cartas? — perguntou Clara.

— As que escrevi e dei para você guardar, Ruby.

— Ah, é — lembrou Ruby de olhos semicerrados por causa do sol forte. — Não se preocupe, daqui a pouco você vai se encontrar com ele pessoalmente e vai poder contar como sentiu falta dele.

— Essa não é a questão, não é? Queria mostrar para ele, para provar que a gente nunca se esqueceu dele.

Ela se virou e correu pela barca, abrindo caminho entre os passageiros, que a fitavam com reprovação.

— Deixa — avisou Ruby, segurando a mão de Clara quando a amiga fez menção de segui-la. — Imagine como ela está se sentindo. Está prestes a ver a casa e a família pela primeira vez em cinco anos.

Clara suspirou e se reacomodou no banco de madeira.

— Não... — admitiu. — Não consigo nem imaginar. Sem contar que ela está voltando para casa sem a mãe e ainda não sabe se o pai sabe disso.

O mundo inteiro era um ponto de interrogação naquele momento. A guerra tinha jogado milhões de pessoas para o alto, como peças de um quebra-cabeça. Agora todos tinham de descobrir onde se encaixavam.

— Acho que não tenho mais certeza de nada — suspirou Clara. A complexidade dos dias que tinha pela frente parecia tê-la travado. — Está tudo tão confuso. Me sinto culpada quando não estou com Billy e, quando estou com ele, me sinto culpada por não estar com as meninas.

— Bem, você não está sozinha nessa — comentou Ruby. — As mulheres têm o monopólio da culpa. Bem, que se dane a culpa, é o que digo — exclamou acima do barulho das gaivotas.

— Xiu — falou Clara. — As pessoas estão olhando.

— Não estou nem aí. Que olhem.

Por fim, Clara riu.

— Melhor assim — disse Ruby com um sorriso.

Clara olhou para o rosto da amiga e um longo momento se desenrolou entre as duas.

Depois que Ruby havia aceitado o pedido de Eddie, ele passava quase todo o seu tempo livre na biblioteca, chegando todos os dias com os braços cheios de flores ou escoltando uma Netty encantada para tomar chá com bolo. Nunca tinha visto a amiga tão feliz. Ainda era a mesma velha Ruby de sempre, com bastante laquê no cabelo e a gargalhada sensual, mas havia uma suavidade extra, uma luz perfurando a escuridão. Ela jamais seria "consertada" ou esqueceria o que havia acontecido naquela escadaria, assim como Clara jamais esqueceria Duncan e o bebê. A guerra tinha despedaçado todo mundo, mas era hora de juntar os cacos de volta.

— E pensar que — disse Ruby — a próxima vez que eu subir num barco vai ser para ir para a América!

— Vou sentir tanto a sua falta — choramingou Clara. — Ainda não acredito que você vai mesmo.

— Nem eu — concordou Ruby, acendendo um cigarro Black Cat. — Acha que os corvos vão embora da Torre quando eu me mudar de Londres?

— Provavelmente. Mas estou com tanto orgulho de você por ter se dado essa chance.

— Não consigo pensar em mais nada, Cla — respondeu ela, o lenço ondulando com a brisa do mar.

Ela inspirou e exalou fumaça de cigarro.

— Mas tem razão. Devo isso a Bella. Tenho que viver uma vida grande o bastante para nós duas.

— Isso significa que você se perdoou pelo que aconteceu naquele dia? — perguntou Clara.

— Não, mas estou pronta para tentar, e isso já é um começo, não é?

— A culpa é um nó frio e retorcido — disse Clara baixinho. — Sei muito bem disso. Demora muito para desatar, mas você vai chegar lá.

Ruby suspirou e ergueu o rosto para o sol. Uma mecha do cabelo louro escapou do lenço e brilhou como ouro líquido.

— Vamos torcer. Estar num lugar onde ninguém sabe o que aconteceu vai me fazer bem, acho.

Clara fez que sim.

— Faz sentido.

— Até resolvi que vou tentar escrever aquele livro, quando chegar no Brooklyn, num espírito de "quem não arrisca..." e tudo mais.

— Ah, Rubes. Que maravilha!

Ela deu de ombros.

— Quem garante que vou conseguir escrever um livro picante?

Clara deu uma cutucada no seu ombro.

— Bem, pelo menos você já fez bastante pesquisa.

— Sua atrevida! — As bijuterias de Ruby reluziram ao sol, e ela deu aquela gargalhada rouca e profunda. — Mas você tem razão. — Ela fitou o horizonte. — Nossa, como eu amo aquele cara, Cla. De verdade. Eddie me entende. E o mais engraçado é que ele parece me amar também, do jeitinho que eu sou.

Clara sentia um alívio indescritível pela amiga ter encontrado alguém que não parecia querer mudar quem ela era. Não deixaria a amiga partir sob nenhuma outra circunstância. Depois de tantos anos debaixo da terra, tinha direito ao céu aberto, e precisava de um país tão corajoso e vibrante como ela.

— Quem poderia imaginar, Ruby Munroe enfim pronta para casar.

— Mas a pergunta é: a América está pronta para você? — perguntou Clara.

Ruby a envolveu e as duas se abraçaram apertado. Clara inspirou o cheiro da amiga, um misto de cigarro e Phul-Nana. Tudo que era cálido e familiar estava sendo arrancado dela.

— Obrigada por me acompanhar hoje — sussurrou.

— Nunca que eu iria deixar você na mão. Encaramos tudo juntas. É assim que a gente é — murmurou Ruby.

Clara viu Ruby olhando para alguma coisa por cima do seu ombro e se virou lentamente.

As falésias imponentes de granito da costa norte de Jersey despontavam íngremes diante delas, arranhando o azul límpido do céu. Estava na hora.

No porto, a multidão seguiu se acotovelando pela prancha, a caminho do cais. De vez em quando, alguém se lançava do aglomerado de gente e voava para os braços de um passageiro que desembarcava. Os refugiados ainda estavam voltando para a ilha de onde tinham fugido naquele dia sombrio do verão de 1940.

Cenas de fortes emoções se desenrolaram diante delas, e, quando sentiu Marie segurar sua mão, Clara ficou comovida.

— Como é a sua tia? — perguntou ela.

— Tão bonita — respondeu Marie. — Tem bastante cabelo, cacheado e bem escuro, e é bem grande, boa de abraçar. — Ela franziu a testa de repente. — Pelo que me lembro.

Ela avaliou a multidão, mordiscando o lábio inferior.

— Imagino que vai estar com a nossa prima, Rosemary — acrescentou Beatty, na primeira frase completa desde que saíram de Londres.

— Beatty! Marie!

Ouviram uma voz grave atrás delas e se viraram.

— Tia? — perguntou Beatty. Clara não deixou de notar o tom de descrença em sua voz.

— Como vocês cresceram! — exclamou ela. — Jurei que não ia falar isso.

Ela abriu os braços, e as meninas se deixaram envolver.

Enquanto se abraçavam, Clara a examinou com curiosidade. Aquela não era a mulher que Marie tinha acabado de descrever. Estava magra feito um palito, e o cabelo grisalho estava preso num coque no alto da cabeça parecendo um suspiro.

— É um prazer conhecer você, Clara — disse a Sra. Moisan por sobre a cabeça das meninas. — E você deve ser Ruby. Devem estar cansadas e com fome. Venham, vamos para casa.

Elas seguiram as pessoas que deixavam o cais. Depois da agitação de Londres, as ruas estreitas de paralelepípedos junto ao porto pareciam calmas e silenciosas.

— Infelizmente, vamos ter que usar as pernas que Deus nos deu, como diria Churchill. Daqui até onde eu moro, em Havre des Pas, não é longe.

— Cadê o seu carro, tia? — perguntou Beatty. E então se virou para Ruby e Clara, com uma pontada de orgulho. — Minha tia foi a primeira mulher da ilha a dirigir um Austin 10 novinho em folha.

— Os alemães levaram — respondeu ela com um ar de inevitabilidade.

— E cadê Rosemary? Está em casa? — perguntou Marie, correndo para acompanhar o ritmo rápido da tia quando viraram na estrada que seguia para o leste.

Foi então que a mulher parou de repente e baixou a cabeça.

— Os alemães levaram também.

Vinte minutos depois, chegaram a sua casa, um belo solar vitoriano bege no litoral diante de uma linda faixa de areia dourada, parecendo a foto de um cartão-postal. As casas e os hotéis elegantes que abraçavam a baía pareciam pequenos bolos decorados.

À porta, a Sra. Moisan se virou.

— Primeiro vou levar vocês aos seus quartos, para poderem se refrescar e trocar de roupa, depois vamos tomar um chá no salão. E então vou lhes dar as minhas notícias. Tenho muito para contar.

Ela tocou primeiro o rosto de Marie e então o de Beatty, a dor transbordando dos olhos.

— Sei que vocês foram muito corajosas nos últimos cinco anos, meus amores, mas vocês precisam me prometer que vão continuar sendo só mais um pouquinho.

Ela colocou a chave na fechadura, e Ruby e Clara se entreolharam.

Meia hora depois, estavam reunidas no que Clara imaginava ser o melhor cômodo da casa. Havia duas poltronas de mogno forradas de brocado diante de uma lareira de mármore. A sala era comprida, e as janelas altas panorâmicas na ponta oposta tinham vista para a baía. O sol de fim de tarde iluminava o horizonte, uma faixa ardente de laranja queimado.

Os raios já fracos realçavam uma faixa mais escura do carpete.

— Era onde ficava o restante dos meus móveis — explicou a Sra. Moisan. — Mas tivemos que usar como lenha no inverno passado. Por isso, meninas, sinto muito, mas vocês vão ter que se sentar no chão — disse ela, e, sem dizer uma palavra, Beatty e Marie se sentaram de pernas cruzadas diante das chamas baixas na lareira.

A Sra. Moisan indicou as poltronas para Ruby e Clara.

— Vou ficar de pé junto à lareira.

— Não, por favor, posso ficar de pé — protestou Clara.

— Eu jamais poderia permitir isso — devolveu ela, seca. — Vocês são minhas convidadas.

Ela atiçou a chama e, ao fazê-lo, Clara notou as omoplatas magras se projetando sob a blusa bege fina.

— Sinto muito pelo estado em que nos encontraram. Posso garantir que não nos vestíamos assim, nem era essa nossa aparência antes da guerra. Nós aqui da ilha somos muito orgulhosos e perdemos muito por causa de nossos... — disse, espremendo os lábios — ... visitantes não solicitados.

Sobre a lareira, havia uma foto emoldurada, e Clara reconheceu as pessoas. Três meninas de pé com a água da praia cheia de espuma batendo nos joelhos exibindo maiôs de bolinhas combinando. A Sra. Moisan percebeu seu olhar.

— Era a foto preferida da minha irmã. Rosemary era tão querida. Era impossível tirá-la da água, não era, meninas?

— Tia — chamou Beatty. Estava cansada da longa viagem e parecia prestes a explodir. — Por favor, conta para a gente. O que aconteceu com Rosemary, para onde os alemães levaram a minha prima, e onde o meu pai está? E o tio Tim?

Clara se abaixou e pousou a mão no seu ombro.

— Dê um tempo para a sua tia.

— Não, tudo bem. Elas precisam saber a verdade sobre a família, ou o que sobrou dela. Sinto muito, mas Rosemary morreu... — Ela correu a mão pela prateleira da lareira e pegou a foto. — E infelizmente recebi a notícia de que esse foi o mesmo destino do pai dela, meu marido. — Um silêncio intenso pesou sobre suas cabeças.

— Como? — perguntou Beatty, a voz fraca e com medo.

— Vou começar do começo.

Clara se levantou e pegou com gentileza o braço da Sra. Moisan. Ela a conduziu até a poltrona e, desta vez, a Sra. Moisan não se opôs e se sentou, ainda com a foto nas mãos. Clara sentou de pernas cruzadas no chão. Instintivamente, Marie se aninhou no seu colo, passando os braços de Clara em torno de si como um cobertor. A Sra. Moisan ficou olhando, prestando atenção em tudo. Com os dedos apertando o braço da poltrona, deu início a sua história.

— Quando a guerra começou, nossa vida não mudou muito. Meu marido Tim e eu tocávamos uma pousada aqui. Minha irmã, a mãe das meninas, costumava vir e me ajudar a preparar o café da manhã para os hóspedes, enquanto o pai delas cuidava da loja de joias em St. Helier. Mas, quando a França foi invadida, tudo mudou. O governo britânico resolveu não nos defender caso a Alemanha invadisse.

— Por quê? — perguntou Clara, envergonhada de saber tão pouco sobre o destino das ilhas do canal.

— Não havia valor estratégico em nos defender, por isso fomos abandonados. Pelo menos, foi como nos sentimos.

— Então, por que as meninas e a mãe foram evacuadas, mas a sua família e o Sr. Kolsky ficaram? — perguntou Clara.

— Ah... — suspirou ela, um sorriso irônico no rosto. — Ficar ou fugir. A dúvida que atormentou a todos na ilha.

Ela deu de ombros.

— Para a minha irmã, era uma decisão fácil. Desde o começo ela falava que, se os alemães chegassem muito perto, pegaria as meninas e iria para a Inglaterra. Tínhamos uma tia em Whitechapel, e ela achava que estariam mais seguras lá.

— E olha só no que deu — comentou Beatty, a voz cheia de amargura. — Quando a gente chegou lá, a nossa tia tinha sido evacuada, e mamãe morreu na primeira noite da Blitz. Teria sido muito melhor ficar.

— Não, não teria — retrucou a Sra. Moisan, tão mordaz que Beatty estremeceu. — E, se eu pudesse voltar no tempo, teria entrado com Rosemary no mesmo barco que vocês.

— Então por que ficou? — perguntou Ruby.

— Meu marido era de uma das famílias mais antigas de Jersey. Era arraigado demais a este lugar.

Ela suspirou.

— A vida é cheia de escolhas. A maioria delas, mundanas, e então aparece uma que é tão devastadora que mal se sabe a quem recorrer. No fim das contas, deixei a decisão a cargo do meu marido.

Ela olhou para a foto e passou o polegar suavemente pelo rosto da filha.

— Não tem um dia em que não me arrependa. Já o pai de vocês, meninas, ele respeitou a vontade da sua mãe de ir embora, mas concordou com Tim. Ele via como as pessoas debochavam dos homens que embarcavam para serem evacuados, como eram chamados de ratos, de desertores. E era orgulhoso.

Ela estremeceu e começou a mexer num fio solto no braço da poltrona.

— No entanto, como judeu e homem, era quem mais corria perigo...

Clara estava cheia de perguntas, mas cabia à Sra. Moisan contar sua história sem que a apressassem.

— No início, as privações não passavam de um aborrecimento. — Ela desdenhou com um aceno de mão. — Mudaram o horário para o de Berlim e emitiram carteiras de identidade para todo mundo. Os alemães eram educados. Toda vez que saía de casa, Rosemary ganhava um carinho na cabeça. Como era loura, lembrava as filhas que eles deixaram em casa. Mas, aos poucos, esse verniz foi se desgastando.

Ela girou a aliança no dedo várias vezes.

— Toques de recolher, blecautes, racionamento... Nosso mundo foi ficando menor e mais escuro. Toda essa região virou uma zona militar. Dá para imaginar? Corríamos o risco de sermos baleados só de estarmos do lado errado da linha depois das nove da noite. E, meu Deus, os vizinhos...

Ela fez cara feia, e Clara não sabia se estava prestes a rir ou chorar.

— O Havre des Pas inteirinho era um ninho de alemães. O vizinho de porta, no número 1 da Silvertide, era a *Geheime Feldpolizei*, a polícia militar secreta.

— Você quer dizer a Gestapo? — perguntou Ruby.

— Tecnicamente, não, mas o vice-comandante de Silvertide era conhecido na ilha. Heinz Carl Wölfe. Ele mesmo se autointitulava de "Lobo da Gestapo", então não acho que houvesse muita diferença para ninguém. Muito menos para o meu marido e para o pai de vocês, meninas, que ele mandou prender.

— Mas por quê? — perguntou Beatty.

— 1942 — continuou a Sra. Moisan, ignorando a pergunta de Beatty. — Foi o ano em que tudo mudou. Em março daquele ano, aumentaram as restrições aos judeus. Foi Tim quem teve a ideia.

Ela se agarrou à cadeira.

— Estava sentado nesta cadeira quando me disse que não tínhamos escolha a não ser esconder o pai das meninas aqui. Se ele continuasse morando em cima da loja, mais cedo ou mais tarde, iriam atrás dele.

— Mas vocês moravam do lado da polícia secreta! — exclamou Ruby.

— Eu sei. Imaginamos que escondê-lo bem na cara deles era tão arriscado que talvez funcionasse. Era corajoso, mas também, na verdade, não tínhamos muita escolha. Nós o escondemos no porão e cobrimos o alçapão com um tapete de pano. Ele só saía depois que escurecia e com as persianas fechadas, e só falávamos aos sussurros. Àquela altura, todos os judeus que ficaram na ilha estavam escondidos, mas barriga vazia transforma qualquer um em informante, mesmo quem você achava ser seu amigo. Nos tornamos uma ilha de segredos e espiões. Em quem confiar? Quem estava resistindo? Quem estava colaborando?

Ela falava com frieza, como se a ocupação a tivesse privado de emoções.

— Os alemães levavam qualquer um como preso político. Tinha sempre gente chegando aí do lado para ter "uma conversinha com o Lobo".

A Sra. Moisan fechou os olhos.

— Foi num sábado, em junho. Fui ao mercado e acabei brigando com Barbara Vibert, minha antiga cabeleireira. Peguei o último repolho fedorento do mercado, e ela ficou muito brava. Na briga, meu casaco acabou rasgando.

— Por causa de um repolho? — perguntou Ruby.

Ela abriu os olhos de repente.

— Já passou um dia sem comer?

— Perdão — murmurou Ruby.

— Dava para ver como Barbara ficou irritada. Depois da briga, ela se virou para ir embora, mas, na última hora, parou e comentou: "Faz tempo que não vejo o seu cunhado, o Sr. Kolsky." Só isso, mas o aviso estava dado.

Na escuridão da sala, a tensão era quase insuportável.

— Eles chegaram no dia seguinte, pouco antes de amanhecer. O Lobo da Gestapo com dois homens. Não demoraram muito para encontrar o alçapão do porão. Prenderam Michael e o meu marido.

Ela fez uma pausa, perdida na lembrança.

— É curioso, sabe? Não teve violência. O Lobo estava bem-vestido; parecia até um vendedor de seguros.

— Mas você não ficou morrendo de medo? — perguntou Ruby.

— Ah, fiquei. Àquela altura, eu sabia que, mais cedo ou mais tarde, eles viriam atrás de nós. Eu tinha escondido um judeu bem debaixo do nariz deles, claro que não iam deixar isso passar em branco.

— E o que você fez? — perguntou Clara, sentindo um aperto no coração.

— Tive que pensar depressa. Corri para a única pessoa em quem confiava. O Dr. Noel McKinstry. Tinha ouvido dizer que ele ajudava gente em apuros.

— Mas como sabia que podia confiar nele? — perguntou Ruby.

— Acabei conhecendo-o bem durante a guerra. Rosemary tinha diabetes, e ele sempre se esforçava muito para garantir que ela recebesse insulina. De cara, ele escreveu uma carta às autoridades alemãs, informando que Rosemary e eu tínhamos tuberculose. Até trocou amostras médicas. A carta de isenção funcionou. Os alemães morriam de medo de tuberculose, sabe, então nos deixaram em paz.

— Mas já era tarde demais para o seu marido e para o Sr. Kolsky? — perguntou Clara, e a Sra. Moisan assentiu.

— Michael foi mandado para o continente dois dias depois. Meu marido foi deportado após poucas semanas, num grupo de vinte presos políticos. Dois da minha família se foram, mas só um voltou.

— C-Como? — perguntou Clara, tremendo.

— O pai das meninas foi resgatado em Belsen. Tenho que avisar, meninas, que ele está muito doente, no sanatório de St. Helier. Mas está vivo.

Beatty estava aos prantos, e a vontade de Clara era de pegá-la nos braços e aliviá-la de toda a dor.

— Meu marido passou por várias prisões francesas, mas, com o avanço dos Aliados, acabou sendo levado mais para o leste, para o campo de concentração de Auschwitz-Birkenau.

Por fim, ela fechou a mão em punho e a apertou contra a boca. A expressão no seu rosto atingiu Clara em cheio.

— Acho que morrer de tifo deve ter sido uma libertação, mas ainda assim me pergunto como meu marido, um homem tão gentil, acabou morrendo naquele lugar.

— E Rosemary? — perguntou Clara. — Se vocês não foram presas, como ela morreu?

A Sra. Moisan fitou o chão por muito tempo, como se procurasse por algo.

— Ela pode não ter morrido num campo de concentração — disse, por fim —, mas, acredite em mim, foi uma vítima do Terceiro Reich tanto quanto o pai. No inverno de 1944, todo o estoque de insulina tinha acabado, e ela estava muito doente. Sentimos um alívio imenso quando o Dr. McKinstry ficou sabendo de uma remessa que estava vindo da França, e ele próprio correu para o porto. Mas, quando chegou lá, o contêiner estava vazio.

Ela engoliu em seco, pegou um copo de água que tinha perto do pé e deu um gole trêmulo.

— Insulina contrabandeada custava caro. Rosemary entrou num coma diabético e morreu. Não viveu o suficiente para saber da morte do pai e, pelo menos por isso, sou grata.

Seus olhos pareciam terrivelmente vazios.

— Por que não fui para a Inglaterra quando tive a chance? Sou uma mulher tola e paguei o preço mais caro imaginável. Dizem que corações se partem, mas o meu... — Ela tocou o peito levemente. — O meu continua batendo, teimoso.

Marie saiu do colo de Clara, foi até a tia e, sem dizer uma palavra, abraçou seu pescoço. Ao seu toque, a Sra. Moisan estremeceu, como se tivesse esquecido como era ser abraçada por uma criança, e começou a chorar.

Elas passaram um bom tempo ali, digerindo os fios complicados daquela história devastadora.

— Beatty, por favor, pegue para mim uma coisa na gaveta do alto, naquele aparador — pediu a Sra. Moisan por fim.

Beatty se levantou, tremendo, e pegou um punhado de cartas da Cruz Vermelha.

— Quando o Lobo e os capangas dele estavam vasculhando o alto da casa, Rosemary desceu até o porão, e o seu pai lhe entregou isso.

— O que é? — perguntou Clara.

— Nossas cartas para o papai — disse Beatty, fitando-as, sem conseguir acreditar.

— Ele guardou todas. Agarrava-se ao fato de que vocês estavam em segurança.

Ela sorriu, um lampejo de luz voltou aos seus olhos.

— Sentia tanto orgulho de as filhas fazerem parte de uma biblioteca subterrânea. "Minhas traças de livros, tão inteligentes", era o que ele dizia. Rosemary escondeu as cartas debaixo do tabuleiro de xadrez. Ele morria de medo de isso cair nas mãos dos nazistas e eles descobrirem onde vocês estavam.

— Sua filha era muito corajosa — observou Ruby.

A Sra. Moisan fez que sim com um aceno de cabeça.

— Era. — Ela beijou o alto da cabeça de Marie. — Agora, meninas, acho que vocês precisam descansar, porque amanhã vamos visitar o seu pai.

Na manhã seguinte, quando Clara desceu a escada, a Sra. Moisan estava de volta à sua eficiência habitual, a emoção da noite anterior oculta novamente.

Estava lendo o *Evening Post* enquanto Beatty e Marie comiam pão com geleia.

— Sente-se, por favor. Devo dizer, é uma pequena alegria ler um jornal que não é mais censurado. — Ela levantou o bule e começou a servir. — Isto deve ser do seu interesse, Clara, já que é bibliotecária. Encontraram a biblioteca particular de Himmler, num vilarejo, cheia de livros roubados de toda a Europa. Perto da biblioteca, encontraram um crematório de livros para os que não eram aceitos na Alemanha.

Um crematório de livros?

— Espero que consigam salvar alguma coisa — disse ela, aceitando o chá com gratidão. Clara de repente visualizou uma nuvem de fumaça colossal por sobre a Europa. Ela piscou quando o vapor do chá chegou aos seus olhos e sentiu as lágrimas se acumulando.

— Sinto muito por ter sido tão franca na noite passada. Esta tem sido a minha realidade há tanto tempo que esqueço que é duro de engolir.

Clara pousou a mão sobre a da mulher mais velha.

— Por favor, nunca me peça desculpas. Estou aqui para ajudar as meninas. Como poderia fazer isso se você suavizasse o passado?

Ela fez que sim.

— Obrigada. Agora, me conte de você. Como era a sua biblioteca de guerra?

— Ah, tia, era a melhor biblioteca — disse Beatty, e as duas se viraram surpresas para a menina. — Aquele lugar foi um santuário para mim e para Marie. Não sei o que a gente teria feito sem ele. E Clara é a melhor bibliotecária do mundo.

— Isso está longe de ser verdade — interrompeu Clara —, mas obrigada, Beatty, pelo elogio exagerado.

Estava assustada. Fazia semanas que Beatty não falava tanto com ela. Havia uma doçura nos seus olhos, e Clara sabia que esse era o seu jeito de pedir desculpas. Sentiu como se fosse chorar de alívio.

— É verdade, tia — insistiu Beatty. — Quando a gente desapareceu, ela não descansou até nos encontrar e o Billy nos resgatar... — Beatty parou de falar ao perceber a expressão no rosto da tia.

— Minha nossa, ela foi mais que uma bibliotecária para você.

Clara fitou o chá e se sentiu pouco à vontade. Será que havia passado dos limites? Em seu desespero para ser mãe, deixou-se ficar íntima demais das meninas?

Ruby entrou na cozinha, e Clara agradeceu a interrupção.

Depois de mais chá e pão com uma coisa deliciosa de maçã com canela chamada manteiga preta, chegou a hora de sair.

A conversa nervosa minguou enquanto elas colocavam os casacos.

— Seu pai está no hospital de St. Helier e eles são muito rigorosos com o horário de visita — explicou a Sra. Moisan, na porta. — Pedi umas bicicletas emprestadas.

Enquanto ela falava, Clara notou que a aparição delas estava chamando atenção. Alguns vizinhos tinham saído de casa e olhavam para as meninas com curiosidade.

De repente, a expressão no rosto da Sra. Moisan congelou. Uma senhora de cinquenta e poucos anos e aparência inofensiva vinha andando pela rua na direção delas, carregando um cesto de vime.

— Foi às compras, é? — provocou a Sra. Moisan quando a mulher chegou à altura da casa. A mulher acelerou, recusando-se a fazer contato visual. — Espero que engasgue com a sua comida, sua piranha nojenta! — Ela cuspiu nos pés da mulher.

Clara e Ruby trocaram um olhar estupefato.

— Que você nunca mais tenha um momento de paz pelo que fez. — Ela apontou para as meninas, que pareciam aterrorizadas. — Essas são as filhas do Sr. Kolsky. Olhe para elas...

A mulher começou a correr.

— Olhe para a cara delas e veja se consegue conviver com o que fez! — gritou.

A mulher virou a esquina e desapareceu.

Clara tocou com gentileza as costas da Sra. Moisan.

— Foi ela, não foi? A mulher que denunciou vocês?

A Sra. Moisan fez que sim, o rosto cheio de fúria.

— Não acredito que não teve repercussão — comentou Clara.

— Aparentemente, não existe uma lei que ofereça um castigo apropriado para os que denunciaram concidadãos. Acharam mais justo para todo mundo deixar que os culpados de colaboração fossem marginalizados.

Clara ficou boquiaberta. A coisa toda cheirava demais a Velho Oeste para ela.

— E por isso eu simplesmente tenho que seguir em frente, que nem ela.

A Sra. Moisan recolheu o descanso da bicicleta e, com as costas eretas, começou a pedalar em direção ao mar de ventos fortes.

O terrível encontro pairava como uma nuvem escura sobre elas enquanto pedalavam por St. Helier. As ruas estavam mais cheias naquele dia, com as lojas repletas de carne e legumes, e Clara viu até uma loja de doces bastante movimentada.

— A tal Força Britânica 135 está fazendo um ótimo trabalho, limpando a bagunça dos alemães e colocando a nossa economia de volta nos trilhos — comentou a Sra. Moisan, enquanto elas observavam as filas de donas de casa conversando.

Foi só quando pararam no sinal que Clara notou um indício visível da marca deixada pelos nazistas: uma grande suástica preta pintada com piche na lateral de uma casa.

— Traidora — desdenhou a Sra. Moisan. — Quando uma mulher era pega confraternizando com um alemão, a casa dela era marcada.

Ruby, Clara e as meninas fitaram a marca, intrigadas.

— Por favor, não fiquem olhando — pediu a Sra. Moisan. — Acreditem em mim, nessa ilha houve muito mais atos de resistência que de colaboração.

Seus olhos brilhavam desafiadores ao sol forte da manhã.

— Muito mais gente desafiou o inimigo que se deitou com ele.

O sinal abriu, e ela seguiu com agilidade.

Dez minutos depois, encostaram diante de um prédio vitoriano agourento erguendo-se atrás de um muro sólido de pedra.

— Chegamos — anunciou a Sra. Moisan.

Ao entrarem no hospital, Clara ainda estava atolada na poça turva de punição e raiva que obviamente ainda banhava os moradores ali sitiados e as situações impossíveis que enfrentaram e continuavam enfrentando.

Um médico e uma enfermeira vieram recebê-las.

— Bom dia, Beatty e Marie — cumprimentou o médico calorosamente. — Antes de vermos seu pai, preciso falar com a sua família.

Com o coração disparado, Clara seguiu a Sra. Moisan e o médico por um corredor comprido até a sala dele.

Depois de se sentar, ele pegou a ficha do paciente.

— O Sr. Kolsky está muito doente. Está severamente desnutrido e sofreu de septicemia, possivelmente por intoxicação alimentar ou água contaminada...

Ele fez uma pausa e bateu a caneta no polegar.

— Todas as questões físicas estão sendo tratadas, e estamos vendo uma melhora nessas condições.

— Mas...? — perguntou a Sra. Moisan, temerosa.

— É a mente dele que me preocupa. A septicemia ou as experiências que ele sofreu ou as duas coisas levaram a um desequilíbrio que vai exigir pelo menos mais uns seis meses de convalescença aqui e tratamento psiquiátrico intenso.

O coração de Clara batia tão rápido que ela ficou surpresa que ninguém mais ouvisse.

— Que experiências foram essas? — perguntou a Sra. Moisan.
— Seja franco.

— Bem, com o tempo, vamos ter uma compreensão melhor disso, ainda estamos descobrindo todos os horrores. Mas entendo que, no caso do Sr. Kolsky, não foi tanto o tempo que passou em Belsen, mas sim a intensidade da experiência que levou a esse desequilíbrio... — Ele hesitou. — Como poderia colocar isso para as senhoras?

— Pelo amor de Deus — retrucou a Sra. Moisan —, a guerra fez muitas coisas, mas não discriminou. Ela desferiu sua brutalidade em ambos os sexos. Somos mulheres. Podemos suportar a verdade.

— Muito bem. Quando o Sr. Kolsky chegou, as autoridades do campo estavam tentando esconder as evidências de seus crimes antes que os Exércitos Aliados chegassem. Muitos prisioneiros foram forçados a sair e marchar até a morte. Mas o Sr. Kolsky ficou. Pelo que entendo, era trabalho dele, e de muitos outros, se livrar dos corpos. Nos três dias anteriores à libertação de Belsen, ele foi forçado a arrastar os mortos para covas funerárias. Ele foi chicoteado e espancado até ter arrastado muitos milhares para covas coletivas terríveis.

— Continue — ordenou a Sra. Moisan calmamente. Uma veia saltava na sua têmpora.

— A senhora pode imaginar como deve ter sido indescritível se arrastar em meio a cadáveres, alguns dos quais foram vítimas de canibalismo.

Houve um silêncio pesado enquanto elas assimilavam a informação.

— O que isso pode fazer com um homem? — sussurrou Clara.

— Ele parece estar sofrendo uma completa perda de memória da vida anterior à guerra. Nossa esperança é que ver as filhas possa ajudar a desencadear algumas dessas lembranças.

A Sra. Moisan se virou para Clara.

— Isso vai ser muito difícil para as meninas. É por isso que eu queria que você viesse hoje. Elas precisam de alguém em quem confiem.

Clara queria fugir daquela saleta com seu cheiro nauseante de sabonete carbólico, mas a Sra. Moisan tinha razão. As meninas precisavam do pai, e ele precisava delas.

Ela fez que sim com um aceno de cabeça, e o médico se levantou.

— Vamos?

Quando chegaram à estação de trabalho da enfermagem, onde as meninas estavam sentadas, Clara sentia um bolo na garganta.

— Meninas — disse o médico com gentileza, agachando-se para falar com elas —, o pai de vocês está convalescendo num quarto só para ele. A última vez que o viram, ele tinha 44 anos, mas devo avisar que ele parece muito mais velho agora. Isso é por causa do que ele passou nos campos. Ele não vai parecer ou agir como o pai de que vocês se lembram, de 1940. Ver vocês duas vai ser um passo importante na recuperação dele, mas, se acharem que não estão prontas ou que precisam de mais tempo...

— Estamos prontas — insistiu Beatty.

— Muito bem — disse o médico. — Mas, por favor, é muito importante que vocês não mencionem o campo.

Clara segurou as mãos das meninas enquanto percorriam um labirinto de corredores e sentiu a apreensão delas subindo dos seus braços até lhe tocar o coração.

Uma porta se abriu e, de repente, estavam num quarto claro. No centro, numa maca e recostado nos travesseiros, estava um homem velho.

Clara prendeu a respiração. Era um esqueleto envolto em pele. Parecia mais perto dos 80 que dos 40.

Os tufos de cabelo branco pareciam dentes-de-leão, e a pele tinha um estranho tom amarelado.

— Sr. Kolsky — chamou o médico, baixinho. — Tenho visitas especiais para o senhor. São suas filhas, Marie e Beatrice. Elas estavam na Inglaterra e agora voltaram para casa.

Ele levou um tempo para ajustar o olhar, enquanto se virava muito lentamente para elas. Seus olhos estavam tão molhados que ele tinha dificuldade de focalizar. Clara soltou a mão das meninas, mas Marie se recusou a se afastar.

Um lampejo lento de reconhecimento brilhou no rosto do Sr. Kolsky. Seus dedos se moveram lentamente sobre o lençol à medida que Beatty dava um passo meio incerto na direção do pai.

Foi ela quem falou primeiro, uma expressão tão amorosa.

— Pai, sou eu... — Com carinho, pegou suas mãos. — Sou eu. Ai, pai.

— Vem aqui na luz, para que eu veja você melhor — sussurrou ele.

Ela se aproximou mais um pouco, e ele ergueu a mão da filha até a bochecha. De repente, pareceu estremecer, um espasmo atravessando seu rosto.

— Rose... Minha querida Rose, onde você estava?

Beatty arregalou os olhos.

— Não, pai, não é a mamãe. Sou eu. Beatty, sua filha.

Ele fez que não com a cabeça e apertou a mão dela. Uma tempestade de emoções passou pelo seu rosto. Confusão. Raiva. Medo.

— Cadê as nossas meninas? — perguntou. — O que eles fizeram com elas?

Ele começou a tremer.

— Eles não podem levar as meninas, Rose. Está me ouvindo, você não pode deixar que eles levem as meninas.

Beatty puxou a mão e engoliu o choro.

Ele tentou se erguer, enquanto ela se afastava.

— Por favor, Rose, você precisa esconder as meninas, para o bem delas.

Estava tremendo agora, tentando sair da cama, mas estava tão fraco que mal conseguiu erguer o lençol.

O médico se apressou na direção dele, e Beatty disparou para junto de Clara.

— Acho que é melhor vocês saírem agora — pediu o médico.

Ao deixarem o quarto, ouviram a voz frágil do Sr. Kolsky ecoando no corredor.

— Cadê ela? Para onde vocês estão levando a minha mulher?

As enfermeiras as conduziram para uma sala privada onde, durante uns bons vinte minutos, Beatty chorou incontrolavelmente nos braços de Clara, com Marie enroscada ao seu lado. A porta se abriu suavemente e o médico entrou.

— Como podem ver, seu pai está muito doente — disse o médico.

— Como o senhor pode ajudá-lo? — perguntou a Sra. Moisan.

— Não há um caminho óbvio — respondeu o médico, cansado. — Nunca tivemos que lidar com nada parecido antes. O cérebro dele está tentando protegê-lo dos horrores que testemunhou.

— Como um disjuntor que desarma? — perguntou Beatty.

O médico lhe ofereceu um sorriso triste.

— Exatamente isso. Você é muito esperta. Mas prometo, minha cara, que vamos fazer o possível para cuidar do seu pai, até ele encontrar o caminho de volta para si mesmo.

Elas deixaram o hospital irremediavelmente alteradas pela experiência. A imagem do corpo emaciado permaneceria para sempre gravada no cérebro de Clara.

— Acho que precisamos de uma caminhada e um pouco de ar fresco — anunciou a Sra. Moisan.

— É, boa ideia — concordou Clara.

— Me desculpe, quis dizer eu e as meninas — acrescentou a Sra. Moisan.

Clara sentiu como se tivesse levado um soco.

— Ah. Lógico. Sem dúvida. Encontro vocês em casa.

Ela subiu na bicicleta e pedalou o mais rápido que pôde, para que as meninas não vissem as lágrimas escorrendo pelas suas faces. Saiu depressa de St. Helier, grata pela brisa fria da ilha, que secava suas lágrimas no momento em que elas caíam.

Ruby não disse uma palavra, apenas pedalou atrás da amiga enquanto se dirigiam para o oeste, contornando a baía de St. Aubin, e chegavam à baía de St. Brelade. Passaram por campos e praias marcados por fortificações feias, monstruosidades gigantes de concreto tão impenetráveis quanto a mente do Sr. Kolsky. Clara nunca tinha se sentido assaltada por um turbilhão tão intenso de emoções.

Por fim, exausta, parou quando a terra firme acabou, no extremo sudoeste da ilha. Clara inspirou diante da beleza da paisagem. A maré estava baixa, e um quebra-mar ladeado por rochas escuras levava a um majestoso farol branco. Ao longe, ouviu o estrondo tremendo das ondas quebrando na praia.

— Parece que chegamos ao fim da estrada — murmurou Clara, descendo da bicicleta. — Parece uma metáfora apropriada.

Seu lenço havia se soltado da cabeça, e os cabelos escuros batiam no seu rosto. Ela tremeu quando o vento ficou mais forte, empurrando enormes nuvens prateadas para o interior.

— Eu as perdi, não perdi?

— Ai, Cla — suspirou Ruby —, você acha mesmo que elas um dia foram suas?

— Não, acho que não. Não consigo parar de pensar no Sr. Kolsky e na Sra. Moisan.

— Escute, você consegue se virar sem mim só um pouquinho? — perguntou Ruby de repente. — Encontro você em casa.

— Aonde você vai?

— Prometi a Stan, lá do prédio, que procuraria o tio dele, que tem um bar perto das docas.

Clara arqueou uma sobrancelha.

— Ruby Munroe. Não vá se meter com contrabandos.

— Não, não é nada disso, ele não é um receptador. Só preciso dar uma mensagem.

Ela se aproximou e deu um beijo na bochecha de Clara.

— Até mais.

Clara não estava pronta para voltar para a cidade ainda e se sentou, fechou os olhos e ficou ouvindo o rugido do oceano. Ela e Ruby iriam voltar no dia seguinte, no primeiro barco.

Deitou-se na grama fria no topo do penhasco. O vento parecia sussurrar histórias, e o mar eternamente pedia silêncio. O barulho das botas dos alemães iria ecoar para sempre, e Clara se perguntou como as meninas encontrariam seu lugar naquela ilha devastada pela guerra e, mais importante, como lidariam com a fragilidade da mente do pai. Teria de aceitar que elas precisavam fazer isso sem ela.

Ficou ali por tanto tempo que deve ter cochilado, porque, quando olhou para cima, alguém tinha pintado o céu.

Era um pôr do sol espetacular. Um laranja-avermelhado mesclando-se em violeta. Ela pedalou de volta lentamente, maravilhando-se com o dossel brilhante do céu noturno sobre as colinas baixas, a escuridão salpicada de estrelas.

Clara empurrou a bicicleta ao longo de Havre des Pas e se surpreendeu ao encontrar a Sra. Moisan esperando por ela na porta de casa.

— Aí está você. Fiquei com medo de que tivesse se perdido. Precisamos conversar.

Algo em sua postura havia mudado.

— Venha.

Ela pegou Clara pelo cotovelo.

— Deixe a bicicleta aqui.

As duas seguiram pela calçada, passando pelos grandes hotéis à beira-mar, até que ela finalmente parou e se sentou num banco. Convidou Clara a se sentar.

— Andei observando você com as meninas. Você é a coisa mais próxima que elas têm de uma mãe. Vejo isso agora. Hoje de manhã, você pediu que eu fosse franca, então...

Ela encarou o mar.

— Gostaria que as meninas voltassem para a Inglaterra com você. Sou uma mulher de idade agora, perdida demais em minha amargura para dar a elas o que precisam.

— Mas e o pai delas? — perguntou Clara.

— Elas podem visitá-lo nas férias. Ele vai se recuperar, espero, e elas podem ser uma parte da recuperação dele, mas, a curto prazo, o melhor lugar para elas é do seu lado.

Ela sorriu. Era um sorriso bonito e bem pouco visto.

— Elas precisam das suas histórias, Clara, dos seus livros e da sua biblioteca. Mas, principalmente, do seu amor.

— O que as meninas querem? — perguntou ela, esbaforida.

— Foi por isso que as chamei para uma caminhada. Elas não querem ser desleais, mas querem voltar com você.

— Tem certeza?

Ela fez que sim.

Clara expirou lentamente.

— Vou cuidar muito bem delas e vou trazê-las todas as férias. Adorei esse lugar. É uma ilha tão linda.

— Era, e um dia vai voltar a ser. Também precisa se recuperar.

— Você é tão forte.

Um sorriso irônico surgiu no canto dos lábios dela.

— É o que me dizem. Mas não quero mais ser forte. Estou cansada. Só quero viver em paz com minhas memórias.

Ruby e as meninas estavam esperando por elas em casa. Só de olhar para os seus rostos Clara soube que a Sra. Moisan tinha razão.

— Podemos voltar para Londres com você? — perguntou Beatty, examinando seu rosto.

— Claro que podem — respondeu ela, rindo e chorando ao mesmo tempo, ao tocar o rosto das meninas.

Elas se abraçaram por um bom tempo, até que Beatty se afastou.

— Eu estava morrendo de medo de você dizer não, porque fui terrível com você. Estava com tanta raiva por causa de Billy, me culpando, e descontei na pessoa errada.

Clara sorriu e deu um beijo na testa dela.

— Do pouco que sei sobre ser mãe, isso faz parte do trabalho. — Ela olhou de Beatty para Marie. — Vou ficar com vocês pelo tempo que precisarem de mim. E mesmo quando não precisarem mais.

Na manhã seguinte, nas docas, o céu estava límpido, com o sol forte de verão refletindo nas águas, enquanto as pessoas subiam o cais.

Parecia que um peso enorme tinha sido tirado das costas da Sra. Moisan.

— Venham aqui — chamou ela, sorrindo e abraçando as meninas. — *J'vos aime bein, èrvénez bétôt* — sussurrou ela.

Ao se abraçarem, Clara se deu conta do sacrifício que ela estava fazendo pela felicidade das sobrinhas. Ao deixá-las voltar para Bethnal Green, estava oferecendo a elas um retorno seguro.

Por sobre a cabeça delas, Clara viu um rosto familiar.

— É ela — sussurrou, cutucando Ruby nas costelas.

— Quem?

— Barbara Vibert. A mulher que denunciou a Sra. Moisan.

Estava carregada de coisas, tentando erguer duas malas para a prancha de embarque.

Ruby acendeu um cigarro e a observou com um olhar astuto por entre a fumaça.

— É verdade. Pelo menos não vai mais perturbar a Sra. Moisan.

— Ruby — disse Clara, devagar —, você sabe alguma coisa sobre isso?

Ela abriu um sorriso malicioso, os lábios vermelhos curvados nas pontas.

— Quem, eu? Vai ver ela quer uma mudança de ares...

— Rubes... como você...? — começou Clara. — Quer saber, melhor nem me contar.

Ruby segurou o cigarro nos lábios e começou a recolher as bagagens.

— Vamos — murmurou —, vamos para casa. Estou com saudade da fumaça de Londres.

Uma vez a bordo, os motores roncaram alto, e o ar se encheu com a empolgação nervosa de novas viagens, carregado com o cheiro de sal e óleo.

No convés, as meninas acenaram para a tia com força enquanto o barco rangia e se afastava das docas. Logo, estavam singrando as águas em direção à Inglaterra. Algumas histórias, refletiu Clara, olhando para a figura curvada de Barbara Vibert sentada sozinha de costas para o litoral de Jersey, seriam para sempre duras e sombrias demais. As feridas eram muito profundas. A torrente não filtrada da experiência humana logo acabaria, e os sobreviventes da guerra iriam se curar ou enterrar bem fundo as histórias.

Quando a costa da Inglaterra surgiu no horizonte, Beatty encostou a cabeça no ombro de Clara.

— Nunca desista do seu pai — pediu Clara.

— Não vou — respondeu Beatty. — Desde que você também não desista de Billy.

Beatty a encarou, desafiando-a a desviar o olhar.

— Muito bem. Podemos visitar Billy, mas, por favor, não alimente muito as esperanças.

Elas ficaram em silêncio por um tempo, e Clara se debateu sobre o que dizer. Como, além do pai, aquela menina poderia lidar com a incerteza e as complexidades da situação de Billy? Quanto trauma se poderia esperar que uma criança enfrentasse de forma razoável?

A prancha do navio bateu no cais com um tranco.

— É culpa minha ele estar naquela cama de hospital — disse Beatty, baixinho, ao se levantar. — Já perdi um pai, não vou perder outro.

26

Ruby

Bibliotecas ainda são uma das instituições mais seguras e gratuitas que temos. Elas continuam sendo um serviço estatutário, e as autoridades locais ainda são obrigadas a oferecer uma biblioteca pública gratuita.

Kathleen Walker, bibliotecária aposentada

Assim que Ruby abriu os olhos, sabia que tinham perdido a hora. Chegaram de Jersey muito tarde na noite anterior e, para não perturbar a mãe, tinha ficado na casa de Clara. Clara emprestou a cama para as meninas até arrumar um lugar com dois quartos, e ela e Ruby ficaram conversando até tarde, enroladas em duas poltronas perto da lareira.

Ruby bocejou e correu os dedos pelo cabelo bagunçado. Os sinos da igreja e a luz do sol invadiam a sala.

— Bom dia, dorminhoca — disse Marie, mexendo uma panela de leite no fogão. — Quer achocolatado? — Sentada pacientemente a seus pés, Bela tinha esperanças de que caísse alguma migalha para ela.

— Aceito, por favor. Como é bom ouvir sinos de igreja de novo. Cadê Beatty? — perguntou. — Está no jardim? — Ruby apontou para o banheiro externo.

— Ah, não. Foi ver Billy no hospital — respondeu Marie, animada.

— Como é que é?! — exclamou Ruby.

— Saiu tem uma hora, mais ou menos. Falou para não acordar você nem Clara.

Ruby despertou na mesma hora.

— Cla! — chamou, sacudindo a amiga.

Clara abriu um dos olhos e se sentou, meio dolorida.

— Alguém falou em chá?

— Não temos tempo para isso. Beatty foi ver Billy no hospital.

— Ai, meu Deus. Não, não, não. Ela não pode ir sozinha. Não era para ser assim! Não tive tempo de conversar com ela sobre o estado dele — murmurou ela. — Mas, espere, ela tem só 12 anos. Não vão deixar que entre sozinha, vão?

— É de Beatty que estamos falando, Cla.

Clara pulou da cadeira e calçou um sapato depressa.

— Tem razão. É a menina mais determinada que já conheci. Vamos, temos que ir.

— Cla, querida. Não quer se vestir primeiro? — perguntou Ruby. — Você ainda está de pijama.

— Não dá tempo. Anda. E você, Marie, tire essa panela do fogo. A gente tem que sair. Agora!

— Por que a pressa, Clara? — perguntou Marie, enquanto elas atravessavam o Barmy Park e passavam pela biblioteca, com Bela correndo atrás delas, latindo animada.

— Ela não pode visitar Billy sozinha.

As pessoas a caminho da igreja pararam, espantadas, para olhar a bibliotecária que corria por Bethnal Green de pijama, com Ruby, Marie e um pequeno Terrier em seu rastro.

— Deus, por favor, me diga que ela não está lá dentro — disse Clara, a respiração entrecortada, quando finalmente subiram a escadaria do hospital, dois degraus por vez, então parou de repente. — Bela!

Ruby e Clara olharam uma para a outra.

— Não vão nem notar — disse Marie, aninhando a cadela sob o casaco.

Na estação de trabalho da enfermagem, a enfermeira-chefe ergueu o rosto, espantada.

— Sra. Button, estávamos prestes a entrar em contato.

Clara ergueu os braços, então pressionou o punho fechado na lateral do corpo para conter uma pontada de dor que começava a se insinuar.

— Eu sei, eu sei. Me desculpe. Ela tem só 12 anos, sei que parece mais velha, e ela passou por tanta coisa recentemente — exclamou, entre uma respiração e outra.

— A filha mais velha dele está lá dentro agora, é dela que a senhora está falando?

Ruby sentiu um aperto no coração. Como Beatty podia ser tão irresponsável e mentir deliberadamente sobre a idade de novo?

— Ai, pelo amor de Deus... — devolveu Clara.

— ... Sra. Button, a senhora precisa ouvir o que...

Mas não havia tempo para parar e ouvir. Frenética, Clara abriu a porta do quarto de Billy, então parou tão de repente que Ruby a atropelou por trás.

Era demais para assimilar. Médicos de jaleco branco e enfermeiras, tantas enfermeiras, todos ao redor da cama, de modo que Ruby não conseguia nem o ver e sentiu um aperto mais forte no coração. Será que tinha morrido?

Clara gritou:

— Beatty. Venha aqui agora mesmo. Você não devia ter vindo, não agora.

As emoções da última semana explodiram feito a rolha de uma garrafa, e o rosto da amiga ficou lavado de lágrimas.

— Por favor, Billy não iria querer que você o visse assim.

— Clara tem razão, por favor, venha com a gente, querida — chamou Ruby.

— Billy pode falar por si mesmo — devolveu ela.

Os médicos se viraram para ver quem era, e, de repente, Ruby podia ver. Ver, de verdade.

— Billy? — chamou ela, virando-se para Clara.

Clara permaneceu onde estava, cobrindo a boca com ambas as mãos.

Billy estava com o olho aberto, as mãos entrelaçadas na de Beatty. No lençol, entre os dois, havia um livro aberto.

— Ele acordou quando eu estava lendo para ele — explicou Beatty calmamente.

— Eu... Eu... Não acredito... — gaguejou Clara, por fim.

Billy olhou para ela, e seu rosto cansado era só amor.

— Clara. Por que você está com o meu pijama? — sussurrou ele.

De repente, a porta se abriu de supetão atrás delas. Marie e Bela entraram depressa, e a cadelinha subiu na cama.

— Oi, mocinha — sussurrou ele, recebendo beijos molhados da cadela.

— Isso é muito inadequado — anunciou a enfermeira-chefe, aparecendo agitada atrás delas. — Vamos esvaziar esse quarto agora mesmo.

— Pode deixar — interveio o plantonista, um médico de expressão cansada que obviamente tinha visto coisas demais durante a guerra para se chocar com aquilo. — Esse cara já perdeu tempo demais.

E então Clara e as meninas o estavam beijando e abraçando com toda a delicadeza que podiam, deleitando-se com o milagre da volta de Billy. Ruby sorriu e deixou o quarto em silêncio, para dar privacidade àquela pequena família pouco convencional.

Foi para casa devagar, refletindo sobre a emoção dos últimos dias, mas simplesmente não havia como absorver tudo o que tinha visto e vivido. Ruby sentia como se tivesse testemunhado o melhor e o pior da humanidade, e a emoção que transbordava dela era tão avassaladora que parecia que podia engolir o sol.

Billy voltou para elas. As meninas de Jersey estavam sãs e salvas em casa. Havia apenas uma pessoa no mundo com quem Ruby queria compartilhar aquilo, mas isso teria de esperar. Primeiro precisava de um banho e de um café forte. Um pensamento repentino lhe ocorreu e a fez titubear. Antigamente, sempre que acontecia alguma coisa, boa ou ruim, em geral sua primeira reação era pensar em beber. Ela costumava marcar todos os grandes eventos com birita. A vontade ainda estava lá, mas, desde a chegada de Eddie, estava mais refreada.

Atravessou o Barmy Park. A sua volta, o sol de verão encobria o parque empoeirado, imprimindo-lhe uma sensação de calor. Entre os detritos remanescentes da guerra, um canteiro de flores esperançosas havia aberto caminho sob um emaranhado de arame enferrujado e polvilhava a grama com flores amarelas.

Por impulso, pegou uma flor amarela e correu até a estação de Bethnal Green. Pousou a flor no alto da escada.

— Te amo, mana — sussurrou. Clara tinha razão. A irmã não estava mais ali. Teria de procurar seu espírito em outros lugares. Nos sacrifícios de mulheres como a Sra. Moisan, no amor incondicional de Eddie, na maravilha que era a recuperação de Billy e no reflexo do sol nos novos painéis de vidro das janelas da antiga biblioteca bombardeada.

— Ruby. Você voltou! — Ela se virou e viu a Sra. Chumbley subindo os degraus do metrô com uma caixa de livros.

— Sentiu saudade? — perguntou, rindo. — Anda, deixa eu ajudar.

— Ruby — respondeu ela, séria. — Sua mãe achou que você voltava ontem à noite.

— É, desculpa, a gente levou uma vida para chegar de Jersey. Você não vai acreditar no que...

— Não importa — interrompeu ela. — Você tem que ir para casa agora.

Algo na expressão da Sra. Chumbley a fez sentir medo. Ruby se virou e começou a correr. Contornou a esquina com a Russia Lane e disparou pela Quinn's Square. A praça estava cheia de bandeirinhas do Dia da Vitória, tremulando na brisa da manhã. Ela subiu os degraus dois de cada vez e entrou às pressas em casa.

A Sra. Smart e, na verdade, a maioria das mulheres do andar pareciam reunidas na cozinha minúscula, todas ocupadas com alguma tarefa. Sentado à mesa, fumando um charuto, Eddie parecia não pertencer àquele lugar. No fogão, havia uma panela imensa de água fervendo em fogo brando.

— Ai, Ruby. Você voltou — disse a Sra. Smart, aliviada. — Sua mãe foi abençoada.

Ruby não entendia. Abençoada? O que ela queria dizer com aquilo? E por que tinha tanta gente no apartamento dela? Em geral, isso só acontecia quando alguém no prédio morria.

Sentiu-se tonta e caiu de joelhos. Eddie se levantou depressa.

— Não, querida — acalmou-a ele, erguendo-a. — Você não entendeu. Sua mãe foi abençoada com um bebê.

Ela abriu a boca e então a fechou.

— Não é do seu feitio não saber o que dizer — comentou a Sra. Smart, rindo e voltando-se para Eddie. — Nossa Rubes aqui é a única mulher que sai de férias e volta com a língua queimada de sol.

— M-Mas ainda faltava um mês para o neném nascer — conseguiu falar por fim.

— Bem, bebês tem seu jeitinho próprio de fazer as coisas — devolveu ela. — Eles vêm quando estão prontos, e não quando a gente acha que têm que vir. Agora chega de drama. Vai conhecer o seu irmãozinho. — A Sra. Smart deu um empurrão de leve nela, na direção do quarto da mãe.

A porta rangeu ao se abrir, e Ruby respirou fundo. A mãe estava recostada na cama. Em seus braços, havia um bebezinho, não maior que um coelho esfolado, envolto em mantas.

— Oi, querida. Vem conhecer o seu irmãozinho. É pequenininho, mas a parteira veio e ela acha que é saudável.

— Ai, mãe — arfou Ruby, sentando-se na cama ao lado dela. — Desculpa por não ter estado aqui.

— Tudo bem, querida. — A mãe abriu um sorriso cansado, incapaz de desviar os olhos do rosto do neném. — Foi tudo muito rápido. Seu Eddie passou aqui ontem, para me levar às compras. No meio da Petticoat Lane, a bolsa estourou.

Ruby arregalou os olhos.

— Eu sei. Parece mentira! Eddie chamou um táxi. Primeira vez que andei de táxi. Parecia coisa de cinema. Quando a gente chegou em casa, ele correu para buscar uma parteira, mas já era tarde demais. Quando apareceu com uma, a Sra. Smart já tinha feito o parto no chão da cozinha!

— Mãe, não consigo acreditar.

— Nem eu, querida. Esse Eddie é um bom sujeito, vai por mim. Se não tivesse pensado rápido, o pobrezinho teria nascido no meio da feira.

Por fim, Ruby começou a rir.

— Pois é — concordou Netty, rindo e balançando a cabeça. — Dá para acreditar? Segundo a Sra. Smart, Eddie é o herói da vez. Metade de Bethnal Green já sabe da história.

— Ele é lindo, mãe — soltou Ruby, deslizando o dedo pela bochecha do irmão. — Como ele vai se chamar?

— Pensei em James, em homenagem ao meu pai. Engraçado. Estava tão certa de que ia ser menina, mas agora nem sei por que achei isso.

— As coisas nunca saem como a gente imagina — murmurou Ruby, percebendo que estava tão absorta pelo rosto do neném quanto a mãe.

— Nisso você tem razão. Quando descobri que estava grávida, parecia uma maldição. Agora não consigo imaginar como seria a minha vida sem ele.

O bebê se mexeu, a boca formando um O perfeito.

— Acho que está querendo mamar — disse Netty. — Me ajuda a sentar, querida?

— Claro, mãe. Desculpa por não ter estado aqui. Mas não saio mais do seu lado. Vou estar aqui o tempo todo para ajudar.

Pela primeira vez, Netty desviou o olhar do neném.

— De jeito nenhum. Tem um homem honesto lá fora, oferecendo uma vida digna para você. Nós dois estamos em boas mãos.

— Mas, mãe...

— Não. Estou falando sério. Não quero dizer que não vou sentir saudade todos os dias, mas, por mim, acho que já perdemos tanto, tantas vidas desperdiçadas. Você vai para a América, minha filha, e ponto final.

Ruby sorriu ao ajudar a mãe a se sentar e ajeitou os travesseiros atrás dela.

— Já que você diz.

A mãe fez que sim.

— Agora estou livre, e quero que você seja livre também.

E, com a luz do sol brilhando pela janela nos três, o futuro se estendia à frente deles, vasto e luminoso.

27

Clara

O amor pela leitura e pela escrita não deveria ser privilégio dos ricos, ele é para todos.

Lisa Roullier e Lena Smith, Bibliotecas Públicas de
Barking e Dagenham

Foram duas semanas até Billy estar forte o bastante para Clara levá-lo para o lado de fora do hospital, numa cadeira de rodas, para um passeio ao ar livre. O médico havia alertado que não exagerasse. Ele tinha sofrido um trauma imenso e, embora os sinais iniciais fossem positivos, não queriam correr o risco de que alguma coisa causasse uma recaída.

Ninguém sabia dizer o que o havia trazido de volta. O tempo? Ou será que a voz de Beatty o alcançara de uma forma que eles jamais poderiam compreender?

Foram cinco dias até ele conseguir falar mais que uma frase fraca, mas, a partir do momento em que recobrou a consciência, Clara não precisou de palavras para entender que ele sabia exatamente quem ela era. Viu isso em sua expressão, no jeito como ele segurava sua mão, mesmo quando as enfermeiras estavam trocando os curativos ou dando algum remédio.

Mas ele parecia gostar mesmo era das visitas das meninas, seus olhos brilhavam toda vez que elas entravam no quarto. Quando Beatty repreendeu Marie pelo barulho, a satisfação dele era evidente. Billy adorava aquelas meninas, e a promessa que havia feito de que cuidaria delas tornava sua recuperação mais lógica. Beatty tinha razão. Não devia tê-las subestimado. O quanto tinha de aprender sobre a maternidade! Se havia algo que o trabalho na biblioteca lhe ensinara, sem dúvida, era a esperar o inesperado.

Conduziu Billy até uma pequena padaria ali perto e comprou um strudel de maçã antes de voltar para a Swedenborg Square. Encontraram um banco diante de um gramado verde cercado de casarões bonitos do século XVIII.

Clara se apressou em ajudá-lo, ajeitando as mantas em torno dele.

— Sei que estou inválido, mas não vou ficar mais forte se você fizer tudo por mim.

— Desculpa — respondeu ela, atarantada.

À luz do dia, ela notou que seus cabelos louros estavam agora cheios de fios brancos, e que ele tinha as maçãs do rosto mais pronunciadas.

— É estranho? — perguntou ela. — Você nos deixou durante a guerra e voltou com o mundo em paz.

— Foi um choque descobrir que eles desativaram o posto 98 — admitiu ele.

Blackie e Darling o visitaram no dia anterior e explicaram que o posto tinha sido fechado pelo governo de Londres e voltado a ser uma escola.

— Me sinto meio desnecessário.

Ela hesitou, partindo o strudel com os dedos e deixando os farelos caírem no chão. As nuvens se abriram e um feixe súbito de luz do sol os iluminou. O tempo pareceu desacelerar.

Coragem, Clara, diga como se sente.

— Todos os dias que você passou naquela cama, jurei a mim mesma que, quando você acordasse, iria dizer isso — desabafou ela. — Eu ainda te amo.

Clara pegou as mãos dele nas suas, sentiu os ossos dos seus dedos frios e frágeis.

— Do lado de fora do Brady Club, você disse que me amava também. Lembra?

— Claro que lembro — respondeu ele, apertando os dedos dela. — Eu sempre te amei. Acho que te amava mesmo antes de conhecer você.

Clara riu, aliviada.

— Acho que agora você está exagerando os limites do possível.

— Será? — Ele se virou para ela num movimento lento e dolorido. — O jeito como Duncan descrevia você, tão bonita, tão elegante. "Muito acima do meu nível" foram as palavras exatas que ele usou.

Ela o fitou, de olhos arregalados, a cabeça girando.

— D-Desculpa, você acabou de dizer Duncan?

Ele fez que sim com um aceno de cabeça, sustentando o olhar dela com intensidade.

— Você conheceu o meu marido?

— Conheci Duncan, sim — confessou ele. — A última vez que o vi, prometi que tomaria conta de você, que cuidaria para que estivesse em segurança. — Clara viu a vergonha nos olhos dele. — Acho que posso ter passado um pouco dos limites com essa promessa.

A mente de Clara começou a dar voltas.

— Não era a minha intenção me apaixonar por você, Clara. Primeiro, eu ficava de olho de longe, como prometi a Duncan. Não foi difícil. Você apareceu em todos os jornais por ter montado a biblioteca no abrigo. Mas então teve a noite em que foi atacada por Victor, e tive que sair das sombras, literalmente. Antes de ele agarrar você, eu te vi sentada sozinha no parque, depois da cerimônia, e quase me apresentei. Você parecia tão sozinha e perdida.

— Meu Deus — ofegou ela, lembrando-se do latido de cachorro. — Você estava no parque com Bela?

Ele fez que sim.

— Eu segui você, para ver se chegaria bem em casa, por causa do blecaute. Foi aí que vi Victor.

O assombro a deixou sem voz.

— Acho que não teria me apresentado se não fosse por aquilo — continuou ele —, e aí, toda vez que ia à biblioteca, me apaixonava um pouco mais por você.

— Mas... Mas por que você não disse que conhecia Duncan? — conseguiu perguntar por fim.

— Você falou que o seu marido morreu em combate... — Ele não terminou a frase. — Não queria colocar você numa situação difícil nem comprometer a sua história, então era mais fácil não falar nada, e, quanto mais tempo passava e mais eu me apaixonava... — Ele expirou. — Mais difícil ficava admitir que o conhecia.

— Quando vocês se conheceram? — perguntou ela, começando a se sentir enjoada.

— Em Dunquerque. Depois o encontrei na Inglaterra, num hospital de campanha, na costa sul.

— Então você sabe... — Ela não terminou a frase, sentindo-se de repente como se alguém estivesse pisoteando o seu coração. Sentia-se com calor e frio ao mesmo tempo enquanto o seu mundo inteiro parecia entortar.

— Que ele se matou? Sei.

Ela colou as costas no banco e segurou a beirada com força.

— E por que não disse nada? — perguntou. Sua voz soava distante.

— Porque você também não disse, e sei como a sociedade vê suicídio com maus olhos. Achei que chegou perto de contar naquele dia, na biblioteca velha, mas você não falou nada.

— Fiquei — lembrou ela. — Mas prometi à minha sogra que nunca contaria a verdade sobre a morte dele. Foi ela que inventou a história e, Deus do céu, me obrigou a compactuar com isso. Parecia tão mais corajoso que... — A palavra ficou entalada na garganta.

— Suicídio — sussurrou Billy.

— Estava longe de ser a história do herói de guerra que a minha sogra inventou. Ela achava... — Clara parou, quase sem acreditar que estava dizendo aquilo em voz alta. — Ela achava que o estigma faria com que todas nós fôssemos relegadas ao ostracismo.

Billy fez que sim.

— Talvez tudo tivesse sido mais fácil se eu não estivesse grávida, é claro. Engravidei na última viagem de licença dele, antes de Dunquerque. Sempre achei que, se ele soubesse, as coisas talvez pudessem ter sido diferentes.

Billy fez que não com a cabeça.

— Tenho minhas dúvidas, Clara. Ele não estava bem. Nas vezes que a gente se sentou para conversar, pude ver que estava sofrendo muito.

E, de repente, ela se deu conta de que ele *conhecia* Duncan, de que tinha se sentado e conversado com ele em sua cama de hospital, antes de ele ter uma overdose.

— Me diga, Billy — implorou ela. — Quero saber tudo. A verdade, sem rodeios.

Ele esfregou o rosto cansado, e as palavras do médico lhe vieram à mente.

— Me desculpe. Você ainda não está bem. Posso esperar.

— Não. Você merece saber a verdade.

Ele pigarreou, e, de repente, ela sentiu medo.

— Eu trabalhava como voluntário para a Cruz Vermelha, na França, como motorista de ambulância, quando me chamaram para ajudar na evacuação das Forças Expedicionárias Britânicas, em Dunquerque. Foi um inferno interminável. Éramos bombardeados constantemente. Era uma questão de cuidar só dos que tinham alguma chance de sobreviver e dos que podíamos carregar nas macas para os navios.

Clara permaneceu imóvel no banco, incapaz de mexer um dedo, mesmo quando a manta caiu do colo dele.

— No quinto dia, fomos chamados para ajudar uma bateria nos arredores da cidade. Eles tinham recebido ordens de evacuar para as praias antes de as tropas alemãs chegarem. Mas, antes que pudessem sair, trinta bombardeiros de mergulho atacaram. Na mesma hora enchemos a ambulância com os feridos. Mas então, em meio àquele caos, vi um jovem soldado carregando um homem nas costas. Era o comandante dele, o soldado explicou. Estava com estilhaços no crânio. Percebi que o homem já estava morrendo. Disse que não havia espaço na ambulância, mas ele implorou, e acabei concordando.

— O soldado era Duncan, não era? — perguntou ela, resignada, e Billy fez que sim.

— Tínhamos acabado de espremê-lo para dentro e fomos atacados de novo. A cruz vermelha no círculo branco deveria tê-los detido, mas estou convencido de que funcionou mais como um convite ao ataque — comentou ele com amargura.

Billy se virou para ela.

— Seu marido me jogou numa vala e me protegeu com o próprio corpo.

— E as pessoas o chamariam de covarde hoje — murmurou ela.

Ele acenou com a cabeça.

— Pois é.

— E o que aconteceu depois?

— Quando os bombardeiros foram embora, a gente se arrastou para fora da vala.

Ele pareceu se perder em pensamentos, e Clara sentiu um aperto no coração. Aquilo era demais, tinha de parar com as perguntas, e, no entanto...

Depois de um momento de agonia, ele recomeçou:

— A ambulância estava em chamas. Todo mundo lá dentro estava em chamas. Morreram todos. Não tivemos escolha senão deixá-los e voltar para as praias, onde conseguimos embarcar num dos últimos barcos a partir.

Clara fechou os olhos diante de tal imagem.

— Seu marido foi um herói naquele dia — explicou Billy. — Fez o que pôde para salvar a vida do comandante e quase com certeza salvou a minha. Mas em Portsmouth, quando o visitei no hospital onde estava tratando uma clavícula quebrada, ele não via as coisas assim. Se culpava pela morte do comandante. Disse que, se não tivesse insistido para o colocar na ambulância, ainda estaria vivo. Deus sabe que tentei explicar que as chances do comandante já eram quase nulas, mas ele se recusou a acreditar em mim. Ficava dizendo que tinha enfrentado sua primeira prova naquela guerra e havia falhado.

— Se eu soubesse disso... — sussurrou Clara. — Ele era um homem gentil e honrado. Faria de tudo por qualquer um, então posso imaginar que teria visto isso como uma falha.

— Dava para ver que ele não estava bem da cabeça — confessou Billy —, então o visitei o máximo que pude. Na última visita, antes de ele receber alta para voltar para a unidade, Duncan parecia resignado ao próprio fracasso. Tinha recebido a visita de algum oficial do Exército que o mandou se recompor.

Aquela frase de novo.

— Fui transferido para a zona leste de Londres, já que o risco de invasão era alto. Ele me contou da esposa bonita que trabalhava na biblioteca e era especializada em literatura infantil em Bethnal Green.

Billy a fitou, exausto depois de contar a história.

— Ele me pediu, como amigo, que ficasse de olho em você. Até me mostrou uma foto de vocês no casamento, que de alguma forma tinha carregado o tempo inteiro na França.

Billy ofereceu um sorriso fraco.

— Eu disse que ele tinha muita sorte de ter uma esposa daquelas. — O sorriso desapareceu. — Ele disse que não merecia você.

— E quando ele...

— Dois dias depois. Uma das enfermeiras me contou em segredo que ele havia invadido o estoque do hospital e tomado uns comprimidos. Fiquei arrasado. Acho que o trauma foi demais para ele.

Clara ficou em silêncio diante da notícia.

— Não há vergonha nenhuma no suicídio, Clara — disse ele. — Ele tinha a coragem de vinte homens.

— Eu sei. Nunca tive vergonha dele, jamais — insistiu ela. — Mas, à medida que os meses foram passando, o consenso foi de que não devíamos contar a ninguém como ele tinha morrido.

— Alguém sabe? — perguntou ele.

Ela fez que não com a cabeça.

— Tirando a minha mãe e a dele. Ah, e Ruby, claro, nunca consegui esconder nada dela.

Algo a incomodou.

— Naquele dia, em frente ao posto médico, minha sogra reconheceu você, não foi? Vocês já se viram antes.

Billy expirou por um bom tempo.

— Já. A gente se encontrou brevemente quando ela o visitou, pouco antes de ele se matar.

— Ela nunca me disse que foi visitá-lo! — exclamou Clara. — Ela devia saber como ele estava mal. — Clara começou a balançar a cabeça diante da traição. — Como... Como ela pôde ter escondido isso de mim? Eu teria ido. Poderia ter...

— Clara — interrompeu ele com carinho. — Culpá-la não vai trazer nada de bom. O luto é uma coisa complexa. Imagino que, entranhado ao dela, deve haver camadas de culpa e vergonha. Consigo entender isso.

— C-Consegue? — gaguejou ela. — E do que uma pessoa como você pode sentir vergonha? Espera! Esse é o segredo que você sempre escondeu, a vergonha de que sempre fala?

Ele fez que sim.

— Eu traí o seu marido e não tenho orgulho disso. Ele confiou em mim que ficasse de olho em você, e não que me apaixonasse por você.

— Foi por isso que você se retraiu quando eu o beijei na biblioteca?

— Confie em mim, Clara. Sonhei em como seria beijá-la mil vezes antes daquilo. Não culparia você nem um pouco se fosse embora agora.

Clara se abaixou, pegou a manta e cobriu as pernas dele.

— E que bem isso faria? — Ela pegou o rosto dele nas mãos e o beijou com carinho nos lábios. — Porque sem dúvida nós dois ficaríamos terrivelmente infelizes.

Ele a encarou, espantado.

— Mas é uma situação tão complicada.

— Não, não é — insistiu ela. — Na verdade, pela primeira vez em muito tempo, as coisas nunca foram tão claras para mim. Não vejo vergonha nenhuma no suicídio de Duncan nem em amar você.

Ela pousou a mão sobre o coração dele.

— Você não percebe? Não temos mais segredos. Eu preciso te amar, é o único jeito de dar sentido à morte de Duncan. Ele confiou em você que cuidasse da minha felicidade futura. Ele viu algo que o fez confiar em você. E isso, *você*, *nós*, me deixa feliz.

— Você acredita mesmo nisso? — respondeu ele. — Que a ideia de nós dois juntos o deixaria feliz?

— Sinceramente, acredito. Nos últimos cinco anos, toda aquela dor e perda foram excruciantes. Preciso me libertar do passado. É cansativo demais.

Ela olhou nos olhos dele.

— Você não está cansado de tudo isso?

Ele fez que sim, começando a chorar depois de ter se libertado do segredo que havia carregado por tanto tempo.

Eles ficaram lá sentados por mais um tempo, Billy chorando em silêncio, até que enfim soltou um suspiro instável.

— Já chega. Clara, quer casar comigo?

— Quero. Com uma condição.

— Qualquer coisa.

— Que você me fale qual é o seu livro preferido.

— Aaaah — disse ele, sorrindo por entre as lágrimas. — Nesse aspecto, parece que Beatty é quem me conhece melhor. Ela estava lendo para mim quando acordei.

— Beatrix Potter?

Ele concordou com um aceno de cabeça.

— Bichinhos falantes?

— O que eu posso dizer? Confesso que acho a ideia de animais levando vidas secretas muito cativante — brincou ele. — Tem certeza de que ainda quer casar comigo?

— Quero — disse ela, rindo. — Sim, sim, sim!

A praça bombardeada num canto abandonado de Londres parecia pequena para conter toda a emoção do coração de Clara.

Já era fim de tarde quando ela levou Billy de volta para o hospital. Clara começou o caminho de volta para Bethnal Green. Pela primeira vez em muitos anos, as luzes das casas brilhavam exibindo seu interior, as famílias sentadas ao redor das mesas, alguns parentes presentes, outros apenas em fotografias. O que quer que o futuro reservasse, com Beatty e Marie, todas as dificuldades que sem dúvida ainda encontraria pela frente, ao menos agora poderia enfrentá-las com Billy ao seu lado.

Clara parou no Barmy Park para observar o elegante prédio de tijolos vermelhos da biblioteca, com o domo de vidro recém-restaurado brilhando ao sol do fim de tarde. Era como um farol de esperança. Estava prestes a ir para casa quando viu fumaça pairando em meio às sombras. Uma mulher de lábios muito vermelhos e um sobretudo vermelho com gola e mangas de pele veio andando na sua direção.

— Ruby Munroe, aonde a senhorita pensa que vai?

— Caramba, Clara, você me deu um susto.

— Desculpe — pediu ela, rindo. — Mas isso parece um disfarce. O que está aprontando?

Ruby sorriu, recuperando a compostura.

— A Sra. Chumbley me deu isso. — E exibiu um chaveiro nos dedos. — A biblioteca do metrô vai ser demolida amanhã e os livros já foram todos retirados. Quer dar uma última olhada?

— Tenho que voltar logo para casa, para cuidar das meninas... mas acho que dez minutos não vão fazer mal.

Desceram as escadas rolantes e adentraram o cilindro escuro com nada além do som dos seus passos ecoando nas paredes.

— Tão silencioso — sussurrou Clara, quando chegaram ao pé da escada. Elas pararam e ficaram ouvindo. Sem os beliches, o teatro, a creche e o posto médico, o lugar parecia oco, apenas ecoando o barulho dos ratos que corriam pelos túneis e os trens nos trilhos mais distantes. Pela primeira vez, pareceu-lhe que estava numa estação de metrô inacabada.

— Não parece o mesmo lugar — sussurrou Ruby. — Eram as pessoas que criavam o ambiente.

Clara fez que sim.

— Tanta vida aqui — comentou. — Você se lembra dos casamentos no teatro, quando todo mundo do abrigo era convidado, o piano de cauda, os corais improvisados...

— Uma infinidade de malas de pano, as pessoas roncando, o eterno incômodo na garganta... — contrapôs Ruby.

— O fedor! — disseram as duas ao mesmo tempo e caíram na gargalhada.

— Nossa, vou sentir saudade — comentou Ruby, a pele cor de leite brilhando na escuridão. — Você não acha que ficamos burocratizadas demais, acha? Passamos tempo demais aqui embaixo?

— Não — respondeu Clara, passando o braço pelo de Ruby. — Às vezes é preciso descer para a escuridão para conseguir enxergar.

— Isso aqui salvou muitas vidas também — considerou Ruby.

— Milhares.

Elas andaram de braços dados uma última vez ao longo da plataforma, e Ruby enfiou a chave na fechadura.

— Nem sei por que a Sra. Chumbley se deu o trabalho de trancar — comentou, rindo. — Não tem mais nada aqui.

Era verdade. Clara correu os olhos pela biblioteca vazia. Todos os livros haviam sido retirados, o balcão de madeira, removido. A sala de leitura não passava de uma caixa vazia de compensado. Estremeceu. Sem os livros, a biblioteca parecia nua e abandonada. A magia tinha ido embora.

— Não sei como nunca fomos parar nos trilhos — observou Ruby, rindo. — Principalmente quando os Ratos do Metrô entravam aqui correndo, na hora da sessão de leitura. Olha como as tábuas do piso são finas! Dá para ver o fosso lá embaixo por entre as rachaduras.

Mas Clara não estava prestando atenção, seu braço estava enfiado no buraco da parede do túnel.

Ela tirou *A arte da administração doméstica* e uma garrafa de gim empoeirada.

— Acho que a Sra. Chumbley esqueceu isso. Quer o gim, Rubes?

Ela fez que não com a cabeça.

— Não, obrigada.

— Tem certeza?

— Parei de beber.

— Minha nossa, esse Eddie está afetando mesmo você. Que tal isso aqui então? — Ela passou o livro para a amiga.

— Comporte-se! Vou estar ocupada demais escrevendo o meu próprio livro para ler isso.

Clara riu.

— É assim que eu gosto. Quando vocês viajam?

— Se tudo der certo, no fim do mês. Mas primeiro temos que nos casar. Nada de extravagante, só no cartório basta.

— Billy e eu podemos dividir o dia com vocês? — propôs Clara.

— Vocês vão se casar?

Clara fez que sim com a cabeça.

— Ele pediu a minha mão... de novo... hoje de tarde, quando o levei para dar uma volta fora do hospital. Que cara é essa? — comentou ela, rindo.

— Ai, Cla — gritou Ruby, dando-lhe um abraço apertado. — Você não sabe como isso me deixa feliz. — Então se afastou. — É o que você queria, não é? Não está fazendo isso só por causa das meninas, não é?

— Não vou mentir. Vai facilitar muito a adoção, mas é o que eu quero, sim, mais que tudo. — Manteve para si o fato de que Billy conhecia Duncan. Essa história era dele, e só ele poderia contar.

Ruby de repente franziu a testa.

— Você não vai ter que parar de trabalhar na biblioteca, vai?

— Vou conversar com a Sra. Chumbley. Billy não vai poder trabalhar por um tempo, por causa da saúde, então concordou em ficar em casa, para quando as meninas chegarem da escola. Vamos precisar do meu salário, por enquanto.

— Ótimo — disse Ruby. — Você deu duro demais para virar as costas para a Biblioteca de Bethnal Green agora.

— Verdade — concordou Clara, olhando a pequena biblioteca empoeirada à sua volta. — Foi maravilhoso, não foi?

— Um trabalhão — disse Ruby.

— Pois é. Mas valeu a pena. Quer dizer, não é como se fôssemos ganhar medalhas, mas fizemos o nosso papel, não fizemos?

— Você fez, Cla. Você é uma pioneira! — insistiu Ruby. — Essa pequena biblioteca foi uma revolução social. Quando as pessoas não podiam ir até os livros, você trouxe os livros para as pessoas. Ajudou muita gente a se apaixonar pela leitura também.

— Espero que sim — comentou Clara, pensativa. — Só queria ajudar as pessoas a fugirem um pouco da guerra, ainda que só por alguns capítulos.

— Você devia escrever sobre isso. Documentar a história para as gerações futuras, sabe?

— Um livro de memórias?

Ruby fez que sim.

— Ou um legado.

— Soa um pouco narcisista, para falar a verdade — respondeu Clara. — Além do mais, ninguém vai acreditar que montamos uma biblioteca no túnel do metrô.

— Pode até ser. Vamos — chamou Ruby. — Vamos embora daqui.

Ruby atravessou casualmente a porta. Clara a seguiu, mas não resistiu e deu uma última olhada no local da maior história de resistência da Segunda Guerra Mundial. Um marco do amor. Guardião de todos os seus segredos. Mandou um beijo para a sala vazia e virou a placa na porta. *A biblioteca está fechada.*

28

Clara

Quer ver o mundo? Não se aliste no Exército, torne-se bibliotecário.

Denise Bangs, bibliotecária do Centro Comunitário
Idea Store, em Tower Hamlets, zona leste de
Londres

East London Advertiser

FINAL FELIZ PARA AS FAMOSAS
BIBLIOTECÁRIAS DE BETHNAL GREEN

No último sábado, um belíssimo dia de julho, a Igreja de St. John, em Bethnal Green, recebeu inúmeros fiéis para o matrimônio de duas de suas amadas bibliotecárias.

Bibliotecários dos distritos vizinhos de Stepney, Whitechapel, Poplar e Bow compareceram para formar uma "guarda de honra" dos livros, sob a qual passaram os recém-casados.

Em um vestido rendado bege, a radiante Clara Button trocou votos com o ex-paramédico Billy Clark. Clara ficou conhecida como a bibliotecária que ajudou a criar e a administrar a única biblioteca subterrânea do Reino Unido, além de persuadir canadenses a doarem centenas de livros infantis para reabastecer a recém-inaugurada biblioteca do bairro, danificada por ação inimiga. Ela e o novo marido estão amparando duas refugiadas das ilhas do canal.

A segunda noiva, Ruby Munroe, impressionou os convidados ao ir até o altar de braço dado com a mãe em um terno branco Max Cohen. Ela e o marido, o ex-soldado Eddie O'Riley, partiram para a América no dia seguinte ao casamento, onde acredita-se que a noiva tenha conseguido um emprego em uma biblioteca no Brooklyn. Há também rumores de que planeja começar carreira como romancista.

Primavera de 1946

Clara olhou pela janela naquela tarde de primavera. O céu tinha um tom marrom cor de biscoito, feito as páginas de um livro antigo, à medida que o sol enfim abria caminho por entre a fumaça de uma cervejaria próxima.

Fazia nove meses que ela e Billy estavam casados. O casamento duplo planejado às pressas acabou sendo uma festa que ainda dava o que falar. Ruby não havia se limitado a simplesmente deixar o East End, ela foi embora numa explosão gloriosa.

Agora, a vida tinha entrado numa rotina mais tranquila. A casa pré-fabricada onde moravam tinha um pequeno jardim, nada de mais, mas o suficiente para Billy cultivar algumas verduras e criar galinhas. Era uma tarde calma de domingo. O Gato da Biblioteca, que eles adotaram, ou que os havia adotado, agora se chamava Peter e estava deitado, aquecendo-se numa área empoeirada do pátio.

Do outro lado da cerca era possível ouvir um cortador de grama. Marie estava construindo uma caverna com as conchas que havia trazido de Jersey. Beatty estava lendo para Billy, e ele permanecia imóvel, ouvindo, com Bela enrolada no colo.

Billy ainda se cansava com facilidade e detestava não poder trabalhar. O momento em que Beatty lia para ele era a distração perfeita, e o elo entre os dois se fortalecia a cada capítulo. Não era o pai delas, as meninas já tinham um pai, mas, até que a mente do Sr. Kolsky estivesse forte o bastante para lidar com as atrocidades do passado, Billy cumpriria esse papel.

Da mesma forma que ela. O amor delas era incondicional. Ela sabia que as meninas podiam escolher voltar de vez para Jersey quando bem entendessem. Ela já as havia levado para passar o último Natal na ilha.

Foi uma visita comovente. Longe da sombra da informante, a tia delas parecia muito mais forte. Beatty ficou emocionada ao descobrir que a Sra. Moisan tinha aberto um clube de natação numa antiga piscina vitoriana, em homenagem à filha, Rosemary, e que o lugar ficava cheio nos fins de semana. Clara não foi corajosa o suficiente para se juntar a elas no mergulho inaugural do clube, em dezembro, mas ficou aplaudindo da ponte, enquanto as crianças de Jersey mergulhavam na piscina em meio à gritaria e às risadas alvoroçadas. Uma nova história era escrita.

O Sr. Kolsky estava mais forte fisicamente, mas ainda muito mal. Elas o visitavam todos os dias. Ele já não achava que Beatty era sua esposa, mas ficava confuso e agitado. Na terceira visita, ficou tão emocionado que abraçou Marie e chorou. Ela foi tão gentil e paciente com ele — as duas foram —, e Clara ficou imensamente orgulhosa, mas não se surpreendeu com sua bravura.

À medida que o tempo passava, a apreensão em torno das visitas se foi e, no último dia, as meninas puderam até levá-lo para um passeio de cadeira de rodas pela praia, com muitos cobertores quentinhos e Marie falando pelos cotovelos. Clara manteve uma distância discreta. Vê-los juntos, sentados num banco de frente para o mar, comendo peixe com batata frita, foi uma lição de humildade. As meninas estavam crescendo e se tornando mulheres maravilhosas, e o Sr. Kolsky gostava da presença delas. Notando a forma como Beatty ajeitava a manta do pai frágil e lia para ele, Clara percebeu que, de muitas formas, ela era mais como uma mãe para ele. O médico ficou impressionado com a maturidade delas e pediu que trouxessem mais livros na visita seguinte, para que pudessem ler mais para ele.

Chegou até a dizer que ler para o pai poderia ter um papel fundamental na recuperação dele, mas é claro que elas já sabiam disso.

Havia mais de uma forma de ser pai, ou mãe. O trabalho dela era apenas amar as meninas até que elas estivessem prontas para ir embora. Mas Clara considerava que isso não era muito diferente do papel de muitas mulheres com os próprios filhos do mesmo sangue. As crianças não são suas, estão lá para você amar pelo tempo que elas quiserem.

No East End, o Brady Club mantinha as meninas ocupadas, e a Srta. Moses e Beatty se tornaram grandes amigas. Estava até ensinando iídiche a Beatty e a encorajou a fazer uma carteirinha da Biblioteca de Whitechapel para ter acesso à imensa seção de literatura judaica deles. Sua esperança era de que ler para o pai em sua língua materna pudesse reabrir alguns caminhos congelados na sua mente. Havia muito pelo que manter as esperanças.

O chiado do rádio veio pela porta aberta da cozinha. Ela estava assando um frango e um bom repolho do jardim como acompanhamento. A vida era boa.

Clara sorriu consigo mesma enquanto passava manteiga no pão dormido para fazer pudim de pão. A biblioteca estava indo muito bem. Agora que as obras tinham terminado, estava começando a encher a bela sala com quadros móveis de feltro verde, cheios de imagens do mundo todo, de plantas, montanhas e animais selvagens. Havia mesas redondas com flores, estantes baixas, tapetes de pano no piso de parquet e cortinas vermelhas na janela. Estava até de olho num miniteatro. Seu sonho de transformar a biblioteca infantil num espaço alegre e convidativo para inspirar jovens mentes estava se concretizando.

Sparrow estava se provando um guardião fervoroso de todos os seus belos livros novos do Canadá. Recentemente, havia começado um clube de quadrinhos, para incentivar mais meninos a frequentarem a biblioteca, e um clube de correspondência, para que os meninos e as meninas de Bethnal Green pudessem escrever para as crianças canadenses que haviam doado livros.

— Por que a biblioteca tem que ser só sobre livros? — argumentou ele certa vez. E estava certo. Contanto que a atividade promovesse algum aprendizado, quem era ela para discutir? Mas tinha uma forte suspeita de que o clube de correspondência tivesse algo a ver com uma ruiva bonita de Toronto chamada Dawn que respondeu à carta de agradecimento que ele enviou com outra carta e uma foto.

Ele não era o único com planos grandiosos. Clara sorriu, polvilhando canela com noz-moscada no pudim e olhando de relance para o recorte do *New York Times* no quadro de cortiça na parede da cozinha.

AUTORA ESTREANTE ALCANÇA
NOVOS PATAMARES

Sob a manchete, havia uma foto de divulgação de Ruby, posando no alto do Empire State Building, com o cabelo penteado para cima, um sorriso cheio de dentes e um suéter justo.

Ela conseguiu! Não que Clara jamais tivesse duvidado da amiga. Ela se lembrou da fábrica de tecidos e da promessa de Ruby.

Qualquer dia desses, vou escrever um romance erótico, cheio de cenas de sexo.

"Comecei a escrever *Sob o blecaute* na viagem para a América", contou ela ao jornalista. "Minha protagonista, Bella, alcança sua libertação sexual durante a Blitz. Ela faz de Amber St. Clare uma noviça de convento."

A imprensa se referia a ela como a próxima Kathleen Winsor, e o manuscrito gerou um leilão frenético entre seis editoras de Nova York.

Ruby tinha alcançado seu grande horizonte. Seu plano final dera frutos, e Clara não podia estar mais feliz por ela. A saudade só era suplantada pela alegria de ver a melhor amiga alcançar todo o seu potencial.

Clara mandou um beijo para ela e colocou a travessa de pudim de pão no forno.

Vinha pensando muito no futuro ultimamente, desde que Ruby sugeriu que escrevesse sobre a biblioteca de guerra delas, mas levou um tempo até a ideia certa se concretizar. Pegou papel e caneta. Queria registrar sua história, documentar a vida da biblioteca no subterrâneo, para bibliotecários futuros. Como uma cápsula do tempo, pensou, para ser aberta pelo bibliotecário ou pela bibliotecária de Bethnal Green no centésimo aniversário da biblioteca. Pelas suas contas, isso seria em 2022. Como soava distante. Se ainda estivesse viva, teria 103 anos. Riu consigo mesma diante da ideia absurda.

> *Talvez você tenha interesse em saber de meus desafios e alegrias em seu local de trabalho. Escrevo na primavera de 1946. É fácil refletir em tempos de paz, olhar adiante e imaginar um futuro, mas posso assegurar que, quando as bombas estavam caindo, tal futuro não parecia nem um pouco certo.*
>
> *Você possivelmente acharia graça de saber que gerenciamos a biblioteca de uma "filial" temporária nos trilhos da linha Central durante a guerra. Adorávamos aquela biblioteca pequena e improvisada. Ela salvou nossa vida de muitas formas diferentes. Imagino que seja difícil acreditar nisso hoje. As pessoas ainda andam de metrô? Minha filha adotiva acha que as pessoas vão viajar em máquinas flutuantes ou em aviões no céu.*

Com o cheiro de canela perfumando o ar à sua volta, Clara escreveu sobre as alegrias da vida no metrô, os desafios de encontrar livros novos, o racionamento de papel, um pouco sobre as bombas, mas mais sobre a camaradagem da hora da leitura. Comentou as farpas trocadas com o Sr. Pinkerton-Smythe, mas manteve um tom otimista, concentrando-se nos livros que eles leram, na forma como as histórias os nutriram em tempos de guerra.

A porta dos fundos se abriu de supetão.

— Estou morrendo de fome. O jantar está pronto? — berrou Marie, e Clara decidiu encerrar a carta.

Por isso me pergunto como deve ser a vida na biblioteca para você, em 2022. Que desafios você enfrenta, como a biblioteca resistiu e se modernizou? Você ainda chama o parque de Barmy Park? Gostaria de sentar e trocar histórias com você, mas obviamente não posso. Parabéns pelos cem anos da biblioteca.

O futuro pertence a você, meu amigo ou amiga. Espero que minhas palavras a alcancem e você encontre algo de interessante na história de nossa pequena biblioteca de guerra.

Que a Biblioteca de Bethnal Green de 2022 seja tão querida e frequentada quanto a de hoje. O que seria de nós, afinal, sem bibliotecas?

Epílogo

7 de setembro de 2020

O tempo passa numa biblioteca. É um dos poucos espaços públicos ao qual se pode ir para se sentir seguro e acolhido, para escapar, explorar e enriquecer a vida. Numa era de teorias da conspiração, ser capaz de acessar informações confiáveis faz das bibliotecas algo mais relevante do que nunca.

Professora Shelley Trower e Dra. Sarah Pyke, organizadoras do projeto de pesquisa Living Libraries

— Nossa, mãe... — diz Rosemary, quebrando o silêncio. — Que história mais impressionante. A gente não fazia ideia do que a senhora tinha passado durante a guerra.

Beatty fez que sim, exausta. Sentia-se esgotada depois de recontar todos aqueles eventos terríveis.

— Eu sei, querida, e me desculpe por não ter contado antes. É difícil explicar, mas acho que, no fim das contas, a necessidade de compartilhar acabou se sobrepondo ao desejo de esquecer.

Quando as filhas eram crianças, havia contado apenas o esqueleto da história. Que foram forçadas a sair de Jersey, a morte da mãe num bombardeio, as experiências brutais sofridas pelo pai num campo de concentração, e que Clara e Billy as salvaram com seu amor. Nunca escondeu a adoção das filhas, nem o passado sofrido. Mas os detalhes, *a carne, o sangue e as entranhas* que transformam o esqueleto de uma história em algo humano, em uma experiência vivida, isso era mais difícil de explicar.

Por muitos anos, ninguém conversou de verdade sobre a guerra. Não era algo sobre o qual conversar, era? Quem iria querer ser a velha chata que fica remoendo o passado? Ela é que não queria. Sempre teve o futuro em mente. Seu trabalho como professora do ensino fundamental, ter conseguido fazer as filhas se formarem na universidade... até que, de repente, ela acordou e descobriu que estava velha.

A pandemia havia destruído a esperança de uma vida segura e tranquila. O futuro de todo mundo era incerto agora. A descoberta das cartas a fez sentir como se a biblioteca da sua infância a estivesse chamando de volta, tentando-a a abrir a história de sua vida. Sua bela e interessante vida.

— Nós é que temos que pedir desculpas, mãe — diz Miranda. — Nunca perguntamos muito sobre a guerra, ou pelo que você passou. Não queríamos chatear a senhora, falando do vovô Michael.

— E, para ser sincera, mãe, parecia meio desleal com o vovô Billy ficar falando dele — acrescenta Rosemary.

Beatty faz que sim.

— Entendo. Vocês eram novas quando ele morreu, pequenas demais para serem levadas ao velório, em Jersey. E Billy e Clara eram os únicos avós que vocês conheciam.

Rosemary dá um sorriso nostálgico.

— Me lembro tão bem dele, sentado na horta, dando o bolo de cominho da vovó Clara para os passarinhos. Ele passava tanto tempo lá que eu sempre ficava espantada quando via que tinha pés e não raízes.

Miranda balança a cabeça.

— Então era por isso que ele usava um tapa-olho!

— Ele me disse que tinha sofrido um acidente com uma forquilha e que a forquilha tinha levado a melhor — diz Rosemary, rindo.

— Seu avô sempre foi bom de contar histórias. Jamais pensaria em se vangloriar, explicando como perdeu aquele olho.

— Salvando você e a tia Marie dos escombros.

As perguntas crepitam como correntes no trilho do metrô, cada nova descoberta despertando mais uma dúvida.

— A vovó Clara e o vovô Billy não quiseram ter filhos? — pergunta Rosemary.

— Quando ficou mais velha, mamãe admitiu que eles tentaram, mas não aconteceu. Ela, ou melhor, *eles* achavam que eu e Marie já éramos o bastante.

— Engraçado — comenta Miranda. — Eu não fazia a menor ideia de que ela tinha montado uma biblioteca subterrânea do zero. Ela foi uma pioneira! E que feito ter conseguido todos aqueles livros do Canadá. Achei que ela era só uma bibliotecária.

— Se você ouviu alguma coisa da minha história, deveria saber que não existe isso de ser *só* uma bibliotecária. Ela era uma facilitadora de alegria, como vocês jovens talvez diriam hoje em dia!

— E a senhora conheceu Ruby Munroe — ofega Miranda, balançando a cabeça, espantada. — Ela é uma lenda, tenho todos os livros em casa; sempre achei que fosse americana.

Beatty ri e, se fechasse os olhos, seria capaz de ouvir as bijuterias de Ruby tilintando e sentir o cheiro do seu perfume contrabandeado.

— Ela pode ter perdido o sotaque, mas, vai por mim, era uma garota de Bethnal Green, sim, senhora. Nossa, ela tinha uma energia incrível. Aquela lá era uma sobrevivente.

Beatty olha para as belas filhas e quase consegue ouvir seus cérebros trabalhando. Ela sabe que o que lhes contou vai fazê-las repensar tudo o que sabem a seu respeito.

Beatty pensa nos dezenove degraus que levaram uma vida para descer na entrada do metrô. Pensa também no memorial erguido no alto do Barmy Park, a bela escada de ponta-cabeça feita de madeira para a qual um pequeno grupo de sobreviventes e seus parentes levantaram verbas para lembrar os mortos. Ficou emocionada quando viu os nomes das vítimas esculpidos na madeira, aliviada por nem todas as histórias de guerra terem sido enterradas e esquecidas. Não que Ruby jamais tenha esquecido. Entalhou o nome da irmã não em madeira, mas em papel. Por que outro motivo todos os seus trinta romances eram dedicados "à memória de Bella"?

Só agora, em retrospecto, é que Beatty entendia como devia ser um trauma para Ruby andar sobre o túmulo da irmã todos os dias, o fardo pesado da perda e a vergonha que ela e todo mundo em Bethnal Green carregava.

— Elas nunca perderam contato, Ruby e a sua avó, sabiam? Ruby escreveu para Clara até o fim da vida, nos anos setenta.

— Por que a vovó Clara nunca a visitou em Nova York? — pergunta Rosemary.

— As pessoas não viajavam naquela época, e não tinha esse negócio de Zoomy ou sei lá o que que vocês usam hoje em dia.

Ela sorri, lembrando-se da mala cheia de cartas que encontrou debaixo da cama de Clara depois de sua morte.

— Elas transformaram a escrita numa forma de arte. Dava para fazer um livro só com as cartas delas.

Pessoas a caminho do trabalho passam por elas, alheias a tudo aquilo, e, de repente, ela percebe como devem formar um grupinho curioso, três mulheres amontoadas na plataforma no sentido oeste, numa viagem rumo ao passado.

— Ficar soterrada daquele jeito. Deve ter sido um trauma, mãe — comenta Miranda. — É por isso que você não gosta de ambientes lotados?

— E porque você sempre tem que se sentar perto da porta? — acrescenta Rosemary.

— Eu achava que conseguia esconder de vocês — responde ela, triste. — Mas acredite em mim, não sofri sozinha.

— Ah, e o que aconteceu com Sparrow? — pergunta Rosemary, e Beatty balança a cabeça.

— Você não vai acreditar. Na semana passada, abri o *Times*, para ler os obituários. Imagine a minha surpresa, lá estava Sparrow. Morreu mês passado.

— Bom, ele já devia estar bem velhinho, mãe — contrapõe Rosemary.

— Não, o que me espantou é que ele foi condecorado pela Ordem do Império Britânico. Fez fortuna com alguma coisa de empreendedorismo multinacional e deixou tudo para uma ONG de direitos das crianças, Save the Children. Parece que foram milhões.

— Não! — exclama Rosemary.

— É verdade. Perdemos contato, mas parece que ele se mudou para o Canadá e se casou com uma amiga com quem se correspondia, Dawn, e montou um negócio lá. Nada mau para um menino cuja educação se deu numa biblioteca de guerra.

— E o nosso avô? O biológico, quer dizer. Conte mais um pouco. Mal me lembro dele.

— Queria muito poder dizer que teve um final feliz, mas meu pai nunca se recuperou. Também como, depois de tudo que testemunhou? — Com a bengala, Beatty traçou um círculo no chão empoeirado da plataforma e então o riscou. — Tem um limite para o que a alma humana é capaz de suportar. Ele não viveu muito mais, mas sei que a minha presença e a de Marie, no final, fazia bem a ele. Ele não sabia quem nós éramos, mas sabia que o amávamos do fundo do coração.

Ela então se vira para encarar as filhas, tomada pelo alívio de ter contado uma história que tanto lhe apertou o coração por quase oitenta anos.

— Não é isso o que importa? Amor.

Ela fecha os olhos e vê. A história não é feita de datas e campos de batalha, líderes e realeza. É feita de pessoas comuns seguindo a vida mesmo sob perspectivas tão cruéis. E, de alguma forma, sempre dando um jeito de manter a esperança. Era uma verdade tão simples.

Ela abre os olhos e fita os trilhos vazios, e o que vê não é um túnel sujo, mas uma sala cheia de livros. Um santuário. Uma fuga. Um abrigo contra a loucura do mundo acima de suas cabeças. Vê com clareza agora.

— Obrigada por fazerem a vontade de uma velhinha e me trazerem aqui.

— Sem dúvida era um lugar muito especial, mãe — diz Rosemary, e Beatty sorri, lembrando-se do anseio e da energia feminina anárquica que percorria as prateleiras.

— Uma carteirinha de biblioteca e muito amor. É só o que a gente precisa. — Ela aperta a bengala. — Agora vamos tomar aquele café.

— Não, mãe — chama Miranda, pegando sua mão. — Vamos dar uma olhada no memorial e procurar o nome da irmã de Ruby.

— É sério? Não estão cansadas de me ouvir resmungando sobre a guerra?

— Não — insiste ela. — Quero saber tudo da guerra. Na verdade, quero ouvir todas as histórias que a senhora souber. Não vamos mais perder tempo. — Com todo o carinho, ela pega as cartas amareladas da mãe, o papel fino por causa do tempo, há tantos anos escondidas naquele túnel-cápsula do tempo. — Vamos começar pela biblioteca.

Nota da autora

Não é pelos livros. As pessoas vêm à biblioteca em busca de alguma coisa. Sei do que elas precisam antes mesmo de falarem. Conhecimento. Fuga. Segurança. Orientação. Enriquecimento. Magia. É um privilégio fazer parte dessa busca. Afinal, não fomos colocados neste mundo para ajudar um ao outro?

Alka Lathigra, Biblioteca Pública de Stoke Newington

As pessoas acham — injustamente — que, se você trabalha numa biblioteca, é uma pessoa introvertida que usa cardigã. A Biblioteca de Bethnal Green, onde o meu romance se passa, completou cem anos este ano, então decidi entrevistar cem bibliotecários. De pessoas do período pós-guerra a feministas e ativistas, de bibliotecários de escola à mais antiga leitora voluntária do Reino Unido (todos, por favor, digam oi à inigualável Nanny Maureen), funcionários qualificados e não qualificados, todos concordam em uma coisa: na crença apaixonada no poder dos livros e da leitura para mudar vidas. Comecei cada capítulo com algumas das minhas citações preferidas. As entrevistas são divertidas e reveladoras, então, por favor, deem uma olhada no artigo que escrevi: "Cem bibliotecas e eu...".

Quando criança, nos anos 1970 e 1980, eu adorava ir à biblioteca do bairro onde morava. Como a minha casa era barulhenta, aproveitava a sensação de solidão e ordem. Assim que sentia o cheiro intoxicante de papel velho e verniz e ouvia o *tchum* reconfortante do carimbo da bibliotecária, me sentia relaxada. Não era um prédio de tijolos vermelhos ou uma beldade arquitetônica, estava mais para um centro comunitário numa caixa de concreto, com tapetes cinzentos esfarrapados e plantinhas atrás do balcão da recepção, mas não importava. Era um destino, ainda me lembro nitidamente da sensação de calma e liberdade que me tomava toda vez que entrava por aquela porta. Era o meu paraíso.

Primeiro vinha o ritual de escolher o livro, então eu o levava para o canto mais afastado da biblioteca, feito um cachorro fugindo com um osso suculento, me sentava numa cadeirinha de plástico verde e mergulhava numa história, enquanto minha mãe ficava na recepção e fofocava (num sussurro teatral) com a sorridente Jacky, a bibliotecária, que nunca cobrava as multas por devoluções atrasadas. Me lembro muito bem de pensar, quando criança, *que interessante, então dá para quebrar as regras!*

Como era a sua biblioteca de infância, a sensação, o cheiro? Aposto que você lembra!

Como a maioria das pessoas, quando se tratava de Enid Blyton, eu lia até as páginas ficarem gastas. *O colégio das quatro torres* me mostrou como era a vida num colégio interno, algo que nunca havia experimentado. *Beleza negra* me deu a chance de ter o cavalo que eu tanto queria; *O jardim secreto*, a possibilidade maravilhosa de descobrir portas desconhecidas.

Aquilo libertou minha imaginação de um jeito que sempre fez com que eu me sentisse segura. Sem as visitas semanais à biblioteca, estou certa de que não seria uma escritora hoje e, por isso, sou eternamente grata a minha mãe por ter me levado.

Bibliotecas deixaram de ser arquivos silenciosos de livros e se tornaram centros culturais comunitários cheios de vida, e posso afirmar com toda a segurança que as pessoas que trabalham nas bibliotecas estão entre as mais simpáticas e dedicadas do mundo. E tenho um palpite de que fazem muito trabalho não remunerado.

Na era a.c. (antes do coronavírus), dei muitas palestras em bibliotecas e acompanhei os bastidores desses eventos. Tenho certeza de que os bolos caseiros, os cartazes, a mídia social e a arrumação desses eventos e depois a limpeza, fosse à noite ou nos fins de semana, não se refletem no contracheque.

Bibliotecários são trabalhadores da linha de frente, acostumados a lidar com pessoas com deficiência intelectual, marginalizadas, em situação de rua, solitárias e vulneráveis, enquanto navegam as complexidades do que quer que caia em seu colo. Entrevistei uma bibliotecária que me disse que nunca sabia o que o dia reservava para ela e que, uma semana antes, havia tido de lidar com uma overdose na recepção.

Um bibliotecário pode ser, muitas vezes, a única pessoa com quem alguém fala o dia inteiro. E mais, eles têm a inteligência emocional para lidar com quem quer que apareça, o que, para mim, faz deles mais do que pessoas que simplesmente emprestam livros. Eles são conselheiros, assistentes sociais, ouvintes, facilitadores e amigos. Com frequência fazem muito mais que o esperado.

Quando comecei as entrevistas, a pandemia de covid-19 teve início, e testemunhei, em primeira mão, quantos bibliotecários mudaram de função quase da noite para o dia, para ajudar os idosos e os necessitados, entregando alimentos, levando livros de bicicleta, coletando medicamentos e cuidando para que aqueles que poderiam ser esquecidos pela sociedade não fossem ignorados.

Durante a Segunda Guerra Mundial, na época em que se passa a história deste livro, as bibliotecas enfrentavam o risco de bombardeio e o racionamento de papel. Hoje, nossas bibliotecas públicas tão amadas, mas abandonadas, estão sob a ameaça de algo mais furtivo. Cortes e fechamentos. Depois de anos de austeridade e agora com a covid-19, estão sob pressão para prestar mais serviços do que nunca, enquanto as autoridades locais, pressionadas para fazer mais cortes, afiam as facas.

Elas são, como o bibliotecário-chefe John Pateman disse, "alvos fáceis. Não se economiza quase nada fechando bibliotecas, mas, quando se fecha uma biblioteca, coisas ruins começam a acontecer no bairro onde ela ficava. É difícil provar o valor de uma biblioteca, mas é fácil perceber uma vez que ela é retirada. A biblioteca é o que dá liga à comunidade, e só se sente falta dela quando não está mais lá, infelizmente".

Outro bibliotecário me disse que, depois do fechamento do centro médico infantil do bairro, os bebês agora são pesados na biblioteca! É isso que a classe operária merece?

A importância das bibliotecas foi reconhecida pela Lei das Bibliotecas Públicas de 1850. Desde então, uma nova lei, de 1964, estabeleceu que é obrigação legal da autoridade local oferecer um serviço de biblioteca gratuito. O aumento do hábito de leitura durante a pandemia e a flexibilidade e a habilidade dos bibliotecários para lidar com o surto provam o quão relevantes e importantes as bibliotecas são dentro da comunidade. Elas são um direito e uma herança.

Uma biblioteca é o único lugar para onde se pode ir — do berço ao caixão — que é gratuito, livre, democrático e onde ninguém vai tentar te extorquir. Não é preciso gastar um tostão para viajar o mundo. É o coração de uma comunidade, que oferece recursos preciosos para os necessitados. É um lugar onde se pode simplesmente ser, sonhar e escapar — *com livros*. E o que pode ser mais valioso que isso? Então, um salve a todos os bibliotecários. Precisamos de vocês.

A verdadeira história da Biblioteca de Bethnal Green e a luta para salvá-la

Nunca a história pareceu tão relevante. Quando comecei a pesquisar e escrever este livro, baseada na impressionante história real da Biblioteca de Bethnal Green durante a guerra, oitenta anos depois, ela estava em perigo.

Quando a pandemia começou, a biblioteca fechou para então abrir como um centro de testes de vacinas para covid-19. Então começaram a circular boatos terríveis de que ela estava correndo o risco de sofrer cortes ou fechar. Me juntei a uma campanha para salvar a biblioteca e fiz meu papel contando sua história, que vocês acabaram de ler.

Enquanto as autoridades locais faziam planos para reduzir esse símbolo de resistência a uma fração do que foi um dia, fiquei me perguntando o quanto elas sabiam da história fascinante daquele prédio e daqueles que trabalharam nele, que, mesmo no momento mais sombrio, se esforçaram para que a classe operária do East End continuasse tendo acesso a livros.

Com as consequências da pandemia aumentando a pressão sobre as autoridades locais para que realizassem cortes de orçamentos, sugeri que procurassem no passado jeitos criativos de lidar com a crise de verba e buscassem inspiração em seus antecessores no período da guerra.

Numa límpida manhã de outubro em 1922, uma multidão se reuniu para a abertura da primeira biblioteca pública permanente de Bethnal Green, no imponente prédio de tijolos vermelhos, no Barmy Park. (Havia uma pequena biblioteca temporária em Old Ford Road, desde 1919.) O empresário escocês Andrew Carnegie doou vinte mil libras, e as dezesseis mil libras restantes foram levantadas pelas autoridades locais.

"O governo estava deixando um legado às gerações futuras que lhes permitiria obter conhecimento e varrer o sofrimento e a pobreza", declarou o prefeito no discurso de inauguração. Uma referência pouco velada ao fato de que apenas dois anos antes naquele local funcionava um asilo.

O "manicômio" de Bethnal Green funcionou durante cento e vinte anos e ficou famoso pelos tratamentos cruéis. Até hoje, a maioria dos moradores do East End ainda se refere ao terreno ao redor da biblioteca como Barmy* Park. É assombroso que o hospício só tenha sido fechado em 1920.

Dois anos depois, a biblioteca abriu no que havia sido a ala masculina. O encarceramento perturbadoramente cruel de pessoas com transtornos mentais foi substituído pelo aprendizado e pela alfabetização. Que mensagem de esperança deve ter sido para a comunidade.

O *Daily Herald* descreveu a biblioteca em sua abertura como "uma das melhores da metrópole". Desde o princípio, a Biblioteca de Bethnal Green se estabeleceu como um centro cultural do bairro e, em junho de 1924, o número de livros emprestados havia passado a marca de um milhão. Os membros da entidade filantrópica Carnegie UK declararam estar "maravilhados".

O pai de uma menina cega, que apenas um ano após a inauguração da biblioteca se formou pela Universidade de Londres com honras, atribuiu o sucesso da filha à assistência oferecida pela nova biblioteca.

Mas haveria momentos de provação.

---

* Gíria britânica para "louco". (*N. da T.*)

Dezoito anos depois da inauguração, em setembro de 1940, uma bomba caiu no teto da seção adulta, às 17h55, no que seria conhecido mais tarde como "Sábado Sombrio", o início da Blitz. O que um dia havia sido uma biblioteca organizada e bem equipada se transformou, num piscar de olhos, num cenário de destruição.

É então que a história dá uma reviravolta surpreendente. Em vez de apenas correr para o abrigo mais próximo, o bibliotecário responsável, George F. Vale, e seu subordinado, Stanley Snaith, cobriram calmamente a cúpula de vidro destruída do telhado com uma lona e começaram a planejar um experimento social pioneiro que transformaria a vida dos moradores da Londres dos tempos de guerra.

A estação de metrô de Bethnal Green, na linha Central, ainda não havia sido concluída quando a guerra estourou. Os operários estavam trabalhando para conectá-la à estação da Liverpool Street, mas, desde 1939, ela ficou trancada e abandonada aos ratos. Uma semana depois do início da Blitz, os moradores do East End desafiaram as ordens de Churchill de que era proibido se abrigar em estações de metrô e reclamaram seu direito à segurança. A vinte e três metros de profundidade, a estação era um dos poucos lugares realmente seguros para se abrigar em Bethnal Green e era chamada pelos moradores de "Pulmão de Ferro".

Em doze meses, o lugar se transformou numa comunidade subterrânea em pleno funcionamento com uma variedade incrível de instalações. Beliches triplos de metal comportavam até cinco mil pessoas e chegavam a ocupar mil e duzentos metros do túnel leste. Uma carteirinha do abrigo lhe dava direito a um beliche.

Havia um teatro com capacidade para trezentos lugares, equipado com palco e holofotes, que recebia espetáculos de ópera e balé; um café; um posto médico; e uma creche, o que permitia que as mulheres recém-emancipadas pudessem trabalhar. Mas aqui está a melhor parte: havia uma biblioteca!

Adoro surpresas em histórias, e descobrir a biblioteca secreta de George e Stanley, construída sobre tábuas de madeira em cima dos trilhos do túnel oeste, foi quase como mágica. Na verdade, foi o que desencadeou todo este livro.

Fiquei sabendo da biblioteca quando me sentei para conversar com a inigualável Pat Spicer, moradora do East End, de 92 anos.

"Eu costumava pegar *Milly-Molly-Mandy* na biblioteca subterrânea. Não estava nem aí para as bombas quando estava com a cabeça enfiada num livro", contou ela.

"Uma biblioteca subterrânea?", perguntei.

"É isso mesmo, querida", respondeu ela, com paciência.

Nunca duvide de um londrino nonagenário. Uma visita à Biblioteca e Arquivo Histórico Local de Tower Hamlets revelou que a memória de Pat estava afiada.

Havia uma fotografia de um bibliotecário carimbando livros calmamente, além de diversos relatos escritos.

"Bibliotecas em lojas adaptadas, em câmaras municipais, em vans, tudo isso é muito comum. Mas bibliotecas em abrigos no metrô são uma novidade", escreveu com orgulho Stanley, funcionário de George, na *Library Review*, em 1942. "Quando os londrinos, sob o bombardeio mais pesado de que se tem notícia na história, desafiaram todas as leis e as regras e tomaram posse da plataforma do metrô e suas escadas, logo ficou evidente que uma nova situação social estava em vigor. Para as pessoas passarem de oito a catorze horas por noite numa estação debaixo da terra era necessário ter comida, lugar para dormir, atendimento médico e alguma recreação, tanto física quanto mental. Era necessário criar uma nova organização, e assim foi feito, em parte sob planejamento central, em parte — de um jeito tão inglês — com uma improvisação maravilhosa."

As rodas da burocracia evidentemente se moveram depressa em meio à guerra, e o governo aprovou um subsídio de cinquenta libras.

"O supervisor distrital foi rápido e eficiente", escreveu Stanley. "As cavernas passaram o último verão inteiro ecoando o estampido de martelos e serrotes. O resultado foi triunfal."

A biblioteca, que teve público cativo durante um ataque aéreo em que as portas foram trancadas, ficava aberta das cinco e meia da tarde às oito, toda noite, e tinha à disposição quatro mil livros cuidadosamente selecionados. Romances ficavam ao lado de clássicos da literatura, livros infantis, poesia e peças de teatro.

Fiz uso de uma licença criativa ao descrever minha biblioteca fictícia sob os cuidados de Clara e Ruby um pouco maior e com horários de funcionamento mais longos, mas todo o resto a respeito do abrigo subterrâneo e de sua incrível comunidade e instalações, do teatro ao berçário, as crianças brincando de pega-pega nos túneis e até mesmo a sala do terror, é tudo verdade. Havia até uma verdadeira Sra. Chumbley, uma supervisora heroica que salvou a vida de crianças durante o desastre do metrô. Usei seu nome como uma forma de homenagear seu trabalho durante a guerra, mas a personagem é inteiramente fictícia.

No que diz respeito a abrigos em estações de metrô, o de Bethnal Green ficava acima da média.

"Durante a guerra, devo ter dormido em todas as plataformas da linha Central, da estação da Liverpool Street até Oxford Circus", confidenciou-me a nonagenária Gladys. "Mas Bethnal Green era a melhor."

Minha amiga Babs Clark, de 90 anos, não tem tanta certeza disso.

"Era frio e fedorento, Kate, e tínhamos de fazer as necessidades num balde. Mas a comunidade lá embaixo era muito unida. Dormir no metrô acabou virando algo normal, dada a nossa situação."

Dá para imaginar o que é crescer numa estação de metrô, passar a infância junto dos trilhos, viver todos os seus ritos de passagem no saguão da bilheteria, nas plataformas do trem?

Patsy Thompson (nascida Crawley), de 84 anos, não precisa imaginar. Ela passou os primeiros seis anos da vida quase inteiramente dentro do abrigo de Bethnal Green.

"Parece engraçado agora, mas na época era normal. Não conhecia outra vida", comentou, rindo. "Minha mãe, Ginnie, trabalhava como voluntária no café do abrigo. Era uma mulher fantástica, risonha, sempre andando de um lado para o outro, a quilômetros por hora, de avental. As pessoas a conheciam como Tia Ginnie.

"Quando ela estava no trabalho, eu ficava perambulando com meus seis primos. Nos divertíamos tanto, correndo pelos túneis feito ratos de metrô. E nos desafiávamos a entrar na 'sala do terror', como chamávamos a sala de ventilação. Era um lugar totalmente proibido, mas, como éramos aventureiros, sempre subíamos lá.

"Durante a guerra, o abrigo no metrô oferecia coisas incríveis; tinha tudo que você precisava. Tinha até uma cabeleireira itinerante, que descia o túnel e arrumava o cabelo das pessoas em bobes antes de dormir, então elas acordavam com o cabelo cacheado. Maravilhoso!

"Quando a guerra acabou, senti falta da vida subterrânea, e até hoje, quando vou a Bethnal Green e vejo o símbolo do metrô, sinto um quentinho no peito. Para os outros, é uma rede de transporte público; para mim, foi a minha casa."

É de partir o coração que essa "casa" tenha sido marcada pelo horror numa noite escura e úmida em março de 1943. Como descrevi na história de Ruby e Bella, cento e setenta e três pessoas *de fato* morreram esmagadas nos degraus para o abrigo quando, ao som das sirenes, uma mãe carregando um bebê tropeçou.

As cenas naquela noite foram terríveis. Os oficias da Divisão de Precaução Contra Ataques Aéreos trabalharam lado a lado com donas de casa e escoteiros para salvar os feridos. Os corpos eram empilhados em qualquer coisa que tivesse rodas e levados para o hospital. Quando chegou a notícia de que não havia mais lugar no hospital e os cadáveres estavam ficando empilhados no corredor, os corpos passaram a ser levados para as criptas de igrejas próximas ou deixados junto da grade diante da biblioteca.

Foram necessários mais de sessenta policiais, bombeiros e voluntários para retirar mortos e feridos da escadaria. A escuridão, a pressão e o ângulo dos corpos tornou o resgate lento e muito difícil. Mortos e vivos ficaram juntos, terrivelmente comprimidos, num emaranhado de tal complexidade que foram necessárias três horas até que a última vítima tivesse sido retirada.

As autoridades agiram depressa, limpando os degraus e ordenando às testemunhas que permanecessem caladas.

O barulho assustador que as pessoas relataram ter ouvido não havia sequer sido uma aeronave inimiga, mas o próprio governo testando novos mísseis antiaéreos, que foram lançados de uma Bateria Z recém-instalada no Victoria Park, ali perto. Por conta das restrições de divulgação dos testes, os moradores não foram avisados. Um dos maiores desastres civis da Segunda Guerra Mundial foi rapidamente silenciado sob a Lei de Segredos Oficiais, por um governo de guerra desesperado para evitar que as notícias do escândalo caíssem em mãos inimigas. O caso foi considerado ruim para o moral nacional.

O silêncio forçado apenas agravou os sentimentos de culpa dos sobreviventes. Socorristas ficaram grisalhos da noite para o dia, famílias inteiras se despedaçaram com a perda de todos os filhos. Mulheres que descrevi na história, como a pobre Maud, que bebia para apagar a dor da perda das duas filhas, são pessoas reais. O sofrimento de Ruby é baseado no sofrimento delas, uma dor que nunca se amenizou, apenas se intensificou.

Não consigo pensar nesse esmagamento sem sentir falta de ar. Os ataques de pânico de Ruby e os flashbacks são baseados no fato de que, sem poder compartilhar histórias, sem acompanhamento psicológico, sem conhecimento do que hoje chamamos de estresse pós-traumático, sobreviventes e testemunhas foram obrigadas a internalizar todo o sofrimento. Só porque uma coisa aconteceu há muito tempo não significa que seja tarde demais para começar a falar dela.

Ao longo dos anos, entrevistei muitos sobreviventes, entre eles a surpreendente jovem médica que estava de plantão naquela noite, quando a sequência de cadáveres que chegavam ao hospital logo se transformou num dilúvio. Seis meses antes de morrer, aos 102 anos, a heroica Dra. Joan Martin, membro da Excelentíssima Ordem do Império Britânico, confidenciou-me: "Passei setenta e três anos tendo pesadelos vívidos de gente sendo pisoteada até a morte, todas as noites."

Babs Clark tinha apenas 12 anos quando a irmã mais velha a arrancou do emaranhado, salvando-a. No caminho de volta para casa, mais tarde, ela perguntou à mãe, Bobby, por que tinha tanta gente deitada nas calçadas. "Estão tirando uma soneca, Babsey", respondeu ela. No dia seguinte, ela descobriu a verdade quando chegou à escola e viu que faltava metade da turma, pois tinha morrido sufocada.

Talvez fosse por isso que os funcionários da biblioteca se sentiam tão leais ao seu público.

Stanley Snaith fez um relato comovente sobre os moradores do East End, como Pat, Babs, Patsy e Ginnie. "Todo anoitecer vem com o primeiro contingente de pessoas descendo para as entranhas da terra. Os sadios e os doentes, os velhos e os jovens, eles vêm, carregando malas de pano, pacotes, roupas de cama enroladas num lençol ou numa trouxa de pano — aqui um estivador, ali um rapaz franzino com uma carga digna de Atlas equilibrada na cabeça de forma improvável, dando uma de galante cavalheiro para a mãe aleijada; pessoas brutas, pessoas gentis, típicos moradores do East End.

"Na biblioteca, os mais jovens são loquazes em sua escolha de livros, mas por que não os deixar conversar como bem entendem? Diabretes animados, quase nada têm em suas vidas que lhes dê alegria, e estes não são tempos de repressão."

Tais "jovens" estão hoje na casa dos 90, e a memória da pequena biblioteca de guerra está gravada em seus corações.

"Para mim, foi um santuário", contou Pat. "Em 1943, eu tinha 14 anos, e era tanto horror, a Blitz, o desastre do metrô. Não dá para imaginar o que a biblioteca significava para mim, como um lugar de fuga e aprendizado. Teve um efeito imenso na minha vida."

E suspeito que não apenas na de Pat.

"Podemos avaliar a biblioteca subterrânea com sentimentos mistos de orgulho pela tarefa bem-feita e esperança sincera de que ela nunca mais tenha de ser repetida", concluiu George Vale.

Eu me pergunto o que George e Stanley teriam pensado dos planos de acabar com cem anos de história. As propostas em discussão incluíam a redução do horário de funcionamento da Biblioteca de Bethnal Green de cinquenta para apenas quinze horas semanais, ou seu completo fechamento, redução do horário de funcionamento de outras bibliotecas no bairro e o fechamento completo da Biblioteca de Cubitt Town, na ilha dos Cães. Quantos empregos teriam sido perdidos? Quantos bibliotecários sem trabalho depois da dedicação heroica em meio à pandemia para ajudar os usuários das bibliotecas?

Fiquei com raiva. Quando você se envolve emocionalmente na história de uma instituição pública tão valorizada, se compromete com o seu futuro. A história não serve de nada?

Como era possível que, em meio a um clima de medo, privação e instabilidade econômica, nossos antecessores do período de guerra tenham encontrado a imaginação e os meios para aumentar o horário de funcionamento da biblioteca e abrir novas filiais?

A Blitz e a covid são monstros completamente diferentes, mas o efeito na leitura tem sido o mesmo. Nunca lemos com tanta voracidade, nem precisamos tanto das nossas bibliotecas e as valorizamos.

"A leitura se tornou, para muitos, o relaxamento máximo", escreveu George a respeito dos usuários da biblioteca e as valorizamos.

Isso lhes parece familiar?

Bibliotecas são vitais para o futuro das comunidades, agora mais que nunca. A covid nos lembrou de que nem todas as crianças têm acesso à internet e ao aprendizado à distância. Isso é ainda mais grave em Tower Hamlets, onde centenas de crianças moram em casas pequenas e superlotadas. Muitos contam com as valiosas bibliotecas do bairro como um santuário e uma extensão da sala de casa.

Mas, graças à incansável campanha de tantos no bairro, um grupo do qual tenho o orgulho de dizer que eu era apenas uma ínfima parte, a biblioteca foi salva no último minuto! Tanta alegria.

"SALVAMOS NOSSAS BIBLIOTECAS!", escreveu a líder da campanha, Glyn Robbins. "Fico muito feliz de dizer a todos que, por causa da nossa pressão, o Conselho de Tower Hamlets mudou de ideia. Durante a reunião do conselho, foi apresentada uma nova proposta alternativa ao fechamento e à redução das bibliotecas. Como resultado, a Biblioteca de Cubitt Town não será vendida e, juntamente com as bibliotecas de Bethnal Green e Watney Street Idea Store, terá seu horário de funcionamento estendido, e não reduzido. É uma vitória e tanto. Obrigada. Ainda estão sendo feitos muitos cortes em serviços públicos fundamentais, e a decisão a respeito da nossa biblioteca vai ser reavaliada daqui a dezoito meses, então nossas comemorações não serão efusivas. Mas devemos comemorar! É um sinal, mais uma vez, de que, quando as pessoas ficam irritadas e se organizam, podemos vencer."

Escrevo isto em setembro de 2021, aliviada de saber que finalmente a biblioteca está prestes a reabrir ao público mais uma vez e que não é mais um centro de testes de vacinas para a covid-19. Quem sabe não vou ser sortuda o bastante para lançar este livro na Biblioteca de Bethnal Green como parte de uma série de eventos para comemorar seu centenário? Pat e Patsy, e mais um monte de outras pessoas do East End, certamente serão convidadas de honra!

Porque cem anos oferecendo livros gratuitos para as pessoas é algo digno de uma comemoração e tanto.

É uma história que vale ser contada.

Leia pela Vitória!

Estamos no ano de 1940, e Bethnal Green está em chamas. As ruas estão banhadas por um brilho laranja, enquanto aviões alemães rugem no céu, lançando ainda mais bombas na fornalha.

Mas uma menininha permanece alheia a tudo isso. Pat Spicer vagueia pelo túnel comprido e sombrio, praticamente sem notar o cheiro intenso de tantos corpos sem banho ou o rugido distante das bombas, pois está absorta em *Milly-Molly-Mandy*. A menina de 11 anos mergulhou num livro que ama, com personagens que estima, e a vida real pode esperar. Ainda bem, porque agora a vida real é aterrorizante. Vinte e três metros acima do túnel subterrâneo que Pat agora chama de casa, ruas e edifícios foram pulverizados, e vidas, destruídas.

A Blitz é diferente de qualquer coisa que alguém já tenha vivido. É a primeira vez que mulheres e crianças se viram na linha de frente da batalha. Poucas pessoas ousam frequentar os salões de baile e os cinemas nos primeiros dias de bombardeio. Pode-se fazer tricô e palavras cruzadas, é claro, mas isso não abafa o barulho das bombas e das armas antiaéreas. Uma leitura boa de verdade é o único remédio para acalmar a ansiedade. A leitura oferece um descanso valioso e permite que Pat Spicer e vários outros escapem da agitação solitária de seus pensamentos.

No início da Segunda Guerra Mundial, o presidente da Associação de Bibliotecas, Arundell Esdaile, escreveu: "Patriotismo não basta. A leitura correta dos livros é uma das principais formas de manter e até mesmo ampliar a cultura da mente, que não conhece fronteiras.

E, afinal, não é em nome dessa cultura que estamos lutando para destruir a nova barbárie?"

A retórica era clara. Os livros seriam uma arma fundamental na luta pelo moral.

O recém-formado Ministério da Informação não demorou a compreender isso e convocou a ajuda das bibliotecas públicas. Todas as bibliotecas do país foram instadas a criar um Departamento de Informação, para se incorporar firmemente à vida da comunidade, bem como abrir as portas para evacuados e soldados de batalhões locais.

O professor John Hilton, diretor de Propaganda Interna, escreveu, incitando os bibliotecários:

"Em tempos de guerra, livros podem ser um refúgio a partir do qual escapamos da brutalidade de conflitos ultrajantes (...). Livros podem ser um armazém a partir do qual extraímos conhecimento e emoções complexas para limpar a mente e fortalecer a alma para as tarefas que temos diante de nós."

Palavras fortes, mas, apesar disso, nos primeiros meses da chamada "guerra falsa", as bibliotecas foram pouco usadas, os empréstimos cada vez menores diminuíram ainda mais com a convocação dos bibliotecários homens e, por causa do blecaute, com o fechamento mais cedo das bibliotecas. Mas então veio a Blitz e tudo mudou. Mais que nunca, mais tempo de lazer era dedicado à leitura. As taxas de empréstimo subiram para níveis nunca antes vistos, porque, como a pequena Pat Spicer tinha descoberto, um bom livro pode ajudar a esquecer as atrocidades da vida real.

Em 1942, as Bibliotecas Públicas de Manchester alcançaram o recorde de cinco milhões de livros emprestados — com mais um milhão em Portsmouth —, e áreas como Barnes e Swindon, que não tinham biblioteca pública antes da guerra, logo veriam filiais serem abertas.

Em Londres, nas regiões de Bethnal Green, East Ham, Shoreditch, Tottenham e Westminster, apesar da queda populacional, o número de livros emprestados também alcançou recordes. Juntos, os cinco distritos, todos altamente afetados por bombardeios, emprestaram entre 1942 e 1943 um total de 3.585.732 exemplares, uma prova de que tempos difíceis são bons para os livros.

A organização de pesquisa Mass Observation, que é um ótimo medidor da opinião pública, estudou os hábitos de leitura de mais de dez mil pessoas na primavera de 1942 para o projeto Livros e o Público. E, quando digo "estudou", é isso mesmo que quero dizer. Com frequência, os voluntários do projeto seguiam pessoas desavisadas em bibliotecas e livrarias, em cafés e ônibus, e as observavam enquanto liam, anotando tudo em segredo num caderninho.

"Mulher. Altura mediana, magra, rosto inteligente. Vestindo casaco de tweed marrom-escuro e chapéu de feltro verde. Carregando *Daily Telegraph*. Foi direto para a seção de 'Poesia'. Observador a seguiu", diz um dos muitos comentários ligeiramente cômicos do público leitor da época da guerra.

As pesquisas do Mass Observation são fascinantes porque oferecem um retrato da cultura da classe operária e apresentam os pensamentos mais íntimos de mulheres cujas vozes normalmente seriam perdidas na história.

Mas o sucesso da biblioteca pública municipal é a história oculta aqui. As bibliotecas explodiram durante a guerra, quando as vendas de livros despencaram. Quatro em cada dez pessoas pegaram livros emprestados de alguma biblioteca durante a guerra, e isso transformou vidas. E, o melhor de tudo, ao contrário de uma assinatura da biblioteca circulante Boots ou das bibliotecas a preços populares, era *gratuito*.

A pesquisa constatou que muitas pessoas, sobretudo as jovens da classe operária, desenvolveram uma paixão pela leitura para a qual seus pais nunca tiveram tempo e se cadastraram numa biblioteca pela primeira vez. Algumas começaram a ler durante a Blitz, para não pensar nas bombas, e mantiveram o hábito. O número de mulheres que frequentavam bibliotecas era duas vezes maior que o de homens, e elas preferiam ficção.

Leitores de ficção em geral devoravam seus livros em apenas quatro dias, enquanto leitores de não ficção levavam o triplo do tempo. Em momentos de conflito intenso, como a retirada de Dunquerque, a Batalha da Grã-Bretanha, a Blitz e então os ataques de foguetes V-1 e V-2, as mulheres gravitavam para romance, ficção histórica e suspense em busca de escapismo.

Diante de uma guerra que parecia implacável, as mulheres desejavam escapismo com uma heroína forte e obstinada. Isso explica o sucesso do primeiro romance erótico. *Entre o amor e o pecado* só foi publicado no Reino Unido pouco depois da guerra, mas, quando o livro de Kathleen Winsor foi lançado nos Estados Unidos, em 1944, foi uma sensação.

Ambientado no século XVII, durante a peste bubônica e o Grande Incêndio de Londres, a heroína Amber se aproveita impiedosamente da sexualidade para manipular as pessoas e sobreviver na Londres da Restauração. Catorze estados norte-americanos baniram o livro, considerando se tratar de pornografia; um procurador-geral contou setenta referências a relações sexuais, trinta e nove gravidezes ilegítimas, sete abortos e dez descrições de mulheres se despindo na frente de homens. Não preciso nem dizer que o livro praticamente desapareceu das estantes e vendeu mais de cem mil cópias na primeira semana de lançamento e alcançou mais de três milhões de exemplares vendidos. É bem leve para os padrões atuais, mas, no que diz respeito a protagonistas subversivas e irreprimíveis, Amber está no topo da lista.

Os capítulos que se passam durante a peste são fascinantes, sobretudo quando se pega lendo-os durante o confinamento de outra pandemia global. O som do carrinho de corpos chacoalhando nos paralelepípedos e o tilintar do sino chamando as pessoas — "Tragam seus mortos" — é uma leitura cativante e de arrepiar. E isso me fez pensar. Será que as mulheres no século XX que liam sobre varíola e os incêndios do século XVII em meio às ruínas de uma paisagem do pós-guerra encontravam tranquilidade naquelas páginas?

Será que é por isso que a ficção histórica era tão popular durante a Segunda Guerra Mundial? Nossa pequena ilha já havia sobrevivido a guerras, incêndios, ameaças de invasão e doenças antes. E, portanto, isso também vai passar?

Mas essas são generalizações, é claro; nem *todas* as mulheres queriam ler romances históricos eróticos. Aqui vai uma lista de alguns dos livros mais emprestados pelas bibliotecas em 1942. Quantos você reconhece?

E o vento levou; Por quem os sinos dobram; Como era verde o meu vale; Orgulho e preconceito; A escória da terra; Herries Chronicles; Os três mosqueteiros; Finnegans Wake; Sob a luz das estrelas; Tudo isto, e o céu também; When the Rains Came; My America; Rebecca; Diário de Berlim; This Above All; O castelo do homem sem alma; Os sete pilares da sabedoria; O poder e a glória; Love on the Dole; Northbridge Rectory; Shall Our Children Live or Die; Knife in the Dark; Morte na praia; Heart of a Child.

É interessante notar quantos livros da lista oferecem uma visão da sociedade e da guerra e quantos foram adaptados com sucesso para as telas de Hollywood.

Em última análise, no entanto, parece que a verdadeira função da leitura em tempos de guerra para as mulheres era o escapismo. Os livros eram máquinas do tempo que as afastavam da pressão e do horror da guerra.

"Ler, para mim, é como uma droga. Leio muito mais do que antes da guerra", declarou uma mulher, durante a guerra, na pesquisa da Mass Observation. "Não quero nem saber de livros de guerra. Posso ler sobre toda essa soberba e asneira nos jornais. Quero um livro para fugir de tudo isso por algumas horas", disse outra.

E elas precisavam disso porque, na maioria dos casos, os ambientes à sua volta estavam lotados, fedorentos e maltrapilhos. As mulheres liam em ônibus, com as janelas cobertas por telas antiestilhaço, em túneis empoeirados, jantando ovo desidratado e espremidas em abrigos Anderson. Como no caso do abrigo subterrâneo de Bethnal Green, surgiram bibliotecas em lugares incomuns, como navios de tropas e hospitais. Em Edmonton, no Canadá, um dos bondes teve os assentos retirados e substituídos por dois mil livros, alcançando um novo público.

No meio da Blitz, o Conselho Distrital de St. Pancras lançou a primeira biblioteca móvel de Londres numa van, que transportava dois mil livros para abrigos, centros de acolhimento e unidades de balões barragem e da Guarda Nacional. Essa biblioteca autocontida e em miniatura prometia levar "uma biblioteca até você".

"Pessoas sem livros são como casas sem janelas", comentou o prefeito de St. Pancras, na cerimônia de inauguração da van. A imprensa correu para relatar a inovação de guerra e até mesmo jornalistas estadunidenses noticiaram as atividades de bem-estar social promovidas em Londres, sob a Blitz.

"Se as pessoas não vierem à biblioteca, levaremos a biblioteca até elas", comentou o bibliotecário itinerante. O que poderia ser mais gratificante que pensar nesses bibliotecários, esquivando-se de bombas e correndo pelas ruas esburacadas de Londres para entregar livros?

"Os bibliotecários estão atentos às condições e adaptando-se às exigências do momento", declarou a Associação de Bibliotecas quatro meses depois da Blitz.

E tinham de estar, pois as bibliotecas tradicionais foram tão atingidas quanto fábricas de munição e outros alvos militares. A Biblioteca Central de Bethnal Green perdeu o telhado da seção adulta cinco minutos antes do horário de fechamento, na primeira noite da Blitz, e um total de 4.283 livros acabou em cinzas; ainda assim, ela até que se saiu bem, comparada a muitas outras.

A bela Biblioteca de Exeter, uma vez descrita como uma das mais palacianas do país, foi bombardeada em 4 de maio de 1942 e perdeu todos os seus livros, exceto um — *English Men of Letters* —, que ainda faz parte de seu acervo até hoje.

Fui ver o "livro da Blitz", como a biblioteca o chama. Será que sou a única pessoa estranha o bastante para viajar trezentos quilômetros para cheirar um livro? Pois fico feliz de ter ido. Oitenta anos depois do fim da Blitz, o livro ainda carrega o perfume daquela noite dramática, um odor curiosamente evocativo de mofo e fogueira. Adoro o cheiro de livros velhos. É como respirar a história. Levando-o ao nariz, fechei os olhos e tentei desvendar o mistério de como aquele livro, entre milhares de outros, sobreviveu com apenas algumas páginas chamuscadas.

A lista de bibliotecas atingidas pela Blitz chega a ser deprimente de tão longa. Estima-se que 750 mil livros de biblioteca tenham sido destruídos nos bombardeios.

A Biblioteca William Brown, em Liverpool, foi totalmente destruída, assim como a Biblioteca Central de Plymouth, e grandes danos foram causados à de Bristol, à Biblioteca Central Nacional de Londres, à de Edimburgo, à de Coventry e a muitas outras.

Mais uma vez, os bibliotecários estavam no centro de tudo, ajudando a resgatar livros, bem como a acomodar desabrigados, com a delicadeza nascida da longa experiência do trabalho com o público.

As bibliotecas se adaptaram às condições de guerra, mantendo-se abertas por um total recorde de horas. Pela primeira vez, muitas filiais abriram aos domingos, para permitir que os funcionários das fábricas pudessem renovar seus livros.

Quem melhor para lidar com essas emergências com compaixão e empatia do que bibliotecárias mulheres? Com tantos bibliotecários convocados, ficou a cargo das mulheres, frequentemente funcionárias juniores ou que trabalhavam na seção infantil, preencher as posições deixadas pelos colegas. Bibliotecárias mulheres do serviço público não estavam sujeitas a remoções e, embora muitas estivessem ali apenas como "substitutas" e sem dúvida fossem sempre lembradas disso, foi uma boa oportunidade para muitas demonstrarem habilidade, criatividade e desenvoltura.

"Um raio de luz se infiltrou em Whitehall", dizia uma circular do Conselho de Educação.

As mulheres estavam lendo mais que nunca, mas o que estavam lendo se tornava cada vez mais digno de preocupação.

Em 1942, escrevendo para o Registro da Associação de Bibliotecas, Hilda McGill, da Biblioteca Pública de Manchester, registrou o aumento de donas de casa que, com mais tempo livre, já que os maridos estavam servindo na guerra, acabavam na biblioteca. "Aos 18 anos, ela provavelmente já leu todos os romances populares da vez", escreveu Hilda. "Com o aumento da taxa de alfabetização, o padrão de leituras leves caiu para algo próximo do nadir da imbecilidade (...)"

Mas ela admite que "é melhor ler um romance vazio que passar as páginas de uma revista ilustrada", considerando que "mesmo o livro mais tolo é uma espécie de barco furado num mar de sabedoria: parte da sabedoria vai entrar de qualquer jeito".

Atitudes com ar de superioridade prevaleceram, sobretudo com relação às mulheres e aos romances.

O Dr. Robert James é professor sênior de história na Universidade de Portsmouth.

"A primeira biblioteca pública de Manchester foi aberta em 1852, criada com o objetivo elevado de encorajar a população a usar seu tempo livre com mais sabedoria. As bibliotecas existiam para que as pessoas do país, sobretudo das classes trabalhadoras, pudessem aprender a se tornar 'boas cidadãs'", Robert me disse. "Diante disso, as autoridades bibliotecárias começaram a defender a compra de livros 'bons', para melhorar os hábitos de leitura da sociedade. Isso significava manter um acervo de livros clássicos, como Austen, Dickens e Hardy, e não o que um bibliotecário de Peterborough descreveu como 'meras borboletas da ficção', livros escritos por pessoas como as então extremamente populares, mas hoje em grande parte esquecidas, escritoras românticas, Ruby M. Ayres e Ethel M. Dell.

"Mesmo durante a Segunda Guerra Mundial, um período em que as fronteiras entre as classes sociais se tornaram supostamente confusas, a classe social ainda era fundamental para a compreensão das pessoas."

Robert me contou de uma guerra de palavras que eclodiu no mundo das bibliotecas, no período entreguerras, sobre os hábitos de leitura da classe trabalhadora.

"Um dos envolvidos na discussão, Frederick J. Cowles, bibliotecário-chefe do serviço de biblioteca pública de Swinton e Pendlebury, era um grande defensor da inclusão de obras de ficção em bibliotecas públicas por algum tempo e foi criticado por isso.

"Um bibliotecário homem chegou até a dizer: 'Se [as mulheres] não têm energia para não ler nada além de lixo, estaríamos prestando um verdadeiro serviço a elas se pudéssemos impedi-las de ler por completo.'"

Seria correto dizer que o personagem de Pinkerton-Smythe foi inspirado nas atitudes destes (e de muitos outros) bibliotecários esnobes da época.

Frederick aproveitou a oportunidade oferecida a ele pelo abrandamento das atitudes em tempos de guerra para mais uma vez promover suas crenças, observando, um mês após a guerra ser declarada:

"Não é fácil prever exatamente o que o público vai querer", escreveu ele. "A única coisa certa é que vamos precisar de uma grande quantidade de livros de ficção barata (...) Os soldados vão levar um livro na mochila, os civis vão ler junto da lareira, as crianças vão aprender os prazeres da literatura. Somos uma nação de leitores, e a guerra só vai aumentar a demanda por livros."

"Durante a guerra, houve uma mudança de atitude quando as autoridades começaram a perceber o poder do romance, tanto na literatura quanto no cinema, para elevar o moral da população", diz Robert. "O governo percebeu que, se o moral está alto, as pessoas apoiam o esforço de guerra e são mais produtivas."

Alistair Black, professor emérito da Universidade de Illinois e autor de *The Public Library in Britain, 1914-2000*, que me foi muito útil durante a pesquisa, me disse:

"Nos Estados Unidos, havia décadas que os bibliotecários eram muito mais liberais a respeito de oferecer às pessoas o que elas queriam. No Reino Unido, foi só na Segunda Guerra Mundial que a tendência de aceitar o empréstimo de obras de ficção como uma função legítima da biblioteca pública se acelerou. Essa atitude mais 'democrática' estava ligada à contribuição cultural das bibliotecas públicas feitas durante a guerra aos planos de reconstrução e à formação de um embrionário Estado de bem-estar social. A esse respeito, não é coincidência que o relatório divisor de águas sobre o futuro das bibliotecas públicas — o Relatório McColvin, que leva o nome de seu autor, Lionel McColvin, o bibliotecário público mais famoso do século XX — tenha sido publicado no outono de 1942, poucas semanas antes da publicação do seminal Relatório Beveridge, que estabeleceu as bases do Estado de bem-estar social do pós-guerra."

Talvez a Segunda Guerra Mundial tenha sido necessária para desencadear isso, mas, graças aos diários da Mass Observation e à democratização das bibliotecas, os pensamentos, pontos de vista e desejos mais íntimos das mulheres estavam começando a ser reconhecidos e atendidos. E nós, como leitoras, escritoras e amantes de livros modernas, nos beneficiamos disso desde então.

Fontes:

Tive acesso ao *Library Association Record* dos anos da guerra (1939-1945), no acervo da Biblioteca Britânica.

Entrevista com Robert James, professor associado de história da Universidade de Portsmouth e autor de *Read for Victory: Public Libraries and Book Reading in a British Naval Port City During the Second World War.*

Entrevista com Alistair Black, professor emérito da Universidade de Illinois e autor de *The Public Library in Britain, 1914-2000* (2000).

Li *Entre o amor e o pecado*, de Kathleen Winsor, reeditado pela editora Penguin em 2002, publicado originalmente em 1944.

Bibliografia selecionada

The Library Book, de Susan Orlean (Atlantic Books, 2019). O livro é o sonho dos amantes de livros, uma história soberba e vívida de bibliotecas públicas. Peguei emprestada a ideia de Clara escrever uma carta para o futuro bibliotecário de Bethnal Green a ser aberta no centésimo aniversário da biblioteca de uma história verdadeira que Susan desenterrou da inovadora bibliotecária Althea Warren, que escreveu uma carta para o futuro bibliotecário de Los Angeles, a ser aberta no aniversário de cem anos da biblioteca. Pareceu-me algo absolutamente visionário. Obrigada, Susan, por escrever uma carta de amor tão bonita para as bibliotecas e seus guardiões.

The Librarian, de Salley Vickers (Penguin Books, 2018). Um romance que se passa numa biblioteca do pós-guerra e que oferece questionamentos importantes sobre a leitura na infância e o poder que os livros têm de transformar nossas vidas.

The Librarian: A Memoir, de Allie Morgan (Ebury Press, 2021). Todo mundo que frequenta uma biblioteca deve ler esse livro, mas sobretudo quem não frequenta, porque Allie faz você perceber que bibliotecas são a coisa mais importante que uma comunidade pode ter. Cheio de histórias estranhas, insólitas, maravilhosas, tristes e positivas.

Broken Pieces: A Library Life, 1941 to 1978, de Michael Gorman (American Library Association, 2011). Michael escreve tão bem sobre os ritmos, a variedade e a complexidade da vida numa biblioteca.

An Illustrated History of Mobile Library Services in the United Kingdom, de G. I. J. Orton (Branch and Mobile Libraries Group, 1980). Nossa, como adorei essa preciosidade. Me fez ficar com vontade de comprar um ônibus e abrir meu próprio serviço de biblioteca itinerante.

Public Library and Other Stories, de Ali Smith (Penguin Random House, 2016). Uma alegre declaração de amor às bibliotecas públicas.

The Public Library in Britain 1914-2000, de Alistair Black (The British Library, 2002). Uma história social completa da biblioteca pública e sua relação com as comunidades. O capítulo 4, "Bombs and Blueprints, 1939-1945", em particular, me fez perceber o alcance, a relevância e a democratização das bibliotecas públicas durante a guerra. Uma preciosidade da história social.

The Library Association Record (1939 a 1945), pertencente à Biblioteca Britânica, me deu uma visão muito útil sobre o papel e as atividades de bibliotecas e seus funcionários durante os anos de guerra.

The Forgotten Service: Auxiliary Ambulance Station 39, de Angela Raby (Battle of Britain International Ltd., 1999). Muito útil para entender como Billy teria se encaixado na rotina de guerra no serviço de ambulâncias.

Leisure in Britain, 1780-1939, de John K. Walton e James Walvin (Manchester University Press, 1983). O livro inclui um trecho excelente sobre os hábitos de leitura nas casas da classe trabalhadora.

A Library Service in a Bombed Area, de George F. Vale (Bethnal Green Public Libraries Local Collection, 1947), pertencente à Biblioteca e Arquivo Histórico Local de Tower Hamlets. Fiquei tão feliz de ter achado isso. As lembranças de Pat Spicer de ter frequentado uma pequena biblioteca subterrânea foi o que desencadeou a ideia deste livro, mas encontrar o artigo tão envolvente e bem escrito que George leu na Conferência da Associação de Bibliotecas do pós-guerra, em Brighton, sedimentou a questão. Como George parece orgulhoso de sua experiência social pioneira! Como eu adoraria tê-lo conhecido!

A Tube Shelter Lending Library, de Stanley Snaith (Library Review), pertencente à Biblioteca e Arquivo Histórico Local de Tower Hamlets. Funcionário de George Vale, além de bibliotecário, Stanley aparentemente era poeta, o que fica evidente quando se vê como ele descreve com amor — e um quê de espanto — a maneira como ele e George criaram um novo público leitor a partir do caos da Blitz. "É ajudando esses sobreviventes fortuitos que o homem remenda a imagem despedaçada de seu passado", conclui Stanley.

Li o relatório de duzentas páginas "Mass Observation Report on Books & The Public" — Relatório 1.332 (1942), pertencente ao Mass Observation Archive, na Universidade de Sussex. (http://www.massobs.org.uk). O relatório funcionou como uma máquina do tempo e me levou de volta a 1942 e aos pensamentos mais íntimos das mulheres comuns e ao que a leitura fez por elas.

The Children's Library: A Practical Manual for Public, School and Home Libraries, de W. C. Berwick Sayers (George Routledge & Sons Limited, 1911). Trata-se de um importante relato do que era ser uma bibliotecária especializada em literatura infantil no século XX e teria sido uma bíblia para Clara.

The East End: My Birthright, de Albert Turpin (Francis Boutle Publishers, 2017). Um fascinante livro de memórias de um homem que lutou pelos direitos dos trabalhadores e enfrentou horrores inimagináveis durante a Segunda Guerra Mundial como bombeiro.

London's East End Survivors: Voices of the Blitz Generation, de Andrew Bissell (Centenar, 2010). Adoro esse livro, porque o autor conduziu centenas de entrevistas com sobreviventes da guerra que moravam no East End para amplificar as vozes de homens e mulheres comuns, mas extraordinários, e fornecer os pequenos detalhes domésticos da vida sob ataque.

The Fishing Cats of Fort D'Auvergne (And Other Tales), de David Cabeldu, (2019). Uma maravilhosa descrição do que era ser criança em Jersey. Agradeço imensamente a David por permitir que eu usasse suas travessuras de infância, o tempo gasto construindo jangadas, pescando e arrumando confusão, como fazem os meninos, como inspiração para a infância de Beatty e Marie.

A Boy Remembers, de Leo Harris (Apache Guides Ltd, 2000). Leo viveu a ocupação de Jersey e se lembra do momento aterrorizante em que o irmão foi preso pela Polícia Secreta. Sua generosidade em compartilhar suas memórias comigo forneceu as informações de que eu precisava para escrever sobre a prisão do pai e do tio de Beatty e Marie. Suas memórias fornecem uma visão arrepiante da vida sob o jugo nazista.

The Family from One End Street, de Eve Garnett (Puffin Books, 1937). Esse livro me foi recomendado por um bibliotecário e eu adorei. As travessuras da família Ruggles, da classe trabalhadora, resumem o espírito dos Ratos do Metrô.

Entre o amor e o pecado, de Kathleen Winsor (publicado pela primeira vez nos Estados Unidos, em 1944, pela Macmillan, e na Inglaterra, em agosto de 1945, pela Macdonald & Co.). Li esse livro tentando me sentir na pele de uma mulher em tempos de guerra, cercada de bombas e racionamento. Na época, o livro foi explosivo, indecente, escandaloso e totalmente envolvente. Setenta e oito anos depois, continua a mesma coisa.

Agradecimentos

Passei grande parte da pandemia de covid-19, enquanto pesquisava e escrevia este livro, conversando com idosos londrinos e bibliotecários, e não consigo pensar em dois grupos melhores de pessoas para passar o tempo nesses dias tão incertos.

Este livro sem dúvida deve sua existência à generosidade e à bondade de tantos bibliotecários maravilhosos, ainda trabalhando ou já aposentados, dos setores privado e público, de universidades e bibliotecas infantis, voluntários, qualificados e não qualificados, assistentes e gerentes — todo o espectro —, que compartilharam comigo seus valiosos pensamentos, memórias e, o mais importante, histórias. Temo que a lista seja grande demais para ser publicada aqui, mas, a todas as pessoas que entrevistei, obrigada do fundo do meu coração. Por que não ler meu artigo, "Cem bibliotecas e eu...", para saborear um pouquinho mais algumas dessas entrevistas? Um enorme agradecimento à minha amiga Sarah Richards, por transcrever a maioria dessas entrevistas.

Devo muito à generosidade, à bondade, à hospitalidade e à simpatia dos moradores do East End durante a guerra, muitos dos quais tenho o privilégio de chamar de amigos.

Eles são praticamente livros ambulantes, cheios de histórias. A Ray, Pat, Patsy, Beatty, Marie, Babs, Sally, Gladys, Minksy e suas filhas Lesley, Linda e Lorraine, Alf e Phoebe, a todos do Centro Brenner — o Centro Comunitário Judaico de Stepney —, aos Geezers de Bow, a Joe Ellis e a todos da página Bethnal Green & East London, no Facebook.

Meus sinceros agradecimentos a Robert James, professor associado de história da Universidade de Portsmouth e autor de *Read for Victory: Public Libraries and Book Reading in a British Naval Port City During the Second World War*. Robert foi muito generoso com o seu tempo, e, além de me permitir questioná-lo a respeito do conceito de ler pela vitória e de ler um primeiro rascunho deste livro, também me enviou a Pesquisa da Mass Observation, que, em tempos de confinamento total, eu não teria sido capaz de acessar e sem a qual teria sido muito difícil escrever este livro. Devo muito a você.

Sou excepcionalmente grata a Alistair Black, professor emérito da Universidade de Illinois e autor de *The Public Library in Britain, 1914-2000* (2000), que também me concedeu uma entrevista, revisou um primeiro rascunho do livro e compartilhou seus contatos de bibliotecas comigo. Ninguém sabe mais sobre a história das bibliotecas públicas que ele.

Um imenso obrigada a Liz e Alex Ditton, Alison Wheeler, Anne Welsh do Beginning Cataloguing, Helen Allsop, Charmaine Bourton, Mark Lamerton, Dave Cabeldu, Lor Bingham, Gloria Spielman e Vince Quinlivan, pela leitura inicial, por ouvirem minhas ideias e por compartilharem seus conhecimentos.

Agradeço muito a Paul Corney, presidente da CILIP e a todos da CILIP, a Associação de Bibliotecas e Informações, que realmente se envolveu com este livro, e por isso sou muito grata. Um agradecimento especial a Gemma Wood e a Natalie Jones, da CILIP, cujos entusiasmo, contatos e paixão por bibliotecas não conhecem limites.

Gostei muito de conversar com a Dra. Sarah Pyke e a professora Shelley Trower, que montaram um projeto de história oral absolutamente fascinante chamado Living Libraries, documentando bibliotecas públicas nas palavras das pessoas que as usam, trabalham nelas e as dirigem. Confira em: https://www.livinglibraries.uk

A todos os funcionários da Biblioteca e Arquivo de História Local de Tower Hamlets. Fui a primeira pessoa a passar pelas portas da biblioteca quando ela reabriu, depois do primeiro lockdown. Os registros que os verdadeiros bibliotecários dos anos de guerra, George F. Vale e Stanley Snaith, deixaram foram tão evocativos e uma enorme fonte de alegria e coragem. Eu teria tido dificuldade para escrever este livro baseado numa história real sem as fantásticas bibliotecas de história local e seus funcionários, que atuam como copilotos, me ajudando a navegar meu caminho em direção ao passado.

Meus enormes agradecimentos a Sandra Scotting, da Stairway to Heaven, por me apoiar tanto. Para obter mais informações sobre o desastre do metrô de Bethnal Green, visite www.stairwaytoheaven-memorial.org

Obrigada a Glyn Robbins e a Louise Raw, por orquestrarem a campanha para salvar a biblioteca e por apoiarem tanto este livro.

Gostaria de agradecer a todos que entrevistei durante minhas várias viagens a Jersey, especialmente Ann Dunne, todos os funcionários do Jersey Archives, Age UK, Eric Blakeley, Jenny Lecoat, Edward Jewell, bibliotecário-chefe da Biblioteca de St. Helier, Howard Baker, The Channel Islands Occupation Society (CIOS), a escritora e residente Gwyn Garfield-Bennett e Deborah Carr. E sobretudo a todos os sobreviventes da ocupação que compartilharam comigo como foram aqueles dias sombrios: Bob Le Sueur, Leo Harris, Maggie Moisan, Audrey Anquetil, Don Dolbel — meus profundos agradecimentos e admiração. Meu interesse pela história foi despertado durante uma visita a Jersey para o Festival Literário de Jersey. A ilha é de fato um lugar repleto de histórias. Acumulei mais material do que jamais poderia ser condensado no último capítulo deste livro.

Sinto tanta gratidão aos meus amigos escritores, que tanto amo. Sempre próximos, com acolhimento, sabedoria e vinho!

E, por fim, à minha irreprimível editora, Kimberley Atkins, e à minha agente, Kate Burke — *a equipe dos sonhos*! Sinto tanto respeito e admiração por essas mulheres e todos na Hodder & Stoughton que ajudaram a dar vida a este livro.

Uma multidão de crianças diante da nova biblioteca pública. Imagem reproduzida com autorização da Biblioteca e Arquivo Histórico Local de Tower Hamlets.

Milhares de livros foram destruídos quando a bomba atingiu a Biblioteca Pública de Bethnal Green, na primeira noite da Blitz, em 1940. Imagem reproduzida com autorização da Biblioteca e Arquivo Histórico Local de Tower Hamlets.

Os beliches triplos não eram lá muito confortáveis, mas dormir debaixo da terra salvou vidas. Imagem reproduzida com autorização da Biblioteca e Arquivo Histórico Local de Tower Hamlets.

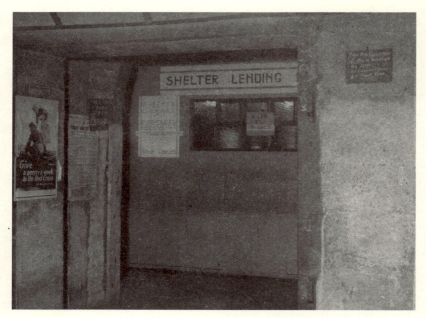

A biblioteca subterrânea pioneira de George e Stanley. Imagem reproduzida com autorização da Biblioteca e Arquivo Histórico Local de Tower Hamlets.

Pat Spicer, frequentadora da biblioteca.

Kate Thompson no túnel onde funcionou a antiga biblioteca.

A biblioteca de Holland House, em Kensington, Londres, destruída por um "cesto de pães" de molotov, em outubro de 1940. Imagem reproduzida com permissão da Central Press/Hulton Archive/Getty Images.

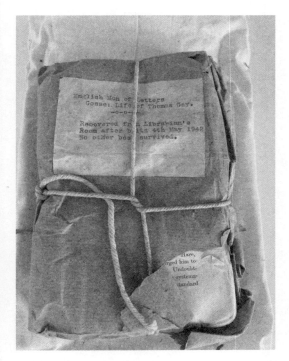

Kate Thompson visita a Biblioteca de Exeter para encontrar o único livro que resistiu ao bombardeio alemão: *English Men of Letters*.

Este livro foi composto na tipografia Adobe Jenson Pro, em corpo
12,25/15,1, e impresso em papel off-white
no Sistema Cameron da Divisão Gráfica da Distribuidora Record.